Una Mujer Rebelde

JULIA QUINN

UNA MUJER REBELDE

Titania Editores

ARGENTINA - CHILE - COLOMBIA - ESPAÑA
ESTADOS UNIDOS - MÉXICO - URUGUAY - VENEZUELA

Título original: *Minx*
Editor original: Avon Books, An Imprint of HarperCollinsPublishers,
Nueva York
Traducción de Claudia Viñas Donoso

Copyright © 1996 *by* Julie Quinn Cotler
Published by arrangement with Avon,
an Imprint of HarpercollinsPublishers, Inc.
All Rights Reserved
© 2009 *by* Ediciones Urano, S.A.
  Aribau, 142, pral. - 08036 Barcelona
  www.titania.org
  atencion@titania.org

ISBN: 978-84-96711-65-5
Depósito legal: B-24.343-2009

Fotocomposición: Ediciones Urano, S.A.
Impreso por Romanyà Valls, S.A. - Verdaguer, 1 - 08786 Capellades
(Barcelona)

Impreso en España - *Printed in Spain*

Para Fran Levowitz,
maravillosa agente, maravillosa amiga

Y para Paul,
aun cuando vivía preguntando
«¿Y dónde están todos esos finos vestidos?»

Prólogo

Londres, 1816

William Dunford bufó de fastidio al ver a sus amigos mirarse amorosamente a los ojos. Lady Arabella Blydon, una de sus mejores amigas esos dos años pasados, acababa de casarse con lord John Blackwood, y en ese momento se estaban mirando como si quisieran devorarse. Una visión asquerosamente bonita.

Dio unos golpecitos en el suelo con el pie y puso en blanco los ojos, a ver si así los inducía a volver a la realidad y apartarse. Los tres, junto con su mejor amigo Alex, duque de Ashbourne, y la mujer de este, Emma, prima de Belle, iban de camino a un baile. El coche había tenido una avería y estaban esperando que trajeran otro.

Se volvió a mirar al oír ruido de ruedas. El coche se detuvo delante de ellos, pero al parecer ni Belle ni John se percataron; de hecho, daban la impresión de estar a punto de abrazarse y hacer el amor ahí mismo. Se hartó del espectáculo.

—¡Yuju! —les gritó, con una voz asquerosamente dulce, caminando hacia ellos—. ¡Jóvenes amantes!

John y Belle dejaron por fin de comerse con los ojos y se volvieron a mirarlo, pestañeando.

—Si sois capaces de dejar de hacer el amor ocular y verbalmente, podemos ponernos en camino. Por si no lo habéis notado, ya está aquí el otro coche.

John hizo una respiración profunda, algo jadeante.

—Deduzco que el tacto no formaba parte de tu educación.

Dunford sonrió alegremente.

—Claro que no. ¿Nos vamos?

John se volvió hacia Belle y le ofreció el brazo.

—¿Querida?

Belle se cogió de su brazo sonriendo, y cuando pasaron junto a Dunford se volvió hacia él:

—Te mataré por esto.

—Lo intentarás, sin duda.

El quinteto no tardó en instalarse en el coche. Pero pasado un momento, John y Belle nuevamente se estaban mirando amorosos, comiéndose con los ojos. John puso la mano sobre las de ella y le dio unos golpecitos en los dorsos con las yemas de los dedos. Belle emitió un suave maullido de placer.

—¡Vamos, por el amor de Dios! —exclamó Dunford, y miró a Alex y a Emma—. ¿Los veis? Ni siquiera vosotros erais tan nauseabundos.

—Algún día conocerás a la mujer de tus sueños —dijo Belle en voz baja, apuntándolo con un dedo—, y entonces no pararé de fastidiarte.

—No temas, mi querida Arabella. La mujer de mis sueños es tal dechado de virtudes que no es posible que exista.

—Vamos, por favor —bufó Belle—. Apuesto a que dentro de un año estarás casado, bien atado, esposado y encantado.

Diciendo eso se reclinó en el respaldo, sonriendo satisfecha. A su lado, John se estremecía de risa.

Dunford se inclinó hacia ellos, apoyando los codos en las rodillas.

—Acepto esa apuesta. ¿Cuánto estás dispuesta a perder?

—¿Cuánto estás dispuesto a perder tú?

—Parece que te has casado con una jugadora —dijo Emma a John.

—Si lo hubiera sabido, te aseguro que habría considerado con más cuidado mis actos.

Belle le dio un travieso codazo en las costillas a su flamante marido y dirigió a Dunford una fría mirada.

—¿Y bien?

—Mil libras.

—Hecho.

—¿Estás loca? —exclamó John.

—¿He de suponer que sólo los hombres pueden apostar?

—Nadie hace una apuesta tan tonta, Belle —dijo John—. Acabas de hacer una apuesta con el hombre que controla el resultado. Sólo puedes perder.

—No infravalores el poder del amor, querido. Aunque en el caso de Dunford, tal vez baste con el del deseo.

—Me hieres al suponerme incapaz de emociones más elevadas —dijo Dunford, colocándose teatralmente una mano sobre el corazón.

—¿No lo eres?

Dunford cerró la boca, apretando los labios en una delgada línea. ¿Tendría razón Belle? La verdad, no lo sabía. En todo caso, dentro de un año sería mil libras más rico. Dinero fácil.

Capítulo 1

Unos meses después Dunford estaba en su salón tomando el té con Belle. Ella acababa de llegar, había pasado a verlo para conversar; a él lo alegraba esa inesperada visita puesto que desde que ella se casó ya no se veían con mucha frecuencia.

—¿Estás segura de que John no va a irrumpir aquí con una pistola a retarme a duelo? —bromeó.

—Está muy ocupado para entretenerse en ese tipo de tonterías —contestó ella sonriendo.

—¿Muy ocupado para complacerse en su naturaleza posesiva? Qué raro.

Ella se encogió de hombros.

—Se fía de ti y, más importante aún, se fía de mí.

—Un verdadero dechado de virtudes —comentó él, irónico, pensando que no le envidiaba nada la dicha conyugal a su amigo—. ¿Y cómo...?

Sonó un golpe en la puerta. Levantaron la vista y vieron a Whatmough, el imperturbable mayordomo de Dunford, en el umbral.

—Ha venido un abogado, señor.

Dunford arqueó una ceja.

—Un abogado, dices. No logro imaginar a qué viene.

—Insiste mucho en verle, señor.

—Hazlo pasar, entonces —dijo y miró a Belle, encogiéndose de hombros como diciendo «¿qué supones que podría ser esto?»

—Interesante —dijo ella, sonriendo traviesa.

Whatmough hizo pasar al abogado. Era un hombre de estatura media y pareció muy contento al ver a Dunford.

—¡Señor Dunford!

Dunford asintió.

—No sabe cuánto me alegra haberle localizado por fin —dijo el abogado, entusiasmado; miró a Belle, con expresión perpleja—. ¿Y ella es la señora Dunford? Me dijeron que no estaba casado, señor. Oh, esto es raro, muy raro.

—No estoy casado. Ella es lady Blackwood. Es una amiga. ¿Y usted es...?

El abogado sacó un pañuelo y se dio unos golpecitos en la frente con él.

—Ah, perdone, lo siento mucho. Soy Percival Leverett, de Cragmont, Hopkins, Topkins y *Leverett* —recalcó su apellido, inclinándose—. Tengo que darle una noticia muy importante. Muy importante, en efecto.

Dunford hizo un amplio gesto con los brazos.

—Oigámosla, entonces.

Leverett miró hacia Belle y luego a él otra vez.

—¿Tal vez deberíamos hablar en privado? Dado que ella no es pariente.

—Faltaría más. No te importa, ¿verdad? —dijo a Belle.

—Ah, no, de ninguna manera —le aseguró ella, diciéndole con una sonrisa que le tendría listas mil preguntas cuando acabaran la conversación—. Esperaré.

—Por aquí, señor Leverett —dijo entonces Dunford, indicándole una puerta que llevaba a su despacho.

Cuando salieron, Belle observó encantada que la puerta no había quedado bien cerrada. Al instante se levantó y fue a sentarse en el sillón más cercano a la puerta entreabierta. Alargó el cuello y agudizó los oídos.

Llegó un murmullo de voces.

Más murmullos.

Entonces llegó la voz de Dunford.

—¿Mi primo? ¿Cuál?

La respuesta fue un murmullo.

Más murmullos, le pareció que mencionaban Cornualles.

—¿De qué grado?

¿Octavo? No, no pudo ser «octavo» lo que oyó.

—¿Y me dejó qué?

Belle juntó las manos. ¡Qué maravilloso! Dunford acababa de recibir una herencia inesperada. Era de esperar que fuera algo bueno. Una amiga de ella acababa de heredar sin querer treinta y siete gatos.

Le resultó imposible entender ni una sílaba del resto de la conversación. Pasados unos minutos los dos hombres salieron del despacho y se estrecharon las manos. Leverett metió unos cuantos papeles en su maletín.

—Le haré enviar el resto de los documentos tan pronto como sea posible. Vamos a necesitar su firma, lógicamente —dijo.

—Lógicamente.

Leverett saludó con la cabeza y salió del salón.

—¿Y bien? —preguntó Belle.

Dunford pestañeó varias veces, como si todavía no pudiera creer lo que acababa de oír.

—Parece que he heredado una baronía.

—¡Una baronía! Córcholis, no tendré que llamarte lord Dunford, ¿verdad?

Él puso los ojos en blanco.

—¿Cuándo fue la última vez que te llamé lady Blackwood?

—No hace ni diez minutos —repuso ella muy fresca—, cuando me presentaste al señor Leverett.

Él fue a sentarse en el sofá, sin esperar que ella se sentara primero.

—Tocado, Belle. Supongo que podrías llamarme lord Stannage.

—Lord Stannage —musitó ella—. Qué distinguido. William Dunford, lord Stannage. —Sonrió traviesa—. Tu nombre es William, ¿verdad?

Dunford emitió un bufido. Era tan rara la vez que lo llamaban por su nombre de pila que se habían inventado un largo chiste que por lo visto ella no recordaba.

—Se lo pregunté a mi madre —contestó finalmente—. Dijo que cree que es William.

—¿Quién se murió? —preguntó ella, escuetamente.

—Siempre a rebosar de tacto y refinamiento, mi querida Arabella.

—Bueno, no puedes lamentar excesivamente la muerte de tu, esto, pariente «lejano», puesto que hasta ahora ni siquiera conocías su existencia.

—Un primo. Un primo de octavo grado, para ser exactos.

—¿Y no lograron encontrar a un pariente más próximo? —preguntó ella, incrédula—. No es que me moleste tu buena suerte, por supuesto, pero sí que es lejano el parentesco.

—Parece que somos una familia de potrillas.

—Bellamente expresado.

—Dejando de lado las metáforas —dijo él, sin hacer caso de la pulla—, ahora estoy en posesión de un título y de una pequeña propiedad en Cornualles.

O sea que ella había oído bien.

—¿Has estado en Cornualles?

—Nunca. ¿Y tú?

Ella negó con la cabeza.

—Me han dicho que es espectacular. Acantilados, olas rompientes y todo eso. Muy poco civilizado.

—¿Qué poco civilizado podría ser, Belle? Eso es Inglaterra después de todo.

Ella se encogió de hombros.

—¿Irás a hacer una visita?

—Supongo que debo. —Se dio unos golpecitos en el muslo con un dedo—. ¿Poco civilizado has dicho? Probablemente me va a encantar.

—Espero que deteste este lugar —dijo Henrietta Barret, hincando con saña los dientes en la manzana—. Espero que lo odie, de verdad.

La señora Simpson, el ama de llaves de Stannage Park, se echó a reír.

—Vamos, vamos, Henry. Eso no es muy caritativo.

—No me siento muy caritativa en este momento. He puesto muchísimo trabajo en Stannage Park.

Le brillaron de tristeza los ojos. Vivía en Cornualles desde que tenía ocho años, cuando sus padres murieron en un accidente de coche, en Manchester, donde vivían, dejándola huérfana y sin un céntimo. Viola, la difunta esposa del recién fallecido barón, era prima de su abuela y la aceptó amablemente en su casa. Ella se enamoró inmediatamente de la propiedad, desde la casa de piedra clara y relucientes ventanas hasta el último inquilino que vivía ahí. Incluso un día los criados la sorprendieron abrillantando la plata. «Deseo que todo brille», explicó ella—. «Todo tiene que estar perfecto, porque este lugar es verdaderamente perfecto.»

Y así Cornualles se convirtió en su terruño, más de lo que fuera nunca Manchester. Viola la adoraba, y Carlyle, su marido, se convirtió en una especie de figura paterna distante; él no le dedicaba mucho tiempo, pero siempre le daba una amistosa palmadita en la cabeza cuando ella pasaba junto a él en el corredor. Pero Viola murió cuando ella tenía catorce años, y Carlyle quedó desolado; se encerró dentro de sí mismo y se desentendió de los detalles de la administración de la propiedad.

Ella se apresuró a intervenir y tomar las riendas. Amaba Stannage Park tanto como cualquiera y tenía ideas muy firmes sobre cómo debía administrarse. Durante los seis últimos años había sido no sólo la señora de la propiedad sino el señor también, y todos la aceptaban como a la persona al mando. Le gustaba muchísimo su vida.

Pero Carlyle había muerto y la propiedad y el título pasaron a un primo lejano de Londres, el que, con toda probabilidad, era un dandi, un petimetre; nunca había estado en Cornualles, según le dijeron, y ella olvidaba convenientemente que tampoco había estado nunca ahí antes de llegar doce años atrás.

—¿Cómo se llama? —preguntó la señora Simpson, con sus capaces manos ocupadas en amasar pan.

—Dunford. Nosecuántos Dunford —contestó Henry, en tono molesto—. No consideraron apropiado informarme de su nombre de pila, aunque supongo que eso no importa, ahora que es lord Stannage. Seguro que va a insistir en que lo llamemos por su título. Los recién llegados a la aristocracia suelen insistir en eso.

—Hablas como si fueras un miembro de la aristocracia, Henry. No vayas a tratar con altivez al caballero.

Henry suspiró y dio otro bocado a la manzana.

—Probablemente él me va a llamar Henrietta.

—Como debe ser. Ya eres muy mayor para que te llamen Henry.

—Tú me llamas Henry.

—Yo ya estoy muy vieja para cambiar. Pero tú no. Y ya es hora de que abandones tus modales de marimacho y te encuentres un marido.

—¿Y hacer qué? ¿Trasladarme a Inglaterra? No deseo marcharme de Cornualles.

La señora Simpson sonrió y se abstuvo de señalarle que en realidad Cornualles era una parte de Inglaterra. Henry era tan leal a la región que no lograba considerarla una parte de un todo mayor.

—Hay caballeros aquí en Cornualles, ¿sabes? —dijo—. Hay unos cuantos en los pueblos cercanos. Podrías casarte con uno de ellos.

Henry emitió un bufido.

—Aquí no hay ningún hombre que se merezca el pan que come, y lo sabes, Simpy. Además, ninguno me querría. No tengo ni un chelín ahora que Stannage Park ha pasado a ese desconocido, y todos piensan que soy una rareza, un adefesio.

—Eso no, de ninguna manera. Todos te respetan.

—Eso lo sé —repuso Henry, poniendo en blanco sus ojos gris plateados—. Me respetan como si fuera un hombre, y eso lo agradezco. Pero ningún hombre desea casarse con otro hombre, ¿sabes?

—Tal vez si llevaras vestidos...

Henry se miró los desgastados pantalones.

—Me pongo vestido cuando es apropiado.

—Me gustaría saber cuándo lo es —bufó la señora Simpson—, porque nunca te he visto con vestido. Ni siquiera en la iglesia.

—Qué suerte para mí que el párroco sea un caballero de criterio amplio.

Simpy la miró sagaz.

—Qué suerte para ti que al párroco le guste tanto el coñac francés que le envías una vez al mes.

Henry hizo como si no hubiera oído.

—Me puse un vestido para el funeral de Carlyle, si lo recuerdas. Y para el baile del condado el año pasado. Y siempre que recibimos huéspedes. Tengo al menos cinco en mi ropero, gracias. Ah, y también me pongo vestido para ir a la ciudad.

—No.

—Bueno, tal vez no para ir a nuestro pequeño pueblo, pero sí me pongo vestido para ir a cualquier otra ciudad. Pero cualquiera estaría de acuerdo en que son muy poco prácticos para andar por el campo supervisando los trabajos de la propiedad.

Por no decir que le quedaban horrorosos, pensó, irónica.

—Bueno, será mejor que te pongas uno para cuando llegue el señor Dunford.

—No soy idiota, Simpy. —Lanzó el corazón de la manzana al cubo de la basura que estaba en el otro extremo de la cocina, acertó en el medio y lanzó un grito de orgullo—. No he fallado un tiro desde hace meses.

La señora Simpson movió la cabeza.

—Ojalá alguien te enseñara a ser una chica.

—Viola lo intentó —contestó Henry alegremente—, y podría haberlo conseguido si hubiera vivido más tiempo, pero la verdad es que me gusto tal como soy.

La mayor parte del tiempo al menos. De vez en cuando veía a una dama refinada con un precioso vestido que le quedaba a la perfección. Esas mujeres no tenían pies en los extremos de las piernas sino patines; prácticamente se deslizaban por el suelo. Y dondequiera que fueran, las seguían un montón de hombres embelesados. Ella contemplaba melancólica estos séquitos, imaginándose que esos hombres suspiraban por ella. Después se reía. No era probable que ese sueño se hiciera realidad. Además, le gustaba muchísimo su vida tal como era, ¿no?

—¿Henry? —dijo la señora Simpson, inclinándose hacia ella—. Henry, te estaba hablando.

Pestañeó y salió de su ensoñación.

—¿Mmm? Ah, perdona. Estaba pensando qué hacer respecto a las vacas. No sé si tenemos suficiente espacio para todas.

—Deberías estar pensando en lo que vas a hacer cuando llegue el señor Dunford. Envió recado de que llegaría esta tarde, ¿no?

—Sí, maldito sea.

—¡Henry!

—Si alguna vez hubo un momento para maldecir es ahora, Simpy. ¿Y si se le ocurre interesarse por Stannage Park? O, peor aún, ¿y si desea tomar el mando?

—Estará en su derecho. Es el propietario, ¿sabes?

—Lo sé, lo sé. Una gran lástima.

La señora Simpson dio forma de barra de pan a la masa y la dejó a un lado para que creciera. Se limpió las manos.

—Tal vez la venda. Si la vendiera a alguien de aquí, no tendrías que preocuparte de nada. Todo el mundo sabe que no hay nadie mejor que tú para administrar Stannage Park.

Henry bajó de un salto de la mesa, se plantó las manos en las caderas y comenzó a pasearse por la cocina.

—No puede venderla. Está vinculada al título. Si no lo estuviera, creo que Carlyle me la habría dejado a mí.

—Ah, bueno, entonces simplemente vas a tener que hacer todo lo posible para llevarte bien con el señor Dunford.

—Ahora es lord Stannage —gimió Henry—. Lord Stannage, dueño de mi hogar y determinante de mi futuro.

—¿Y qué significa eso?

—Significa que es mi tutor.

La señora Simpson soltó el rodillo.

—¿Qué?

—Soy su pupila.

—Pero…, pero eso es imposible. Ni siquiera lo conoces.

Henry se encogió de hombros.

—Ese es el estilo del mundo, Simpy. Las mujeres no tenemos cerebro, ¿sabes? Necesitamos tutores que nos guíen.

—No puedo creer que no me lo hayas dicho.

—No te lo digo todo.

—Como debe ser —bufó la señora Simpson.

Henry sonrió, cohibida. Era cierto que entre ella y el ama de llave había una amistad más íntima que la que se esperaría.

Distraída, se enrolló en los dedos un mechón de su largo pelo castaño, una de sus pocas concesiones a la vanidad. Habría sido más sensato cortárselo, pero lo tenía abundante y suave, y no soportaba ni la idea de cortárselo. Además, tenía la costumbre de enrollárselo entre los dedos cuando estaba pensando en un problema, que era lo que estaba haciendo en ese momento.

—¡Un momento! —exclamó.

—¿Qué?

—No puede vender la propiedad, pero eso no significa que tenga que vivir aquí.

La señora Simpson entrecerró los ojos.

—No sé si entiendo lo que quieres decir, Henry.

—Simplemente tenemos que conseguir que él no desee vivir aquí, que le tome una rotunda aversión a este lugar. Lo más probable es que eso no sea difícil. Debe de ser uno de esos londinenses blandos. Pero no haría ningún daño hacerlo sentirse ligeramente... esto, incómodo.

—¿Qué diablos estás tramando, Henrietta Barret? ¿Ponerle piedras en la cama al pobre hombre?

—Nada tan vulgar, te lo aseguro —bufó Henry—. Lo trataremos con la mayor amabilidad. Seremos la personificación de la amabilidad, pero nos empeñaremos en hacerle ver que no está hecho para la vida en el campo. Podría aprender a disfrutar del papel de señor ausente. Sobre todo si le envío beneficios trimestrales.

—Creía que reinvertías los beneficios en la propiedad.

—Eso hago, pero tendré que dividirlos por la mitad. Una mitad se la enviaré al nuevo lord Stannage y la otra la reinvertiré aquí. No me va a gustar hacerlo, pero será mejor que tenerlo viviendo aquí.

La señora Simpson movió la cabeza.

—¿Qué es exactamente lo que pretendes hacer?

Henry se enrolló más pelo en el dedo.

—Aún no lo sé. Tendré que pensarlo.

La señora Simpson miró el reloj de pared.

—Será mejor que pienses rápido, porque estará aquí antes de una hora.

Henry se dirigió a la puerta.

—Será mejor que me asee.

—Si no quieres conocerlo oliendo a esa parte del campo —replicó la señora Simpson—, en lugar de a flores y miel, si entiendes lo que quiero decir.

Henry la obsequió con una descarada sonrisa.

—¿Me haces el favor de enviar a alguien a llenarme la bañera?

La señora Simpson asintió y ella subió corriendo la escalera de atrás.

La señora Simpson tenía razón, pensó, olía bastante mal. Pero claro, ¿qué se podía esperar después de pasar la mañana supervisando la construcción de una nueva porqueriza? Era un trabajo sucio, pero la había alegrado hacerlo, o, mejor dicho, reconoció, supervisarlo. Hundirse hasta las rodillas en barro inmundo no era precisamente algo de su predilección.

Se detuvo bruscamente en un peldaño, con los ojos iluminados. No era de su predilección, pero era justo lo que necesitaba para el flamante lord Stannage. Podría participar más activamente en el trabajo si eso significaba convencer a ese tal Dunford de que eso era lo que hacían todo el tiempo los señores rurales.

Muy entusiasmada, subió corriendo el resto de la escalera y entró en su dormitorio. Tardarían varios minutos en llenar la bañera, así que cogió el cepillo y fue a asomarse a la ventana. Le habían recogido el cabello en una coleta, pero el viento se lo había enredado. Se quitó la cinta; sería más fácil lavárselo desenredado.

Mientras cepillaba sus cabellos contempló los verdes campos que rodeaban la casa. El sol comenzaba a ponerse, tiñendo el cielo de color melocotón. Suspiró de emoción. Nada tenía el poder de conmoverla tanto como esas tierras.

Entonces, como si lo hubieran programado adrede para estropearle el momento perfecto, vio un destello en el horizonte. Buen Dios, ¿no sería...? Era el brillo del cristal de una ventanilla de coche. Maldita sea, sí que llegaba temprano.

—Condenado estúpido —masculló—. Totalmente desconsiderado.

Miró por encima del hombro. Todavía no estaba llena la bañera.

Acercándose más a la ventana miró el coche que ya venía avanzando por el camino de entrada. Era un vehículo muy elegante. El señor Dunford tenía que haber sido un hombre de posibles antes de heredar Stannage Park. O eso o tenía amigos ricos dispuestos a prestarle un vehículo. Sin dejar de cepillarse el pelo continuó mirando desvergonzadamente. Dos lacayos salieron corriendo a descargar los baúles. Sonrió orgullosa; hacía funcionar esa casa como un reloj.

Entonces se abrió la puerta del coche. Sin darse cuenta acercó aún más la cara al cristal de la ventana. Apareció un pie calzado con una bota; una bota bastante fina, masculina, observó, y sabía de botas. Entonces se hizo evidente que esa bota estaba unida a una pierna, una pierna tan masculina como su calzado.

—Ay, Dios —masculló; al parecer el hombre no era un mariquita débil.

Entonces el dueño de la pierna bajó de un salto, y lo vio en su totalidad.

Se le cayó el cepillo.

—Ay, Dios mío.

Era hermoso. No, no hermoso, enmendó, porque eso daría a entender algo afeminado, y ese hombre no tenía absolutamente nada de afeminado. Era alto, con un cuerpo musculoso, firme, y hombros anchos, de abundante pelo castaño, que llevaba ligeramente más largo de lo que estaba de moda. Y su cara... Debía de estar mirándolo desde una altura considerable, pero veía claramente que su cara era todo lo que debe ser una cara. Los pómulos altos, la nariz recta y fuerte y una boca bellamente modelada, con un cierto sesgo de ironía. Desde ahí no veía el color de sus ojos, pero tuvo la deprimente sensación de que estarían llenos de aguda inteligencia. Además, era mucho, mucho más joven de lo que se había imaginado. Tenía la esperanza de que fuera un cincuentón, pero ese hombre no podía tener más de treinta años.

Emitió un gemido. El asunto iba a ser mucho más difícil de lo que había supuesto. Tendría que ser muy hábil e ingeniosa para engañarle. Suspirando, se agachó a recoger el cepillo y se dirigió hacia la bañera.

Cuando Dunford estaba contemplando discretamente la fachada de su casa recién heredada, llamó su atención un movimiento en una de las ventanas de arriba. El sol se reflejaba en el cristal, pero le pareció que era una chica de pelo largo y castaño. Antes que él pudiera verla mejor, ella se volvió y desapareció. Eso era raro. Ninguna criada estaría ociosa junto a una ventana a esa hora del día, y mucho menos con el cabello suelto. Pensó un momento en quién sería la chica y se apresuró a desechar el pensamiento, ya tendría tiempo de sobra para descubrir su identidad; en ese momento tenía cosas más importantes que atender.

Todos los criados de Stannage Park se habían reunido delante de la casa para que él pasara revista. En total eran veinticuatro, un número pequeño según los criterios de la alta sociedad, pero claro, la propiedad era un hogar bastante modesto para un par del reino. El mayordomo, un hombre delgado llamado Yates, hacía ímprobos esfuerzos por hacer lo más formal posible la presentación.

Intentó complacerlo adoptando una actitud levemente austera; tenía la impresión de que eso era lo que esperaban los criados del nuevo señor de la casa. Le costó reprimir la sonrisa, eso sí, cuando una criada tras otra se inclinó en una reverencia, en su honor. Jamás había esperado tener un título, jamás había esperado poseer tierras propias ni una casa con criados. Su padre era el hijo menor de un hijo menor; a saber cuántos Dunford tuvieron que morir para que él heredara esa baronía.

Cuando la última criada hizo su reverencia y se enderezó, prestó atención al mayordomo.

—Diriges a un personal excelente, Yates, a juzgar por esta presentación.

Yates, que jamás había adquirido la fachada pétrea que era de requisito entre los mayordomos de Londres, se ruborizó de placer.

—Gracias, milord. Nos esforzamos todo lo que podemos, pero es a Henry a quien tenemos que agradecérselo.

Dunford arqueó una ceja.

—¿Henry?

Yates tragó saliva. Debería haber dicho señorita Barret; era lo que esperaría el nuevo lord Stannage, siendo de Londres y todo eso. Además, era el nuevo tutor de Henry, ¿no? No hacía diez minutos que la señora Simpson lo había llevado a un lado para susurrarle ese detallito al oído.

—Mmm, Henry es... —se le cortó la voz. Era difícil considerarla algo distinto a «Henry»—. Es decir...

Pero Dunford ya estaba escuchando a la señora Simpson, que le estaba asegurando que llevaba más de veinte años en Stannage Park y lo sabía todo acerca de la propiedad, bueno, al menos acerca de la casa, y que si necesitaba algo...

Dunford pestañeó, intentando concentrarse en las palabras del ama de llaves. Tuvo la vaga impresión de que estaba nerviosa. Tal vez a eso se debía que estuviera parloteando como..., bueno, como algo. ¿Qué era lo que no sabía él y qué quería decir ella?

Por el rabillo del ojo distinguió movimiento en el establo y dejó vagar la mirada en esa dirección. Esperó un momento. Ah, bueno, tal vez sólo había sido producto de su imaginación. Volvió la atención al ama de llaves, que le estaba diciendo algo acerca de Henry. ¿Quién sería Henry? Estaba a punto de formular la pregunta y habría salido de sus labios si un cerdo gigantesco no hubiera salido corriendo por la puerta entreabierta del establo.

—¡Santo cielo, condenado...!

No pudo terminar la frase; estaba atontado por la ridiculez de la situación. El animal venía corriendo por el césped, más rápido de lo que tenía derecho ningún cerdo. Era una enorme bestia porcina; así era como se lo podía llamar, no era un cerdo común y corriente. No le cabía duda de que alimentaría a la mitad de los miembros de la alta sociedad si se llevaba a un buen carnicero.

El cerdo llegó hasta la reunión de criados; las criadas chillaron y echaron a correr hacia todos lados. Asombrado por el repentino alboroto, el cerdo se detuvo, levantó el hocico y dejó salir un fuerte chillido, y luego otro y otro.

—¡Cállate! —ordenó Dunford.

Percibiendo autoridad, el cerdo no sólo se quedó callado, además se echó en el suelo.

Henry se detuvo a mirar otra vez, impresionada a su pesar. Había bajado corriendo por la escalera de atrás en el instante en que vio salir al cerdo del establo, y llegó al camino de entrada justo cuando el flamante lord Stannage estaba probando su recién adquirida autoridad señorial en el animal.

Echó a correr otra vez, olvidando que no había alcanzado a darse ese baño tan necesitado, olvidando que seguía vestida con ropa de chico; ropa sucia.

—Cuánto lo siento, milord —musitó y, obsequiándolo con una tensa sonrisa, se agachó a coger el collar del cerdo.

Tal vez no debería haber intervenido, pensó, debería haber dejado que el cerdo se cansara de estar ahí echado; debería haberse reído cuando el cerdo se levantara y le hiciera cosas incalificables a las botas de lord Stannage. Pero era tanto lo que se enorgullecía de Stannage Park que no pudo dejar de intentar evitar el desastre de alguna manera. No había nada en el mundo que significara tanto para ella como esa propiedad bien dirigida, y no soportaría que alguien pensara que era normal que los cerdos vagaran libres por la finca, aun cuando ese alguien fuera un señor londinense del que deseaba de todo corazón librarse.

Llegó corriendo un peón de la granja, cogió al cerdo por el collar y lo llevó de vuelta al establo.

Henry se enderezó, repentinamente consciente de que todos los criados la estaban mirando boquiabiertos, y se limpió las manos en el pantalón. Entonces miró al hombre guapísimo que tenía delante.

—Encantada de conocerle, lord Stannage —saludó, curvando los labios en una sonrisa de bienvenida.

Después de todo no hacía ninguna falta que él se diera cuenta de que ella deseaba ahuyentarlo.

—Encantado de conocerla, señorita… eeh…

Henry entrecerró los ojos. ¿Él no sabía quién era ella? Sin duda esperaba que su pupila fuera algo más joven, una señorita mimada, criada entre algodones, que jamás se aventuraría a salir al aire libre y mucho menos a administrar toda una propiedad.

—Señorita Henrietta Barret —dijo, en un tono que indicaba que suponía que él reconocería el nombre—. Pero puede llamarme simplemente Henry. Todos me llaman así.

Capítulo 2

*D*unford arqueó una ceja. ¿Ella era Henry?

—Es una chica —dijo, cayendo al instante en la cuenta de lo estúpido que era decir eso.

—Lo era la última vez que me miré al espejo —replicó ella, descaradamente.

Oyó gemir a alguien detrás de ella. Apostaría a que había sido la señora Simpson.

Dunford pestañeó unas cuantas veces mirando a la extraña criatura que tenía delante. Vestía unos holgados pantalones, con rodilleras, y una sencilla camisa blanca de algodón, que, a juzgar por el número de manchas de lodo que la cubrían, había prestado servicio recientemente. Llevaba suelto el pelo, recién cepillado, y le caía en cascada sobre la espalda. Sus cabellos eran bastante hermosos, muy femeninos, y algo reñidos con el resto de su apariencia. No logró decidir si era atractiva, o simplemente interesante o si tal vez podría incluso ser hermosa si no llevara esa ropa tan holgada, sin forma. Pero de ninguna manera iba a hacer un examen más de cerca, porque la chica olía decididamente… no como una mujer.

Francamente, no deseaba estar a menos de una yarda de distancia de ella.

Henry iba perfumada con agua de cerdo desde la mañana, y ya se había acostumbrado al olor. Vio a lord Stannage fruncir el ceño y se imaginó que su reacción se debía al atuendo de ella tan poco ortodoxo. Bueno, ya no podía hacer nada al respecto, gracias a la llegada de él tan temprana y a la inoportuna aparición del cerdo gigante, así que, decidiendo sacar el mejor partido de la situación, volvió a sonreír, con la intención de hacerle creer que estaba complacida de verlo.

Dunford se aclaró la garganta.

—Perdone mi sorpresa, señorita Barret, pero...

—Henry, por favor, llámeme Henry; todos me llaman así.

—Henry, entonces. Le ruego que perdone mi sorpresa, pero sólo me dijeron que alguien llamado Henry estaba al mando de todo, así que naturalmente supuse...

—No se preocupe por eso —dijo ella, agitando una mano—. Ocurre siempre. Normalmente eso me favorece.

—No me cabe duda —musitó él, alejándose discretamente un paso.

Ella se puso las manos en las caderas y entrecerrando los ojos miró hacia el establo, para comprobar si el peón había dejado bien seguro al cerdo. Dunford la observó disimuladamente, pensando que tenía que haber otro Henry, pues no era posible que esa chica estuviera al mando. Por el amor de Dios, no parecía tener más de quince años.

Ella se volvió hacia él con un movimiento algo repentino.

—Este no es un incidente común, he de decir. Estamos construyendo una nueva porqueriza y los cerdos están en el establo temporalmente.

—Comprendo —dijo él.

Sí que parecía estar al mando, pensó.

—Pues sí —continuó ella—. Bueno, tenemos hecha más o menos la mitad. —Sonrió de oreja a oreja—. Es fantástico que haya llegado ahora, milord, porque nos vendría bien contar con otro par de manos.

Alguien tosió detrás de ella, y esta vez tuvo la seguridad de que había sido la señora Simpson.

Buen momento para que Simpy tuviera un ataque de mala conciencia, pensó, poniendo mentalmente los ojos en blanco. Volvió a sonreírle a Dunford.

—Me gustaría ver terminada la porqueriza cuanto antes. No nos conviene que se repita el desafortunado incidente de esta tarde, ¿verdad?

Esta vez Dunford no tuvo otra opción que reconocer que, en efecto, esa criatura era la que administraba la propiedad.

—Entiendo que usted está al mando aquí —dijo finalmente.

Henry se encogió de hombros.

—Más o menos.

—¿No es algo... esto, joven?

—Tal vez —contestó ella sin pensar. Maldita sea, no había debido decir eso; ya tenía una excusa para librarse de ella—. Pero en realidad soy el mejor hombre para este trabajo —se apresuró a añadir—. Llevo años administrando Stannage Park.

—Mujer —musitó Dunford.

—¿Perdón?

—Mujer. La mejor mujer para este trabajo. —Le brillaron de diversión los ojos—. Es mujer, ¿verdad?

Sin darse cuenta de que él sólo quería embromarla, Henry se ruborizó, lastimosamente.

—No hay un solo hombre en Cornualles capaz de hacer el trabajo mejor que yo —masculló.

—Tiene razón, sin duda —dijo Dunford—, a pesar de los cerdos. Pero basta de esto. Stannage Park me parece espléndidamente bien llevado. Estoy seguro de que hace un buen trabajo. En realidad, debería ser usted la que me enseñe la propiedad.

Entonces recurrió a lo que era sin duda su arma más letal: la sonrisa.

Henry tuvo que hacer un inmenso esfuerzo para no derretirse ante la fuerza de esa sonrisa. Nunca había tenido ocasión de conocer a un hombre tan..., tan «hombre» como ese, y no le gustaban nada, nada, los revoloteos que sentía en el estómago. Él no parecía afectado en lo más mínimo por su presencia, observó irritada, aparte de que era evidente que la encontraba rara. Bueno, pues no la vería caer desmayada por él.

—Sí, por supuesto —contestó tranquilamente—. Será un placer para mí. ¿Comenzamos ahora mismo?

—¡Henry! —exclamó la señora Simpson, poniéndose a su lado—. Su señoría acaba de hacer un largo viaje desde Londres. Sin duda deseará descansar. Y debe de tener hambre.

Dunford las obsequió con otra de sus letales sonrisas.

—Estoy muerto de hambre.

—Si yo acabara de heredar una propiedad desearía verla inmediatamente —dijo Henry, en tono altanero—. Querría conocerlo todo.

Dunford entrecerró los ojos, receloso.

—Sí que deseo conocerlo todo de Stannage Park, pero no veo por qué no puedo comenzar mañana por la mañana, después de haber comido y descansado —volvió la cabeza hacia Henry—, y haberme bañado.

Henry sintió arder la cara, seguro que la tenía roja como tomate, al comprender que él le decía, de la manera más educada posible, que apestaba.

—Por supuesto, milord —dijo, glacialmente—. Sus deseos son, por supuesto, órdenes para mí. Usted es el nuevo señor aquí, por supuesto.

Dunford pensó que la estrangularía si volvía a introducir un «por supuesto» en su discurso. ¿Y por qué de repente estaba tan resentida con él? Sólo hacía unos minutos era toda sonrisas de bienvenida.

—No tengo palabras para expresar lo encantado que estoy de tenerla a mi disposición, señorita Barret, perdón, esto..., Henry. Y por sus palabras tan bonitas, sólo puedo deducir que está a mi total disposición. Qué interesante.

Dicho eso le sonrió amablemente y entró en la casa detrás de la señora Simpson.

Maldita sea, maldita sea, pensó Henry, fastidiada, resistiendo el impulso de golpear el suelo con el pie. ¿Por qué se había dejado llevar por su mal humor? Ahora él sabía que ella no lo quería ahí, y desconfiaría de todas sus palabras y actos. No era ningún tonto.

Ese era su primer problema. Él debería ser estúpido; los hombres de su clase normalmente lo eran, o al menos eso había oído decir.

Problema número dos: era demasiado joven. No iba a tener ningún problema en andar a su paso al día siguiente. Hasta ahí llegaba su plan de agotarlo para que comprendiera que no le gustaría vivir en Stannage Park.

Problema número tres: sin duda, era el hombre más guapo que había visto en toda su vida. Cierto que no había visto a muchos hombres, pero eso no hacía menos real que la hiciera sentirse como... Frunció el ceño. ¿Cómo la hacía sentirse? Suspirando, negó con la cabeza. No deseaba saberlo.

El cuarto problema era evidente: pese a que no deseaba reconocer que el nuevo lord Stannage pudiera tener la razón en algo, no había manera de negar la verdad: Ella apestaba.

Sin molestarse en reprimir un gemido, entró en la casa y subió pisando fuerte hasta su dormitorio.

Dunford siguió a la señora Simpson, que lo llevó a las habitaciones del señor.

—Espero que encuentre cómodos sus aposentos —iba diciendo—. Henry ha hecho todo lo posible para tener siempre modernizada la casa.

—Ah, Henry —dijo él, enigmático.

—Es nuestra Henry.

Dunford le sonrió, nuevamente con esa aniquiladora combinación de labios y dientes con la que había derribado a mujeres durante años.

—¿Quién es Henry?

—¿No lo sabe?

Dunford se encogió de hombros y arqueó las cejas.

—Vamos, ha vivido años aquí desde que murieron sus padres. Y lo ha dirigido todo en la propiedad durante…, a ver, déjeme pensar, deben de ser por lo menos seis años, desde que murió lady Stannage, Dios bendiga su corazón.

—¿Y dónde estaba lord Stannage? —preguntó Dunford, curioso.

Era mejor descubrir todo lo posible cuanto antes. Siempre había creído que nada arma mejor a un hombre que un poco de investigación.

—De duelo por la muerte de lady Stannage.

—¿Seis años?

La señora Simpson exhaló un suspiro.

—Se querían mucho.

—Permítame verificar si he entendido correctamente la situación. Henry, eeh.., la señorita Barret, ¿ha administrado la propiedad durante seis años? —Eso era imposible; ¿había tomado las riendas cuando tenía diez años?—. ¿Qué edad tiene?

—Veinte, milord.

Veinte; bueno, pues no los aparentaba.

—Comprendo. ¿Y cuál es su parentesco con lord Stannage?

—Vamos, ahora lord Stannage es usted.

—El anterior lord Stannage, quiero decir —enmendó Dunford, procurando no dejar traslucir su impaciencia.

—Es prima lejana de su esposa. No tenía dónde ir, pobrecilla.

—Ah, qué generosos. Bueno, gracias por traerme a mis aposentos, señora Simpson. Creo que descansaré un rato y luego me cambiaré para la cena. ¿Siguen los horarios del campo aquí?

—Esto es el campo, después de todo —dijo ella, asintiendo.

Acto seguido, se recogió las faldas y salió de la habitación.

Una pariente pobre, pensó Dunford. Muy interesante. Una pariente pobre que se vestía como un hombre, apestaba a el cielo sabía qué, y había hecho funcionar Stannage Park tan bien como la casa más lujosa de Londres. Ciertamente no se aburriría el tiempo que pasara en Cornualles.

Sobre todo si lograba verla con un vestido.

Dos horas después, Dunford estaba deseando no haber deseado eso. No había palabras para describir cómo era la señorita Henrietta Barret con un vestido. Jamás había visto a una mujer (y había visto muchas) que se viera tan…, bueno, tan mal.

Su vestido era de un irritante color lavanda adornado con una excesiva cantidad de lazos y otros perifollos. Además de la fealdad general del vestido, estaba claro que le causaba incomodidad, porque a cada momento ella se lo tironeaba. O tal vez simplemente le quedaba pequeño; observando con más atención comprendió que ese era el problema: la falda le quedaba algo corta y el corpiño demasiado ceñido, y si no supiera que era imposible, juraría que tenía una pequeña rotura en la manga derecha.

Demonios, sí era posible, y juraría que el vestido estaba roto. Dicho simplemente, la señorita Henrietta Barret parecía un adefesio.

Pero, por el lado positivo, olía muy bien, un olor parecido a…, olfateó discretamente, al limón.

—Buenas noches, milord —lo saludó ella, cuando entró a reunirse con él en el salón para la cena—. Espero que esté cómodo en sus habitaciones.

Él le dedicó una elegante inclinación.

—Perfectamente, señorita Barret. Permítame encomiarla nuevamente por lo bien llevada que está esta casa.

—Llámeme Henry —dijo ella, automáticamente.

—Todos la llaman así —terminó él.

A su pesar, Henry sintió subir la risa a la garganta. Por Dios, no se le había ocurrido pensar que él podría llegar a caerle bien. Eso sería un desastre.

—¿Me permites acompañarte al comedor? —dijo él amablemente, ofreciéndole el brazo.

Henry colocó la mano en su brazo y se dejó llevar al comedor, decidiendo que no había ningún mal en pasar una velada agradable en compañía del hombre que, tenía que recordárselo, era el enemigo. Al fin y al cabo deseaba tranquilizarlo haciéndolo creer que estaba a su favor, ¿no? Este señor Dunford no parecía ser un tonto, y estaba bastante segura de que si llegaba a sospechar que ella quería librarse de él, sería necesaria la mitad del ejército de Su Majestad para expulsarlo de Cornualles. No, lo mejor era que él llegara solo a la conclusión de que la vida en Stannage Park no era de su agrado.

Además, ningún hombre le había ofrecido el brazo jamás, y por mucho que vistiera pantalones, seguía siendo lo bastante femenina como para resistirse a ese gesto de cortesía.

—¿Lo está pasando bien aquí, milord? —le preguntó cuando ya estaban sentados.

—Muchísimo, aun cuando sólo he estado unas horas —contestó él. Hundió la cuchara en el consomé de carne y se la llevó a la boca—. Delicioso.

—Mmm, sí. La señora Simpson es un tesoro. No sé qué haríamos sin ella.

—Creí que la señora Simpson era el ama de llaves.

Viendo una oportunidad, Henry compuso una máscara de seria inocencia.

—Ah, lo es, pero cocina también. No tenemos mucho personal aquí, por si no lo ha notado. —Sonrió, segura de que él lo había notado—. En realidad, más de la mitad de los criados que conoció esta tarde trabajan fuera de la casa, en el establo, en los corrales, en la huerta, en el jardín y esas cosas.

—¿Sí?

—Supongo que deberíamos intentar contratar unos cuantos más, pero son terriblemente caros, ¿sabe?

—No, no lo sabía —dijo él, amablemente.

—¿No? —repuso ella, haciendo trabajar muy rápido el cerebro—. Tal vez eso se debe a que nunca ha tenido que administrar una casa.

—Una tan grande como esta no.

—Eso debe de ser, entonces —dijo ella, tal vez con demasiado entusiasmo—. Si contratáramos más criados tendríamos que recortar los gastos en otras cosas.

Dunford curvó una comisura de la boca en una indolente sonrisa y bebió un poco de vino.

—¿Sí?

—Sí. En realidad, tal como están las cosas, no contamos con el presupuesto adecuado para la comida.

—¿De veras? Pues yo la encuentro deliciosa.

—Bueno, claro —dijo ella, en voz muy alta. Se aclaró la garganta y se obligó a hablar en tono más suave—. Queríamos que su primera noche aquí fuera especial.

—Qué consideración.

Henry tragó saliva. Él tenía una actitud que daba la impresión de que guardara todos los secretos del Universo.

—A partir de mañana —continuó, sorprendida de que su voz le

saliera totalmente normal—, tendremos que volver a nuestro menú habitual.

—¿Y ese es?

—Ah, no gran cosa —dijo ella, moviendo la mano, para hacer tiempo—. Bastante cordero viejo. Comemos las ovejas cuando la lana ya no es buena.

—No sabía que la lana se pusiera mala.

—Ah, pues sí. —Sonrió, con los labios tensos, pensando si él se daría cuenta de que mentía descaradamente—. Cuando las ovejas envejecen, su lana se vuelve… fibrosa. No podemos sacarle un buen precio, así que usamos los animales para alimento.

—Cordero viejo.

—Sí, hervido.

—Es una maravilla que no esté más delgada.

Por reflejo, Henry se miró. ¿Él la encontraba flaca? Sintió una especie de malestar, muy raro, casi parecido a la pena, y al instante lo desechó.

—No escatimamos en la comida de la mañana, eso sí —soltó, nada dispuesta a renunciar a sus salchichas y huevos—. Al fin y al cabo, se necesita buena nutrición cuando se desayuna. Y aquí en Stannage Park necesitamos estar fuertes, con todo el trabajo que hay.

—Claro.

—Así que el desayuno es bueno —continuó ella, ladeando la cabeza—, y en el almuerzo, avena con leche.

—¡¿Avena con leche?! —exclamó Dunford, casi atragantándose al decirlo.

—Sí. Se acostumbrará. No tema. Y luego la cena es normalmente sopa, pan y cordero, si tenemos.

—¿Si tenéis?

—Bueno, no todos los días matamos uno de nuestros corderos. Tenemos que esperar a que estén viejos. Obtenemos muy buen precio por la lana.

—Sin duda las buenas gentes de Cornualles le estarán eternamente agradecidas por vestirlas.

Henry compuso una máscara perfecta de amable inocencia.

—No creo que muchos sepan de dónde procede la lana para sus ropas.

Él la miró fijamente; era evidente que intentaba discernir si ella podía ser tan obtusa.

Incómoda por el repentino silencio, Henry dijo:

—Bueno, así que por eso comemos cordero. A veces.

—Comprendo.

Henry intentó evaluar ese tono tan evasivo, pero descubrió que no podía leerle los pensamientos. Se estaba metiendo en una situación muy delicada; tenía que ir con pies de plomo. Por un lado deseaba hacerle ver que no estaba hecho para la vida en el campo. Por otro lado, si le pintaba la propiedad como un cuadro de pesadilla, con poco personal y mal llevada, él podría despedirlos a todos para comenzar de cero, y eso sería un desastre.

Frunció el ceño. No podía despedirla a ella, ¿verdad? ¿Podría alguien librarse de una pupila?

—¿Por qué esa cara larga, Henry?

—Ah, no es nada —se apresuró a contestar ella—. Sólo estaba haciendo unos cuantos cálculos. Siempre frunzo el ceño cuando hago cálculos.

Miente, pensó Dunford.

—¿Y de qué iban tus ecuaciones, si se puede saber?

—Ah, alquileres, cosechas, ese tipo de cosas. Stannage Park es una granja «de trabajo», ¿sabe? Trabajamos muchísimo.

De pronto adquirió un nuevo significado la larga explicación sobre las comidas. ¿Acaso quería ahuyentarlo?

—No, no lo sabía.

—Ah, pues sí. Tenemos un buen número de inquilinos, pero también tenemos personas que trabajan para nosotros, en las cosechas, la crianza de animales y esas cosas. Es bastante trabajo.

Dunford sonrió irónico. Sí que quería ahuyentarlo. Pero ¿por qué? Iba a tener que averiguar algo más acerca de esa extraña joven. Si deseaba guerra, él estaría feliz de complacerla, por mucho que disfrazara sus ataques con dulzura e inocencia.

Inclinándose, se dispuso a conquistar a la señorita Henrietta Barret, tal como había conquistado a otras mujeres a lo largo y ancho de Gran Bretaña.

Simplemente siendo él mismo.

Comenzó con otra de sus aniquiladoras sonrisas.

Henry no tenía ni la menor posibilidad.

Se creía hecha de material duro. Incluso logró decirse «Estoy hecha de material duro» cuando la bañó la fuerza de ese encanto, como una marejada. Pero le quedó claro que su material no era tan duro, porque el estómago le dio un salto mortal, le fue a caer más o menos cerca del corazón y, absolutamente horrorizada, se oyó suspirar.

—Háblame de ti, Henry —dijo Dunford.

Ella pestañeó, como si de repente hubiera despertado de un sueño bastante lánguido.

—¿De mí? No hay mucho que decir, me temo.

—Eso lo dudo, Henry. Eres una mujer excepcional.

—¿Excepcional? ¿Yo? —casi chilló.

—Bueno, veamos. Está claro que usas pantalones más que vestidos porque nunca he visto a una mujer sentirse menos cómoda con un vestido.

Ella sabía que eso era cierto, pero era increíble lo mucho que le dolió oírselo decir.

—Claro que eso podría deberse a que ese vestido no es de tu talla, o a que la tela pica.

Ella se alegró un poco. Ese vestido era de hacía cuatro años, y ella había crecido bastante desde entonces.

Dunford levantó la mano derecha como si fuera a contar sus excentricidades. Estiró el dedo del corazón y lo puso junto al índice.

—Diriges una propiedad pequeña pero lucrativa, por lo que se ve, y al parecer lo has hecho durante los seis últimos años.

Ella tragó saliva y se tomó en silencio la sopa, mientras él levantaba otro dedo.

—No te asustaste, y ni siquiera te desconcertaste ante ese cerdo al que sólo puedo describir como el animal más inmenso de la variedad porcina que he visto en mi vida, visión que habría causado un ataque de histeria a la mayoría de mis conocidas, y sólo puedo deducir que te tuteas con dicho animal.

Henry frunció el ceño, sin saber cómo interpretar eso.

—Tienes un aire de autoridad que normalmente sólo se ve en hombres, y sin embargo —otro dedo—, eres tan femenina que no te has cortado el pelo, el cual, por cierto, es muy hermoso.

Henry se ruborizó ante ese cumplido, pero no antes de pensar si él comenzaría a contar con los dedos de la otra mano.

—Y finalmente —continuó él, estirando el pulgar—, te haces llamar por el inverosímil nombre de Henry.

Ella sonrió débilmente.

Él se miró la mano, con los cinco dedos abiertos como una estrella de mar.

—Si eso no justifica llamarte una mujer excepcional, no sé qué lo justificaría.

—Bueno —dijo ella, y titubeó un instante—, tal vez soy un poco rara.

—Vamos, no te llames rara, Henry; deja que otros te llamen así, si insisten. Llámate original. Eso tiene un sonido mucho más bonito.

Original, pensó ella. Le gustaba bastante.

—Se llama Porkus.

—¿Perdón?

—El cerdo. Me tuteo con él. —Sonrió cohibida—. Se llama Porkus.

Dunford echó atrás la cabeza y se rió.

—Ay, Henry, eres un tesoro.

—Creo que tomaré eso por un cumplido.

—Sí, por favor.

Ella bebió un trago de vino, sin darse cuenta de que ya había bebido más de lo habitual. El lacayo le había ido llenando solícito la copa después de cada sorbo.

—Supongo que me crié de una manera poco común —dijo, osadamente—. Tal vez por eso soy tan diferente.

—¿Sí?

—No había muchos niños por aquí cerca, así que no tuve muchas posibilidades de ver cómo eran las otras niñas. La mayor parte del tiempo jugaba con el hijo del jefe de los mozos del establo.

—¿Y él sigue en Stannage Park? —preguntó.

Se estaba preguntando si ella no tendría algún amante oculto; eso parecía bastante probable. Era una joven excepcional, como habían concluido. Si se saltaba las reglas, bien podía tener un amante.

—Ah, no. Billy se casó con una chica de Devon y se marchó. Oiga, no me está haciendo todas estas preguntas sólo por ser amable, ¿verdad?

Él sonrió pícaro.

—Nooo, de ninguna manera. Claro que de todos modos espero haber sido amable, pero estoy muy interesado.

Y lo estaba. Siempre le habían interesado las personas, siempre le había interesado descubrir qué es lo que da energía y entusiasmo a la raza humana. En su casa de Londres solía pasarse horas mirando por la ventana simplemente para ver pasar a la gente. Y en las fiestas era un conversador brillante, no porque intentara serlo sino porque le interesaba verdaderamente lo que decían los demás.

Eso era parte del motivo de que tantas mujeres se hubieran enamorado de él.

Al fin y al cabo era bastante extraordinario que un hombre escuchara realmente lo que decía una mujer.

Y Henry no era en absoluto inmune a sus encantos. Claro que los hombres la escuchaban todos los días, pero eran hombres que trabajaban para Stannage Park, para ella, en realidad. Nadie aparte de la señora Simpson se tomaba el tiempo para preguntarle cómo estaba. Algo aturullada por el interés de Dunford, ocultó su nerviosismo adoptando su actitud impertinente normal.

—¿Y usted, milord? ¿Fue poco común su crianza?

—Todo lo normal que puede ser, me temo. Aunque mis padres se querían mucho, lo que es bastante extraordinario entre los miembros de la alta sociedad, pero aparte de eso, fui un típico niño británico.

—Ah, eso lo dudo.

Él se inclinó hacia ella.

—¿Sí? ¿Y eso por qué, señorita Henrietta?

Ella bebió otro trago de vino.

—No me llame Henrietta, por favor. Detesto ese nombre.

—Pero es que cada vez que la llamo Henry el nombre me trae a la memoria a un compañero bastante desagradable que tuve en Eton.

Ella lo miró alegremente.

—Creo que entonces tendrá que adaptarse.

—Llevas demasiado tiempo dando órdenes.

—Tal vez, pero es evidente que usted no está acostumbrado a recibirlas.

—Tocado, Henry. Y no creas que no noté que te las arreglaste para no explicarme por qué dudas de que yo tuviera una crianza típica.

Henry frunció los labios y miró su copa de vino, que, curiosamente, seguía llena; podría jurar que había bebido por lo menos dos copas. Bebió un poco más.

—Bueno, no es lo que se dice un hombre típico.

—¿No?

—No —dijo ella, agitando el tenedor para dar énfasis, y luego bebió otro sorbo de vino.

—¿Y en qué soy atípico?

Henry se mordió el labio inferior, vagamente consciente de que acababan de arrinconarla.

—Bueno, es bastante amistoso.

—¿Y no lo son la mayoría de los ingleses?

—Conmigo no.

Él curvó los labios en una sonrisa irónica.

—Evidentemente no saben lo que se pierden.

Ella entrecerró los ojos.

—Oiga, no ha dicho eso con sarcasmo, ¿verdad?

—Te aseguro, Henry, que nunca he sido menos sarcástico. Eres la persona más interesante que he conocido desde hace meses.

Ella le escrutó en busca de señales de doblez, pero no encontró ninguna.

—Creo que lo dice en serio.

Él reprimió otra sonrisa y la contempló en silencio. Su expresión era una deliciosa combinación de arrogancia y preocupación, algo nublada por estar achispada. Agitaba el tenedor al hablar, al parecer indiferente al bocado de faisán que colgaba del extremo.

—¿Por qué no son amistosos los hombres contigo? —preguntó en voz baja.

Henry pensó por qué le resultaba tan fácil hablar con ese hombre, si sería por el vino o simplemente por él. En todo caso, decidió, el vino no podía hacerle ningún daño. Bebió otro poco.

—Creo que me consideran un adefesio —dijo finalmente.

Dunford titubeó ante esa desnuda franqueza.

—No, no es cierto. Sólo necesitas que alguien te enseñe a ser una mujer.

—Ah, sé ser una mujer. Simplemente no soy el tipo de mujer que desean los hombres.

Esas palabras eran tan atrevidas que él tuvo que toser. Diciéndose que ella no tenía idea de lo que decía, tragó saliva.

—Seguro que exageras.

—Y seguro que usted miente. Usted mismo acaba de decir que soy rara.

—Dije que eres excepcional. Y eso no significa que nadie la desee, esto..., que nadie se interese por ti.

Entonces, horrorizado, cayó en la cuenta de que él podría interesarse por ella. Bastante, si se permitía pensarlo mucho. Gimiendo mentalmente, desechó el pensamiento. No tenía tiempo para una señorita criada en el campo. A pesar de su comportamiento raro, ella no era el tipo de mujer con la que un hombre desea casarse, y él no deseaba casarse con ella.

De todos modos, había algo fascinante en ella...

—Cállate, Dunford —masculló.

—¿Ha dicho algo, milord?

—Ah, no, no, Henry, y por favor no te molestes con el «milord». No estoy acostumbrado y, además, me parece fuera de lugar si yo te tuteo y te llamo Henry.

—¿Cómo debo llamarlo, entonces?

—Dunford. Todos me llaman así —explicó, repitiendo sin darse cuenta las palabras de ella.

—¿No tiene nombre de pila? —preguntó ella, sorprendida por el tono coqueto de su propia voz.

—No, en realidad.

—¿Qué significa «no, en realidad»?

—Supongo que oficialmente sí, tengo un nombre, pero nadie lo usa jamás.

—Pero ¿cuál es?

Él se inclinó y le dedicó otra de sus sonrisas letales.

—¿Importa?

—Sí —replicó ella.

—A mí no —dijo él alegremente, masticando un bocado de faisán.

—Sabe ser bastante irritante, señor Dunford.

—Sólo Dunford, por favor.

—Muy bien. Sabe ser bastante irritante, Dunford.

—Eso me dicen de vez en cuando.

—De eso no me cabe duda.

—Supongo que más de uno comentará de vez en cuando tus dotes para irritar también, señorita Henry.

A Henry no le quedó más remedio que sonreír, cohibida. Él tenía toda la razón.

—Supongo que por eso nos llevamos tan bien.

—Sí que nos llevamos bien —convino él; pensó por qué lo sorprendía darse cuenta de eso, y luego decidió que no servía de nada pensarlo—. Un brindis entonces —dijo, levantando la copa—. Por el par más irritante de Cornualles.

—¡De Gran Bretaña!

—Muy bien, de Gran Bretaña. Que sigamos irritando por mucho tiempo.

Esa noche, cuando Henry se estaba cepillando el pelo para acostarse, comenzó a pensar. Si Dunford era tan agradable, ¿por qué estaba tan deseosa de echarlo de allí?

Capítulo 3

A la mañana siguiente Henry despertó con un dolor de cabeza atroz. Bajó de la cama y algo tambaleante fue a echarse agua en la cara, al tiempo que pensaba por qué sentiría tan rara la lengua, tan pastosa.

Debió de ser el vino, pensó, pegando la lengua al paladar. No estaba acostumbrada a beber vino en la cena, y además Dunford la había invitado a hacer un brindis con él. Se frotó la lengua con los dientes. Nada, seguía pastosa.

Se puso la camisa y los pantalones, se recogió el pelo hacia atrás con una cinta verde y salió al corredor justo a tiempo para interceptar a una criada que al parecer iba hacia la habitación de Dunford.

—Ah, Polly, hola —dijo, plantándose firmemente en el camino de la criada—. ¿En qué andas por aquí esta mañana?

—Llamó su señoría, señorita Henry. Iba a ver qué desea.

—Yo me encargaré de eso —dijo Henry, obsequiándola con una sonrisa de oreja a oreja, sin entreabrir los labios.

Polly pestañeó.

—Muy bien —dijo al fin—. Si piensa...

—Ah, sí que pienso —interrumpió Henry, poniéndole las manos en los hombros y volviéndola—. Pienso todo el tiempo, en realidad. Ahora bien, ¿por qué no vas a buscar a la señora Simpson? Seguro que hay algún trabajo urgente que hacer.

Le dio un suave empujón y se quedó observándola hasta que la criada desapareció por la escalera.

Hizo una inspiración rápida tratando de decidir qué debía hacer. Pensó en darse media vuelta y no hacer caso de la llamada de Dunford, pero seguro que volvería a llamar, y cuando preguntara por qué nadie había acudido a su primera llamada, sin duda Polly le diría que ella se lo había impedido.

Echó a caminar por el corredor, muy lentamente, con el fin de darse tiempo para preparar un plan. Cuando llegó a la puerta, levantó la mano para llamar, y la detuvo a tiempo. Los criados no llaman nunca antes de entrar en las habitaciones. ¿Debía entrar sin más? Después de todo iba a realizar la tarea de una criada.

Pero no era una criada.

Y probablemente estaba tan desnudo como el día que llegó al mundo.

Llamó.

Pasado un breve silencio, oyó su voz.

—Adelante.

Abrió la puerta lo justo para asomar la cabeza.

—Hola, señor Dunford.

—Sólo Dunford —dijo él automáticamente, y entonces cayó en la cuenta de que era ella; se cerró bien la bata, diciendo—: ¿Hay algún motivo particular de que estés en mi habitación?

Henry hizo acopio de valor y se decidió a entrar; posó brevemente la mirada en el ayuda de cámara, que estaba preparando la espuma para afeitar en el rincón. Volvió la mirada a Dunford, el cual, observó, se veía fabulosamente bien en bata. Tenía unos tobillos bonitos. Había visto tobillos; incluso había visto piernas. Esa era una granja, después de todo. Pero los de él eran muy, muy bonitos.

—Henry —ladró él.

Ella se irguió.

—Ah, sí. Usted llamó.

Él arqueó una ceja.

—¿Desde cuando acudes a las llamadas del timbre? Creía que estabas en posición de llamar tú.

—Ah, lo estoy. Claro que lo estoy. Simplemente deseaba asegurarme de que está cómodo. Hace muchísimo tiempo que no tenemos un huésped en Stannage Park.

—Y mucho menos al dueño de la propiedad —dijo él, irónico.

—Bueno, sí, por supuesto. No quería que nos encontrara en falta de ninguna manera, así que se me ocurrió venir yo a atender sus necesidades.

Él sonrió.

—Qué interesante. Hace muchísimo tiempo que no me baña una mujer.

Henry tragó saliva y retrocedió un paso.

—¿Qué ha dicho?

Él la miró con una expresión de la más pura inocencia.

—Llamé para pedirle a la criada que me trajera la bañera.

—Pero creía que ya se había bañado ayer —dijo ella, tratando de no sonreír.

Vamos, era menos inteligente de lo que se creía. No podría haberle dado una oportunidad mejor ni que lo hubiera intentado.

—Esta vez creo que tendré que ser yo quien pregunte qué has dicho.

—Hay mucha demanda de agua, ¿sabe? —dijo ella muy seria—. La necesitamos para los animales. Necesitan beber y, ahora que el tiempo es más caluroso, tenemos que procurar que tengan agua suficiente para refrescarse.

Él no dijo nada.

—No tenemos agua suficiente para bañarnos cada día —continuó ella alegremente, entrando en el espíritu de su engaño.

Dunford apretó los labios.

—Como demostró tu encantadora fragancia ayer —dijo entre dientes.

Henry resistió el deseo de cerrar la mano y asestarle un buen puñetazo.

—Exactamente —dijo.

Miró hacia el ayuda de cámara, que parecía a punto de tener palpitaciones ante la idea de un amo tan abandonado.

—Puedo asegurarte —estaba diciendo Dunford, sin el menor asomo de humor en su voz— que no tengo la menor intención de que mi persona huela a porqueriza durante mi estancia en Cornualles.

—No creo que llegue a tanto —replicó Henry—. El de ayer fue un caso excepcional. Estuve construyendo una porqueriza. Le aseguro que permitimos baños extras después de trabajar en la porqueriza.

—Qué magníficamente higiénica esa medida.

Henry captó el sarcasmo en su tono. Hasta el zoquete más zoquete habría encontrado difícil no captarlo.

—Muy bien. Entonces, mañana, por supuesto, podrá bañarse.

—¿Mañana?

—Cuando volvamos a trabajar en la porqueriza. Hoy es domingo. Incluso nosotros nos abstenemos de hacer esas tareas tan pesadas los domingos.

Dunford tuvo que hacer un enorme esfuerzo para no dejar salir por sus labios otro comentario ácido. Tenía la impresión de que la muchacha estaba disfrutando; disfrutando viéndole molesto, para ser exactos. Entrecerró los ojos y la miró con más atención. Ella pestañeó y lo miró con una expresión de la más pura seriedad.

Tal vez no estaba disfrutando con eso; tal vez era cierto que no tenían agua suficiente para bañarse todos los días. Jamás había oído que existiera un problema como ese en una casa bien llevada, pero tal vez en Cornualles llovía menos que en el resto de Inglaterra.

Un momento, chilló su cerebro; eso era Inglaterra; siempre llovía; en todas partes. La miró receloso.

Ella sonrió.

Entonces dedicó tiempo y esmero a elegir las palabras.

—¿Con qué frecuencia puedo bañarme mientras esté aquí, Henry?

—Una vez a la semana.

—Una vez a la semana no me irá bien —contestó él, en tono tranquilo.

Vio que ella vacilaba. Estupendo.

—Comprendo —dijo ella; estuvo un momento mordiéndose el labio inferior—. Esta es su casa, por supuesto, así que supongo que si desea bañarse con mayor frecuencia, es su derecho hacerlo.

Él reprimió el deseo de decir «Lo es, maldita sea».

Ella exhaló un suspiro, un suspiro largo, grande, muy sentido. La fastidiosa muchacha suspiró como si llevara el peso de tres mundos sobre los hombros.

—No debería quitarles agua a los animales —dijo—. Está haciendo más calor, ¿sabe?, y…

—Sí, lo sé. Los animales necesitan mantenerse frescos.

—Exacto. Lo necesitan. El año pasado murió una cerda del agotamiento producido por el calor. No querría que eso volviera a ocurrir, así que supongo que si usted desea bañarse con más frecuencia… —hizo una pausa muy teatral, y él pensó que no deseaba saber lo que diría—. Bueno, supongo que yo podría reducir mis baños.

Dunford recordó su olor cuando se conocieron.

—No, Henry —se apresuró a decir—. No te conviene hacer eso. Una dama debe… es decir…

—Lo sé, lo sé. Usted es un caballero de la cabeza a los pies. No desea privar de un baño a una dama. Pero puedo asegurarle que no soy una dama corriente.

—Eso no ha estado jamás en duda. Pero de todos modos…

—No, no —interrumpió ella, haciendo un amplio gesto de barrido con la mano—. No hay ninguna otra cosa que hacer. No puedo quitarles agua a los animales. Me tomo muy en serio mi puesto en Stannage Park, y no podría descuidar mis deberes. Yo me ocuparé de que usted pueda bañarse dos veces a la semana y yo...

Dunford se oyó gemir.

—... me bañaré semana sí, semana no. No será tan terrible.

—Para ti, tal vez —masculló él.

—Menos mal que me bañé ayer.

—Henry —dijo él, pensando cómo tocar el tema sin ser imperdonablemente grosero—. De verdad, no quiero privarte de tu baño.

—Ah, pero es que esta es su casa. Si desea bañarse dos veces a la semana...

—Deseo bañarme cada día —interrumpió él, entre dientes—, pero me contentaré con dos veces a la semana si tú haces lo mismo.

Abandonó toda esperanza de llevar la conversación con educación. Esa era la conversación más extraña que había tenido en toda su vida con una mujer. Bueno, con todo lo que ya sabía de ella, Henry no cualificaba como mujer en ningún sentido de la palabra. Tenía unos hermosos cabellos, claro, y no se podían olvidar fácilmente sus ojos gris plateado, pero las mujeres sencillamente no se entregan a largas conversaciones sobre el baño. Y mucho menos en la habitación de un caballero. Y menos aún cuando dicho caballero sólo viste una bata. A él le gustaba considerarse de criterio bastante amplio, pero eso era demasiado.

Ella exhaló otro suspiro.

—Lo pensaré. Si eso le parece bien, yo podría ir a comprobar las reservas de agua. Si hay bastante, tal vez podría complacerlo.

—Lo agradecería. Muchísimo.

—Muy bien —dijo ella, poniendo la mano en el pomo de la puerta—. Ahora que tenemos eso arreglado, le dejaré para que vuelva a sus abluciones matutinas.

—O su falta —dijo él, sin poder encontrar el entusiasmo para curvar la boca en una sonrisa irónica.

—No es tan terrible. Tenemos agua suficiente para proveerle de un jarro pequeño lleno cada mañana. Le sorprendería lo mucho que da de sí.

—Probablemente no me sorprendería en absoluto.

—Ah, pero se puede lograr estar limpio con sólo un poco de agua. Me hará feliz darle instrucciones detalladas.

Dunford sintió los primeros revoloteos del humor. Avanzó hacia ella con un brillo pícaro en los ojos.

—Eso podría resultar muy interesante.

Ella se ruborizó al instante.

—Es decir, instrucciones detalladas escritas. Esto... eh...

—Eso no será necesario —dijo él, apiadándose.

Tal vez era más femenina de lo que él creía.

—Estupendo —dijo ella—. Se lo agradezco. No sé por qué lo dije. Eh... ahora bajaré a tomar el desayuno. Usted debería bajar pronto. Es nuestra comida más completa, y necesitará todas sus fuerzas...

—Sí, lo sé. Anoche me lo explicaste con gran detalle. Es mejor que coma bien por la mañana porque a mediodía hay avena con leche.

—Sí. Me parece que nos quedó un poco de faisán, así que creo que la comida no será tan austera como de costumbre, pero...

Él levantó una mano, pues no quería oír nada más sobre la lenta muerte por inanición que ella le tenía programada.

—No digas nada más, Henry. Baja a desayunar. Yo me reuniré contigo dentro de un rato. Mis abluciones, como las has llamado tan amablemente, no llevarán mucho tiempo esta mañana.

—Sí, por supuesto —dijo ella.

Acto seguido salió corriendo de la habitación. Sólo había llegado a la mitad del corredor cuando tuvo que detenerse y apoyarse en la pared, con todo el cuerpo estremecido de risa; apenas podía tenerse en pie. La expresión de la cara de Dunford cuando ella le anunció que sólo podría bañarse una vez a la semana no tenía precio. Sólo la superó su expresión cuando le dijo que ella se bañaría semana sí semana no.

Librarse de Dunford, pensó, no le llevaría tanto tiempo como había imaginado al principio.

Estar sin bañarse no sería agradable; ella siempre había sido exigente en eso. Pero no sería un sacrificio tan grande por Stannage Park; además, tenía la clara impresión de que soportar su falta de limpieza sería más difícil para Dunford que para ella.

Bajó al comedor pequeño. Aún no habían llevado el desayuno a la mesa, así que se dirigió a la cocina.

La señora Simpson estaba junto a la cocina moviendo las salchichas en una sartén para que no se quemaran.

—Hola, Simpy.

El ama de llaves se volvió a mirarla.

—¡Henry! ¿Qué haces aquí? Yo diría que deberías estar ocupada atendiendo a nuestro huésped.

Henry puso los ojos en blanco.

—No es nuestro huésped, Simpy. Nosotras somos sus huéspedes. O al menos yo lo soy. Tú tienes un puesto oficial.

—Sé que esto ha sido difícil para ti.

Henry se limitó a sonreír, pensando que sería imprudente contarle a la señora Simpson lo que había disfrutado esa mañana. Olisqueó las salchicas.

—El desayuno huele exquisito, Simpy.

La mujer la miró extrañada.

—Es lo mismo de todos los días.

—Tal vez tengo más hambre que de costumbre. Y tengo que hartarme de comer, porque el nuevo lord Stannage es algo..., digamos, austero.

La señora Simpson se volvió lentamente.

—Henry, ¿qué diablos quieres decir?

Se encogió de hombros con expresión desvalida.

—Desea avena con leche para el almuerzo.

—¡Avena con leche! Henry, si esta es una de tus descabelladas tretas...

—Vamos, Simpy, ¿de verdad crees que yo llegaría tan lejos? Sabes lo mucho que detesto la avena con leche.

—Supongo que podríamos complacerle. Pero para la cena tendré que preparar algo especial.

—Cordero.

La señora Simpson agrandó los ojos, incrédula.

—¿Cordero?

Henry se encogió de hombros.

—Le gusta el cordero.

—No te creo ni por un instante, señorita Henrietta Barret.

—Ah, muy bien. Lo del cordero fue idea mía. No hay ninguna necesidad de que él sepa lo bien que comemos aquí.

—Esos planes tuyos van a ser tu perdición.

Henry se le acercó.

—¿Quieres que te echen de aquí por la oreja?

—No veo por qué...

—Él puede hacerlo, ¿sabes? Puede despedirnos a todos. Es mejor que nos libremos de él antes que él se libre de nosotros.

Pasado un largo silencio, la señora Simpson capituló.

—Será cordero, entonces.

Henry se dirigió a la puerta que llevaba al resto de la casa y antes de abrirla se detuvo.

—Y no lo prepares demasiado bien. Un poco seco, tal vez. O haz algo salada la salsa.

—Trazo la raya en...

—De acuerdo, de acuerdo —se apresuró a decir Henry.

Ya había sido una batalla conseguir que la señora Simpson preparara cordero teniendo carne de buey, lechal y jamón a su disposición. Jamás conseguiría que lo cocinara mal.

Dunford la esperaba en el comedor pequeño. Estaba junto a una ventana contemplando los campos. No la oyó entrar, porque se sobresaltó cuando ella se aclaró la garganta.

Entonces se volvió, sonrió e hizo un gesto hacia la ventana con la cabeza.

—Los campos están preciosos. Has hecho un excelente trabajo de administración.

Henry se ruborizó ante ese inesperado elogio.

—Gracias. Stannage Park significa muchísimo para mí.

Permitió que él le retirara la silla y se sentó, justo cuando entraba un lacayo con el desayuno.

Comieron en relativo silencio. Henry era muy consciente de que debía comer todo lo que le fuera posible, porque no le cabía duda de que al mediodía la comida sería un asunto penoso. Miró a Dunford, y vio que estaba comiendo con una desesperación similar. Estupendo; tampoco le hacía ilusión la avena con leche.

Cuando pinchó el tenedor en la última salchicha, se obligó a hacer una pausa.

—He pensado que esta mañana podría llevarle a hacer un recorrido por Stannage Park.

Dunford no pudo contestar inmediatamente porque tenía la boca llena de huevo.

—Excelente idea.

—Pensé que desearía conocer mejor su propiedad. Hay mucho que aprender si quiere llevarla bien.

—¿Ah, sí?

Esta vez fue Henry la que tuvo que retrasar la respuesta hasta terminar de masticar su último bocado de salchicha.

—Ah, pues, sí. Supongo que sabe que hay que estar al tanto de los alquileres, las cosechas y las necesidades de los inquilinos, pero si uno quiere verdadero éxito, tiene que hacer la milla extra.

—No sé si deseo saber lo que entraña esa «milla extra».

—Ah, varias cosas. —Sonriendo miró el plato vacío de él—. ¿Comenzamos?

—Faltaría más —contestó él.

Se levantó al mismo tiempo que ella, le cedió el paso para que le guiara y la siguió hasta salir de la casa.

—Pensé que podríamos comenzar por los animales —dijo ella.

—Supongo que los conoces a todos por su nombre —dijo él, medio en broma.

Ella se volvió a mirarlo con la cara iluminada por una radiante sonrisa. En realidad ese hombre se lo estaba poniendo fácil. No paraba de darle las mejores oportunidades.

—¡Claro! Un animal feliz es un animal productivo.

—No conocía ese axioma —masculló él.

Henry abrió una puerta de madera que llevaba a un enorme campo bordeado por setos.

—Es evidente que ha pasado demasiado tiempo en Londres. Esa es una frase muy corriente aquí.

—¿También se aplica a los seres humanos?

Ella se volvió a mirarlo.

—¿Qué ha dicho?

—Ah, nada, nada —contestó él, sonriendo con la mayor inocencia.

Se meció sobre los talones, tratando de entender a esa extrañísima mujer. ¿Sería posible que le hubiera puesto nombre a todos los animales? Sólo en ese campo había por lo menos treinta ovejas. Volvió a sonreír y señaló hacia la izquierda.

—¿Cómo se llama esa?

Henry pareció algo sorprendida por la pregunta.

—¿Esa? Ah, Margaret.

Él arqueó las cejas.

—¿Margaret? Qué encantador nombre inglés.

—Es una oveja inglesa —dijo ella, irritada.

Él señaló hacia la derecha.

—¿Y esa?

—Thomasina.

—¿Y esa? ¿Y esa? ¿Y esa?

—Sally, eh, Ester, eh, eh…

Dunford ladeó la cabeza, disfrutando al ver cómo se le enredaba la lengua.

—¡Isósceles! —terminó ella en tono triunfal.

Él pestañeó.

—Supongo que esa de ahí se llama Equilátera.

—No —repuso ella, ogullosa, señalando hacia el otro lado del campo—. Esa es Equilátera. —Se cruzó de brazos—. Siempre me ha gustado la geometría.

Dunford guardó silencio un momento, cosa que ella agradeció muchísimo. No le había resultado fácil inventar nombres en un abrir y cerrar de ojos. ¿Es que él quería enredarla preguntándole los nombres de todas las ovejas? ¿Habría descubierto su plan?

—No me creyó cuando le dije que sabía los nombres de todas —dijo, con la esperanza de que hablar francamente del tema disolvería cualquier sospecha que él pudiera tener.

—No.

Ella sonrió, altanera.

—¿Y puso atención?

—¿Perdón?

—¿Cuál es Margaret?

Él la miró boquiabierto.

—Si va a administrar Stannage Park debe saber cuál es cuál.

Intentó hablar sin el menor asomo de sarcasmo. Le pareció que lo conseguía; a sus oídos su voz sonó como la de una persona cuyo único interés era el éxito de la granja.

Dunford se concentró y pasado un momento apuntó a una oveja.

—Esa.

¡Porras! No se equivocó.

—¿Y Thomasina?

Era evidente que él se había entusiasmado con el ejercicio, porque con expresión muy jovial señaló:

—Esa.

Henry estaba a punto de decir «Error» cuando cayó en la cuenta de qeu no tenía idea de si se había equivocado o no. ¿A cuál llamó Thomasina? Creía que era a una que estaba junto al árbol, pero todas las ovejas se habían movido y...

—¿He acertado?

—¿Perdón?

—¿Es Thomasina esa oveja o no?

—No —contestó ella, decidida.

Si ella no recordaba cuál era Thomasina, dudaba mucho que lo recordara él.

—Estoy seguro de que esa es Thomasina —insistió él, apoyando la espalda en la puerta, con expresión muy confiada y muy masculina.

—Esa es Thomasina —ladró ella, apuntando al azar.

Él esbozó una amplia sonrisa.

—No, esa es Isósceles. Estoy segurísimo.

Ella tragó saliva varias veces.

—No, no. Es Thomasina. Estoy segura. Pero no se preocupe, seguro que no tardará en aprender los nombres de todas. Sólo necesita poner la mente en ello. Ahora bien, ¿le parece que continuemos nuestro recorrido?

Dunford se apartó de la puerta.

—No veo la hora.

Silbando para sus adentros, salió del campo detrás de ella. Esa iba a ser una mañana muy interesante.

«Interesante» no fue tal vez la palabra correcta, pensaría Dunford después.

Cuando volvieron a la casa al mediodía (un «exquisito» plato de avena con leche caliente y viscosa), él ya había limpiado los corrales del establo, ordeñado una vaca, lo habían picoteado tres gallinas diferentes, había quitado malas hierbas de una huerta y se había caído en un canal.

Y si dio la casualidad de que esa caída fue consecuencia de que Henry tropezó con una raíz de un árbol y chocó con él, bueno, no había manera de demostrar que ella lo había hecho con intención, ¿verdad? Tomando en cuenta que el remojón era lo más cercano a un baño que iba a conseguir, decidió no enfadarse por eso todavía.

Henry tramaba algo, y era condenadamente interesante observarla, aunque todavía no sabía qué intentaba conseguir.

Cuando se sentaron a la mesa, entró la señora Simpson con dos platos humeantes y colocó el más lleno delante de él.

—Lo llené hasta arriba, puesto que es su plato favorito.

Él ladeó la cabeza y miró a Henry, con una ceja arqueada de una manera muy interrogante.

Henry miró fijamente a la señora Simpson, y cuando ella salió, le susurró:

—Se sentía fatal por tener que servirle avena con leche así que yo, bueno, mentí un poco y le dije que le encanta. Eso la hizo sentirse mucho mejor. Sin duda se justifica una mentirijilla piadosa si es por el bien de la humanidad.

Él metió la cuchara en el nada apetecible plato de avena.

—No sé por qué, Henry, tengo la impresión de que te has tomado muy a pecho esa idea.

Esa noche, cuando Henry se estaba cepillando el pelo antes de acostarse, pensó que el día se podía considerar un éxito total y absoluto. Bueno, Casi.

No creía que él se hubiera dado cuenta de que ella había tropezado adrede con la raíz de ese árbol para empujarlo al canal, y el episodio de la avena con leche fue, en su opinión, nada menos que brillante.

Pero Dunford era muy perspicaz. Era imposible pasar todo un día con él sin darse cuenta. Y como si eso fuera poco, había sido condenadamente simpático con ella. Durante la cena fue un acompañante encantador, muy atento, haciéndole preguntas sobre su infancia y riéndose de las anécdotas que ella le contaba sobre su infancia en una granja.

Si no tuviera tantas cualidades redentoras le resultaría mucho más fácil idear maneras de librarse de él.

Pero, se dijo severamente, el hecho de que fuera una persona simpática de ninguna manera eliminaba el hecho aún más importante de que tenía el poder de echarla de Stannage Park. Se estremeció. ¿Qué haría ella lejos de su amado hogar? No sabía hacer ninguna otra cosa, y no tenía idea de cómo defenderse en el mundo.

No, tenía que encontrar una manera de obligarlo a marcharse de Cornualles. Tenía que encontrarla.

Afirmada nuevamente su resolución, dejó el cepillo en el tocador y se levantó. Echó a andar hacia la cama pero la detuvo un patético gruñido del estómago.

Vaya por Dios, tenía hambre.

Esa mañana le había parecido un plan inspirado matarlo de hambre para que se marchara, pero había descuidado el muy pertinente hecho de que ella también sufriría las consecuencias.

No hagas caso, se dijo.

El estómago se quejó.

Miró el reloj. Medianoche. La casa estaría silenciosa. Podía bajar sigilosamente a la cocina, coger algo y volver al dormitorio a comérselo. Sólo tardaría unos minutos en ir y venir.

Sin molestarse en ponerse una bata, salió de la habitación, recorrió el pasillo de puntillas y bajó la escalera.

Dunford no lograba conciliar el sueño. ¡Maldita sea, tenía un hambre espantosa! Su estómago hacía unos ruidos de lo más horrendos. Henry lo había llevado a recorrer todo el campo ese día, por una ruta hecha a la medida para agotarlo, y luego tuvo la cara de sonreír mientras lo alimentaba con avena con leche a mediodía y luego fiambre de cordero.

¿Fiambre de cordero? ¡Ajj! Y si no sabía lo bastante mal, no pecaba de abundante tampoco.

Seguro que en la casa tenía que haber algo comestible que no pusiera en peligro a esos preciosos animales. Una galleta. Un rábano. Incluso una cucharada de azúcar.

Bajó de la cama de un salto, se puso una bata para cubrir su desnudez, y salió sigilosamente de la habitación. Pasó de puntillas ante la puerta de la habitación de Henry, no convenía despertar a la pequeña tirana. Una tirana bastante simpática y encantadora, sí, pero de todos modos era mejor que no se enterara de su viajecito a la cocina.

Bajó la escalera, viró, entró sigiloso en el comedor pequeño y se dirigió a... ¡un momento! ¿La luz de la cocina estaba encendida?

Henry.

La maldita chica estaba comiendo.

Llevaba un largo camisón de algodón blanco que flotaba angelicalmente a su alrededor.

¿Henry, angelical?

¡Ja!

Cuidando de avanzar por la parte en sombras, fue a ocultarse junto a la pared y asomó la cabeza.

—Rayos, detesto la avena con leche —estaba mascullando ella.

Se echó un pastelillo en la boca y bebió un trago de leche que tenía en un vaso, y luego cogió una loncha de... ¿era jamón eso?

Dunford entrecerró los ojos; eso no era cordero.

Entonces Henry bebió otro largo y (a juzgar por su suspiro) satisfactorio trago de leche y comenzó a ordenar y limpiar.

El primer impulso de Dunford fue irrumpir en la cocina pisando fuerte y exigir una explicación, pero justo entonces su estómago volvió a rugir. Suspirando, se escondió tras la parte lateral de un armario cuando ella pasó de puntillas por el comedor. Esperó hasta oír sus pasos en la escalera, entró corriendo en la cocina y se pulió el resto del jamón.

Capítulo 4

*M*aryanne, la camarera, sacudió suavemente a Henry por los hombros.

—Despierte, Henry. Henry, despierte.

Se dio la vuelta y masculló algo vagamente parecido a «vete».

—Pero usted insistió, Henry. Me hizo jurar que la sacaría de la cama a las cinco y media.

—Mmm, grmmmp, no lo dije en serio.

—Me dijo que diría eso y que no debía hacerle caso. —Le dio una buena sacudida—. ¡Despierte!

Henry, que hasta ese momento estaba bastante dormida, se despabiló del todo y se sentó con un movimiento tan brusco que comenzó a temblar.

—¿Qué? ¿Quién es? ¿Qué pasa?

—Soy yo, Henry. Maryanne.

Pestañeó.

—¿Qué diablos haces aquí? Todavía está oscuro. ¿Qué hora es?

—Las cinco y media —contestó Maryanne, pacientemente—. Me pidió que la despertara muy temprano esta mañana.

—¿Yo pedí...? Ah, sí, Dunford. Sí, yo te lo pedí. De acuerdo. Gracias, Maryanne. Eso será todo.

—Me hizo jurar que me quedaría en la habitación hasta que se hubiera bajado de la cama.

Era demasiado lista, pensó Henry, al darse cuenta de que estaba a punto de volverse a meter bajo las mantas.

—De acuerdo. Comprendo. Bueno, no hay más remedio, supongo. —Bajó las piernas—. Muchas personas se levantan a esta... —se interrumpió para bostezar.

Fue hasta la cómoda, donde le habían dejado unos pantalones y una camisa blanca limpios, y comenzó a vestirse.

—Podría necesitar una chaqueta también —dijo Maryanne—. Hace frío fuera.

—Seguro —masculló Henry.

Con toda su dedicación y pasión por la vida del campo, jamás se levantaba antes de las siete, e incluso esa era una hora que había que evitar. Pero si quería convencer a Dunford de que no estaba hecho para la vida en Stannage Park tendría que estirar un poco la verdad.

Cuando se estaba abotonando la camisa, hizo una pausa para pensar. Seguía deseando que se marchara, ¿no?

Sí, claro que sí. Fue hasta el lavabo y se lavó la cara con agua fría, con la esperanza de que eso la hiciera parecer más despierta. Ese hombre se había propuesto hechizarla. Qué más daba que lo hubiera conseguido, pensó perversamente, lo que importaba era que lo había hecho adrede, tal vez porque deseaba algo de ella.

Pero claro, ¿qué podía desear de ella? Ella no tenía absolutamente nada que él necesitara.

A no ser, por supuesto, que se hubiera dado cuenta de que intentaba librarse de él y deseara impedírselo.

Pensó en eso mientras se peinaba, recogiéndose el pelo en una coleta. Le había parecido sincero cuando le dijo que estaba interesado en la educación de ella en la granja. Era su tutor, después de todo, aunque sólo fuera durante unos cuantos meses más. No había nada raro en el interés de un tutor.

Pero, ¿estaría interesado en su pupila, o en cómo agotar su nueva propiedad hasta dejarla seca?

Gimió. Era curioso como la tenue luz de las velas podía hacer ver el mundo tan inocente y rosa. A la fuerte luz de la mañana veía las cosas con más claridad.

Emitió un gutural sonido de fastidio. Fuerte luz de la mañana y un cuerno, todavía estaba oscuro.

Pero eso no significaba que no se diera cuenta de que él tramaba algo, aun cuando no supiera qué era exactamente. ¿Y si tenía planes secretos? Se estremeció al pensarlo.

Con renovada resolución, se puso las botas, cogió una vela y salió al corredor.

Dunford ocupaba los aposentos del señor, a unas pocas puertas más allá de su habitación. Hizo una profunda inspiración, para armarse de valor, y llamó a la puerta con fuerza.

No hubo respuesta.

Volvió a llamar.

Nada.

¿Se atrevería?

Sí.

Cogió el pomo, lo giró, empujó y entró en la habitación. Él estaba profundamente dormido; muy, muy profundamente.

Sintió una punzada de culpa por lo que iba a hacer.

—¡Buenos días! —exclamó, tratando de dar a su voz un tono animoso y simpático.

Él no se movió.

—¿Dunford?

Él balbuceó algo, pero aparte de eso no dio señales de estar ni aunque fuera medio despierto.

Ella se acercó unos cuantos pasos y volvió a intentarlo.

—¡Buenos días!

Él emitió otro sonido adormilado y se dio la vuelta, quedando de cara a ella.

Henry retuvo el aliento. Por Dios, qué guapo. Era el tipo de hombre que jamás le había prestado la menor atención en los bailes del condado. Sin pensarlo, alargó la mano para tocarle los labios bellamente modelados, pero se contuvo cuando estaba casi a punto de hacerlo. Retiró bruscamente la mano, como si se la hubiera quemado; reacción extraña, puesto que no lo había tocado.

No pierdas el valor ahora, Henry, se dijo. Tragó saliva, volvió a alargar la mano y le tocó el hombro, sólo con un dedo, con sumo cuidado.

—¿Dunford? ¿Dunford?

—Mmm, hermosos cabellos —dijo él, adormilado.

Ella se tocó el pelo. ¿Estaba hablando de ella? ¿O le hablaba a ella? Imposible saberlo; seguía dormido.

Volvió a intentarlo.

—¿Dunford?

—Huelen bien —balbuceó él.

Entonces ella entendió que no estaba hablando de ella.

—Dunford, es hora de levantarse.

—Calla, tesoro, y vuelve a acostarte.

¿Tesoro? ¿A quién le hablaba?

—Dunford…

Él levantó un brazo, le puso la mano con fuerza en la nuca, y ella cayó sobre la cama.

—¡Dunford!

—Chss, tesoro, bésame.

¿Besarlo?, pensó ella, desesperada. ¿Estaría loco? ¿O estaría loca ella, por esa fracción de segundo en que se sintió tentada de complacerlo?

—Mmm, qué dulzura —continuó él, besuqueándole el cuello y deslizando los labios bajo su mentón.

—Dunford, creo que sigues dormido —dijo ella, temblorosa.

Él le acarició la espalda, acercándola más.

—Mmm, lo que tú digas, tesoro.

Henry hizo una brusca inspiración, sólo los separaban la ropa de ella y las mantas, pero sintió el bulto duro, caliente. Se había criado en una granja, sabía qué significaba eso.

—Dunford, creo que te has confundido —dijo.

Él pareció no oírla. Ya había deslizado los labios hasta el lóbulo de su oreja y se lo estaba mordisqueando suavemente, en una caricia tan dulce que ella sintió que se derretía. Santo Dios, se estaba derritiendo en los brazos de un hombre que evidentemente la confundía con otra mujer. Por no tocar el pequeño problema de que él era una especie de enemigo.

Pero los hormigueos que bajaban y subían por su espalda resultaron más fuertes que el sentido común. ¿Cómo sería ser besada? ¿Ser besada de verdad en la boca? Ningún hombre le había dado jamás un beso, y no parecía probable que alguno se lo diera alguna vez. ¿Y si tenía que aprovecharse del estado adormilado de Dunford? Bueno, pues que así fuera.

Arqueando ligeramente el cuello, volvió la cara hacia la de él y le ofreció los labios.

Él la besó con avidez, moviendo los labios y la lengua sobre su boca. Ella sintió que el aire le abandonaba el cuerpo, sintió deseos de algo más. Tímidamente le puso la mano en el hombro. El músculo saltó con el contacto, él gimió y la estrechó con más fuerza.

Así que eso era la pasión. No era algo tan pecaminoso, al parecer; sin duda podía permitirse disfrutarla, al menos hasta que él despertara.

¿Hasta que despertara? Se quedó inmóvil. ¿Cómo diablos podría explicarle eso? Desesperada, intentó soltarse de sus brazos.

—¡Dunford! ¡Dunford, para!

Haciendo acopio de todas sus fuerzas, se apartó empujándole, y con tanta fuerza que se fue hacia atrás y cayó en el suelo, haciendo bastante ruido.

—¿Qué diablos?

Ella tragó saliva, nerviosa. Su tono indicaba que había despertado. Apareció la cara de él por el lado de la cama.

—¡Maldita sea, mujer! ¿Qué diablos haces aquí?

—Vine a despertarte.

Las palabras salieron más como una pregunta que como una respuesta.

Él soltó una expresión que ella no había oído jamás, y luego gritó:

—¡Por el amor de Dios, todavía está oscuro!

—Aquí nos levantamos a esta hora —mintió ella, en tono altanero.

—Bueno, estupendo para ti. ¡Ahora vete!

—Creí que deseabas que te enseñara la propiedad.

—Por la mañana.

—Ahora es la mañana.

—Sigue siendo de noche, mala mujer.

Apretó los dientes, resistiendo el impulso de levantarse, atravesar la habitación y abrir las cortinas, para demostrarle que aún no había salido el sol. Dicha sea la verdad, lo único que le impidió hacerlo fue su desnudez; bueno, su desnudez y su miembro levantado por la excitación.

¿Qué diantres?

Volvió a mirarla. Seguía sentada en el suelo, con los ojos agrandados y una expresión que parecía fluctuar entre el nerviosismo y el deseo.

¿Deseo?

La miró con más atención. Alrededor de su cara flotaban mechones de pelo suelto; era imposible que una persona tan eficiente como Henry se los hubiera peinado así a propósito, si tenía la intención de pasar el día fuera. Y tenía los labios demasiado rosados y ligeramente hinchados, como si acabaran de besarla.

—¿Qué haces en el suelo? —preguntó en voz baja.

—Bueno, como he dicho, vine a despertarte...

—Ahórrame eso, Henry. ¿Qué haces en el suelo?

Al menos ella tuvo la elegancia de ruborizarse.

—Ah, eso es una larga historia.

—Evidentemente, dispongo de todo el día —dijo él, con la voz ronca.

—Mmm, pues sí.

Henry hizo trabajar la mente a toda velocidad, hasta que cayó en la cuenta de que no podía decirle nada que fuera ni remotamente creíble, ni siquiera la verdad. Él no creería de ninguna manera que él había intentado besarla.

—Henry...

Notó cierta amenaza en su voz.

—Bueno —dijo, para hacer tiempo, pensando aterrada que tendría que decirle la verdad y enfrentar su horrorizada reacción—. Esto, mmm, entré para despertarte y tú... mmm, parece que tienes el sueño muy profundo.

Lo miró esperanzada, rogando que él decidiera que eso era una explicación suficiente.

Él se cruzó de brazos, claramente esperando más.

—Tú... creo que me confundiste con otra persona —continuó ella, penosamente consciente del rubor que cubría su cara.

—¿Y quién era esa persona?

—Una mujer a la que llamaste «tesoro».

¿Tesoro? Así era como llamaba a Christine, su amante, a la que mantenía muy discretamente en una casa de Londres. Comenzó a sentir una desagradable sensación en la boca del estómago.

—¿Y qué ocurrió entonces?

—Bueno, me cogiste por el cuello y yo me caí sobre la cama.

—¿Y?

—Y eso es todo —se apresuró a decir ella, comprendiendo de repente que podía evitar contarle toda la verdad—. Yo me aparté, dándote un empujón, con el que te desperté, y al hacerlo me caí al suelo.

Él entrecerró los ojos. ¿Dejaría algo sin decir? Él siempre había sido muy activo durante el sueño. Incontables veces había despertado a medianoche haciéndole el amor a Christine. No quería ni pensar en qué podría haber intentado con Henry.

—Comprendo —dijo en tono abrupto—. Te ruego que me disculpes cualquier mal comportamiento que haya cometido contra tu persona cuando estaba dormido.

—Ah, no fue nada, te lo aseguro —dijo ella, agradecida.

Él la miró expectante.

Ella le sostuvo la mirada, con una inocente sonrisa.

—Henry, ¿qué hora es? —dijo él, finalmente.

—¿Qué hora es? Ah, vamos, creo que ya deben de ser cerca de las seis.

—Exactamente.

—¿Perdón?

—Sal de mi habitación.

Ella se levantó.

—Ah. Necesitas vestirte, claro.

—Necesito volver a dormirme.

—Mmm, sí, claro que lo deseas, pero, si no te importa que lo diga, es muy improbable que puedas volver a dormirte. Bien podrías vestirte.

—¿Henry?

—¿Sí?

—¡Fuera!

Ella salió volando.

Veinte minutos después, Dunford se reunió con Henry en el comedor. Se había puesto ropa informal, pero a ella le bastó una mirada para discernir que su atuendo era demasiado delicado para construir una porqueriza. Se le ocurrió decírselo, pero luego lo pensó mejor; si él se estropeaba la ropa, tanta mayor razón para desear marcharse.

Además, dudaba mucho que él tuviera la ropa adecuada para construir una porqueriza.

Él se sentó frente a ella y cogió una tostada con un movimiento que revelaba tanto rencor que Henry comprendió que estaba hirviendo de rabia.

—¿No pudiste volver a dormirte? —susurró.

Él la miró indignado.

Ella simuló no notarlo.

—¿Quieres echarle una mirada al *Times*? Yo casi he terminado de leerlo.

Sin esperar respuesta, deslizó el diario por la mesa hacia él.

Dunford lo miró y frunció el ceño.

—Ese lo leí hace dos días.

—Ah, lo siento —dijo ella, sin poder evitar un asomo de travesura en la voz—. Los diarios tardan unos días en llegar aquí. Estamos en el culo del mundo, ¿sabes?

—Eso estoy comenzando a comprender.

Ella reprimió una sonrisa, complacida por lo bien que le estaban resultando sus planes. Después de la extraña escena de esa mañana, se había cuadriplicado su resolución de obligarlo a volver a Londres. Era horriblemente consciente de lo que provocaba en ella una sola de sus sonrisas; no tenía ningún deseo especial de saber lo que le haría uno de sus besos si ella permitía que se lo diera.

Bueno, eso no era del todo cierto. Se moría por saber qué sentiría con sus besos; simplemente estaba penosamente segura de que él nunca sentiría el deseo de besarla. Sólo la besaría nuevamente si volvía a confundirla con otra mujer, y eran pocas las posibilidades de que eso ocurriera dos veces. Además, ella tenía su orgullo, aunque esa mañana lo hubiera olvidado. Por mucho que hubiera disfrutado del beso, no le gustaba saber que en realidad él deseaba a otra.

Los hombres como él no deseaban a las mujeres como ella, y cuanto antes se marchara, antes podría volver a sentirse a gusto consigo misma.

—¡Oh, mira, está saliendo el sol! —exclamó, con la cara resplandeciendo de alegría.

—No logro contener mi entusiasmo.

Henry se atragantó con la tostada. Al menos librarse de él iba a ser interesante. Decidió no provocarlo más hasta que hubiera terminado de desayunar. Los hombres suelen ser antipáticos con el estómago vacío; al menos eso era lo que siempre le decía Viola. Llevándose a la boca el tenedor con huevo, volvió la atención a la magnífica salida del sol que se veía por la ventana. El cielo se tiñó de color lavanda, y luego aparecieron rayitos de colores naranja y rosa. Estaba segurísima de que en ese momento no había ningún lugar en la Tierra tan hermoso como Stannage Park. Sin poder contenerse, suspiró.

Dunford oyó el suspiro y la miró curioso. Estaba embelesada mirando por la ventana. La expresión de respeto o reverencia de su cara era maravillosa. A él siempre le habían gustado las actividades al aire libre, pero jamás había visto a un ser humano tan absolutamente hipnotizado ante los fenómenos de la naturaleza. Era una mujer compleja su Henry.

¿«Su» Henry? ¿En qué momento había comenzado a pensar en ella anteponiendo el adjetivo posesivo?

Desde la escena en la cama de esa mañana, pensó, sarcástico. Y deja de simular que no recuerdas que la besaste.

Lo había recordado todo mientras se vestía. No había tenido la intención de besarla, y entonces ni siquiera sabía que era Henry quien estaba en sus brazos. Pero eso no significaba que no lo recordara todo hasta el último detalle: la curva de sus labios, la sedosa sensación del pelo sobre su pecho desnudo, su aroma ya conocido. A limón; por lo que fuera, olía a limón. No pudo evitar que se le curvaran los labios al pensar que esperaba que la fragancia a limón fuera más frecuente que el aroma a cerdo del día en que se conocieron.

—¿Qué es tan divertido?

Él levantó la vista. Ella lo estaba mirando con curiosidad. Se apresuró a fruncir el ceño.

—¿Tengo cara de que algo sea divertido?

—La tenías —masculló ella, y volvió la atención a su desayuno.

Él la observó comer. Tomaba un bocado, miraba hacia la ventana, por la que se veía el sol tiñendo el cielo, y volvía a suspirar. Era evidente que amaba muchísimo Stannage Park. Jamás había visto un amor tan grande por un trozo de tierra.

¡Eso era! Qué tonto había sido al no darse cuenta antes. Deseaba librarse de él, lógicamente. Había administrado Stannage Park durante seis años. Había entregado toda su vida adulta y parte de su infancia a esa propiedad. De ninguna manera podía aceptar la intromisión de un desconocido. Diantres, probablemente él podría echarla de ahí si quería; no eran parientes.

Necesitaba obtener una copia del testamento de Carlyle para ver las cláusulas exactas relativas a la señorita Henrietta Barret, si es que las había. El abogado que fue a su casa a explicarle lo de la herencia, ¿cómo se llamaba? Leverett, sí, Leverett, le dijo que le enviaría una copia del testamento, pero cuando emprendió la marcha a Cornualles aún no había llegado.

Eso era, la pobre chica estaba aterrada. Y furiosa. La miró, observando su expresión tan alegre. Apostaría que se sentía más furiosa que aterrada.

—Te gusta muchísimo este lugar, ¿verdad? —le preguntó de sopetón.

Sorprendida por su repentina disposición a conversar con ella, Henry tosió unas cuantas veces antes de contestar:

—Sí, sí, por supuesto. ¿Por qué lo preguntas?

—Por ningún motivo. Simplemente lo pensé. Se ve en tu cara, ¿sabes?

—¿Se ve qué? —preguntó ella, indecisa.

—Tu amor por Stannage Park. Te estuve observando mientras contemplabas la salida del sol.

—¿M-me observaste?

—Mmm, mmm.

Y al parecer eso era todo lo que iba a decir él sobre el asunto; volvió la atención a su desayuno y se desentendió de ella.

Henry se mordió el labio inferior, preocupada. Eso era mala señal. ¿Por qué se interesaba en lo que sentía ella si no pretendía utilizarlo en su contra? Si deseaba vengarse, nada podría ser tan atrozmente doloroso como que la echaran de su amado hogar.

Pero claro, ¿por qué iba a desear vengarse? Ella podría no caerle bien, podría incluso encontrarla algo molesta, pero no le había dado ningún motivo para odiarla, ¿verdad? No, claro que no. Se estaba dejando llevar por su imaginación.

Dunford la observaba disimuladamente mientras comía. Estaba preocupada. Estupendo. Se lo merecía, por haberlo sacado de la cama a esa hora tan poco civilizada. Por no mencionar su plan de matarlo de hambre para que se marchara. Y estaba el asunto del baño; admiraría su ingenio si sus manipulaciones hubieran estado dirigidas a otra persona.

Si se creía que iba a llevarlo de un lado a otro para finalmente echarlo, estaba loca.

Sonrió. Su estancia en Cornualles iba a resultar una buena diversión.

Continuó comiendo lentamente, a pequeños bocados, disfrutando totalmente de su disgusto. Tres veces la vio abrir la boca para decir algo y lo pensó mejor; dos veces se mordisqueó el labio inferior, e incluso una vez la oyó mascullar algo en voz baja; le pareció oír algo así como «condenado idiota», pero no podía estar seguro.

Finalmente, concluyendo que ya la había hecho esperar bastante tiempo, dejó la servilleta en la mesa y se levantó.

—¿Vamos?

—Faltaría más, milord —dijo ella, sin poder evitar un asomo de sarcasmo en la voz.

Hacía más de diez minutos que había terminado de desayunar.

Él no era tan puntilloso que no se permitiera sentir cierta perversa satisfacción ante la irritación de ella.

—Dime, Henry, ¿qué es lo primero que tenemos en nuestro programa?

—¿No lo recuerdas? Estamos construyendo una nueva porqueriza.

Sintió una sensación particularmente desagradable en el estómago.

—Supongo que eso era lo que estabas haciendo cuando yo llegué.

No necesitó añadir «Cuando olías tan atrozmente mal». Ella le sonrió maliciosa por encima del hombro y salió delante de él al aire libre.

Él no supo discernir si se sentía furioso o divertido. Ella pretendía agotarlo durante el recorrido, o hacerlo trabajar hasta deslomarse. De todos modos, creía que podría ser más listo que ella; al fin y al cabo sabía lo que tramaba, y ella no sabía que la había descubierto.

¿O sí?

Y si lo sabía, ¿significaba eso que estaba en desventaja? Como sólo eran las siete de la mañana, se negó a calcular las posibles consecuencias.

Dejaron atrás el establo y llegaron a una especie de amplio cobertizo que supuso era un corral cubierto. Su experiencia rural se había limitado a las sedes ancestrales de los aristócratas, que en su mayoría no tenían ninguna similitud con una granja de trabajo. El trabajo agrícola se dejaba a los campesinos, y normalmente los aristócratas no deseaban ver a sus trabajadores, a no ser que debieran el alquiler. De ahí su confusión.

—¿Esto es un corral? —inquirió.

A ella pareció soprenderla que lo preguntara.

—Por supuesto. ¿Qué creíste que era?

—Un corral.

—Entonces ¿por qué lo preguntas?

—Simplemente pensé por qué nuestro querido amigo Porkus está alojado en el establo y no aquí.

—Esto está demasiado lleno. Mira dentro. Tenemos muchas vacas.

Dunford decidió fiarse de su palabra y reanudó la marcha.

—En el establo hay muchísimo espacio desocupado —continuó ella—. No tenemos muchos caballos. Las buenas monturas son tremendamente caras, ¿sabes?

Diciendo eso le sonrió con la mayor inocencia, deseando que él hubiera tenido puesto su corazón en heredar un establo lleno de purasangres árabes.

Él la miró irritado.

—Sé cuánto vale un buen caballo.

—Claro. Los de tu coche son muy hermosos. Son tuyos, ¿verdad?

Sin molestarse en contestar, él continuó caminando, hasta que el pie se le hundió en tierra blanda y húmeda.

—Mierda —masculló.

—Exactamente.

Él la miró indignado, considerándose un santo por no intentar estrangularla.

Ella reprimió una sonrisa y desvió la mirada.

—Aquí es donde estará la porqueriza.

—Eso deduje.

—Mmm. —Miró sus botas sucias y sonrió—. Eso tiene aspecto de ser mierda de vaca.

—Muchísimas gracias por informarme. No me cabe duda de que esa aclaración resultará muy edificante.

—Gajes de la vida en una granja —dijo ella alegremente—. Me sorprende que no lo hayan limpiado. Tratamos de mantener limpio este lugar.

Él sintió el intenso deseo de recordarle su apariencia y fetidez de dos días atrás, pero aun cuando estaba inmerso en su suprema irritación, era demasiado caballero para hacerlo.

—¿En una porqueriza?

—En realidad los cerdos no son tan desaseados como cree la mayoría de la gente. Ah, sí que les gusta el lodo y todo eso, pero no... —miró sus zapatos—, ya sabes.

Él consiguió esbozar una tensa sonrisa.

—Lo sé muy bien.

Entonces ella se puso las manos en las caderas y miró alrededor. Habían comenzado a levantar el muro de piedra que encerraría a los cerdos, pero aún estaba muy bajo. Les había llevado tiempo porque ella insistió en que los cimientos fueran fuertes. El motivo de que se derrumbara la porqueriza anterior había sido los cimientos débiles.

—¿Dónde estarán todos? —masculló.

—Durmiendo, si tienen una idea de lo que les conviene —replicó él, mordaz.

—Supongo que podríamos comenzar solos —dijo ella, dudosa.

Entonces, por primera vez esa mañana, él curvó los labios en una ancha y sincera sonrisa.

—Sé menos que nada de albañilería, así que propongo que esperemos.

Diciendo eso fue a sentarse sobre el muro comenzado, con expresión muy satisfecha.

No queriendo que él creyera que le daba la razón en algo, Henry caminó decidida hacia un montón de piedras. Se agachó y cogió una.

Dunford arqueó las cejas, muy consciente de que debía ayudarla, aunque en absoluto dispuesto a hacerlo. Ella era muy fuerte, sorprendentemente fuerte.

Puso los ojos en blanco. ¿Por qué diablos lo sorprendía lo que fuera que tuviera que ver con ella? Claro que era capaz de levantar una piedra grande. Era Henry, probablemente era capaz de levantarlo a él.

La observó llevar la piedra hasta uno de los muros y depositarla ahí; después exhaló un suspiro y se pasó el dorso de la mano por la frente. Entonces lo miró, furiosa.

Él sonrió con una de sus mejores sonrisas.

—Deberías flexionar las piernas cuando levantas una piedra —le gritó—. Es mejor para la espalda.

—Es mejor para la espalda —repitió ella, imitándolo, en voz baja—. Estúpido vago inútil…

—¿Qué has dicho?

—Gracias por el consejo —contestó ella.

Su voz era la dulzura misma.

Él volvió a sonreír, aunque esta vez para sus adentros; había conseguido sacarla de sus casillas.

Henry había repetido unas veinte veces la tarea de acarrear piedras cuando por fin llegaron los trabajadores.

—¿Dónde estabais? —ladró—. Ya llevamos diez minutos aquí.

Uno de los hombres pestañeó.

—Pero si hemos llegado temprano, señorita Henry.

Ella sonrió con desgana.

—Comenzamos a las siete menos cuarto.

—Llegamos aquí a las siete —terció Dunford amablemente.

Ella se volvió a fulminarlo con la mirada. Él sonrió y se encogió de hombros.

—El sábado comenzamos a las siete y media —dijo uno de los trabajadores.

—Estás muy equivocado —mintió Henry—. Comenzamos mucho más temprano.

El otro albañil se rascó la cabeza.

—Creo que no, señorita Henry. Creo que comenzamos a las siete y media.

Dunford sonrió satisfecho.

—Creo que la vida de campo no comienza tan temprano después de todo.

No mencionó que cuando estaba en Londres siempre intentaba evitar levantarse mucho antes del mediodía.

Ella volvió a mirarlo furiosa.

—¿Por qué estás tan malhumorada? —le preguntó él, componiendo una máscara de infantil inocencia—. Creí que te caía bien.

—Me caías —dijo ella, entre dientes.

—¿Y ahora no? Estoy desolado.

—La próxima vez se te podría ocurrir ayudarme en lugar de contemplarme mientras acarreo piedras de un lado a otro por la porqueriza.

Él se encogió de hombros.

—Te dije que no tengo ninguna experiencia en albañilería. No querría estropear todo el trabajo.

—Tienes razón, supongo —dijo ella.

Lo dijo en un tono tan tranquilo y dulce que lo preocupó. Arqueó las cejas, interrogante.

—Después de todo —continuó—, si hubieran construido bien la otra porqueriza, ahora no tendríamos que construir esta.

De repente Dunford sintió que se le revolvía el estómago; ella parecía demasiado complacida consigo misma.

—Por lo tanto, tal vez sería prudente no permitir que alguien tan inexperto como tú se acerque a los muros del corral.

—¿Sólo a los muros? —preguntó él, sarcástico.

Ella sonrió de oreja a oreja.

—¡Exactamente!

—¿Y con eso quieres decir…?

—Quiero decir… —atravesó la porqueriza y cogió una pala—. Felicidades, lord Stannage, ahora eres el nuevo jefe de la pala, señor del barro.

Él no habría creído que ella pudiera sonreír más, pero lo hizo. Y no era una expresión simulada en absoluto. Hizo un gesto con la cabeza hacia un montón de algo hediondo que él no había visto nunca, y luego volvió con los trabajadores.

Tuvo que recurrir a todo su autodominio para no correr detrás de ella y golpearle el trasero con la pala.

Capítulo 5

Dos horas después, Dunford estaba dispuesto a matarla.

Pero incluso su mente ofendida reconocía que el asesinato no era una opción viable, así que se conformó con idear diversos planes para hacerla sufrir.

La tortura era demasiado manida, concluyó, y él no tenía estómago para hacérsela a una mujer. Aunque... Miró hacia la mujer de pantalones holgados; parecía sonreír mientras acarreaba piedras. No era una mujer corriente.

Negó con la cabeza. Había otras maneras de molestarla. ¿Una serpiente en su cama, tal vez? No, igual a esa condenada mujer le gustaban las serpientes. ¿Una araña? ¿Acaso no odia todo el mundo a las arañas?

Se apoyó en el mango de la pala, muy consciente de que estaba actuando como un niño y no le importaba un rábano.

Se le habían ocurrido mil ideas para librarse de ese trabajo, no sólo porque era difícil y el olor era, bueno, repugnante, pero no, no había otra opción.

Principalmente, no quería que ella creyera que lo había derrotado.

Y sin duda eso había hecho esa diabólica muchachita. Lo tenía a él, par del reino (aunque fuera reciente) sacando a paladas barro con estiércol y ni el mismo Dios querría saber qué más. Y estaba atado de pies y manos, porque si se negaba tendría que reconocer que era un dandi afeminado de Londres.

La había hecho ver que todo ese barro sucio la estorbaría en el trabajo de construcción del muro. Ella se limitó a ordenarle que lo pusiera en el centro.

—Después puedes aplanarlo.

—Pero se te mancharán las botas.

Ella se rió.

—Ah, estoy acostumbrada a eso.

Su tono daba a entender que era más valiente que él.

Apretó los dientes y amontonó el barro. El hedor era más que insoportable.

—Creí oírte decir que los cerdos son limpios.

—Más limpios de lo que cree normalmente la gente, pero no tanto como tú y yo. —Se miró las botas sucias y brillaron sus ojos traviesos—. Bueno, normalmente.

Él masculló algo desagradable.

—Creí que no les gustaba… ya sabes.

—No les gusta.

—¿Entonces? —preguntó él, enterrando la pala en la tierra y poniéndose la otra mano en la cadera.

Henry se acercó y olfateó el montón de barro que él estaba formando.

—Ay, Dios. Bueno, supongo que algo se mezcló por casualidad. Suele ocurrir, en realidad. Lo siento.

Le sonrió y volvió a su trabajo.

Él emitió un discreto gruñido, más que nada para sentirse mejor, y reanudó su trabajo de amontonar barro inmundo. Pensó que era capaz de controlar el malhumor; normalmente se consideraba un hombre complaciente y tolerante.

Justo cuando estaba pensando eso oyó decir a uno de los hombres: «El trabajo avanza mucho más rápido ahora que está ayudando usted, señorita Henry». Tuvo que hacer un enorme esfuerzo para refrenarse y no estrangularla. No sabía por qué ella olía tan mal el día que él llegó, pero acababa de quedarle claro que no fue porque hubiera estado metida en el lodo hasta las rodillas, ayudando a construir la porqueriza. Lo cegó una niebla roja de furia, pensando qué otras tareas asquerosas se propondría hacer ella, sólo para convencerlo de que esas eran las tareas diarias del dueño de la propiedad.

Con los dientes apretados, enterró la pala en la hedionda mezcla, cogió un poco y se obligó a llevarla hasta el montón. Pero a medio camino cayó un poco de lodo sobre las botas de Henry.

Una lástima.

Ella se volvió a mirarlo. Él esperó que le soltara «¡Lo has hecho adrede!», pero ella guardó silencio y se quedó inmóvil, aunque entrecerró los ojos. Entonces hizo un movimiento con el tobillo y salpicó sus pantalones.

Sonrió satisfecha, esperando que él dijera «¡Lo has hecho adrede!», pero él también guardó silencio. Entonces le sonrió y ella comprendió que estaba en dificultades. Antes que tuviera tiempo para reaccionar, él levantó la pierna y le plantó la suela de la bota en el pantalón, sobre el muslo, dejándole la huella del asqueroso lodo.

Después ladeó la cabeza, esperando el desquite.

A ella se le ocurrió coger un poco de lodo y embadurnarle la cara con él, pero lo pensó mejor; él tendría demasiado tiempo para reaccionar, además, no se había puesto los guantes. Miró hacia la izquierda, para distraerlo, y entonces plantó el pie encima del de él, con fuerza.

Dunford aulló de dolor.

—¡Basta! —exclamó.

—¡Tú empezaste!

—Tú empezaste antes de que yo llegara, muchacha intrigante, revoltosa...

Ella esperaba que la llamara lagarta o marrana, pero él no fue capaz. En lugar de eso, la levantó por la cintura, se la echó al hombro y salió del recinto, llevándola así.

—¡No puedes hacer esto! —chilló ella, golpeándole la espalda con unos puños increíblemente fuertes—. ¡Tommy! ¡Harry! ¡Quien sea! ¡No permitáis que me haga esto!

Pero los hombres que estaban trabajando en el muro no se movieron. Boquiabiertos, contemplaban la increíble visión de la señorita Henrietta Barret, que durante años no había permitido que nadie la superara en nada, sacada por la fuerza de la porqueriza.

—Tal vez deberíamos auxiliarla —dijo Harry.

Tommy negó con la cabeza, observándola debatirse y retorcerse hasta que desapareció detrás de una loma.

—No sé. Él es el nuevo barón. Si desea llevarse a Henry así, tiene derecho a hacerlo, supongo.

Evidentemente Henry no estaba de acuerdo, porque seguía gritando «¡No tienes ningún derecho a hacer esto!»

Finalmente Dunford la dejó en el suelo junto a un pequeño cobertizo donde guardaban herramientas. Afortunadamente no había nadie a la vista.

—¿No lo tengo? —dijo, en tono imperioso.

—¿Sabes cuánto tiempo me ha llevado ganarme el respeto de la gente aquí? ¿Lo sabes? Muchísimo tiempo. Y lo has estropeado. ¡Estropeado!

—Dudo que la población de Stannage Park decida que no eres digna de respeto debido a mis actos —replicó él—, aunque los tuyos sí podrían causar problemas.

—¿Qué quieres decir con los «míos»? Tú fuiste el que me echó lodo en los pies, por si no lo recuerdas.

—¡Y tú fuiste la que me obligó a sacar a paladas esa mierda!

Le pasó por la mente que era la primera vez que le hablaba de forma tan grosera a una mujer. Era sorprendente lo mucho que ella lo irritaba.

—Si no eres apto para la tarea de llevar una granja, puedes volverte a Londres inmediatamente. Sobreviviremos muy bien sin ti.

—De eso se trata, ¿verdad? A la pequeña Henry la aterra que yo le vaya a quitar su juguete y quiere librarse de mí. Bueno, permíteme que te diga una cosa: hace falta algo más que una cría de veinte años para echarme.

—No me hables de ese modo.

—¿O qué? ¿Qué me harás? ¿Qué podrías hacerme si te hablo así?

Horrorizada, Henry sintió que comenzaba a temblarle el labio inferior.

—Podría... podría... —Tenía que ocurrírsele algo; no podía dejarlo ganar. Él la echaría de la propiedad, y lo único peor a no tener adónde ir era no volver a ver Stannage Park nunca más. Finalmente, desesperada, soltó—: ¡Podría hacer cualquier cosa! Conozco mejor que tú este lugar. ¡Mejor que nadie! Tú ni siquiera...

Rápido como el rayo, él la empujó contra la pared y le hincó el índice en el hombro. Henry no pudo continuar respirando, se olvidó cómo se respira, y la mirada asesina que vio en sus ojos le hizo flaquear las piernas.

—No cometas el error de enfurecerme —ladró él.

—¿Ahora no estás furioso? —graznó ella, incrédula.

Él la soltó bruscamente, sonrió, y arqueó una ceja al verla agacharse hasta quedar en cuclillas.

—Pues no —dijo, tranquilamente—. Sólo quería fijar ciertas reglas básicas.

Henry se quedó boquiabierta. Estaba loco, sin duda.

—En primer lugar, vas a poner fin a las retorcidas artimañas para librarte de mí.

Ella tragó saliva, nerviosa.

—¡Y no más mentiras!

Ella hizo una brusca inspiración.

—Además... —se interrumpió para mirarla—. Ay, Dios. No llores.

Ella sollozó.

—No, por favor, no llores. —Sacó su pañuelo, comprobó que estaba manchado de lodo y se lo volvió a meter en el bolsillo—. No llores, Henry.

—Nunca lloro —balbuceó ella, casi sin poder hablar a causa de los sollozos.

—Lo sé, lo sé --dijo él, en tono tranquilizador, acuclillándose también para estar a su nivel.

—Hace años que no lloro.

Él la creyó. Era imposible imaginársela llorando, incluso era imposible creerlo en ese momento, viéndola llorar. Era muy capaz, muy dueña de sí misma, serena, no era en absoluto el tipo de persona que se entrega al llanto; y el que hubiera sido él quien la había hecho llorar le partía el corazón.

—Vamos, vamos —musitó, dándole unas torpes palmaditas en el hombro—. Tranquila, no pasa nada.

Ella inspiró a bocanadas, para calmar los sollozos, pero no le sirvió de nada.

Miró alrededor, desesperado, como si las verdes colinas le pudieran decir qué debía hacer para que ella dejara de llorar. Era horroroso.

—No llores.

—No tengo adónde ir —sollozó—. Ningún lugar. Y no tengo a nadie. No tengo familia.

—Chss, no pasa nada.

—Sólo quería continuar aquí —balbuceó, y sorbió por la nariz—. Sólo deseaba seguir aquí. ¿Es tan malo eso?

—No, claro que no, querida.

—Este es mi hogar. —Lo miró, con los ojos grises brillantes como plata por las lágrimas—. O lo era al menos. Ahora es tuyo y puedes hacer lo que quieras con él. Y conmigo. Y..., ay, Dios, qué tonta soy. Seguro que me odias.

—No te odio —contestó él automáticamente.

Y era verdad. Lo irritaba y fastidiaba terriblemente, pero no la odiaba. En realidad, se las había arreglado para ganarse su respeto, algo que él no sentía por nadie a no ser que se lo mereciera. Sus métodos podrían haber sido retorcidos, pero estaba luchando por lo único que amaba verdaderamente en el mundo. Pocos hombres podrían alegar intenciones más puras.

Volvió a darle una palmadita en la mano, intentando calmarla. ¿Qué fue lo que dijo sobre que podía hacer lo que quisiera con ella? Eso no tenía ningún sentido. Tal vez podía obligarla a marcharse de Stannage Park si lo deseaba, suponía, pero eso sólo era una posibilidad, no establecía nada. Aunque entendía que eso era el peor destino que podía imaginarse ella; era comprensible que fuera algo melodramática al respecto. De todo modos, algo no cuadraba. Tomó nota mental de hablarlo con ella después, cuando no estuviera tan afligida.

—Venga, Henry —dijo, pensando que había llegado el momento de poner fin a sus miedos—. No te voy a echar. ¿Con qué fin haría eso? Además, ¿te he dado a entender de alguna manera que esa era mi intención?

Ella tragó saliva. Simplemente había supuesto que tendría que tomar la ofensiva en esa batalla. Lo miró a la cara; sus ojos castaños parecían preocupados. Tal vez nunca hubo necesidad de luchar. Tal vez antes de decidir enviarlo de vuelta a Londres debería haberlo evaluado.

—¿Te lo he dado a entender? —preguntó él.

Ella negó con la cabeza.

—Piénsalo, Henry. Sería un tonto si te echara. Soy el primero en reconocer que no sé absolutamente nada de agricultura. O bien arruino la propiedad o contrato a alguien que la supervise. ¿Y para qué introducir aquí a un desconocido cuando tengo a alguien que ya sabe todo lo que hay que saber?

Henry bajó los ojos; no podía mirarlo. ¿Por qué tenía que ser tan tolerante y tan, tan simpático? Se sintió terriblemente culpable por todos sus planes para echarlo de allí, incluso por aquellos que aún no había llevado a cabo.

—Perdona, Dunford, de verdad lo siento.

Él hizo un gesto para indicar que no era necesaria esa disculpa, pues no quería que ella se sintiera peor de lo que ya se sentía.

—No hubo ningún perjuicio —dijo. Se miró, irónico—. Bueno, aparte de la ropa tal vez.

—¡Oh! ¡Lo siento mucho!

Volvió a echarse a llorar, esta vez horrorizada. Esa ropa debía de ser carísima, nunca en su vida había visto nada tan fino. No creía que en Cornualles confeccionaran ropa como esa.

—No te preocupes por eso, Henry, por favor —dijo él, sorprendido del tono de su voz, como si le suplicara que no se sintiera mal. ¿Desde cuándo eran tan importantes los sentimientos de ella?—. Si esta mañana no ha sido placentera, por lo menos fue… digamos…, interesante, y ha valido la pena manchar mi ropa si eso significa que hemos llegado a una especie de tregua. No tengo el menor deseo de que la próxima semana me despiertes antes del alba para informarme de que tengo que matar una vaca yo solo.

Ella agrandó los ojos. ¿Cómo lo había adivinado?

Él captó el cambio en su expresión, la interpretó correctamente e hizo un mal gesto.

—Creo, mi querida niña, que bien podrías enseñarle unas cuantas cosas a Napoleón.

Ella curvó los labios; fue una sonrisa triste, pero una sonrisa al fin y al cabo.

—Ahora bien —continuó él, incorporándose—, ¿volvemos a casa? Estoy muerto de hambre.

—¡Oh! —exclamó ella, tragando saliva, incómoda—. Lo lamento.

Él puso los ojos en blanco.

—¿Qué lamentas ahora?

—Haberte dado ese horrible cordero. Y la avena con leche. Detesto la avena con leche.

Él sonrió amablemente.

—Es testimonio de tu amor por Stannage Park que hayas podido comerte todo un plato de esa bazofia.

—No me la comí toda. Sólo unas cucharadas, y el resto lo tiré en un jarrón cuando no estabas mirando. Después tuve que limpiarlo.

Él se echó a reír, sin poder evitarlo.

—Henry, no te pareces a nadie que yo haya conocido en toda mi vida.

—No sé si eso es algo bueno.

—Tonterías. Claro que lo es. Ahora bien, ¿nos ponemos en marcha?

Ella aceptó la mano que él le tendía y se levantó lentamente.

—Simpy hace unos pastelillos muy buenos —dijo afablemente, indicando con su tono que le ofrecía la paz—. Con mantequilla, jengibre y azúcar. Son deliciosos.

—Espléndido. Si no tiene algunos hechos, tendremos que convencerla de preparar una hornada. Oye, no tenemos que terminar la porqueriza, ¿verdad?

Ella negó con la cabeza.

—El sábado trabajé aquí, pero principalmente supervisando. Creo que los hombres se sorprendieron un poco de que les ayudara esta mañana.

—Sé que se sorprendieron. Tommy abrió la boca casi hasta las rodillas. Y no me digas, por favor, que normalmente te levantas tan temprano.

—No. Doy lástima por la mañana. No logro hacer nada antes de las nueve, a no ser que haya una necesidad absoluta.

Dunford sonrió irónico, al darse cuenta de hasta qué extremo había llegado la resolución de ella de librarse de él. Tenía que haber deseado muchísimo que se marchara para levantarse a las cinco y media de la mañana.

—Si detestas tanto como yo a las personas madrugadoras, creo que nos vamos a llevar a las mil maravillas.

—Eso espero.

Cuando iban caminando hacia la casa, sonrió, con los labios trémulos. Un amigo. Eso era lo que iba a ser para ella. La idea era fascinante. En realidad no tenía ningún amigo desde que llegó a la edad adulta. Ah, se llevaba muy bien con todos los criados y criadas, pero siempre estaba esa diferencia entre señor y empleado que impedía una amistad muy íntima. Pero en Dunford había encontrado amistad, aun cuando el comienzo hubiera sido difícil. De todos modos, había una cosa que necesitaba saber. Dijo su apellido en voz baja.

—¿Sí?

—Cuando dijiste que no estabas furioso...

—¿Sí?

—¿Lo estabas?

—Estaba molesto.

—¿Pero no furioso?

Él tuvo la impresión de que ella no le creía.

—Te aseguro, Henry, que cuando esté furioso, lo sabrás.

—¿Qué ocurre?

Se le nubló la mirada.

—No te conviene saberlo.

Ella le creyó.

Más o menos una hora después, cuando ya se habían bañado los dos, Henry y Dunford se reunieron en la cocina a disfrutar de una fuente de pastelillos de jengibre de la señora Simpson. Pasado un rato, cuando estaban disputándose el último, entró Yates.

—Esta mañana llegó una carta para usted, milord —anunció—. De su abogado. La dejé en el despacho.

—Excelente —dijo Dunford. Echó atrás la silla y se levantó—. Supongo que debe contener el resto de los papeles relativos a Stannage Park. Una copia del testamento de Carlyle. ¿Quieres leerlo?

No sabía si ella se sentía desairada porque la propiedad había pasado a él; esta estaba vinculada al título, por lo que no habría podido heredarla, pero eso no significada que no se sintiera dolida. Al preguntarle si deseaba leer el testamento de Carlyle su intención era asegurarle que seguía siendo una figura importante en Stannage Park.

Ella se encogió de hombros, siguiéndolo hasta el vestíbulo.

—Si quieres. Es bastante claro, creo. Te lo deja todo a ti.

Él arqueó las cejas, sorprendido. Era algo desmedido dejar a una jovencita sin un penique y abandonada a su suerte.

—¿A ti no te dejó nada?

—Supongo que pensó que tú cuidarías de mí.

—Evidentemente me encargaré de ponerte en una situación cómoda, y siempre tendrás un hogar aquí, pero Carlyle debería haberte dejado algo. No lo conocí. Él no tenía ninguna manera de saber si soy hombre de principios.

— Me imagino que pensó que no podías ser tan malo siendo su pariente —bromeó.

—De todos modos…

Abrió la puerta del despacho y entró. Pero cuando llegó al escritorio no había ninguna carta esperándolo, sino sólo un montón de trocitos de papel.

—¿Qué diantres?

Henry palideció.

—Uy, no.

Él se plantó las manos en las caderas y se volvió a mirarla.

—¿Quién pudo hacer una cosa así? Henry, ¿conoces personalmente a todos los criados? ¿Quién crees que...?

—No fue ningún criado —suspiró ella—. Rufus. ¿Rufus?

—¿Quién diablos es Rufus?

—Mi cjo —murmuró ella, arrodillándose y afirmando las manos, quedando a gatas.

—¿Tú qué?

—Mi conejo. ¿Rufus? ¿Rufus? ¿Dónde estás?

—¿Quieres decir que tienes un conejo como mascota?

Por Dios, ¿hacía algo normal esa mujer?

—Normalmente es muy bueno —dijo ella, con voz débil—. ¡Rufus!

Un pequeño bulto de piel blanca y negra atravesó corriendo la sala.

—¡Rufus! ¡Ven aquí! ¡Conejo malo! ¡Conejo malo!

Dunford comenzó a estremecerse de risa. Henry estaba persiguiendo al conejo por toda la sala, agachada y con los brazos estirados. Cada vez que intentaba cogerlo, el conejo se le escapaba de las manos.

—¡Rufus! —exclamó ella, en tono de amenaza.

—Supongo que no podías actuar como el resto de la humanidad y tener un perro o un gato.

Comprendiendo que no era necesaria una respuesta, Henry no dijo nada. Se enderezó, se puso las manos en las caderas y suspiró. ¿Dónde se habría metido?

—Creo que se escondió detrás de esa librería —dijo Dunford amablemente.

Henry se acercó de puntillas y miró por un lado detrás del enorme mueble.

—Chss. Ve a ponerte al otro lado.

Él obedeció.

—Haz algo para asustarlo.

Él la miró dudoso. Finalmente se puso a cuatro patas y dijo con voz ronca, aterradora:

—Hola, conejito. Conejo estofado para la cena de esta noche.

Rufus se incorporó y corrió directo a los brazos de Henry que lo esperaban. Entendiendo que había caído en una trampa, comenzó a debatirse, pero Henry lo sujetó con manos firmes, e intentó calmarlo.

—Chss.

—¿Qué vas a hacer con él?

—Llevarlo de vuelta a la cocina, que es donde le corresponde estar.

—Yo diría que le corresponde estar fuera. O en la olla para estofados.

Ella lo miró afligida.

—Dunford, es mi conejito.

—Quiere a los cerdos y a los conejos —musitó él—. Una muchacha de buen corazón.

Volvieron a la cocina en silencio, y el único sonido que se oyó fue el gruñido de Rufus cuando él intentó acariciarlo.

—¿Los conejos gruñen? —preguntó él, sin poder dar crédito a sus oídos.

—Es evidente que él sí.

Cuando llegaron a la cocina, Henry depositó el peludo bultito en el suelo.

—Simpy, ¿me das una zanahoria para Rufus?

—¿Se volvió a escapar ese pícaro? —comentó el ama de llaves—. Debió de salir cuando se quedó abierta la puerta.

Sacó una zanahoria de una cesta con hortalizas y la movió delante del conejo. Este le hincó los dientes y se la arrebató de la mano. Dunford observó con interés mientras Rufus roía la zanahoria hasta no dejar nada.

—De verdad siento muchísimo lo de tus papeles —dijo Henry, cayendo en la cuenta de que ese día había pedido disculpas más veces que en todo un año.

—Yo también —dijo él, distraído—, pero siempre le puedo escribir una nota a Leverett para pedirle que envíe otra copia. Esperar una semana o algo así no hará ningún daño.

—¿Estás seguro? No querría estropear tus planes.

Él suspiró, pensando cómo esa mujer le había vuelto del revés la vida en menos de cuarenta y ocho horas. Es decir: esa mujer, un cerdo y un conejo.

Le aseguró que el destrozo de los papeles no eran más que un contratiempo. Después se despidió de ella y volvió a sus aposentos, para echarle una mirada a ciertos documentos, aunque también para tomarse un muy necesitado descanso, a escondidas. Aunque habían llegado a una tregua, seguía renuente a reconocer ante ella que lo había agotado. No entendía muy bien por qué, pero en cierto modo eso lo hacía sentirse menos hombre.

Se habría sentido mucho mejor si hubiera sabido que Henry se había retirado a su habitación por el mismo motivo.

Esa noche, ya tarde, Dunford estaba leyendo en la cama cuando de repente se le ocurrió pensar que iba a tener que esperar otra semana para enterarse qué decía el testamento de Carlyle respecto a Henry. Ese era el único motivo de que hubiera estado impaciente por leer el documento. Aunque ella insistió en que Carlyle no se había tomado la molestia de dejarle algo, a él le resultaba difícil creerlo. Como mínimo debería haberle asignado un tutor, ¿no? Al fin y al cabo, sólo tenía veinte años.

Era una mujer asombrosa su Henry. Era imposible no admirar su tenaz resolución. De todos modos, pese a todas sus capacidades, él seguía sintiéndose extrañamente responsable de ella. Tal vez fue el temblor de su voz cuando le pidió disculpas por sus artimañas para echarlo de Stannage Park. O el sufrimiento que vio en sus ojos cuando reconoció que no tenía adónde ir.

Fuera como fuera, deseaba encargarse de que ella tuviera un lugar seguro en el mundo.

Pero para poder hacer eso primero tenía que saber qué le había dejado Carlyle en su testamento, si es que le había dejado algo. Una semana más no cambiaría nada, ¿verdad? Encogiéndose de hombros, volvió la atención al libro. Pasados unos minutos, su concentración fue interrumpida por un ruido.

Miró pero no vio nada. Descartándolo como los crujidos de una casa vieja, reanudó la lectura.

Tap tap tap. Otra vez el ruido.

Esta vez, cuando miró, vio un par de largas orejas negras sobre el borde de la cama.

—Vamos, por el amor de Dios —gimió—. Rufus.

Como si eso hubiera sido la señal, el conejo pegó un salto y fue a caer directamente encima del libro. Entonces lo miró, moviendo de arriba abajo la rosada nariz.

—¿Qué deseas, conejito?

Rufus movió una oreja y le acercó la cabeza, como diciéndole: «Acaríciame».

Dunford le puso una mano entre las suaves orejas y comenzó a rascarle.

—Esto no es Londres —suspiró.

Entonces, cuando el conejo apoyó la cabeza en su pecho, comprendió sorprendido que no deseaba estar en Londres.

En realidad, no deseaba estar en ninguna otra parte.

Capítulo 6

*L*os días siguientes Henry los dedicó a enseñarle Stannage Park, explicándole todo; él deseaba enterarse de hasta el último detalle acerca de su propiedad, y a ella nada le gustaba tanto como explayarse acerca de las muchas cualidades de esa amada tierra. Mientras recorrían la casa y los campos de los alrededores charlaban sobre esto y aquello, a veces de nada en particular y otras veces acerca de los grandes misterios de la vida. Dunford era la primera persona que alguna vez había deseado pasar un tiempo así con ella; mostraba interés en lo que ella decía, no sólo sobre los asuntos de la propiedad sino también acerca de filosofía, religión y la vida en general. Más halagador aún era que parecía importarle la opinión que ella tenía de él. Intentaba fingirse ofendido cuando ella no celebraba sus chistes, ponía los ojos en blanco cuando no se reía de los de ella, y le daba un codazo en las costillas cuando ninguno de los dos lograba reírse de los de otra persona.

En resumen, se había convertido en su amigo. Y si el estómago le hacía cosas raras cada vez que él sonreía, bueno, pues aprendería a vivir con eso. Él debía tener ese efecto en todas las mujeres, sin duda alguna.

No se le ocurría pensar que esos eran los días más felices de su vida, aunque si se hubiera tomado el tiempo para pensarlo habría comprendido que, en efecto, lo eran.

Dunford se sentía igualmente impresionado por su acompañante. El amor de Henry por Stannage Park era contagioso, y se sorprendió al descubrir que no sólo le interesaban los detalles y las personas de su propiedad sino que también les había cobrado afecto. Cuando la esposa de uno de los inquilinos dio a luz a su primer hijo sin ningún problema, tuvo la idea de hacerle llegar una cesta con comida para que no tuviera que preocuparse de cocinar esa semana. Y se sorprendió a sí mismo cuando se detuvo junto a la nueva porqueriza a darle un trozo de pastel de frambuesas a Porkus. Lo justificó diciéndose que al parecer al cerdo le gustaban los dulces y a pesar de su tamaño era bastante listo.

Pero habría disfrutado igual aunque la propiedad no hubiera sido suya. Henry era una acompañante encantadora. Tenía un vigor, una frescura y una franqueza que no había visto en nadie desde hacía muchos años. Tenía la suerte de contar con amigos y amigas maravillosos, pero habiendo vivido tanto tiempo en Londres había comenzado a creer que nadie estaba libre de al menos un poquito de doblez. Henry, en cambio, era maravillosamente franca. Ni una sola vez había visto su cara nublada por esa conocida expresión de hastío del mundo. Al parecer era tanto lo que quería y le importaban todas las cosas y las personas que no podía sentirse aburrida.

Eso no quería decir que fuera una ingenua dispuesta a creer lo mejor de todo el mundo. Tenía un ingenio pícaro, y no se refrenaba de emplearlo de tanto en tanto cuando señalaba a algún aldeano al que encontraba tremendamente tonto. Él se inclinaba a perdonarle esa flaqueza; normalmente estaba de acuerdo cuando evaluaba a los simples.

Y si de vez en cuando se sorprendía mirándola de manera especial, observando cómo se le volvía dorado el pelo a la luz del sol o pensando por qué olía vagamente a limón, bueno, eso era de esperar. Hacía tiempo que no estaba con una mujer. Su amante llevaba dos semanas en Birmingham, visitando a su madre, cuando él emprendió el viaje a Cornualles. Y Henry era bastante atractiva a su manera tan poco ortodoxa.

Claro que lo que sentía por ella no se parecía ni remotamente a deseo. Pero era una mujer, y él era un hombre, así que era natural que fuera tan consciente de ella. Y claro, la había besado una vez, aun cuando eso ocurrió por casualidad. No era de extrañar que de vez en cuando recordara ese beso cuando ella estaba cerca.

De todos modos, esos pensamientos estaban muy lejos de su mente cuando, una semana después de su llegada, al atardecer, se sirvió una copa en el salón. Era la hora en que se reunían antes de la cena, y Henry llegaría en cualquier momento.

Hizo un mal gesto. Sería una visión horrorosa. Con todo lo especial que era, se seguía cambiando de ropa para la cena, y eso significaba ponerse una de esas feas prendas; se estremecía ante la idea de llamarlas vestidos. Había que decir en su honor que se daba cuenta de que eran horrorosos; más honor le merecía incluso que se las arreglara para dar la impresión de que no le importaba. Si no hubiera llegado a conocerla tan bien en esa semana jamás se le habría ocurrido que ella no creyera que, si bien sus vestidos no estaban a la última moda, eran por lo menos pasablemente atractivos.

Pero se había fijado con qué esmero ella evitaba mirarse en los espejos que adornaban el salón donde se reunían antes de la cena. Y cuando se veía atrapada por el reflejo, no podía evitar que su cara expresara un poco de pena.

Deseaba ayudarla, comprendió. Deseaba comprarle vestidos y enseñarle a bailar, y..., era asombroso lo mucho que deseaba ayudarla.

—¿Robando licor otra vez?

La voz de ella embromándolo lo sacó de sus ensoñaciones.

—Es mi licor, por si no lo recuerdas, diablilla.

Volvió la cabeza para mirarla. Se había vuelto a poner ese abominable modelo color lavanda. No lograba decidir si era el peor o el mejor de sus vestidos.

Ella se encogió de hombros.

—Ah, pues sí. ¿Puedo beber un poquito, entonces?

Sin decir nada, él le sirvió jerez en una copa y se la ofreció.

Henry bebió un poco, pensativa. Se había convertido en un hábito beber una copa de vino con él antes de la cena, pero después nada más. Se había dado cuenta de lo mareada que estaba la noche de su llegada. Tenía la deprimente sensación de que si se permitía beber algo más que esa copa de jerez acabaría mirándolo con ojos de enamorada durante toda la cena.

—¿Ha sido agradable tu tarde? —le preguntó él de repente.

Él había pasado unas cuantas horas leyendo los documentos de la propiedad; con mucho gusto ella lo había dejado solo con los mohosos papeles; ella ya los había examinado todos y estaba claro que él no necesitaba su ayuda.

—Sí, mucho. Fui a visitar a algunos inquilinos. La señora Dalrymple me pidió que te agradeciera la comida.

—Me alegro de que la disfrutara.

—Ah, sí. No sé por qué no se nos ocurrió hacer eso antes. Claro que siempre enviamos un regalo de felicitación, pero creo que comida para una semana es mucho mejor.

Hablaban como una pareja casada mucho tiempo, pensó él, sorprendido. Qué extraño.

Henry fue a sentarse en un elegante aunque desteñido sofá, y se tironeó torpemente el vestido.

—¿Terminaste de leer esos papeles?

—Casi —contestó él, distraído—. ¿Sabes, Henry?, he estado pensando.

Ella sonrió traviesa.

—¿Sí? Qué agotador.

—Diablilla, cállate y escucha lo que quiero decirte.

Ella ladeó la cabeza en un gesto que parecía decir «¿Y bien?»

—¿Que te parecería ir a la ciudad?

Ella lo miró desconcertada.

—Fuimos al pueblo hace dos días, ¿no lo recuerdas? Querías conocer a los comerciantes de la localidad.

—Claro que lo recuerdo. Mi mente no es dada a los olvidos, Henry, no soy tan viejo.

—Ah, eso no lo sé —dijo ella, con expresión absolutamente impasible—. Debes de tener por lo menos treinta.

—Veintinueve —gruñó él, antes de darse cuenta de que era una broma.

Ella sonrió.

—Qué fácil es tomarte el pelo a veces.

—Dejando de lado mi credulidad, Henry, quiero ir a la ciudad. Y no me refiero al pueblo. Creo que deberíamos ir a Truro.

—¿Truro?

Era una de las ciudades más grandes de Cornualles, y ella la evitaba como a la peste.

—No pareces muy entusiasmada.

—Lo que pasa es que… mmm… Bueno, para ser franca, acabo de ir.

Eso no era del todo mentira. Había ido hacía dos meses, pero le parecía que había sido ayer. Siempre se sentía incómoda, violenta, con personas desconocidas. Al menos la gente del pueblo estaba acostumbrada a sus excentricidades y las aceptaba. La mayoría incluso le tenían cierto respeto. Pero los desconocidos eran otra historia. Y Truro era lo peor. Aunque ya no era tan popular como en el siglo anterior, muchos miembros de la alta sociedad continuaban pasando ahí sus vacaciones. Los oía susurrar cosas crueles acerca de ella; las damas elegantes se reían de su vestido, los hombres la miraban burlones por su falta de modales. Y entonces, inevitablemente, la gente de la ciudad los informaba discretamente de que ella era la señorita Henrietta Barret, e iba por ahí vestida con pantalones todo el tiempo.

No, decididamente no deseaba ir a Truro.

Sin darse cuenta de su aflicción, Dunford dijo:

—Pero es que nunca he estado ahí. Sé buena persona y enséñame la ciudad.

—De verdad, preferiría no ir, Dunford.

Él entrecerró los ojos y entonces observó que se sentía incómoda. A decir verdad, siempre se veía incómoda con esos ridículos vestidos, pero en ese momento parecía sentirse especialmente incómoda.

—De verdad, Henry, no será tan terrible. ¿Vendrás conmigo para hacerme un favor?

Entonces le sonrió.

Ella se sintió perdida.

—Muy bien.

—¿Mañana, entonces?

—Lo que tú quieras.

Al día siguiente, a Henry se le revolvió el estómago cuando el coche se iba acercando a Truro. Siempre detestaba tener que ir a la ciudad, pero esa era la primera vez que eso la hacía sentirse enferma físicamente.

No intentaba engañarse diciéndose que su miedo no tenía nada que ver con el hombre que iba sentado alegremente a su lado. Dunford se había convertido en su amigo, maldita sea, y no quería perderlo. ¿Qué pensaría cuando oyera lo que la gente cuchicheaba acerca de ella? ¿Cuando una dama hiciera un comentario en voz baja acerca de su vestido, que ella sabía que lo hacía para que la oyera? ¿Se avergonzaría de ella? ¿Se sentiría humillado por estar con ella? No quería saberlo.

Dunford era muy consciente del nerviosismo de Henry, pero simulaba no notarlo. Ella se sentiría avergonzada si se lo comentaba, y no tenía el menor deseo de herirla. Por lo tanto, mantuvo una apariencia alegre, haciendo comentarios sobre el paisaje que pasaba por las ventanillas del coche y hablando ociosamente de los asuntos de Stannage Park.

Finalmente llegaron a Truro. Henry pensó que no podría sentirse más enferma de lo que se sentía, pero no tardó en descubrir que estaba equivocada.

—Vamos, Henry —dijo él enérgicamente—. La lentitud no es propia de ti.

Ella se mordisqueó el labio inferior y aceptó su ayuda para bajar del coche. Cabía la posibilidad de que él no se enterara de lo que pensaba la gente. Era posible que todas las damas hubieran escondido las garras ese día y que él no oyera ninguno de los crueles comentarios susurrados. Alzó un poco el mentón. Considerando la posibilidad de que ninguna de sus pesadillas se hiciera realidad ese día, bien podía actuar como si no tuviera la menor preocupación en el mundo.

—Lo siento, Dunford —dijo obsequiándolo con una descarada sonrisa, «su» descarada sonrisa; muchas veces él había comentado que nunca había visto otra igual. Esperaba que esta le asegurara que ya no estaba afligida—. Mi mente ha estado vagando, me parece.

Él la miró con un destello pícaro en los ojos.

—¿Y por dónde ha estado vagando?

Dios, ¿por qué siempre tenía que ser tan simpático? Eso le haría muchísimo más dolorosa la vida cuando él la abandonara. No pienses en eso, se dijo a gritos, podría no ocurrir nunca. Se obligó a hacer desaparecer la pena de su ojos y se encogió de hombros despreocupadamente.

—Por Stannage Park. ¿Por dónde si no?

—¿Y qué te tenía tan preocupada, diablilla? ¿El temor de que Porkus tuviera problemas para parir sus cerditos?

—Porkus es macho, tonto.

Él se puso una mano en el corazón fingiendo terror.

—Entonces hay más motivos para preocuparse. Podría ser un parto muy difícil.

Henry sonrió a su pesar.

—Eres incorregible.

—Siendo incorregible tú, eso resulta un cumplido.

—Supongo que diga lo que diga, lo tomarás como un cumplido.

Intentó decir eso en tono severo, gruñón, pero no pudo evitar sonreír.

Él la cogió del brazo y echó a caminar.

—Sí que sabes entretener a un hombre, Henry.

Ella lo miró dudosa. Jamás había contado entre sus logros la habilidad para manipular al sexo opuesto. Antes de conocer a Dunford, jamás había logrado que ninguno de ellos la considerara una mujer normal.

Si él vio su expresión, no la comentó. Continuaron caminando, y él le fue haciendo preguntas acerca de todas las tiendas a medida que pasaban. Se detuvo delante de una pequeña cafetería.

—¿Tienes hambre, Henry? ¿Es este un buen salón de té?

—No lo sé.

Él la miró sorprendido. ¿Nunca había ido a tomar té con pasteles en los doce años que había vivido en Cornualles?

—¿No? ¿No venías con Viola?

—A Viola no le gustaba Truro. Siempre decía que aquí había demasiada gente de la alta sociedad.

—Hay cierta verdad en eso —concedió él.

De repente se volvió a mirar un escaparate para evitar que lo reconociera alguien que venía por la acera del frente. Nada tan poco atractivo como una conversación educada; no tenía el menor deseo de que lo desviaran de su objetivo. Al fin y al cabo había traído a Henry por un motivo.

Henry miró sorprendida el género que se exhibía en el escaparate.

—No tenía idea de que te interesaban los encajes.

Él enfocó la mirada y vio que parecía estar examinando detenidamente el género de una tienda que al parecer no vendía otra cosa que encajes.

—Sí, bueno, hay muchas cosas que no sabes de mí —musitó, con la esperanza de que eso pusiera fin al tema.

A Henry no la alentó mucho que él fuera un buen conocedor de los encajes. Probablemente cubría de encajes a todas sus amantes, y no le cabía duda de que tenía unas cuantas. No le costaba entenderlo. Tenía veintinueve años; no se podía esperar que llevara la vida de un monje. Y era alucinantemente guapo. Seguro que tenía mujeres para elegir.

Suspiró abatida, impaciente por alejarse de la tienda de encajes.

Pasaron junto a una sombrerería, una librería y una verdulería. De repente, él exclamó:

—Ah, mira, Henry, una tienda de ropa. Justo lo que necesito.

Ella frunció el ceño, desconcertada.

—Creo que aquí sólo confeccionan ropa de señora, Dunford.

—Excelente. —La cogió del brazo y la llevó hasta la puerta—. Necesito comprarle un regalo a mi hermana.

—No sabía que tuvieras una hermana.

Él se encogió de hombros.

—¿No te dije que hay muchas cosas que no sabes de mí?

Ella lo miró malhumorada.

—Te esperaré fuera, entonces. Detesto las tiendas de ropa.

A él no le cabía la menor duda de eso.

—Pero es que voy a necesitar tu ayuda, Henry. Eres más o menos de su talla.

Ella retrocedió un paso.

—Si no soy exactamente de su talla, no le quedará bien

Él le tironeó el brazo, abrió la puerta y la hizo entrar.

—Ese es un riesgo que estoy dispuesto a correr —dijo alegremente—. Ah, hola —saludó a la modista que estaba en el otro lado del local—. Necesitamos uno o dos vestidos para mi hermana —añadió, indicando a Henry.

—Pero yo no...

—Calla, diablilla. Será más fácil así.

Henry tuvo que conceder que tenía razón.

—Ah, muy bien —masculló—, supongo que esto es lo que se hace por un amigo.

—Sí, supongo —dijo él, mirándola con una expresión rara.

Habiendo evaluado rápidamente la excelente calidad de la tela y confección de la ropa de Dunford, la modista se apresuró a acercárseles.

—¿En qué les puedo servir?

—Quiero comprar unos cuantos vestidos para mi hermana.

—Faltaría más.

Miró de arriba abajo a Henry, que jamás en su vida se había sentido más avergonzada de su apariencia. El vestido de día color malva que llevaba puesto era horroroso, y no sabía por qué lo tenía. Se lo había comprado Carlyle. Recordaba la ocasión; él iba a ir a Truro por asuntos de negocios y ella, que se daba cuenta de que le estaba quedando pequeña la ropa, le pidió que le comprara un vestido. Probablemente él compró lo primero que vio.

Pero le quedaba fatal y, a juzgar por su expresión, se dio cuenta de que la modista estaba de acuerdo. Desde el momento en que lo vio supo que le quedaría mal, pero para devolverlo debía ir a la ciudad, y detestaba tanto viajar a Truro, sobre todo para algo tan vergonzoso, que se obligó a creer que un vestido es un vestido y que lo único que tiene que hacer es cubrir el cuerpo.

—Podrías ir ahí a mirar esos rollos de tela —le dijo Dunford, dándole un suave apretón en el brazo.

—Pero...

—Chss. —Había visto en sus ojos que estaba a punto de decirle que no sabía qué le gustaría a su hermana—. Dame el gusto y ve a echarles una mirada.

—Como quieras.

Fue hasta la mesa en que se exponían las telas y comenzó a coger sedas y muselinas para acariciarlas. Uy, eran suavísimas. Se apresuró a retirar las manos. Era tonto soñar con telas bonitas cuando lo único que necesitaba era camisas y pantalones.

Dunford la vio cuando estaba palpando amorosamente las telas de los rollos y comprendió que había hecho lo correcto. Llevando a un lado a la modista, le dijo en un susurro:

—El guardarropa de mi hermana ha sido lamentablemente descuidado. Ha estado viviendo con nuestra tía, la que por lo visto tiene muy poco sentido de la elegancia.

La modista asintió.

—¿Tiene algo que esté listo para ponerse ahora? Nada me gustaría más que librarla de ese vestido que lleva puesto. Puede aprovechar sus medidas para confeccionarle unos cuantos más.

—Tengo uno o dos que podría adaptar rápidamente a sus medidas. De hecho, ese de ahí es uno.

Apuntó hacia un vestido de día amarillo que vestía a un maniquí de modista.

Dunford estaba a punto de decir que iría bien cuando vio la cara de Henry.

Estaba mirando el vestido como una mujer hambrienta.

—Ese será perfecto —susurró muy convencido, y luego añadió en voz alta—. Henrietta, querida mía, ¿por qué no te pruebas ese vestido amarillo? Le pediremos a la señora... —se interrumpió para que la modista dijera su apellido.

—Trimble —suplió ella.

—... a la señora Trimble que haga los arreglos necesarios.

—¿Estás seguro? —preguntó Henry.

—Segurísimo.

Ella no necesitó más aliento. La señora Trimble sacó rápidamente el vestido del maniquí y le indicó que la siguiera a la trastienda. Mientras ellas estaban ahí ocupadas, Dunford decidió pasar el rato examinando las telas que estaban expuestas. El amarillo claro podría sentarle bien a Henry, pensó. Cogió un rollo de linón azul zafiro; ese podría ser estupendo también; no estaba seguro. Jamás en su vida había hecho ese tipo de cosas y no tenía idea de cómo elegir. Siempre había supuesto que las mujeres «saben» qué ponerse. Dios sabía que sus buenas amigas Belle y Emma siempre iban vestidas a la perfección.

En ese momento comprendía que ellas siempre iban tan elegantes gracias a las enseñanzas y ejemplo de la madre de Belle, que siempre había sido un dechado de elegancia. La pobre Henry no había tenido a nadie que la orientara en esos asuntos; no tuvo a nadie que le enseñara simplemente a ser una chica. Y, lógicamente, no tenía a nadie que le enseñara qué hacer como una mujer.

Fue a sentarse a esperar que saliera. Se estaban tomando muchísimo tiempo, la espera se le estaba haciendo interminable. Finalmente cedió a la impaciencia y llamó:

—¿Henry?

—Sólo un momentito —contestó la señora Trimble—. Sólo me falta entrarle un poquito más a la cintura. Su hermana es muy esbelta.

Dunford se encogió de hombros. No podía saberlo; la mayor parte del tiempo ella llevaba holgadas ropas de hombre, y sus vestidos le quedaban tan mal que era difícil saber qué había debajo. Frunció el ceño, al recordar vagamente esa vez que la besó y la tocó. No recordaba gran cosa, estaba medio dormido, pero le pareció muy bien formada, tierna y femenina.

Justo entonces la señora Trimble salió de la trastienda.

—Aquí está, señor.

—¿Dunford? —llamó Henry, asomando la cabeza.

—No seas tímida, diablilla.

—¿Me prometes no reírte?

—¿Por qué me voy a reír? Sal de ahí.

Entonces Henry avanzó, con los ojos esperanzados, temerosos, interrogantes, todo al mismo tiempo.

Dunford retuvo el aliento. Estaba transformada. El color amarillo del vestido le sentaba a la perfección, destacando los reflejos dorados de su pelo. Y el corte del vestido, si bien no enseñaba nada, conseguía insinuar la promesa de inocente feminidad. La señora Trimble le había cambiado el peinado, deshaciéndole la trenza y prendiéndole unos mechones sobre la cabeza. Henry se mordía el labio inferior, nerviosa, mientras él la examinaba, y rezumaba una encantadora timidez, seductora y desconcertante a la vez, puesto que él jamás había soñado que ella pudiera ser vergonzosa.

—Henry, te ves… te ves —buscó la palabra pero no la encontró. Finalmente dijo—: Te ves estupenda.

Eso era lo mejor que nadie le había dicho.

—¿Te lo parece? —preguntó, tocando el vestido, reverente—. ¿De verdad te lo parece?

—Lo sé —dijo él firmemente. Miró a la señora Trimble—. Nos lo llevamos.

—Excelente. Si quiere puedo traer algunos modelos para que les echen una mirada.

—Por favor.

—Pero, Dunford, este es para tu hermana —susurró Henry.

—¿Cómo podría regalarle este vestido a mi hermana cuando se ve tan absolutamente encantador en ti? —dijo él, en un tono que esperaba fuera práctico—. Además, ahora que lo pienso, tal vez te vendría bien tener dos o tres vestidos nuevos.

—Los que tengo me han quedado pequeños —dijo ella, en tono algo triste.

—Entonces los tendrás.

—Pero no tengo dinero.

—Es un regalo.

—Ah, no puedo permitirte hacer eso.

—¿Por qué no? Es mi dinero.

Ella pareció desolada.

—Creo que no es decoroso.

Él «sabía» que no era decoroso, pero no se lo iba a decir.

—Considéralo así, Henry. Si no te tuviera a ti tendría que contratar a alguien para que administre Stannage Park.

—Ahora ya podrías hacerlo tú —dijo ella alegremente, dándole una alentadora palmadita en el brazo.

Él casi gimió; típico de Henry desarmarlo con amabilidad.

—No tendría tiempo para hacerlo. Tengo obligaciones en Londres, ¿sabes? Así que, tal como yo lo veo, me ahorras el salario de un hombre. Los salarios de tres hombres, tal vez. Regalarte un par de vestidos es lo mínimo que puedo hacer.

Dicho así, no parecía tan indecoroso, concluyó Henry. Y sí que le gustaba el vestido, nunca antes se había sentido tan femenina. Con ese vestido podría incluso aprender a deslizarse al caminar, como esas damas elegantes que parecían ir con patines a las que siempre había envidiado.

—De acuerdo —dijo finalmente—. Si a ti te parece que es lo correcto.

—Sé que es lo correcto. Además...

—¿Sí?

—No te importa si le decimos a la señora Trimble que tire el vestido que llevabas, ¿verdad?

Ella negó con la cabeza, agradecida.

—Estupendo. Ahora ven aquí, por favor, y échales una mirada a algunos de estos maniquíes. Una mujer necesita más de un vestido, ¿no crees?

—Sí, bueno, pero tal vez no más de tres —dijo ella, vacilante.

Él comprendió. Tres era lo más que le permitiría su orgullo.

—Es posible que tengas razón.

La hora siguiente la pasaron mirando modelos para elegir dos vestidos más. Finalmente eligieron uno en el linón azul zafiro que había elegido Dunford antes y otro verde espuma de mar, en el que insistió la señora Trimble, diciendo que hacía brillar los ojos grises de Henry. Los harían llegar a Stannage Park dentro de unos días, lo antes posible.

Henry estuvo a punto de decir que le encantaría volver ahí si era necesario. Jamás había soñado que se le ocurriría pensar eso, pero no le molestaba la idea de hacer otro viaje a Truro. No le agradaba pensar que era tan superficial que un simple vestido pudiera hacerla feliz, pero debía admitir que le daba una especie de seguridad en sí misma que no tenía antes.

En cuanto a Dunford, ya había comprendido una cosa: quien fuera el que le eligió esos horrendos vestidos, no fue ella. Algo sabía sobre moda de mujeres, y por las elecciones que había hecho quedaba claro que sus gustos iban por una discreta elegancia a la que nadie podría encontrar peros.

Y comprendió otra cosa: se sentía increíblemente feliz por verla a ella tan feliz. Eso era algo sorprendente en realidad.

Ella no dijo nada durante la caminata hasta el coche y continuó callada hasta cuando habían tomado el camino hacia la casa. Finalmente lo miró, con sus sagaces ojos.

—No tienes una hermana, ¿verdad?

—No —dijo él, en voz baja, incapaz de mentirle.

Ella guardó silencio. Pasado un momento, colocó tímidamente una mano sobre la de él.

—Gracias.

Capítulo 7

*D*unford se sintió curiosamente decepcionado cuando a la mañana siguiente Henry bajó a desayunar con su habitual atuendo masculino.

Al captar su expresión, ella sonrió alegremente.

—Bueno, no supondrás que yo querría ensuciar mi único vestido bueno, ¿verdad? ¿No teníamos pensado recorrer todo el perímetro de la propiedad hoy? —Se sentó y se sirvió huevos de la fuente del centro de la mesa—. Típico de un hombre desear conocer exactamente qué posee —dijo, altanera.

Él se inclinó hacia ella, con los ojos brillantes.

—Soy el rey de mis dominios, no lo olvides, diablilla.

Ella se echó a reír.

—¿Sabes, Dunford? Habrías sido un soberbio señor medieval. Creo que llevas una vena autocrática dentro de ti.

—Y es muy divertido cuando sale a la superficie.

—Para ti, tal vez —replicó ella, sin dejar de sonreír.

Él sonrió también, totalmente inconsciente del efecto que tenía en ella esa determinada expresión facial. Henry sintió revoloteos en el estómago, y se apresuró a tragarse el bocado que estaba masticando, con la esperanza de que eso se lo calmara.

—Date prisa, Henry —dijo él, impaciente—. Quiero que comencemos temprano.

La señora Simpson emitió un carraspeo al oír eso, puesto que ya eran las diez y media.

—Acabo de sentarme —protestó Henry—. Igual me desmayo a tus pies esta tarde si no me alimento bien ahora.

—Es difícil de aceptarte desmayada —bufó él.

Comenzó a tamborilear con los dedos en la mesa, después golpeó el suelo con un pie, silbó una alegre melodía, se dio unas palmadas en un muslo, volvió a tamborilear sobre la mesa...

Henry le arrojó la servilleta.

—¡Vamos, para! A veces pareces un bebé grande. —Se levantó—. Dame un momento para ponerme una chaqueta. Hace un poco de frío fuera.

Él se levantó.

—Aah, que dicha es tenerte sometida a mi voluntad.

La mirada que le dirigió ella era de sublevación, por decir lo mínimo.

—Sonríe, Henry. No soporto verte malhumorada. —Ladeó la cabeza e intentó una expresión de niño contrito—. Di que me perdonas. Por favor, por favor, pooor favor.

—¡Para, por el amor de Dios! —rió ella—. Tienes que saber que no estaba enfadada.

—Lo sé, pero es muy divertido provocarte. —Le cogió una mano y tiró de ella, llevándola hacia la puerta—. Vámonos, hoy tenemos que cubrir muchísimo terreno.

—¿Por qué de repente tengo la impresión de que me he alistado en el ejército?

Dunford dio un salto para no pisar a Rufus.

—Yo fui soldado.

Ella lo miró sorprendida.

—¿De veras?

—Mmm, mmm, en la Península.

—¡Qué horror!

—Horroroso. —Abrió la puerta y salieron al fresco y a la luz del sol—. No te creas las historias que cuentan sobre las glorias de la guerra. Es algo espantoso.

Ella se estremeció.

—Eso diría yo.

—Es mucho, muchísimo más agradable estar en Cornualles, el culo del mundo, como tú dices, en compañía de la jovencita más encantadora que he tenido el placer de conocer.

Henry se ruborizó y desvió la cara para que él no viera su azoramiento. No podía decirlo en serio. Ah, no creía que estuviera mintiendo, no era de ese tipo. Simplemente quería decir a su manera que eran amigos y que ella era la primera mujer con la que lograba eso. Pero claro, ella lo había oído referirse a dos señoras casadas de las que era amigo también, así que eso no podía ser.

De todos modos, no era posible que él estuviera comenzando a sentirse «tierno» con ella. Tal como había dicho, ella no era el tipo de mujer que desean los hombres, y mucho menos teniendo a todas las mujeres de Londres para elegir. Suspirando, desechó el pensamiento y decidió simplemente disfrutar del día.

—Siempre supuse que una propiedad de Cornualles tendría acantilados, olas rompientes y todo eso —comentó él.

—La mayoría los tienen. Pero ocurre que estamos justamente en el centro del condado. —Le dio un puntapié a una piedra que encontró en el camino, tratando de tirarla recto hacia delante y cuando llegó hasta ella, le dio otro—. Aunque no es necesario ir muy lejos para llegar al mar.

—Me lo imagino. Tendríamos que hacer un paseo hasta ahí pronto.

A ella la fascinó tanto esa idea que comenzó a ruborizarse. Para ocultar su reacción, fijó la mirada en el suelo y se concentró en el siguiente puntapié a la piedra.

Continuaron caminando en amistoso silencio hacia el límite oriental de la propiedad.

—Este lado lo tenemos cercado —explicó ella cuando se acercaban al muro de piedra—. Este muro no es nuestro, en realidad, sino del terrateniente Stinson. Hace unos años se le metió en la cabeza que estábamos invadiendo sus tierras e hizo levantar este muro para impedírnoslo.

—¿Y lo hacíais?

—¿Invadiéndole? No, de ninguna manera. Es muy inferior a la de Stannage Park. Pero el muro tiene un excelente uso.

—¿Mantener lejos al odioso terrateniente Stinson?

—Ese es un beneficio, sin duda, pero yo estaba pensando en esto. —Subió de un salto a lo alto del muro—. Es fantástico caminar por aquí.

Él subió también y echaron a caminar en fila india en dirección norte.

—Ya lo veo. ¿Hasta dónde llega este muro?

—Ah, no muy lejos. Más o menos una milla. Hasta donde acaba la propiedad de Stinson.

Dunford se sorprendió al pillarse contemplándole la espalda, o, mejor dicho, el trasero. Mayor fue su sorpresa al descubrir que disfrutaba inmensamente de esa vista. Los pantalones eran holgados, pero cada vez que daba un paso se le ceñían, destacando su bien formado cuerpo.

Movió la cabeza, consternado. ¿Qué diantres le pasaba? Henry no era el tipo de mujer para tener una aventura, y lo último que deseaba era ensuciar una naciente amistad con un romance.

—¿Pasa algo? —gritó Henry—. Estás muy callado.

—Estoy disfrutando de las vistas —dijo él, y se mordió el labio.

—Preciosas, ¿verdad? Podría estar todo el día contemplándolas.

—Yo también —dijo él; si no hubiera estado equilibrándose encima de un muro de piedra, se habría dado de patadas.

Continuaron caminando por el muro casi diez minutos, hasta que de repente Henry se detuvo y se volvió a mirarlo.

—Esta es mi parte favorita.

—¿Qué?

—Este árbol —dijo ella, haciendo un gesto hacia un inmenso árbol que se elevaba en el lado de la propiedad pero cuyas ramas pasaban por encima del muro—. Retrocede —dijo entonces en un susurro. Dio un paso hacia el árbol, se detuvo y se volvió de nuevo—. Otro poco.

Él sentía curiosidad, pero retrocedió otro paso.

Entonces ella se aproximó al árbol, cautelosa, y levantó lentamente un brazo, como si temiera que el árbol la mordiera.

—Henry, ¿qué vas a...?

Ella retiró bruscamente el brazo.

—Chss.

Nuevamente volvió la concentración a su cara y alargó el brazo hacia un nudo del árbol con un agujero.

De pronto Dunford notó un ronco zumbido, casi como si fuera de...

Abejas.

Absolutamente horrorizado la vio meter la mano en la colmena llena de abejas. Le latieron fuertemente las sienes; el corazón le retumbó en los oídos. A la condenada muchacha la iban a picar mil veces y él no podía hacer nada, porque cualquier intento de detenerla enfurecería a las abejas.

—Henry —dijo en voz baja pero autoritaria—, vuelve aquí inmediatamente.

Ella agitó la mano libre para hacerlo callar y alejarlo.

—Lo he hecho otras veces —susurró.

—Henry —repitió él.

Sintió brotar gotas de sudor en la frente; en cualquier instante las abejas se iban a dar cuenta de que habían invadido su colmena.

La iban a picar sin compasión. Él podía intentar cogerla y apartarla de un tirón, pero ¿y si ella entonces zarandeaba la colmena? La sangre le abandonó la cara.

—¡Henry!

Ella retiró lentamente el brazo, con un buen trozo de panal en la mano.

—Voy, voy.

Echó a caminar hacia él sonriendo y saltando por el muro.

Dunford se tranquilizó al verla a salvo y lejos de la colmena, pero al instante sintió una rabia pura y primitiva. Rabia porque ella se había atrevido a correr ese riesgo estúpido e inútil, rabia porque lo había hecho delante de él. Saltó del muro llevándola con él. El pegajoso trozo de panal cayó al suelo.

—¡No vuelvas a hacer eso nunca, nunca jamás! ¿Me oyes?

La sacudió violentamente, hundiéndole los dedos en la piel.

—Te dije que lo he hecho otras veces. No estaba en peligro...

—Henry, he visto morir a hombres adultos a causa de una picadura de abeja.

Se atragantó con las palabras.

Ella tragó saliva.

—He oído decir eso. Creo que son muy pocas las personas que reaccionan así, y está visto que yo no.

—Dime que no volverás a hacerlo. —Volvió a sacudirla con fuerza—. Júramelo.

—¡Ay! Dunford, por favor, me haces daño.

Él aflojó la presión de las manos, pero repitió con igual vehemencia:

—Júralo.

Ella le observó, tratando de encontrarle una lógica a su reacción. Vio que se le agitaba violentamente un músculo en el cuello. Estaba furioso, mucho más que como lo vio ese día cuando discutieron a causa de la porqueriza. Y percibió algo más preocupante aún; él estaba conteniendo una rabia mucho peor. Intentó hablar con voz normal, pero le salió un susurro:

—Una vez me dijiste que si te enfurecías de verdad yo lo sabría.

—Júralo.

—Ahora estás furioso.

—Júralo, Henry.

—Si tanto significa para ti...

—Júralo.

—Lo juro —dijo ella, con los ojos agrandados por la confusión—. Juro que no volveré a meter la mano en esa colmena.

Tardó un momento, pero finalmente él respiró tranquilo y pudo soltarla.

—¿Dunford?

Estaba confuso; Dios sabía que no tenía esa intención, ni siquiera había pensado que deseaba hacerlo, hasta cuando la oyó decir su nombre con esa voz dulce y temblorosa y algo cambió en su interior. La estrechó fuertemente en sus brazos y musitó su nombre una y otra vez con la boca en su pelo.

—Ay, Dios, Henry —dijo al fin con voz ronca—. No vuelvas a asustarme así otra vez, ¿entiendes?

Ella no entendía nada aparte de que él la tenía fuertemente abrazada. Eso era algo que jamás se había atrevido a soñar. Asintió con la cabeza apoyada en su pecho; haría cualquier cosa con tal que él continuara abrazándola así. La fuerza de sus brazos era sorprendente, su olor embriagador, y la simple sensación de que durante ese breve momento era posible que fuera amada le bastaría para sostenerla el resto de sus días.

Mientras tanto Dunford intentaba comprender por qué había reaccionado con tanta violencia. Su cerebro alegaba que ella no había estado en verdadero peligro, que era evidente que sabía lo que hacía. Pero el resto de él, su corazón, su alma, su cuerpo, gritaban otra cosa. Lo había atenazado un miedo terrible, terrible, peor que cualquier cosa que hubiera experimentado en los campos de batalla en la Península. Entonces, de repente, cayó en la cuenta de que la tenía abrazada, con más fuerza de lo que era decente. Y lo peor de todo era que no quería soltarla.

La deseaba.

Ese escalofriante descubrimiento lo obligó a soltarla y apartarse. Henry se merecía mucho más que un coqueteo frívolo, y esperaba ser lo bastante hombre para mantener dominados sus deseos. No era esa la primera vez que deseaba a una jovencita decente, y seguro que no sería la última, pero claro, a diferencia de los sinvergüenzas que abundaban por ahí, él no veía a las vírgenes como pasatiempo. No iba a comenzar con Henry.

—No vuelvas a hacer eso —dijo en tono abrupto, sin saber si la aspereza de su voz iba dirigida a él o a ella.

—No. Te lo he prometido.

Él asintió secamente.

—Reanudemos el paseo.

Henry miró hacia el panal olvidado en el suelo.

—¿Te importa si...? No, nada.

Dudaba de que él deseara probar la miel en ese momento. Se miró los dedos, todavía pegajosos. No tenía más remedio que lamérselos para limpiarlos.

El silencio era abrumador mientras caminaban a lo largo del límite oriental de Stannage Park. A Henry se le ocurrieron mil cosas que decir, vio mil cosas que deseó señalarle, pero no tuvo valor para abrir la boca. No le gustaba nada esa tensión. Los últimos días se había sentido absolutamente cómoda con él. Podía decir cualquier cosa y él no se reía, a no ser, claro, que esa fuera la intención de ella. Podía ser ella misma.

Podía ser ella misma y de todos modos le gustaba.

Pero en ese momento parecía un desconocido, sombrío y severo, y ella se sentía tan violenta y tímida como todas esas veces que había ido a Truro, a excepción de la última, cuando él le compró el vestido amarillo.

Lo miró disimuladamente. Era muy bueno; debía de quererla un poquito. No se habría preocupado tanto por lo de la colmena si ella no le importara.

Llegaron al extremo norte del límite oriental, y tuvo que romper el silencio.

—Aquí viramos hacia el oeste —dijo, haciendo un gesto hacia un inmenso roble.

—Supongo que ahí también hay una colmena —dijo él, intentando bromear.

Se volvió a mirarla. Ella se estaba lamiendo los dedos. Se desató el deseo en su pecho y se le extendió rápidamente al resto del cuerpo.

—¿Qué? Ah, no, ahí no hay.

Sonrió vacilante, rogando que su amistad volviera a ser como antes. O si no, que él volviera a abrazarla, porque nunca se había sentido tan segura y arropada como cuando estaba en sus brazos.

Echaron a caminar por el límite norte.

—Esta elevación de terreno marca el límite norte de la propiedad —explicó—. Discurre a todo lo largo. Este límite es bastante corto, en realidad, tiene menos de media milla, creo.

Dunford contempló el terreno; su tierra, pensó orgulloso. Era un campo muy hermoso, ondulante y verde.

—¿Dónde viven los inquilinos?

—Al otro lado de la casa. Todos están hacia el sudoeste. Al final del recorrido veremos sus casas.

Él señaló hacia una casita con techo de paja.

—¿Qué es eso?

—Ah, está abandonada. Lo ha estado siempre, desde que yo vivo aquí.

Él le sonrió, y ella casi logró convencerse de que la escena junto al árbol no había ocurrido.

—¿La exploramos? —propuso él.

—Me apunto —repuso ella alegremente—. Nunca he estado dentro.

—Me cuesta creer que haya un palmo de Stannage Park que no hayas explorado, inspeccionado, tasado y reparado.

Ella sonrió, cohibida.

—De niña nunca entré ahí porque Simpy me dijo que había fantasmas.

—¿Y le creíste?

—Era muy pequeña. Y después… no sé, es difícil romper viejos hábitos, supongo. Nunca se presentó ningún motivo para entrar.

—Quieres decir que sigues teniendo miedo —dijo él, haciéndole un guiño.

—Nada de eso. Dije que iría, ¿no?

—Tú diriges la marcha, entonces, milady.

—¡Entraré!

Diciendo eso, atravesó el campo con paso firme y al llegar a la puerta de la casa se detuvo.

—¿No vas a entrar? —preguntó él.

—¿Y tú?

—Creí que tú dirigías la marcha.

—Tal vez tienes miedo.

—Estoy aterrado —dijo él, con una sonrisa tan sesgada que desmentía sus palabras.

Ella lo miró con las manos en las caderas.

—Todos debemos aprender a enfrentar nuestros miedos.

—Exacto —dijo él amablemente—. Abre la puerta, Henry.

Ella hizo una honda inspiración, pensando por qué le resultaba tan difícil. Tal vez los miedos infantiles continuaban hasta la edad adulta. Finalmente empujó la puerta y miró.

—¡Mira! —exclamó, maravillada—. Alguien debe de haber amado muchísimo esta casa.

Dunford entró detrás de ella, y se dio una vuelta mirando. Todo estaba mohoso, testimonio de años de desuso, pero la casita continuaba reteniendo cierto ambiente hogareño. El edredón que cubría la cama era de alegres colores, desteñidos por los años, pero alegres de todas maneras. En una serie de estantes había diversas chucherías de adorno, y en una pared estaba fijado con chinchetas un dibujo que sólo podría haberlo hecho un niño.

—¿Qué les ocurriría? —dijo Henry en un susurro—. Es evidente que aquí vivía una familia.

—Una enfermedad tal vez —sugirió él—. No es infrecuente que una misma enfermedad se lleve a toda una aldea, así que igual puede llevarse a toda una familia.

—¿Qué habrá ahí? —dijo ella y fue a arrodillarse delante de un arcón de madera que estaba al pie de la cama.

Abrió la tapa.

—¿Qué hay?

—Ropita de bebé. —Sacó un pequeño pelele, sintiendo arder los ojos por unas inexplicables lágrimas—. Está lleno de ropa de bebé. No hay nada más.

Dunford se puso de rodillas y se agachó a mirar debajo de la cama.

—Hay una cuna ahí también.

Henry se sintió invadida por una abrumadora tristeza.

—Venga, Hen —dijo él, conmovido por su aflicción—. Esto ocurrió hace muchos años.

—Sí, lo sé. —Intentó sonreír por su tontería, pero su sonrisa era triste—. Lo que pasa es que... Bueno, sé lo que es perder a los padres. Tiene que ser cien veces peor perder a un hijo.

Él se incorporó, le cogió la mano y la llevó hasta la cama.

—Siéntate.

Ella se sentó en el borde, pero no logró ponerse cómoda, así que subió a la cama y apoyó la espalda en los almohadones que cubrían la cabecera. Se limpió una lágrima.

—Debes de pensar que soy muy tonta.

Lo que estaba pensando Dunford era que ella era muy, muy especial. Había visto su lado enérgico y eficiente, había visto su lado alegre y bromista, pero jamás habría supuesto que tenía una vena tan sentimental. La llevaba muy oculta, seguro, debajo de la ropa de hombre y de su actitud descarada, pero la tenía ahí. Eso era algo absolutamente femenino; había vislumbrado esa parte de ella el día anterior, en la tienda, cuando estaba contemplando el vestido amarillo con un anhelo profundo y no disimulado. Pero en ese momento eso lo acobardaba.

Se sentó en el borde de la cama y le acarició una mejilla.

—Serás una madre magnífica algún día.

Ella se rió, con la cara mojada por las lágrimas.

—Uy, Dunford, hay que tener marido para tener hijos, ¿y quién me va a desear a mí?

Si hubiera sido cualquier otra mujer él habría pensado que decía eso en busca de cumplidos, pero sabía que Henry no era nada coqueta. En sus transparentes ojos grises veía que de verdad creía que ningún hombre desearía casarse con ella. Deseó borrar esa resignada pena que veía en su cara. Deseó sacudirla y decirle que era una tonta, tonta, tonta. Pero lo que más deseó fue hacerla sentirse mejor.

Y se dijo que ese era el único motivo de que se inclinara acercando la cara a la de ella.

—No seas tonta, Henry —musitó—. Un hombre tendría que ser idiota para no desearte.

Ella lo miró sin pestañear, y sacó la lengua para mojarse los labios que de repente sentía resecos. Sin saber qué hacer con la tensión que percibía en el ambiente, trató de aliviarla recurriendo a una broma, pero la voz le salió temblorosa y triste:

—Entonces hay muchísimos idiotas en Cornualles, porque ninguno me ha mirado nunca dos veces.

Él se acercó más.

—Idiotas provincianos.

Ella entreabrió los labios, sorprendida.

Dunford perdió la capacidad de razonar, se olvidó del concepto de lo que era correcto y decoroso. Sólo veía lo que era necesario, y de pronto encontraba muy necesario besarla. ¿Cómo era posible que nunca se hubiera fijado en lo rosados que tenía los labios? ¿Alguna vez había visto temblar unos labios con tanta emoción? ¿Sabría a limón su boca, como ese sutil y enloquecedor aroma que parecía seguirla a todas partes?

No sólo deseaba descubrirlo, tenía que descubrirlo.

Le rozó suavemente los labios con los de él, y lo sorprendió el hormigueo que sintió en todo su cuerpo, como electricidad, con ese leve contacto. Se apartó un poco, sólo lo bastante para mirarla. Ella tenía los ojos muy abiertos, y sus profundidades grises reflejaban maravilla y deseo; la vio mover los labios, como para formular una pregunta, pero no dijo nada; al parecer no encontraba las palabras.

—Ay, Dios, Henry —musitó—. ¿Quién lo habría pensado?

Cuando bajó la boca para besarla otra vez, Henry cedió a su más loco deseo y levantó la mano para tocarle el pelo; lo tenía suavísimo y no pudo retirar la mano, ni siquiera cuando él lamió los contornos de sus labios y el deseo le aflojó todos los músculos. Entonces él deslizó los labios hasta su oreja. Ella continuó con la mano cogida a su pelo.

—Qué suave lo tienes —dijo, con la voz ronca, maravillada—, casi tan suave como Rufus.

Dunford rió.

—Vamos, Henry, esta es la primera vez que me comparan con un conejo. ¿Me has encontrado torpe?

Invadida por una repentina timidez, ella se limitó a negar con la cabeza.

—¿El conejo se te ha comido la lengua? —bromeó él.

Ella volvió a negar con la cabeza.

—No, tú.

Dunford gimió y volvió a apoderarse de su boca. En esos dos besos se había refrenado, comprendió, preocupado por la inocencia de ella. Pero notando que el freno había desaparecido le introdujo la lengua en la cálida boca y se la exploró ansioso. Qué tierna, qué dulce, Dios santo; la deseaba, la deseaba por entero. Con la respiración dificultosa por el deseo, metió la mano por debajo de la chaqueta y acarició un pecho. Era mucho más lleno de lo que había supuesto, y muy, muy femenino; la tela de la camisa era pecaminosamente delgada; en la palma sentía su calor, sentía los latidos acelerados de su corazón y sintió también cómo se le endurecía el pezón con su contacto. Volvió a gemir; estaba perdido.

Henry hizo una inspiración entrecortada al sentir ese contacto tan íntimo, absolutamente nuevo para ella. Ningún hombre la había tocado jamás ahí. Ni siquiera ella se tocaba los pechos, a no ser cuando se bañaba. La sensación era… agradable, pero también encontraba que eso estaba mal, era incorrecto, y el miedo comenzó a subirle a la garganta.

—¡No! —exclamó, empujándolo y apartándose bruscamente de él—. No puedo.

Dunford gimió su nombre, y la voz surgió penosamente ronca.

Henry se bajó de la cama negando con la cabeza, sin poder decir nada. Las palabras no lograron pasar por ese nudo de miedo que sentía en la garganta. No podía hacer eso, simplemente no podía, aun cuando una parte de ella deseaba con desesperación que él volviera a besarla en la boca. Los besos los podía justificar; la hacían sentirse arropada, estremecida de placer y tan «amada» que lograba convencerse de que no eran pecaminosos, y que ella no era una mujerzuela, una perdida, y que él sentía algo por ella.

Lo miró disimuladamente. Él se había levantado y estaba soltando maldiciones en voz baja. No entendía por qué la deseaba; ningún hombre la había deseado jamás, y ningún hombre había manifestado jamás ni siquiera un asomo de atracción o amor por ella, ni siquiera por un instante. Volvió a mirarlo; vio que él tenía la cara surcada por arrugas de consternación.

—¿Dunford?

Notó que la voz salía vacilante.

—No volverá a ocurrir —dijo él con dureza.

A ella se le partió el corazón, y cayó en la cuenta de que deseaba que volviera a ocurrir, sólo que... claro, deseaba que él la amara, y tal vez esa fuera la causa de que se apartara de él.

—No pasa nada, todo está bien —dijo, pensando por qué diablos deseaba tranquilizarlo.

—No, no lo está —dijo él, en tono duro, con la intención de añadir que ella se merecía algo mejor, pero estaba tan enfadado consigo mismo que calló por no oírse hablar.

A Henry sólo le llegó la dureza de su voz, y tragó saliva, varias veces, casi atragantada. Él no la deseaba después de todo. O al menos no deseaba desearla. Ella era una rareza, un adefesio marimacho, por decirlo con palabras claras. Con razón él estaba tan horrorizado por haberla besado. Si hubiera habido una mujer deseable cerca de Stannage Park, seguro que él no le habría prestado ni la más mínima atención a ella. No, eso no era cierto, pensó entonces; de todos modos habrían sido amigos. Dunford no había fingido eso. Pero claro, no la habría besado.

¿Sería capaz de contener las lágrimas hasta que llegaran de vuelta a casa?

Capítulo 8

*E*sa noche la cena transcurrió en silencio. Henry se puso el vestido amarillo nuevo y Dunford le comentó lo bien que le quedaba, pero aparte de eso, parecían incapaces de conversar.

Cuando terminó el postre, Dunford pensó que nada le gustaría más que retirarse a su habitación con una botella de whisky, pero habiendo visto la afligida expresión de Henry durante toda la cena, tenía claro que debía hacer algo para reparar la grieta que se había abierto en su relación.

Dejó la servilleta en la mesa y se aclaró la garganta.

—He pensado que me vendría bien una copa de oporto. Puesto que no hay damas aquí para que puedas retirarte con ellas, sería un honor para mí si quisieras acompañarme.

Henry lo miró a la cara. No querría decirle que la veía como a un hombre, ¿verdad?

—Nunca he bebido oporto. No sé si tenemos.

Dunford se levantó.

—Seguro que tenéis. En todas las casas tienen.

Henry lo siguió con la mirada mientras él daba la vuelta a la mesa para retirarle la silla. Qué guapo, qué absolutamente guapo, y pensar que por un momento ella creyó que la deseaba. Bueno, al menos había actuado como si la deseara. Pero en ese momento… en ese momento no sabía qué pensar. Se levantó y vio que él la estaba mirando expectante.

Llegó a la conclusión de que él estaba esperando una respuesta acerca del oporto.

—Nunca he visto oporto aquí —dijo.

—¿Carlyle no ofrecía cenas a sus amigos?

—No con mucha frecuencia, en realidad, aunque no veo qué tiene que ver eso con el oporto, o con caballeros.

Él la miró curioso.

—Después de una cena con invitados es la costumbre que las damas se retiren al salón mientras los caballeros disfrutan de unas copas de oporto.

—Ah.

—No ignorabas esa costumbre, supongo.

Henry se ruborizó, penosamente consciente de su falta de refinamiento social.

—No lo sabía. Qué mal educada tienes que haberme considerado esta semana pasada, quedándome aquí después de la cena. Ahora te dejaré solo.

Echó a andar hacia la puerta, pero él la cogió del brazo.

—Henry, te aseguro que si no hubiera estado interesado en tu conversación te lo habría dado a entender. Hablé del oporto porque pensé que podríamos disfrutar de una copa juntos, no porque deseara librarme de tu compañía.

—¿Qué beben las damas?

Él pestañeó, sin entender el motivo de la pregunta.

—¿Perdón?

—Cuando las damas se retiran al salón. ¿Qué beben?

Él se encogió de hombros.

—No tengo la menor idea. No creo que beban nada.

—Eso lo encuentro horriblemente injusto.

Él sonrió para sus adentros.

Ella comenzaba a hablar más como la Henry a la que había llegado a tomar tanto cariño.

—Podría ser que no estés de acuerdo con lo que has dicho una vez que pruebes el oporto.

—¿Por qué lo bebéis si es tan malo?

—No es tan malo. Simplemente es un gusto adquirido.

—Mmm —musitó ella. Estuvo un rato sumida en sus pensamientos—. De todos modos encuentro horriblemente injusta esa práctica, incluso si el oporto sabe tan mal como una meada de cerdo.

—¡Henry! —exclamó él, y lo consternó oírse; había hablado igual que su madre.

Ella se encogió de hombros.

—Perdona mi lenguaje, por favor. Creo que me han educado para sacar los buenos modales sólo cuando hay visitas, y tú ya no cualificas como visita.

La conversación se había adentrado tanto en el terreno de lo inverosímil que Dunford sintió brotar lágrimas de risa.

—En cuanto al oporto —continuó ella—, a mí me parece que una vez que se retiran las damas los caballeros se lo pasan en grande en el comedor hablando de vino y mujeres y de todo tipo de cosas interesantes.

—¿Más interesantes que el vino y las mujeres? —bromeó él.

—Se me ocurren mil cosas más interesantes que el vino y las mujeres.

A él lo sorprendió caer en la cuenta de que no se le ocurría nada más interesante que la mujer que tenía delante.

—Política, por ejemplo —estaba diciendo ella—. Leo cosas de política en el *Times*, pero no soy tan tonta para no darme cuenta de que ocurren muchísimas cosas que no aparecen en el diario.

—¿Henry?

Ella ladeó la cabeza.

—¿Qué tiene que ver todo eso con el oporto?

—Ah, bueno, lo que intentaba explicar es que vosotros, caballeros, lo pasáis en grande mientras las mujeres tienen que estar sentadas en un viejo salón mal ventilado hablando de bordados.

—No sé de qué hablan las damas cuando se retiran al salón —musitó él, esbozando apenas un asomo de sonrisa—, pero no sé por qué dudo que sea de bordados.

Ella lo miró con una expresión que decía a las claras que no le creía en lo más mínimo.

Suspirando, él levantó las manos en fingida rendición.

—Como ves, quiero corregir esa injusticia invitándote a acompañarme a beber una copa de oporto esta noche. —Miró alrededor—. Es decir, si logramos encontrar una botella.

—No hay en el comedor. De eso estoy segura.

—En el salón, entonces. Con los demás licores.

—Vale la pena mirar.

Él le cedió el paso y la siguió en dirección al salón, observando con satisfacción lo bien que le quedaba el vestido nuevo. Demasiado bien. En realidad tenía el cuerpo bellamente formado y no le gustaba nada la idea de que otro lo descubriera.

Cuando entraron en el salón, Henry fue hasta un armario, lo abrió y se agachó a mirar.

—No veo oporto. Aunque, en realidad, al no haber visto nunca una botella de oporto no sé qué buscar.

—¿Me permites que mire yo?

Ella se levantó y se apartó para dejarle el lugar, y al hacerlo, por casualidad le rozó un brazo con los pechos.

Dunford reprimió un gemido. Eso tenía que ser una especie de broma cruel; Henry era lo menos imaginable posible como seductora, sin embargo él estaba tenso por la excitación, y no había nada que deseara más que volver a echársela al hombro, esta vez para llevarla a su dormitorio.

Tosiendo suavemente para ocultar su incomodidad, se agachó a mirar dentro del armario.

—No hay oporto. Bueno, supongo que una copa de coñac vendrá igual de bien.

—Espero que no estés desilusionado.

Él se volvió a mirarla.

—No es tanta mi pasión por los licores que me sienta destrozado por no poder beber una copa de oporto.

—No, claro que no —se apresuró a decir ella—, no quise decir eso. Aunque...

—¿Aunque qué? —ladró él.

Ese constante estado de excitación lo estaba poniendo de mal humor.

—Bueno —dijo ella, pensativa—, yo diría que una persona a la que le gustan demasiado los licores sería justo del tipo a la que no le importaría qué licor bebe.

Él exhaló un suspiro.

Henry fue a sentarse en un sofá cercano, sintiéndose mucho más ella misma que durante la cena. Fue el silencio lo que se le hizo tan difícil. Una vez que él comenzaba a hablarle comprobaba que era fácil responderle. Ya estaban de vuelta en terreno conocido, riéndose y embromándose mutuamente sin piedad, y ella sentía de nuevo seguridad en sí misma.

Él sirvió una copa de coñac y se la ofreció.

—Henry —dijo y se aclaró la garganta—, respecto a esta tarde...

Ella cerró la mano alrededor de la copa con tanta fuerza que la sorprendió que no se quebrara. Abrió la boca para hablar, pero no dijo nada. Tragó saliva. Hasta ahí había llegado lo de sentirse ella misma. Finalmente logró decir:

—¿Sí?

Él volvió a aclararse la garganta.

—No debería haberme portado así. Esto... eh.., me porté mal, y te pido disculpas.

—No le des importancia, olvídalo —dijo ella, intentando hablar con tono despreocupado—. Yo lo olvidaré.

Dunford frunció el ceño. Había tenido la intención de olvidar el beso; era ocho veces un canalla por haber pensado siquiera en aprovecharse de ella, pero que ella tuviera la intención de olvidarlo totalmente le producía una extraña decepción.

—Eso es lo mejor —dijo, y volvió a aclararse la garganta—, supongo.

—¿Te pasa algo en la garganta? Simpy prepara un excelente remedio casero. Seguro que podría...

—No me pasa nada en la garganta. Sólo estoy un poco... —buscó la palabra—, me siento algo incómodo. Nada más.

Ella sonrió con timidez.

—Ah.

Era mucho más fácil intentar ser útil que enfrentar la realidad de que él estaba muy decepcionado por el beso. O tal vez lo decepcionó que ella lo interrumpiera. Frunció el ceño. Seguro que él no creería que ella era el tipo de mujer que... No logró terminar el pensamiento. Mirándolo nerviosa, abrió la boca y las palabras le salieron a borbotones:

—Sin duda tienes razón. Es lo mejor, supongo, olvidarlo todo, porque la verdad es que no quiero que pienses que soy... bueno, que soy el tipo de mujer que...

—No pienso eso de ti —interrumpió él, en un tono extrañamente cortante.

Ella exhaló un largo suspiro de alivio.

—Ah, estupendo. La verdad es que no sé qué se apoderó de mí.

Él sabía muy bien qué se había apoderado de ella, y que toda la culpa era de él.

—Henry, no te preocupes...

—¡Pero es que me preocupa! Verás, no deseo que esto estropee nuestra amistad, y... Somos amigos, ¿no?

Él pareció ofendido de que ella le preguntara eso.

—Por supuesto.

—Sé que soy una descarada al decirlo, pero no quiero perderte. Me gusta tenerte como amigo, y la verdad es que... —emitió una risa ahogada—, la verdad es que eres la única persona amiga que tengo, además de Simpy, pero claro, no es lo mismo, y...

—¡Basta! —exclamó él.

No soportaba oír su voz quebrada, notar la soledad en cada una de sus palabras. Ella siempre había creído que en Stannage Park llevaba una existencia perfecta, se lo había dicho en muchas ocasiones; ni siquiera entendía que más allá de la frontera de Cornualles existía todo un mundo, un mundo de fiestas, de bailes, de amistades, de vida social.

Dejó su copa en la mesa y se sentó a su lado, movido simplemente por la necesidad de consolarla.

—No hables así —le dijo, y lo sorprendió la severidad de su voz. La acercó a él para darle un abrazo afectuoso y apoyó el mentón en su cabeza—. Siempre seré tu amigo, Henry. Pase lo que pase.

—¿De verdad?

—De verdad. ¿Por qué no habría de serlo?

—No lo sé. —Se apartó un poco para mirarle—. Al parecer muchas personas encuentran motivos.

—Calla, diablilla. Eres una chica rara, pero sin duda eres más simpática que antipática.

Ella hizo una mueca.

—Qué manera más bonita de decirlo.

Él se echó a reír y la soltó.

—Y justamente por eso me gustas tanto, mi querida Henry.

Esa noche Dunford se estaba preparando para acostarse cuando Yates llamó a la puerta. Era la costumbre que los criados entraran en las habitaciones sin llamar, pero él siempre había encontrado particularmente desagradable esa costumbre cuando se trataba del dormitorio, por lo tanto había dado las órdenes pertinentes al personal de Stannage Park.

Dio permiso, y Yates entró con un enorme sobre en la mano.

—Esto llegó hoy de Londres, milord. Lo dejé sobre el escritorio de su despacho...

—Pero yo no he entrado en mi despacho en todo el día —terminó Dunford, cogiendo el sobre—. Gracias por subírmelo. Creo que es el testamento del anterior lord Stannage. Estaba impaciente por leerlo.

Yates asintió y salió.

Para no darse el trabajo de levantarse a buscar un abrecartas, pasó el índice por debajo de la solapa del sobre, soltando el lacre. Tal como había supuesto, era el testamento de Carlyle. Rápidamente leyó en diagonal buscando el nombre de Henry; al día siguiente podría leerlo más detenidamente. Por el momento su principal interés era qué había estipulado Carlyle respecto a Henry.

Ya iba por la tercera página cuando saltaron a sus ojos las palabras «señorita Henrietta Barret». Y entonces, sorprendidísimo, vio su nombre.

Abrió la boca. Él era el tutor de Henry.

Henry era su pupila.

Eso lo convertía en..., Santo Dios, era uno de esos hombres detestables que se aprovechan de sus pupilas. El mercadillo de chismorreos abundaba en historias acerca de viejos libertinos que o bien seducían a sus pupilas o las vendían al mejor postor. Si esa tarde había sentido vergüenza por su comportamiento, ahora esta se triplicaba.

—Dios mío —musitó—. Ay, Dios mío.

¿Por qué ella no se lo había dicho?

—¡Henry! —gritó, a voz en cuello.

¿Por qué no se lo había dicho?

Se levantó de un salto y cogió su bata.

—¡Henry!

¿Por qué no se lo había dicho?

Cuando salió al corredor, Henry ya había salido de su habitación, envuelta en una bata verde desteñida.

—Dunford, ¿qué pasa? —preguntó, nerviosa.

—¡Esto! —gritó él, casi aplastándole la cara con los papeles—. ¡Esto!

—¿Qué? ¿Qué es esto? Dunford, ¿cómo voy a ver qué son estos papeles si me los pones encima de la cara?

—Es el testamento de Carlyle, señorita Barret. El que me nombra tu tutor.

Ella pestañeó.

—¿Y?

—Eso te convierte en mi pupila.

Henry lo miró como si se le hubiera escapado una parte del cerebro por la oreja.

—Sí, así suele ser normalmente —dijo, en tono apaciguador.

—¿Por qué no me lo dijiste?

—¿Decirte qué? —Miró a ambos lados—. Dunford, ¿es necesario que tengamos esta conversación en medio del pasillo?

Él giró sobre sus talones y entró en la habitación de ella. Henry lo siguió, nada segura de que fuera aconsejable que los dos estuvieran solos en su dormitorio. Pero la alternativa era dejar que él le gritara en el corredor, y eso se le antojaba francamente desagradable.

Dunford fue a cerrar la puerta y se volvió a mirarla.

—¿Por qué no me dijiste que eres mi pupila? —preguntó, en un tono que apenas lograba contener la furia.

—Creí que lo sabías.

—¿Creíste que yo lo sabía?

—Bueno, ¿por qué no ibas a saberlo?

Abrió la boca y la cerró. Maldita sea, ella tenía razón. ¿Por qué no lo sabía?

—De todos modos deberías habérmelo dicho.

—Te lo habría dicho si se me hubiera ocurrido que no lo sabías.

—Ay, Dios, Henry —gimió él—. Ay, Dios. Esto es un desastre.

Ella se tensó.

—Bueno, no soy tan terrible.

Él la miró irritado.

—Henry, te besé esta tarde. Te «besé». ¿Entiendes lo que significa eso?

Ella lo miró dudosa.

—¿Significa que me besaste?

Él la cogió por los hombros y la sacudió.

—Significa…, Dios santo, Henry, eso es prácticamente incestuoso.

Ella se cogió un mechón y comenzó a enrollárselo en los dedos. Lo hacía para calmarse, pero le temblaban las manos.

—No sé si yo lo llamaría «incestuoso». En realidad no es un pecado tan grave. O al menos yo creo que no lo es. Y puesto que los dos acordamos que no volvería a ocurrir…

—Maldita sea, Henry, ¿quieres callarte? —Se pasó la mano por el pelo—. Estoy intentando pensar.

Ella retrocedió, ofendida, y cerró firmemente la boca.

—¿Es que no lo ves, Henry? Ahora eres mi «responsabilidad».

La palabra salió por su boca como si tuviera mal sabor.

—Qué amable —masculló ella—. No soy tan terrible, ¿sabes?, en lo que a responsabilidades se refiere.

—No se trata de eso, Hen. Esto significa… Maldita sea, significa…

Soltó una risa irónica, que sonó como un ladrido. Sólo hacía unas horas había estado pensando que le gustaría llevarla a Londres, presentarle a sus amistades y hacerla ver que en la vida había algo más que Stannage Park. Y resulta que ahora «tenía» que hacerlo. Iba a tener que presentarla en sociedad para encontrarle marido. Tendría que encontrar a alguien que le enseñara a ser una dama. Le miró la cara; notó que seguía algo irritada con él. Diantre, era de esperar que quienquiera le enseñara a ser una dama no la hiciera cambiar demasiado. Le gustaba bastante tal como era.

Y eso lo llevaba directo a otro punto. Ahora más que nunca era imperioso que no le pusiera las manos encima. Ya estaban bastante mal las cosas; ella quedaría deshonrada si en la alta sociedad de Londres se enteraban de que en Cornualles habían estado viviendo en la misma casa sin carabina.

Hizo una sonora inspiración.

—¿Qué diablos vamos a hacer?

Era evidente que la pregunta se la hacía a sí mismo, pero Henry decidió contestarla de todos modos.

—No sé qué vas a hacer tú —dijo, cruzándose de brazos—, pero yo no voy a hacer nada. Es decir, aparte de lo que ya he estado haciendo. Tú has reconocido que estoy especialmente cualificada para administrar Stannage Park.

La expresión de él le dijo que la consideraba una ingenua sin remedio.

—Henry, no podemos vivir aquí los dos.

—¿Por qué no?

—No es decoroso —dijo él, e hizo una mueca; ¿desde cuándo era tan riguroso en cuanto al decoro?

—Ah, caray con el decoro. Es una lata. No me importa un rábano, por si no lo habías…

—Lo he notado.

—… notado. No tiene ningún sentido en este caso. Tú eres el dueño de la propiedad, así que no deberías tener que marcharte, y yo la administro, así que «no puedo» marcharme.

—Henry, tu reputación…

Ella se echó a reír.

—Uy, Dunford —exclamó, limpiándose de lágrimas los ojos—, eso es fantástico. Fantástico. Mi reputación.

—¿Qué diablos pasa con tu reputación?

—Vamos, Dunford, yo no tengo reputación, ni buena ni mala. Soy tan rara que la gente ya tiene bastante de qué hablar sin tener que preocuparse de cómo actúo con los hombres.

—Bueno, Henry, tal vez es hora de que comiences a pensar en tu reputación. O, como mínimo, a adquirir una.

Si ella no hubiera quedado tan perpleja por esa extraña elección de palabras, habría notado el tono acerado de su voz.

—Bueno, el punto es discutible —dijo, alegremente—. Tú ya llevas más de una semana viviendo aquí. Si a mí me hubiera preocupado una reputac…, es decir «mi» reputación, ya no habría nada que hacer, la tendría totalmente arruinada.

—De todos modos, mañana me buscaré habitaciones en la posada del pueblo.

—Vamos, no seas tonto. Esta semana pasada no te ha importado un rábano el indecoro de estar viviendo bajo el mismo techo conmigo. ¿Por qué te habría de importar ahora?

—Porque ahora eres mi responsabilidad —contestó él entre dientes.

—Ese es el razonamiento más estúpido que he oído. En mi opinión…

—Tienes demasiadas opiniones —ladró él.

Ella lo miró boquiabierta.

—¡Vaya! —exclamó.

Él comenzó a pasearse.

—Nuestra situación no puede continuar así. Tú no puedes continuar comportándote como una marimacho. Alguien va a tener que enseñarte modales. Tendremos que…

—¡Me cuesta creer tu hipocresía! —estalló ella—. Estaba muy

bien que yo fuera el adefesio del pueblo cuando sólo era una conocida, pero ahora que soy tu «responsabilidad»...

No pudo terminar, porque Dunford la cogió por los hombros y la aplastó contra la pared.

—Si vuelves a llamarte adefesio una sola vez más —dijo en tono peligroso—, te juro por Dios que no seré responsable de mis actos.

Incluso a la tenue luz de las velas ella vio una furia apenas controlada en sus ojos. Tragó saliva, excitada por el miedo. De todos modos, nunca había sido demasiado prudente, así que continuó en voz baja.

—No habla muy bien de tu carácter que sólo te empezara a importar mi reputación ahora. ¿O tu preocupación sólo se extiende a tus pupilas y no a tus amigas?

Dunford se tensó.

—Henry, creo que ha llegado el momento de que dejes de hablar.

—¿Eso es una orden querido tutor?

Él tuvo que hacer una muy profunda inspiración para poder contestar.

—Hay una diferencia entre tutor y amigo, aunque yo espero ser ambas cosas para ti.

—Creo que me gustabas más cuando eras solamente mi amigo —masculló ella, belicosa.

—Espero serlo.

—Espero serlo —repitió ella, imitándolo, sin hacer el menor esfuerzo en disimular su ira.

Dunford paseó la mirada por la habitación en busca de algo que pudiera usar como mordaza. Entonces su mirada se posó en la cama, y pestañeó, al caer en la cuenta de lo idiota que tenía que haber parecido predicando sobre el decoro cuando estaba ahí, en el dormitorio de ella. Miró nuevamente a Henry y sólo entonces observó que llevaba una bata raída y rota en algunas partes, y enseñaba las piernas.

Reprimiendo un gemido, miró su cara. Ella tenía la boca firmemente cerrada, formando una línea de rebeldía, y de repente pensó que le gustaría muchísimo volver a besarla, esta vez con más fuerza y firmeza. Le retumbaba el corazón por ella, y por primera vez comprendió lo fino que es el límite entre la furia y el deseo. Deseaba «dominarla».

Absolutamente molesto consigo mismo, giró sobre sus talones y se dirigió a la puerta. Tenía que marcharse de esa casa, pronto. Abriendo la puerta, se volvió.

—Hablaremos más de esto por la mañana.

—Eso espero.

Después, Henry pensó que tal vez había sido mejor que él saliera de la habitación antes de oír su réplica. Tenía la impresión de que no deseaba oír una respuesta.

Capítulo 9

A la mañana siguiente llegaron los vestidos de Henry, pero ella decidió vestirse como siempre, con camisa blanca y pantalones, sólo para contrariar.

—Hombre tonto —masculló mientras se vestía.

¿Acaso se creyó que sería capaz de hacerla cambiar? ¿De convertirla en una delicada visión de feminidad? ¿Se creyó que ella iba a sonreír como una boba, agitar las pestañas y pasarse los días pintando acuarelas?

—¡Ja! —exclamó.

Él no lo tendría nada fácil. Ella no sería capaz de aprender todas eas cosas ni aunque lo deseara; y si no estaba dispuesta, era más que imposible.

El estómago le rugió de impaciencia, así que se puso las botas a toda prisa y bajó al comedor. La sorprendió ver que Dunford ya estaba ahí; ella se había levantado excepcionalmente temprano, y él era la única persona que conocía que fuera menos madrugadora que ella.

Mientras se sentaba observó que él la miraba, de arriba abajo, pero no logró ver ni un solo destello de emoción en las profundidades de sus ojos color chocolate.

—¿Tostadas? —ofreció él, amablemente, acercándole la panera.

Ella cogió una tostada.

—¿Mermelada? —ofreció él, acercándole un tarro con algo rojo.

De frambuesas, pensó ella, distraída, o tal vez de grosellas; pero le daba igual de qué fuera, así que comenzó a untar la tostada.

—¿Huevos?

Ella dejó el cuchillo y se sirvió unas cucharadas de huevos revueltos en el plato.

—¿Té?

—¿Vas a parar?

—Sólo quería ser solícito —musitó, limpiándose discretamente la comisura de la boca con la servilleta.

—Sé alimentarme sola, milord —dijo entre dientes, alargando el brazo por encima de la mesa para coger la fuente de bacon.

Él sonrió y tomó otro bocado, consciente de que la estaba provocando y de que lo disfrutaba enormemente. Henry estaba ofendida; no le gustaba su actitud de propietario. Dudaba de que alguna vez en su vida alguien le hubiera dicho qué debía hacer. Por lo que había oído acerca de Carlyle, este se lo permitía todo. Y aunque estaba seguro de que ella no lo reconocería jamás, tenía la impresión de que estaba algo dolida porque él no había pensado antes en su reputación.

En ese aspecto era culpable, pensó, resignado. Lo estaba pasando tan bien con sus tierras que no se le había ocurrido pensar que su acompañante era soltera. Henry se portaba de un modo tan, bueno, raro, no había otra palabra para calificarlo, que no se le había pasado por la mente que estaba (o debería estar) sometida a las mismas reglas y cánones sociales a las que se sometían las otras damitas que conocía.

Distraído por esos pensamientos comenzó a golpetear la mesa con el tenedor. Continuó haciendo ese monótono sonido hasta que Henry levantó la vista y lo miró con una expresión que le decía que su única finalidad en la vida era fastidiarla.

—Henry, he estado pensando —dijo, en un tono que esperaba fuera el más afable de su repertorio.

—¿Sí? Qué maravilla.

—Henry —dijo él entonces, en un tono de amenaza inconfundible.

Ella no se impresionó.

—Siempre he admirado a quienes intentan desarrollar su mente. Pensar es un buen punto de partida, aunque a ti podría exigirte un esfuerzo excesivo.

—Henry.

Esta vez ella hizo caso y cerró la boca.

—Estaba pensando... —se interrumpió, como retándola a hacer un comentario; en vista de que ella continuó prudentemente callada, continuó—: Querría marcharme a Londres. Esta tarde.

Henry sintió formarse un inexplicable nudo de tristeza en la garganta. ¿Marcharse? Cierto que estaba molesta con él, enfadada, incluso, pero no deseaba que se marchara. Se había acostumbrado a tenerlo cerca.

—Tú vendrás conmigo.

Durante todo el resto de su vida Dunford desearía haber tenido una manera de conservar la expresión de la cara de ella. Conmoción no la describía; horror tampoco. Tampoco consternación, ni furia ni exasperación.

—¿Estás loco? —soltó ella al fin.

—Es muy posible.

—No iré a Londres.

—Y yo te digo que sí.

Ella levantó los brazos.

—¿Qué haría yo en Londres? Y más importante aún, ¿quién me reemplazaría aquí?

—Ya se nos ocurrirá alguien. Hay muchísimos buenos criados en Stannage Park. Después de todo los has formado tú.

Henry decidió pasar por alto que él acabara de hacerle un cumplido.

—No iré a Londres.

—No tienes poder de decisión —dijo él en un tono engañosamente manso.

—¿Desde cuándo?

—Desde que me convertí en tu tutor.

Lo miró furiosa.

Dunford bebió un poco de café y la miró por encima de la taza.

—Te sugiero que te pongas uno de tus vestidos nuevos antes de marcharnos.

—Te he dicho que no iré.

—No me provoques, Henry.

—¡Tú no me provoques a mí! —exclamó—. ¿Para qué me vas a llevar a Londres? ¡Yo no deseo ir! ¿No cuentan para nada mis sentimientos?

—Henry, nunca has estado en Londres.

—Hay millones de personas en este mundo, milord, que viven muy felices sin haber puesto jamás un pie en la capital de nuestra nación. Te aseguro que yo soy una de ellas.

—Si no te gusta, puedes marcharte.

Ella dudaba de eso. Lo creía muy capaz de decirle unas cuantas mentiras piadosas para conseguir doblegarla a su voluntad. Decidió probar otra táctica.

—Llevarme a Londres no va a resolver el problema de que no tengo carabina —dijo, intentando parecer muy juiciosa—. En realidad, dejarme aquí es una solución mucho mejor. Todo volverá a ser como antes de que llegaras.

Dunford exhaló un suspiro.

—Henry, dime por qué no deseas ir a Londres.

—Tengo mucho trabajo aquí.

—El verdadero motivo.

Ella se mordisqueó el labio inferior.

—Lo que pasa es que... creo que no me gustaría. Las fiestas, los bailes... Nada de eso es para mí.

—¿Cómo lo sabes? Nunca has estado allí.

—¡Mírame! —exclamó ella, furiosa de humillación. Se levantó y señaló sus ropas—. ¡Mírame! Se reirían de mí, incluso en los salones menos selectivos.

—Eso no es algo que no pueda arreglar un vestido. ¿No te llegaron dos esta mañana, por cierto?

—¡No te burles! Es algo mucho más profundo. No es sólo mi ropa, Dunford, soy yo. —Frustrada, le dio un puntapié a la silla y fue a situarse junto a la ventana; hizo unas cuantas respiraciones profundas para calmar su acelerado corazón sin conseguirlo. Finalmente dijo, en voz muy baja—: ¿Crees que divertiría a tus amistades? ¿Eso es? No tengo el menor deseo de convertirme en diversión, en un adefesio que...

Él fue tan rápido y silencioso que ella no se dio cuenta de que había cambiado de lugar hasta que le puso las manos en los hombros y la volvió hacia él.

—Creo que anoche te dije que no te llames adefesio.

—¡Pero es que eso es lo que soy!

Sintiéndose humillada porque se le cortó la voz y comenzaron a rodarle las lágrimas por las mejillas, intentó soltarse. Si tenía que actuar como una idiota débil, ¿no podía él dejarla hacerlo en privado?

Pero Dunford la tenía firmemente sujeta.

—¿No lo comprendes, Henry? —le dijo, en un tono muy, muy tierno—. Por eso te quiero llevar a Londres. Para demostrarte que no eres un adefesio, que eres una mujer hermosa y deseable y que cualquier hombre se sentiría orgulloso de llamarte suya.

Ella lo miró fijamente, sin pestañear, sin poder asimilar esas palabras.

—Y cualquier mujer se sentiría orgullosa de llamarte su amiga —añadió él, afablemente.

—No puedo —musitó ella.

—Claro que puedes. Si lo intentas. —Se rió, con una risa exquisita—. A veces, Henry, creo que eres capaz de hacer cualquier cosa.

Ella negó con la cabeza.

—No —dijo en voz baja.

Dunford dejó caer las manos a los costados y fue a situarse junto a la ventana. Lo pasmaba el interés que sentía por ella, lo sorprendía infinitamente lo mucho que deseaba que tuviera seguridad en sí misma.

—Me cuesta creer que eres tú la que habla así, muchacha. ¿Es esta la misma chica que administra una propiedad que es posiblemente la mejor llevada que he visto en mi vida? ¿La misma chica que alardeó ante mí diciendo que era capaz de montar cualquier caballo de Cornualles? ¿La misma chica que me quitó diez años de vida cuando metió la mano en una colmena llena de abejas? Después de todo eso, se me hace difícil imaginar que Londres te resulte un desafío tan grande.

—Es diferente —susurró.

—En realidad, no.

Ella no contestó.

—¿Te he dicho, Henry, que cuando te conocí pensé que eras la mujer más extraordinariamente dueña de sí misma que había conocido?

—Está claro que no lo soy —dijo ella, atragantándose con las palabras.

—Dime una cosa. Si eres capaz de supervisar a veinticuatro criados, dirigir el trabajo de una granja y construir una porqueriza, por el amor de Dios, ¿por qué crees que no estarás a la altura de la sociedad londinense?

—Porque todo eso lo sé hacer —exclamó ella—. Sé cabalgar, se cómo se construye una porqueriza y sé llevar una granja. ¡Pero no sé ser una chica!

Dunford guardó silencio, impresionado por la vehemencia de la respuesta.

—No me gusta hacer nada que no sepa hacer bien —añadió ella entre dientes.

—A mí me parece que lo único que necesitas es un poco de práctica.

Ella le dirigió una mirada fulminante.

—No me hables con ese tono de superioridad.

—No lo hago. Soy el primero en reconocer que pensé que no sabías llevar un vestido, pero fíjate lo bien que sabes llevar el vestido amarillo. Y es evidente que tienes muy buen gusto cuando decides usarlo. Algo sé acerca de ropa femenina, y los vestidos que elegiste son muy bonitos.

Ella se cruzó de brazos, desafiante.

—No sé bailar. Y no sé coquetear, y no sé quién tiene que sentarse al lado de quién en una cena formal, y… y ni siquiera sabía lo del oporto.

—Pero Henry…

—Y no iré a Londres a hacer el ridículo. ¡No iré!

Dunford sólo pudo quedarse mirándola cuando salió corriendo de la sala.

Dunford retrasó un día la partida, al comprender que de ninguna manera podía presionar más a Henry mientras se encontrara en ese estado y continuar viviendo con su conciencia.

Varias veces pasó silenciosamente ante la puerta de su habitación, aguzando los oídos por si la oía llorar, pero lo único que oyó fue silencio. Ni una sola vez la oyó moverse por la habitación.

No bajó para la comida de mediodía, y eso lo sorprendió. Henry no era una chica delicada de poco apetito, por lo que suponía que tendría que estar muerta de hambre; al fin y al cabo no había comido mucho en el desayuno. Fue a la cocina a preguntar si ella había pedido que le subieran una bandeja con comida a la habitación. Al oír una respuesta negativa, soltó una maldición en voz baja y sacudió la cabeza. Si no bajaba a cenar, subiría a su habitación y la bajaría a rastras.

Pero esa drástica medida no fue necesaria, porque Henry apareció en el salón a la hora del té, con los ojos algo enrojecidos, pero secos. Él se levantó inmediatamente y la invitó a sentarse, indicándole el sillón contiguo al suyo. Ella le sonrió agradecida, tal vez porque él resistió la tentación de echarle en cara el comportamiento de la mañana.

—Lamento haberme portado como una idiota en el desayuno —dijo—. Te aseguro que estoy dispuesta a hablar del asunto como una adulta civilizada. Espero que sea posible.

Dunford pensó, irónico, que parte del motivo de que ella le gustara tanto era que no se parecía prácticamente en nada a ninguna de las adultas civilizadas que conocía. Y detestaba que hablara de esa manera tan correcta. Tal vez sería un error llevarla a Londres; era posible que la sociedad le destruyera esa frescura y espontaneidad. Exhaló un suspiro; no, no, él estaría vigilante. No permitiría que perdiera su chispa; en realidad, se encargaría de que brillara más aún. La miró atentamente. Percibió que estaba nerviosa. Y expectante.

—¿Sí? —dijo, inclinando levemente la cabeza.

Ella se aclaró la garganta.

—Pensé… pensé que tal vez podrías decirme por qué quieres que vaya a Londres.

—¿Para encontrar motivos lógicos de por qué no debes ir?

—Algo así —reconoció ella, esbozando apenas una sonrisa descarada.

Su sinceridad, y el brillo de sus ojos, lo desarmaron totalmente. Le sonrió, con otra de sus aniquiladorass sonrisas, y lo gratificó ver que tuvo el efecto de hacerla entreabrir los labios.

—Siéntate, por favor —dijo, indicándole nuevamente el sillón. Esperó a que estuviera sentada para sentarse también y continuar, haciendo un amplio gesto de barrido con el brazo—: Dime qué deseas saber.

—Bueno, en primer lugar, me parece... —se interrumpió, con una expresión de la más absoluta consternación—. No me mires así.

—¿Así cómo?

—Como si... como si... —santo cielo, ¿estuvo a punto de decir «como si me fueras a devorar»?—. Ah, no, nada, nada.

Él volvió a sonreír, aunque fingió una tos para ocultar la sonrisa con la mano.

—Continúa.

—Muy bien.

Lo miró a la cara comprendiendo su error, porque él era demasiado guapo y tenía los ojos brillantes y...

—¿Decías?

Ella se obligó a volver a la realidad.

—Muy bien. Iba a decir, mmm, quería decir que me gustaría saber qué esperas conseguir llevándome a Londres.

—Comprendo.

No dijo nada más, y eso la irritó tanto que finalmente se sintió obligada a decir:

—¿Y bien?

Era evidente que él se había tomado ese tiempo para formular una respuesta.

—Supongo que espero conseguir muchas cosas —contestó—. En primer lugar, quiero que te diviertas un poco.

—Puedo...

—No, por favor —dijo él, levantando una mano—. Déjame terminar y entonces te tocará a ti.

Ella asintió, en actitud algo imperiosa, y esperó a que continuara.

—Como iba diciendo, quiero que te diviertas un poco. Creo que podrías disfrutar de la temporada si te lo permitieras. Estás terriblemente necesitada de un guardarropa nuevo, y no me discutas ese punto, por favor, porque sé que sabes que realmente lo necesitas.

—¿Eso es todo?

Él no pudo evitar reírse. Qué impaciente estaba ella de alegar a su favor.

—No, simplemente hice una pausa para respirar. —Al ver que ella no sonreía por la broma, añadió—: Tú respiras de tanto en tanto, ¿verdad?

Eso hizo que ella lo mirara enfurruñada.

—Ah, de acuerdo —capituló—. Dime tus objeciones hasta aquí. Cuando hayas terminado seguiré yo.

—Muy bien. Bueno, en primer lugar, me lo paso muy bien aquí en Cornualles y no veo ningún motivo para viajar por todo el país en busca de más diversión. Eso me parece algo condenadamente pagano.

—¿Condenadamente pagano? —repitió él, incrédulo.

—No te rías.

—No me río, pero, ¿condenadamente pagano? ¿De dónde diablos has sacado eso?

—Simplemente quería señalar que aquí tengo responsabilidades y no tengo el menor deseo de llevar un estilo de vida frívolo. Algunas personas tenemos cosas más importantes que hacer que desperdiciar el tiempo buscando actividades para divertirnos.

—Por supuesto.

Ella entrecerró los ojos, intentando detectar sarcasmo en su tono. O era sincero o era un maestro del engaño, porque estaba absolutamente serio.

—¿Tenías alguna otra objeción? —preguntó él, amablemente.

—Sí. No te voy a discutir que necesito un nuevo guardarropa, pero has olvidado un hecho pertinente. No tengo dinero. Si no he podido comprarme vestidos aquí en Cornualles no sé cómo podría comprármelos en Londres, donde seguro que todo es más caro.

—Yo los pagaré.

—Incluso yo sé que eso es incorrecto, Dunford.

—Tal vez no era correcto el otro día cuando fuimos a Truro —convino él, encogiéndose de hombros—. Pero ahora soy tu tutor. No podría ser más correcto.

—Pero no puedo permitir que gastes tu dinero en mí.

—Tal vez yo lo deseo.

—Pero eso es imposible.

—Creo que me conozco lo bastante bien para saber lo que deseo —dijo él, irónico—. Y tal vez mejor de lo que me conoces tú, me imagino.

—Si deseas gastar tu dinero, yo preferiría que lo pusieras en Stannage Park. Nos iría bien hacer unas obras de reparación en el establo, y hay un terreno adyacente al límite sur al que le he tenido puesto el ojo...

—No era eso lo que tenía pensado.

Henry se cruzó de brazos y cerró firmemente la boca; se le habían acabado las objeciones.

Dunford miró su expresión malhumorada y supuso correctamente que le cedía la palabra.

—Si me permites continuar... Veamos, ¿en qué estaba? Diversión, guardarropa, ah, sí. Podría convenirte adquirir un poco de refinamiento urbano. Aun en el caso —añadió en voz más alta al ver que ella abría la boca, consternada—, de que no tengas la intención de volver a Londres nunca más. Siempre es bueno saber alternar y mantener relación con gente importante, y con los más esnobs, supongo, y te será imposible hacer eso si no sabes qué es qué. Lo del oporto es un buen ejemplo.

Henry se ruborizó.

—¿Tienes alguna objeción?

Ella negó con la cabeza, en silencio. Hasta ese momento nunca había necesitado relacionarse. Se desentendía de la mayor parte de la sociedad de Cornualles y esta se desentendía de ella, y estaba bastante contenta con esa situación, pero tenía que reconocer que él tenía algo de razón. Relacionarse siempre es bueno y no podía hacerle ningún daño aprender a comportarse con algo de refinamiento.

—Estupendo —dijo él—. Siempre he sabido que tienes un sentido común excepcional. Me alegra que ahora lo demuestres.

Henry creyó detectar un tono de superioridad en su voz, pero decidió no decir nada.

—Además —continuó Dunford—, creo que te haría muchísimo bien conocer a personas de tu edad y hacer amistades.

—¿Por qué hablas como si estuvieras sermoneando a una niña malcriada?

—Perdona. De nuestra edad debí decir. No soy mucho mayor que tú, y mis dos amigas más íntimas no pueden ser más de un año mayores que tú, si es que lo son.

Henry intentó evitar sentir en las mejillas el rubor de la vergüenza.

—Dunford, justamente el motivo de que ponga objeciones a ir a Londres es que creo que no voy a caerles bien. No me importa estar sola aquí en Stannage Park, donde estoy sola de verdad. Y me gusta bastante, por cierto. Pero no creo que me guste estar sola en un salón de baile, con cientos de personas.

—Tonterías —dijo él—. Harás amigas. Simplemente hasta ahora no has estado en la situación adecuada. Ni llevabas la ropa adecuada

—añadió, irónico—. No, claro que nadie debe juzgar a una persona por su ropa, pero lo comprendo si la gente se siente, esto…, si desconfía de una mujer que parece que no posee ni un vestido.

—Y tú, claro, me vas a comprar vestidos para llenar un armario.

—Exactamente —contestó él, pasando por alto el sarcasmo—. Y no te preocupes sobre lo de hacer amigas. Mis amigas te adorarán, estoy seguro. Y te presentarán a otras personas, y estas a otras y así sucesivamente.

Ella no tenía ningún argumento lógico para rebatir ese punto, así que se conformó con emitir un fuerte gruñido para expresar su enfado.

—Por último —continuó Dunford—, sé que te encanta Stannage Park y que te gustaría pasar el resto de tu vida aquí, pero tal vez, Henry, tal vez, algún día querrías tener una familia. Es muy egoísta por mi parte tenerte aquí para mí, aunque Dios sabe que me gustaría tenerte porque nunca encontraré un administrador que haga un trabajo mejor…

—Me haría más que feliz quedarme —se apresuró a decir ella.

—¿Nunca has pensado en casarte? —le preguntó él, dulcemente—. ¿O en tener hijos? Nada de eso es una posibilidad si continúas en Stannage Park. Como has dicho, en el pueblo no hay ningún hombre que se merezca el pan que come, y creo que te las has arreglado para ahuyentar a la mayor parte de la gente bien de los alrededores de Truro. Si vas a Londres, podrías conocer a un hombre que te guste. Incluso podría resultar —añadió en tono de broma—, que fuera de Cornualles.

¡Me gustas tú!, deseó chillar ella, y al instante se horrorizó, porque hasta ese momento no se había dado cuenta de lo mucho que le gustaba. Pero aparte de esa locura, y detestaba considerar algo más profundo eso, él había tocado un punto sensible. Deseaba tener hijos, aunque no se había permitido pensar mucho en eso. Siempre había sido muy remota la posibilidad de encontrar a alguien con quien casarse, a un hombre que estuviera dispuesto a casarse con ella, pensó irónica, y pensar en tener hijos sólo le producía sufrimiento. Pero en ese momento, santo Dios, ¿por qué de repente se imaginaba hijos parecidos a Dunford? Parecidos en todo, con sus cálidos ojos castaños y su aniquiladora sonrisa. Eso era más doloroso que cualquier cosa que pudiera imaginarse, porque sabía que esos adorables diablillos no serían nunca de ella.

—¿Henry? ¿Henry?

—¿Qué? Ah, perdona. Estaba pensando en lo que has dicho.

—¿No estás de acuerdo, entonces? Ve a Londres, aunque sólo sea por poco tiempo. Si no te gusta ninguno de los hombres que conozcas allí, puedes volver a Cornualles, pero al menos podrás decir que has estudiado todas tus opciones.

—Siempre podría casarme contigo —soltó ella; al instante se cubrió la boca, horrorizada. ¿De dónde había salido eso?

—¿Conmigo? —graznó él.

—Bueno, quiero decir... —Ay, Dios, ¿cómo iba a arreglar eso?—. Lo que quiero decir es que si me casara contigo, entonces, mmm, no tendría que ir a Londres a buscar un marido y así sería feliz, y tú no tendrías que pagarme por supervisar Stannage Park y así serías feliz y... mmm...

—¿Conmigo?

—Veo que te sorprende. A mí también. Ni siquiera sé por qué se me ocurrió sugerirlo.

—Henry, sé por qué lo sugeriste —dijo él amablemente.

¿Él lo sabía? De repente sintió un calor terrible.

—No conoces a muchos hombres —continuó él—. Te sientes cómoda conmigo. Yo soy una opción mucho menos arriesgada que ir a Londres a conocer caballeros.

¡Eso no es todo!, deseó gritar ella. Pero, lógicamente, no lo hizo.

Y, lógicamente, tampoco le dijo el verdadero motivo de su propuesta. Era mejor que él creyera que la aterrorizaba marcharse de Stannage Park.

—El matrimonio es un paso muy importante —dijo él.

—No tanto —dijo ella, pensando que si ya estaba metida hasta la mitad en un foso, ¿por qué no ensanchar el hoyo?—. Lo que quiero decir es que está la cama de matrimonio y todo eso, y debo reconocer que no tengo ninguna experiencia en ese aspecto, como sabes. Pero al fin y al cabo me crié en una granja y no soy ignorante del todo. Hay ovejas y carneros aquí, y nos encargamos de que se reproduzcan, y no veo en qué sería tan diferente y...

—¿Me comparas con un carnero? —dijo él, arqueando una ceja, arrogante.

—¡No, no!, por supuesto que no. Sólo... —tragó saliva, y volvió a tragar—. Sólo...

—¿Sólo qué, Henry?

Ella no supo discernir si estaba enfadado, sorprendido o simplemente divertido.

—Esto..., mmm..., eh... —Dios Santo, eso tendría que pasar a la historia como el peor día, no, el peor minuto de su vida. Era una idiota, una estúpida. Una tonta, tonta, tonta, ¡tonta!—. Esto... supongo que debería ir a Londres.

Pero volveré tan pronto como pueda, se prometió en silencio. Él no la iba a arrancar de su hogar.

Dunford se levantó, con expresión de estar supremamente complacido consigo mismo.

—¡Espléndido! Le diré a mi ayuda de cámara que comience a hacer el equipaje. Le diré que se encargue de tus cosas también. No veo motivos para que lleves nada más que los vestidos que compramos el otro día en Truro, ¿verdad?

Ella negó levemente con la cabeza.

—Muy bien —exclamó él, dirigiéndose a la puerta—. Entonces lleva cualquier artículo personal o chuchería que desees. Y otra cosa, Henry.

Ella lo miró interrogante.

—Vamos a olvidar esta conversación, ¿eh? La última parte, quiero decir.

Ella consiguió esbozar una sonrisa, pero lo que deseaba realmente era arrojarle el decantador de coñac a la cabeza.

Capítulo 10

A las diez de la mañana siguiente, Henry estaba vestida, lista y esperaba en la escalinata de entrada. No se sentía lo que se dice complacida por haber aceptado ir a Londres con Dunford, pero que la colgaran si no se portaba con cierta dignidad. Si él creía que iba a tener que sacarla de la casa a rastras, pataleando y chillando, estaba muy equivocado. Se había puesto su vestido verde nuevo, su papalina a juego, e incluso se las había arreglado para localizar un viejo par de guantes de Viola; estaban algo desgastados, pero daban el pego, y descubrió que le gustaba la sensación de la suave y fina lanilla en las manos.

La papalina, en cambio, era otra historia. Le producía picor en las orejas, le bloqueaba la visión periférica y era una absoluta molestia. Tenía que recurrir a toda su paciencia, que no era mucha, debía reconocer, para no arrancarse de un tirón la maldita prenda.

Pasados unos minutos apareció Dunford y la miró asintiendo aprobador.

—Estás preciosa.

Ella le agradeció con una sonrisa, pero decidió no darle mucho peso al cumplido; daba la impresión de que era el tipo de cosas que él decía automáticamente a cualquier mujer.

—¿Eso es todo lo que tienes? —preguntó él.

Miró su pequeña maleta y asintió. No tenía ropa para llenar un baúl decente. Sólo llevaba los vestidos nuevos y unas pocas prendas de su ropa de hombre. No era nada probable que necesitara pantalones ni chaqueta en Londres, pero nunca se sabe.

—No importa —dijo él—. Eso lo corregiremos muy pronto.

Subieron al coche y emprendieron la marcha.

En el momento de subir, a Henry se le había quedado enganchada la papalina en el marco de la puerta, circunstancia que la hizo mascullar en voz baja con muy poca elegancia. Él creyó oírle decir «Maldita puñetera porquería», pero no estaba seguro. Fuera como fuera, tendría que advertirla de que controlara la lengua cuando llegaran a Londres.

De todos modos, no pudo resistir la tentación de embromarla con la papalina, así que cuando ya llevaban algo de camino hecho le preguntó, con la cara muy seria:

—¿Te incomoda la papalina, Henry?

Al instante ella se volvió a mirarlo con ojos asesinos.

—Es un artilugio horrendo —dijo, vehemente, quitándose de un tirón la molesta prenda—. No sirve a ninguna finalidad que yo logre deducir.

—Creo que tiene la finalidad de evitar que te dé el sol en la cara.

Ella lo miró con una expresión que decía muy claramente: «Dime algo que no sepa ya».

Contuvo la risa a duras penas.

—Es posible que llegue a gustarte —dijo, mansamente—. A la mayoría de las damas no les gusta que les dé el sol en la cara.

—Yo no soy la mayoría de las damas —replicó ella—. Y me ha ido muy bien sin usar papalina durante años, gracias.

—Y tienes pecas.

—¡No tengo pecas!

—Tienes, aquí —le tocó la nariz y luego el pómulo—, y aquí.

—Debes estar equivocado.

—Ah, Hen, no sé decirte cuánto me alegra descubrir que tienes algo de vanidad femenina. Claro que nunca te has cortado el pelo, así que eso tiene que contar algo.

—No soy vanidosa.

—No, no lo eres —dijo él, solemnemente—. Esa es una de las cosas que más me encantan de ti.

¿Era de extrañar que se estuviera enamorando de él?, pensó ella, suspirando.

—De todos modos —continuó él—, es bastante gratificante ver que tienes algunas flaquezas humanas, aunque sean muy pocas.

—Los hombres son tan vanidosos como las mujeres —declaró ella firmemente—. Estoy segura.

—Sin duda tienes razón —dijo él amablemente—. ¿Me das la papalina? La pondré aquí, para que no se aplaste.

Ella se la dió. Él la hizo girar en la mano y la dejó a un lado.

—Condenadamente endeble esta prenda.

—Es evidente que la inventaron los hombres con el único fin de hacer a las mujeres más dependientes de ellos —afirmó ella—. Me bloquea totalmente la visión periférica. ¿Cómo va a lograr hacer algo una dama si no ve nada que no tenga delante?

Dunford se limitó a reírse y mover la cabeza.

Tras unos diez minutos de amistoso silencio, exhaló un largo suspiro.

—Me alegra estar ya de camino. Temía que tendría que luchar una batalla contigo por Rufus.

—¿Qué quieres decir?

—Medio esperaba que insistieras en traerlo.

—No seas tonto —bufó ella.

Él sonrió ante su enérgica y sensata actitud.

—Es posible que ese conejo me hubiera destrozado toda la casa.

—No podría importarme menos si se la destrozara al mismo

príncipe regente. No traje a Rufus porque lo consideré peligroso para él. A los pocos días algún idiota chef francés lo habría metido en la olla de estofado.

Dunford rió en silencio.

—Henry —dijo, limpiándose de lágrimas los ojos—, por favor no pierdas tu personal sentido del humor cuando estés en Londres. Aunque podrías encontrar prudente refrenarte de elucubrar acerca de la indumentaria íntima de Prinny.

Ella no pudo evitar sonreír. Qué típico de él ocuparse de que ella lo pasara bien. Ella intentaba acomodarse a sus planes con una cierta dignidad, pero eso no significaba que tuviera que disfrutar. Le ponía muy difícil lograr imaginarse como una mártir asediada.

Y la verdad es que se lo puso bastante difícil todo el día, con una incesante cháchara amistosa. A medida que avanzaban le iba señalando las vistas, y ella lo escuchaba y lo miraba todo, ávida. Hacía muchos años, que no estaba fuera del sudoeste de Inglaterra; para ser exactos, desde que quedó huérfana y se fue a vivir a Stannage Park. Viola la llevó una vez a pasar unas cortas vacaciones en Devon, pero aparte de eso, jamás había puesto un pie fuera de Cornualles.

Hicieron una breve parada para almorzar, pero ese fue el único descanso, porque Dunford le explicó que deseaba avanzar lo más posible; podrían hacer más de la mitad del camino a Londres ese día si no perdían el tiempo. Sin embargo esa prisa en el viaje se cobró su precio, y cuando se detuvieron ante una posada a un lado del camino para pasar la noche, Henry estaba cansadísima. El coche de Dunford tenía unas excelentes ballestas, pero nada podía evitar los saltos en los surcos más profundos de la carretera. De todos modos, salió bruscamente de su estado de cansancio cuando su acompañante le hizo el sorprendente anuncio:

—Le diré al posadero que eres mi hermana.

—¿Por qué?

—Me parece prudente. En realidad no es del todo decente que viajemos así, solos, sin carabina, aun cuando tú seas mi pupila. Prefiero no dar pie a elucubraciones groseras acerca de ti.

Ella asintió, dándole la razón. No tenía el menor deseo de que algún patán borracho la manoseara simplemente porque la creía una mujer fácil.

—Creo que podemos salir impunes —musitó Dunford—. Los dos tenemos pelo castaño.

—Junto con la mitad de los habitantes de Gran Bretaña —dijo ella, a su modo descarado.

—Calla, diablilla —dijo él, resistiendo la tentación de revolverle el pelo—. Estará oscuro. Nadie se fijará. Y vuelve a ponerte la papalina.

—Pero entonces nadie me verá el pelo —bromeó ella—. Todo ese trabajo será para nada.

Él esbozó su sonrisa de niño.

—Todo ese trabajo, ¿eh? Debes de estar horrorosamente cansada, por gastar toda esa energía en hacerte crecer el pelo castaño.

Henry lo golpeó con la odiosa papalina.

Dunford se apeó, silbando para sus adentros. Hasta el momento el viaje era todo un éxito. Henry había, si no olvidado, al menos reprimido el resentimiento con él por haberla obligado a ir a Londres. Además, afortunadamente, no había mencionado el beso que se dieron en la casita abandonada. En realidad, todas las señales apuntaban a que lo había olvidado por completo.

Y eso lo fastidiaba.

Maldita sea, lo fastidiaba.

Aunque no tanto como que él se hubiera enfadado consigo mismo por haberla besado.

En realidad el asunto era demasiado complicado. Renunció a pensar en eso y la ayudó a bajar del coche.

Entraron en la posada, seguidos por uno de los mozos con las maletas. Henry se sintió aliviada al ver que la posada estaba satisfactoriamente limpia. Durante todos esos años no había dormido entre sábanas que no fueran las de Stannage Park, y siempre sabía exactamente cuándo las lavaban. Sólo entonces se le ocurrió pensar en lo restringida que había sido su existencia hasta ese momento. Londres sería toda una aventura. Ojalá lograra vencer el paralizante miedo que le inspiraba la buena sociedad.

El posadero, que reconocía a la aristocracia cuando la veía, se apresuró a acercárseles.

—Necesitamos dos habitaciones —dijo Dunford, enérgicamente—, una para mí y la otra para mi hermana.

La cara del posadero se demudó.

—Vaya por Dios, tenía la esperanza de que estuvieran casados, porque sólo me queda una habitación libre y…

—¿Está absolutamente seguro? —preguntó Dunford, con voz glacial.

—Vamos, milord, si pudiera desocupar una para usted, lo haría, se lo juro, pero esta noche la posada está llena de damas y caballeros. Está de paso la duquesa de Beresford viuda y ha traído con ella a un montón de parientes. Necesitaba seis habitaciones en total, tiene muchos nietos.

Dunford emitió un gemido. El clan Beresford era famoso por su fecundidad. Según el último recuento, la duquesa viuda (una vieja antipática que sin duda no veía con buenos ojos que le pidieran que renunciara a una de sus habitaciones) tenía veinte nietos. A saber cuántos de ellos estaban ahí esa noche.

Henry, sin embargo, no tenía esos conocimientos acerca de los Bereford y su prodigiosa fecundidad, y en ese momento tenía dificultad para respirar debido al intenso nerviosismo que la embargaba.

—Ah, pero debe de tener otra habitación —exclamó—. Sin duda.

El posadero negó con la cabeza.

—Sólo una. Yo dormiré en el establo. Pero supongo que no les importará tanto compartir una habitación puesto que son hermanos. No habrá mucha intimidad, lo sé, pero…

—Yo soy una persona muy reservada —dijo Henry, desesperada, cogiéndole el brazo—. Extraordinariamente reservada.

—Henrietta, querida —dijo Dunford, soltándole suavemente los dedos con que apretaba como tenazas el codo del posadero—, si no tiene otra habitación, pues no tiene otra habitación. Tendremos que arreglárnoslas.

Ella lo miró recelosa y al instante se calmó. Claro, seguro que él tenía un plan. Por eso parecía tan sereno y seguro de sí mismo.

—Ah, sí, por supuesto, Dun… esto, Daniel —improvisó, cayendo tardíamente en la cuenta de que no sabía su nombre de pila—. Por supuesto. Qué tonta soy.

El posadero se relajó visiblemente y le pasó la llave a Dunford.

—En el establo hay habitación para sus mozos, milord; estarán un poco estrechos, pero creo que habrá espacios para todos.

Dunford le dio las gracias y pasó la atención a la tarea de llevar a Henry a la habitación. La pobre chica se había puesto blanca como un papel. Cierto que la maldita papalina le ocultaba buena parte de la cara, pero no era difícil deducir que no le agradaba nada el arreglo para dormir.

Bueno, maldita sea, tampoco le agradaba a él; no lo complacía en lo más mínimo la idea de dormir en la misma habitación con ella toda la noche. Su pobre cuerpo se estaba excitando con sólo pensarlo. Diez o más veces ese día había deseado estrecharla en sus brazos y besarla hasta dejarla sin sentido, en el coche. La condenada muchachita no se enteraría jamás de la cantidad de autodominio que había necesitado.

Eso no le ocurrió cuando estaban conversando; mientras hablaban por lo menos podía desviar la mente de su cuerpo y centrarla en la conversación. Le ocurrió cuando se quedaban en silencio, él levantaba la vista y la veía mirando por la ventanilla, con los ojos brillantes; entonces le miraba la boca, lo que siempre era un error, porque ella iba y hacía algo como lamerse los labios y al instante él tenía que aferrarse a los cojines del asiento para impedirse alargar las manos para abrazarla.

Henry frunció sus rosados y deliciosos labios cuando se plantó las manos en las caderas y paseó la mirada por la habitación. Él le siguió la mirada hasta la enorme cama que dominaba el espacio, y renunció a toda esperanza de pasar la noche de una manera que no fuera incómodamente excitado.

—¿Quién es Daniel? —preguntó, con la intención de bromear.

—Tú, puesto que nunca me has dicho tu nombre de pila. No digas nada que te delate.

—Mis labios están sellados —dijo él, haciendo una majestuosa reverencia, deseando al mismo tiempo que estuvieran sellados sobre los de ella.

—¿Cuál es tu verdadero nombre?

Él sonrió pícaro.

—Secreto.

—Vamos, por favor —bufó ella.

—Lo digo en serio —dijo él, con una expresión de tanta seriedad que al parecer ella le creyó. Avanzó sigiloso hasta ella y le cubrió la boca con una mano—. Es un secreto de Estado —susurró, mirando con visible disimulo hacia la ventana—. Está en juego la continuidad de la monarquía. Si revelara mi nombre eso podría ser causa de que nuestros intereses en India se tambalearan, por no decir lo que pasaría en...

Henry se quitó la papalina y lo golpeó con ella.

—Eres incorregible —masculló.

—Me han dicho que muchas veces actúo con una decidida falta de seriedad —dijo él, sonriendo encantado.

—Ya lo creo —dijo ella, poniéndose las manos en las caderas otra vez y reanudando el examen de la habitación—. Bueno, Dunford, esto es un problema. ¿Cuál es tu plan?

—¿Mi plan?

—Tienes uno, ¿no?

—No tengo la más mínima idea de qué hablas.

—Del arreglo para dormir.

—Pues, la verdad es que no lo había pensado.

—¿Qué? —chilló ella; al darse cuenta de que había chillado como una arpía, bajó el tono—: No podemos dormir —señaló la cama— ahí.

—No —suspiró él, pensando que estaba agotado y que si no podía hacerle el amor esa noche (y no podía, claro, por mucho que hubiera fantaseado involuntariamente con eso los días pasados) quería por lo menos tener una buena noche de sueño sobre una cama blanda. Sus ojos se posaron en un sillón de orejas situado en un rincón; el respaldo se veía demasiado recto, del tipo que favorecía una buena postura, no muy cómodo para sentarse y mucho menos para dormir. Volvió a suspirar, fuerte y más largo—. Supongo que puedo dormir en el sillón.

—¿El sillón?

Él señaló el mueble.

—Cuatro patas, un asiento. En conjunto, un mueble bastante útil para una casa.

—Pero…, pero está aquí.

—Sí.

—Yo estaré aquí.

—Eso también es cierto.

Ella lo miró como si le hubiera hablado en otro idioma.

—No podemos dormir los dos aquí.

—La alternativa es que yo me vaya a dormir al establo, lo cual, te lo puedo asegurar, no me apetece en absoluto. Aunque claro…

—le echó otra mirada al sillón—, al menos en el establo podría dormir tumbado. De todos modos, el posadero dijo que estaba aún más lleno que la posada y, francamente, después de mi experiencia en tu porqueriza, el delicado olor de los animales se me ha grabado para siempre en la mente, o en la nariz, como podría ser el caso. La idea de pasar la noche metido entre bostas de caballo no es nada apetecible.

—¿Tal vez sólo ensucian los corrales? —dijo ella, esperanzada.

—No hay nada que les impida hacer sus necesidades a cualquier hora de la noche.

Cerró los ojos y movió la cabeza. Ni en un millón de años habría soñado que algún día estaría hablando de bostas de caballo con una dama.

—Ah, pues, muy bien —dijo ella, mirando dudosa el sillón—. Pero... mmm, necesito cambiarme.

—Esperaré en el corredor.

Enderezó la espalda y salió de la habitación, concluyendo que era el hombre más noble, el más caballeroso y posiblemente el más estúpido de toda Gran Bretaña. Apoyado en la pared, justo a un lado de la puerta, la oía moverse dentro. Desesperado intentó no pensar qué significaban esos sonidos, pero le fue imposible. Se estaba desabotonando el vestido... ahora se lo estaba bajando por los hombros... Ahora...

Se mordió con fuerza el labio, con la esperanza de que el dolor le dirigiera los pensamientos en una dirección más apropiada. No le resultó.

Lo peor de todo era que sabía que ella lo deseaba también. Ah, no de la misma manera y seguro que no con la misma intensidad, pero lo deseaba. A pesar de sus comentarios sarcásticos, Henry era totalmente inocente y no sabía ocultar romanticismo, que se le reflejaba en los ojos cada vez que se rozaban. Y el beso...

Emitió un gemido. Ella había sido perfecta, correspondiéndole totalmente, hasta que él perdió el control y la asustó. Pensándolo fríamente, agradecía a Dios que ella se hubiera asustado, porque no sabía si habría sido capaz de parar.

Pero a pesar de las ansias de su cuerpo, no tenía la menor intención de seducirla. Quería presentarla en sociedad, que conociera a chicas de su edad e hiciera amistades por primera vez en su vida. Deseaba que conociera a algunos hombres y... frunció el ceño. Sí, decidió con la resignada expresión de un niño al que le han ordenado que debe comerse las coles de Bruselas, deseaba que ella conociera a algunos hombres. Se merecía poder elegir entre lo mejor de Inglaterra.

Y entonces tal vez su vida volvería a la normalidad. Visitaría a su amante, lo que sin duda necesitaba con urgencia, jugaría a las cartas con sus amigos, haría las interminables rondas de fiestas y continuaría con su muy envidiada vida de soltero.

Era una de las pocas personas que conocía que se sentía realmente contento con su existencia. ¿Por qué diablos iba a querer cambiarla?

Se abrió la puerta y Henry asomó la cabeza.

—¿Dunford? Estoy lista. Ya puedes entrar.

Él gimió, sin saber si la causa del sonido que emitió era deseo insatisfecho o simple cansancio, se apartó de la pared y entró en la habitación. Henry estaba cerca de la ventana, cerrándose bien la deslucida bata.

—Ya te visto en bata —dijo, esbozando una sonrisa que esperaba fuera amistosa y decididamente «platónica».

Ella se encogió de hombros, en actitud indecisa.

—Lo sé, pero... ¿Quieres que espere en el corredor mientras tú te cambias?

—¿En bata? Creo que no. Puede que yo te haya visto ataviada así, pero de ninguna manera quiero compartir ese privilegio con el resto de los ocupantes de la posada.

—Ah, claro.

—Y mucho menos estando aquí esa vieja dragona de Beresford y su prole. Probablemente van de camino a Londres para pasar la temporada, y no vacilaría en decirles a todos los miembros de la alta sociedad que te vio vagando medio desnuda por los pasillos de una posada. —Se pasó cansinamente la mano por el pelo—. Por la mañana tendremos que esmerarnos en eludirlos, a ella y a sus nietos.

Ella asintió, nerviosa.

—Supongo que puedo cerrar los ojos; darte la espalda.

Él pensó que tal vez ese no era el mejor momento para informarla de que prefería dormir desnudo. De todos modos, sería condenadamente incómodo dormir vestido; tal vez con su bata...

—O podría esconderme debajo de las mantas —estaba diciendo Henry—. Así estarías tranquilo con tu pudor.

Dunford la contempló pestañeando incrédulo y divertido cuando ella se metió bajo las mantas y se tapó hasta parecer un topo enorme.

—¿Está bien así? —preguntó, con la voz apagada por las mantas.

Él empezó a quitarse la ropa y descubrió que la risa dificultaba la operación.

—Perfecto, Henry, así es perfecto.

Se desvistió a toda prisa y sacó la bata de la maleta. Durante un instante quedó total y espléndidamente desnudo y sintió un estremecimiento de emoción mirando el enorme bulto que formaba ella en la cama. Haciendo una rasposa inspiración, se puso la bata.

Ahora no, se dijo, severo. No haré nada con ella. Se merece algo mejor. Se merece elegir.

Se ató bien el cinturón; tal vez debería haberse dejado puesta la ropa interior, pero, maldita sea, el sillón ya iba a ser bastante incómodo. Tendría que asegurarse de que la bata no se le abriera durante la noche. La pobre chica se desmayaría al ver a un hombre desnudo, y a saber qué ocurriría si veía a uno totalmente excitado, como sin duda estaría él toda la noche.

—Ya estoy, diablilla —dijo—, ya puedes mirar.

Henry asomó la cabeza. Él había apagado las velas, pero la luz de la luna se filtraba por la traslúcida tela de las cortinas, por lo que veía su cuerpo corpulento, tan masculino, de pie junto al sillón. Hizo una rápida inspiración. Todo estaría muy bien si él no le sonreía; si le sonreía, estaría perdida. Vagamente pensó que no lo vería sonreír en la oscuridad, pero esas sonrisas suyas eran tan seductoras que estaba convencida de que notaría sus efectos a través de una pared.

Acomodó la cabeza en la almohada y cerró los ojos, esforzándose por no pensar en él.

—Buenas noches, Hen.

—Buenas noches, Dun.

Lo oyó reírse por el diminutivo de su apellido. No sonrías, rogó. Le pareció que él no sonreía; ella lo habría notado si hubiera curvado los labios en una de esas sonrisas anchas y pícaras. Pero para estar segura, abrió un ojo y lo miró.

Lógicamente no veía su expresión, pero era un buen pretexto para mirarlo. Él se estaba acomodando en el sillón, bueno, al menos intentándolo. Ella no se había fijado en… en lo vertical que era el respaldo. Él se movió, volvió a moverse y volvió a moverse; cambió de posición unas veinte veces hasta que finalmente se quedó quieto. Ella se mordió el labio.

—¿Estás cómodo?

—Ah, sí, bastante.

Lo dijo en ese tono carente de sarcasmo que sugiere que el que habla está esforzándose al máximo en convencer a alguien de algo que claramente no es cierto.

—Ah —dijo ella.

¿Qué debía hacer? ¿Acusarlo de mentiroso? Contempló el cielo raso durante treinta segundos y se decidió. ¿Por qué no?

—Mientes.

—Sí —suspiró él.

Ella se sentó.

—Tal vez podríamos... Bueno, es decir... Tiene que haber algo que podamos hacer.

—¿Alguna sugerencia? —dijo él, en tono irónico.

—Bueno, yo no necesito todas estas mantas.

—No tengo problema de frío.

—Pero quizá podrías hacerte un colchón en el suelo con las mantas.

—No te preocupes, Henry, estaré muy bien.

Otra afirmación claramente falsa.

—Yo no puedo estar acostada aquí viendo que tú estás incómodo —dijo ella, preocupada.

—Cierra los ojos y duérmete. Así no verás nada.

Henry volvió a tenderse y consiguió estar así un minuto entero.

—No puedo —dijo al fin, volviendo a sentarse—. Simplemente no puedo.

—¿No puedes qué, Henry? —suspiró él, con un largo suspiro de cansancio.

—No puedo estar acostada aquí mientras tú estás incómodo.

—Él único lugar donde estaría más cómodo es la cama.

Ella guardó silencio un rato.

—Yo puedo si tú puedes —concedió al fin.

Dunford llegó a la conclusión de que diferían muchísimo en la interpretación del asunto.

—Me pondré en el borde —dijo ella, poniéndose en el extremo de la cama—. Bien lejos.

En contra de lo que le recomendaba su juicio, él consideró la idea. Levantó la cabeza para observarla; estaba tan al borde que una de las piernas asomaba fuera.

—Puedes acostarte al otro lado —dijo ella—. Simplemente, mantente al borde.

—Henry...

—Si vas a hacerlo, hazlo ya —ordenó, pronunciando todas las palabras como si fueran una sola—, porque dentro de un momento seguro que recuperaré la sensatez y retiraré el ofrecimiento.

Dunford miró el lugar desocupado en la cama y luego miró su cuerpo en el que era muy visible el miembro erecto. Después miró a Henry. No, no lo hagas. Al instante volvió a mirar el lugar desocupado en la cama; parecía muy, muy cómodo, tan cómodo, en realidad, que igual podría relajarle lo bastante como para calmar la excitación.

Volvió a mirar a Henry. No había sido ni su intención ni su deseo mirarla, pero sus ojos se inclinaban a seguir los dictámenes de una parte de su cuerpo en lugar de los de su mente. Ella estaba sentada y mirándolo. Tenía recogido en una trenza el abundante cabello castaño, y eso le daba un aire sorprendentemente erótico. Sus ojos, bueno, por lógica, estaba tan oscuro que no podía vérselos, pero juraría que los veía brillar plateados a la luz de la luna.

—No —dijo, con la voz ronca—, el sillón me irá muy bien, gracias.

—Sí sé que estás incómodo no podré dormir —dijo ella.

Su voz sonaba extraordinariamente parecida a la de una damisela afligida, pensó él.

Se estremeció. Nunca había logrado resistirse a la tentación de hacer el papel de héroe. Se levantó lentamente y se dirigió al lado desocupado de la cama.

¿Sería tan terrible?

Capítulo 11

*M*uy, muy terrible.

Muy, muy, muuuy terrible.

Pasada una hora, Dunford seguía totalmente despierto, con todo el cuerpo rígido como una tabla, por el miedo de rozarla por casualidad. Además, no podía estar en ninguna posición que no fuera de espaldas, porque cuando se metió en la cama y se puso de costado sintió su olor en la almohada.

Maldita sea ¿por qué ella no se había acostado directamente en un solo lado de la cama? ¿Tenía algún motivo para acostarse primero en un lado y luego trasladarse al otro para dejarle espacio? Ahora las dos almohadas olían a ella, ese vago aroma a limón que siempre sentía alrededor de su cara. Y la maldita muchachita se movía tanto dormida que incluso estar de espaldas no lo protegía del todo.

No respires por la nariz, canturreó para sus adentros. No respires por la nariz.

Ella se dio una vuelta, emitiendo un suave suspiro.

Cierra los oídos.

Ella hizo un sonido al juntar los labios y se dio la vuelta hacia el otro lado.

No es ella, le gritó una parte de su mente, eso te ocurriría con cualquier mujer.

Vamos, déjate de tonterías, contestó el resto de su cerebro, deseas a Henry, y la deseas con desesperación.

Apretó los dientes y rezó, rogando poder dormirse.

Rezó de verdad.

Y no era un hombre religioso.

Henry se sentía arropada, cómoda y... contenta. Estaba soñando el más hermoso de los sueños. No sabía muy bien lo que ocurría en su sueño, pero, fuera lo que fuera, la hacía sentirse absolutamente complacida y lánguida. Cambió de posición en el sueño, y suspiró satisfecha al llegarle a la nariz los olores a madera cálida y a coñac. Era un olor delicioso, bastante parecido al de Dunford. Él siempre olía a madera cálida y a coñac, aun cuando no hubiera bebido nada. Era curioso cómo conseguía eso. Era curioso que su olor se notara en su cama.

Abrió los ojos.

Curiosamente, él estaba en su cama.

Emitió una involuntaria exclamación ahogada y entonces recordó que estaba en una posada de camino a Londres y que había hecho algo que jamás haría una dama bien educada. Se había ofrecido a compartir la cama con un caballero.

Mordiéndose el labio, se sentó. Esa noche él parecía sentirse muy incómodo en el sillón; era de suponer que no sería un pecado muy grave haberle ahorrado una noche de incesantes movimientos y cambios de posición, seguida por varios días con dolor de espalda. Y no la había tocado. Demonios, pensó, sin ninguna delicadeza, no necesitaba tocarla. Era un horno humano, seguro que sentiría el calor de su cuerpo desde el otro lado de la habitación

El sol estaba comenzando a salir y su luz bañaba toda la habitación en un resplandor rosa. Miró al hombre que estaba acostado a su lado. Era de esperar que esa imprudencia no le arruinara la reputación antes que hubiera conseguido adquirir una, pero si se la arruinaba, pensó sonriendo, sería bastante irónico, teniendo en cuenta que no había hecho nada de lo que tuviera que avergonzarse, aparte de desearlo, claro.

Eso ya lo reconocía para sus adentros. Esas extrañas sensaciones que él le producía, eran deseo, puro y simple. Aunque no debía actuar según ese deseo, no servía de nada mentirse al respecto.

Pero esa sinceridad consigo misma le estaba resultando dolorosa. Sabía que no podía tenerlo. Él no la amaba ni la amaría. La llevaba a Londres para que se casara, eso había dicho.

Ojalá no fuera tan condenadamente simpático.

Si pudiera odiarlo, todo le resultaría mucho más fácil. Podría ser mezquina y cruel para convencerlo de que la dejara salir de su vida. Si fuera insultante con ella, sin duda su deseo de él se desvanecería.

Estaba descubriendo que el amor y el deseo están irrevocablemente entrelazados, al menos para ella. Y una parte del motivo de que estuviera tan loca por él se debía a que él era tan buena persona. Si fuera un hombre inferior, no reconocería su responsabilidad como tutor y no insistiría en llevarla a Londres para que disfrutara de la temporada.

Y sin duda no haría todo eso porque deseara hacerla feliz.

Sin duda, no era un hombre al que fuera fácil odiar.

Vacilante alargó la mano y le apartó un mechón de pelo castaño de los ojos. Él balbuceó algo dormido y luego bostezó. Al instante ella retiró la mano, temiendo haberlo despertado.

Él volvió a bostezar, un bostezo bien sonoro y abrió lentamente los ojos.

—Perdona que te haya despertado —se apresuró a decir ella.

—¿Estaba durmiendo?

Ella asintió.

—Quiere decir entonces que Dios existe —musitó él.

—¿Perdón?

—Sólo hice una oración de gracias matutina —dijo él, irónico.

Henry pestañeó sorprendida.

—Ah, no sabía que eras tan religioso.

—No lo soy. Es decir —exhaló un suspiro—, es extraordinario lo que puede inducir a un hombre a encontrar la religión.

—Seguro —musitó ella, sin saber de qué hablaba él.

Dunford ladeó la cabeza sobre la almohada para mirarla. Estaba preciosa a primera hora de la mañana. De la trenza se le habían escapado unos mechones que se le enroscaban delicadamente alrededor de la cara. La suave luz de la mañana parecía convertir esos mechones errantes en espuma de oro. Hizo una honda inspiración, se estremeció, y le ordenó a su cuerpo que no se excitara.

El cuerpo no le obedeció, lógicamente.

Mientras tanto, ella recordó que su ropa estaba sobre una silla al otro lado de la habitación.

—Oye, esta es una situación violenta —dijo, nerviosa.

—Ni te lo imaginas.

—Esto… mmm, necesito vestirme y voy a tener que levantarme para coger la ropa.

—¿Sí?

—Bueno, creo que no deberías verme en camisón, aun cuando te hayas acostado conmigo esta noche. Ay, Dios —exclamó, con la voz ahogada—, no era eso lo que quería decir. Lo que quise decir es que hemos dormido en la misma cama, lo que supongo es casi igual de malo.

Dunford pensó, algo apenado, que eso casi no contaba.

—En todo caso —tartamudeó ella nerviosa—, no puedo levantarme para ir a coger mi ropa y veo que la bata está fuera de mi alcance. La verdad es que no sé cómo ha ocurrido eso, pero es así, así que tal vez tú deberías levantarte primero, puesto que ya te he visto…

—¿Henry?

—¿Sí?

—Cállate.

—Ah.

Él cerró los ojos, dolorido. No deseaba otra cosa que continuar inmóvil bajo las mantas todo el día. Bueno, eso no era del todo cierto, lo que verdaderamente deseaba era relacionarse con la jovencita que estaba sentada a su lado, pero eso no iba a suceder, así que optaba por mantenerse oculto. Por desgracia, una parte de su cuerpo no quería mantenerse oculta, y no sabía cómo podría levantarse primero sin asustarla.

Henry se mantuvo callada hasta que ya no pudo soportarlo.

—¿Dunford?

—¿Sí?

Era increíble cómo una sola palabra podía comunicar sentimientos, y no buenos sentimientos, por cierto.

—¿Qué vamos a hacer?

Él hizo una inspiración profunda por vigésima vez esa mañana.

—Vas a tener que meterte bajo las mantas igual que anoche y yo me voy a vestir.

Ella se apresuró a obedecer.

Él se levantó emitiendo un gemido no disimulado y atravesó la habitación a coger su ropa.

—A mi ayuda de cámara le va a dar un síncope —masculló.

—¿Qué? —exclamó ella, bajo las mantas

—He dicho que a mi ayuda de cámara le va a dar un síncope —repitió él en voz más alta.

—Ay, no —dijo ella, en un gemido que indicaba muchísima aflicción.

—¿Qué pasa ahora, Hen?

—Deberías tener aquí a tu ayuda de cámara —dijo ella con la voz ahogada por las mantas—. Me siento fatal.

—No.

—No ¿qué?

—No te sientas fatal —ordenó tajante.

—Pero es que no puedo evitarlo. Hoy vamos a llegar a Londres, y querrás presentarte con buena apariencia ante tus amistades y... ante quienquieras estar guapo y...

¿Cómo se las arreglaba para dar a entender que se sentiría irrevocablemente herida si él no tenía a su ayuda de cámara para vestirlo?, pensó él.

—Yo no tengo doncella, así que seguro que estaré mal arreglada y arrugada, pero no hay ninguna necesidad que tú vayas así también.

Él exhaló un suspiro.

—Por lo tanto debes volver a la cama.

Eso no era nada conveniente, pensó él.

—Date prisa —dijo ella, enérgicamente.

Dunford no estaba de acuerdo.

—Eso no es buena idea, Hen.

—Fíate de mí.

No pudo evitar reírse.

—Venga, vuelve a la cama y escóndete bajo las mantas —dijo ella, pacientemente—. Yo me levantaré y me vestiré, y luego bajaré a llamar a tu ayuda de cámara. Estarás bellísimo.

Él se volvió a mirar el bulto charlatán que se movía en la cama.

—¿Bellísimo?

—Bellísimo, guapo, la palabra que más te guste.

A él lo habían llamado guapo muchas veces, y muchas mujeres diferentes, pero nunca se había sentido tan complacido como en ese momento.

—Ah, muy bien —suspiró—, si insistes.

Unos segundos después ya estaba nuevamente metido en la cama y ella había atravesado a toda prisa la habitación y estaba cogiendo el vestido. Era el mismo que llevaba el día anterior, pero esa noche lo había dejado bien estirado sobre la silla, por lo que suponía que estaría menos arrugado que los que llevaba en la maleta.

—No mires —dijo, pasándoselo por la cabeza.

—Ni en sueños —mintió él, amablemente.

Tras un momento ella habló:

—Iré a llamar a tu ayuda de cámara.

Al instante oyó el clic de la puerta.

Una vez que Henry localizó a Hasting y lo envió a atender a su amo, entró en el comedor, con la esperanza de poder desayunar. Tenía la impresión de que no debía estar ahí sin acompañante, pero no sabía qué otra cosa hacer. El posadero la vio y se apresuró a acercársele. Acababa de hacer el pedido cuando por el rabillo del ojo vio a una anciana bajita y menuda, de pelo azul. Parecía increíblemente altiva y majestuosa. La duquesa viuda de Beresford, sin duda. Tenía que ser ella. Dunford le había dicho que evitara a toda costa que la dama la viera.

—En nuestra habitación —se apresuró a decir, con la voz ahogada—. Queremos desayunar en nuestra habitación.

Acto seguido salió disparada, rogando que la duquesa no la hubiera visto.

Subió corriendo la escalera y entró como un rayo en la habitación, sin pensar en sus ocupantes. Horrorizada, vio que Dunford sólo estaba medio vestido.

—Ay, Dios —resolló, mirándole el pecho desnudo—. Lo siento, perdona.

—Henry, ¿qué ha ocurrido? —preguntó él al instante, olvidando que tenía la cara cubierta de espuma.

—Ay, lo siento. Me... me quedaré en el rincón dándote la espalda.

—Henry, por el amor de Dios, ¿qué pasa?

Ella lo miró con sus ojos plateados muy abiertos; él se acercaría, pensó, la tocaría, y no tenía puesta la camisa. Sólo entonces se fijó en la presencia del ayuda de cámara.

—Debo de haberme equivocado de habitación —inventó a toda prisa—. La mía es la del lado. Lo que pasa es que... vi a la duquesa y...

—Henry —dijo él, en un tono de paciencia infinita—. ¿Podrías esperarme en el corredor? Ya casi hemos terminado.

Ella asintió con un brusco movimiento y salió al pasillo casi volando.

Al cabo de unos minutos se abrió la puerta y apareció Dunford, maravillosamente elegante y apuesto. El estómago se le encogió de emoción.

—Pedí el desayuno —dijo a borbotones—. Deberían traerlo de un momento a otro.

—Gracias —dijo él. Al notar su nerviosismo, añadió—: Perdona si nuestra estancia aquí tan poco ortodoxa te ha perturbado de alguna manera.

—Ah, no, no. No me ha perturbado. Lo que pasa es que... que... bueno, tú me has hecho pensar en la reputación y esas cosas.

—Bien hecho. En Londres no tendrás el mismo grado de libertad de Cornualles.

—Eso lo sé. Lo que pasa... —se interrumpió para mirar, agradecida, a Hasting, que salió al corredor y se alejó.

Dunford la hizo entrar en la habitación y entornó ligeramente la puerta.

Henry continuó hablando:

—Lo que pasa es que «sé» que no debo verte sin la camisa puesta, por muy guapo que estés, porque eso me hace sentir muy rara y no debo darte aliento después de...

—Basta, no digas nada más —dijo él, con la voz ahogada, levantando una mano, como para mantener a raya las palabras inocentemente eróticas que iba a pronunciar.

—Pero...

—He dicho «basta».

Henry asintió y se hizo a un lado para que pudiera entrar el posadero con el desayuno.

Lo observaron en silencio mientras ponía la mesa y salía de la habitación.

Cuando ella estuvo sentada, lo miró.

—Oye, Dunford, ¿te das cuenta…?

—¿Henry? —interrumpió él, temiendo que ella fuera a decir algo deliciosamente indecoroso y él fuera incapaz de dominar su reacción.

—¿Sí?

—Cómete los huevos.

Muchas horas después llegaban a las afueras de Londres. Henry estaba tan entusiasmada que llevaba la cara prácticamente pegada a la ventanilla. Dunford le señaló algunos lugares, asegurándole que tendría muchísimo tiempo para ver la ciudad. Él la llevaría a pasear tan pronto como hubieran contratado a una doncella para que le sirviera de carabina. Mientras tanto le pediría a una de sus amigas que la acompañara.

Henry tragó saliva, nerviosa. Sin duda las amigas de Dunford eran damas sofisticadas, que vestían a la última moda. Ella no era más elegante que un campesino. Tenía la deprimente sensación de que no sabría qué hacer cuando las conociera. Y Dios sabía que no se le ocurriría qué decir.

Eso era particularmente doloroso para una mujer que se enorgullecía de tener siempre lista una respuesta ingeniosa.

Observó que a medida que el coche avanzaba hacia Mayfair las casas eran cada vez más lujosas. Apenas lograba mantener cerrada la boca. Finalmente se volvió hacia Dunford.

—Por favor, dime que no vives en una de esas mansiones.

—No vivo —dijo él, con su sonrisa sesgada.

Ella exhaló un suspiro de alivio.

—Pero tú sí.

—¿Perdón?

—No creerás que puedes vivir en la misma casa que yo, ¿verdad?

—En realidad, no lo había pensado.

—Podrías alojarte con cualquiera de mis amigas. Pero te voy a dejar mi casa a que esperes hasta que lo tenga dispuesto todo.

Henry se sintió como parte del equipaje.

—¿No voy a ser una molestia?

Él arqueó una ceja y agitó la mano en dirección a una de las opulentas casas.

—¿En una de estas casas? Podrías pasar semanas sin que nadie note siquiera tu presencia.

—Qué alentador.

Dunford se echó a reír.

—No te preocupes, Hen. No tengo la menor intención de instalarte con una bruja ni con una vieja chocha. Te prometo que serás feliz allí donde te alojes.

Lo dijo en un tono tan encantador y tranquilizador que ella no pudo evitar creerle.

El coche entró en Half Moon Street y se detuvo delante de una pulcra y pequeña casa de ciudad. Dunford se apeó y se volvió a ayudarla a bajar.

—Aquí es donde vivo.

—¡Ah, es preciosa! —exclamó Henry, sintiendo un inmenso alivio porque la casa no era demasiado lujosa.

—No es mía. Sólo la alquilo. Me parece tonto comprar una casa cuando tenemos la vivienda familiar aquí en Londres.

—¿Por qué no vives allí?

Él se encogió de hombros.

—Me da mucha pereza mudarme, supongo. Tal vez debería. Desde la muerte de mi padre esa casa rara vez se ocupa.

Ella lo siguió hasta un salón luminoso y bien ventilado.

—En serio, Dunford, si nadie usa esa casa, ¿no sería lógico que la usaras tú? Esta es bonita, seguro que el alquiler cuesta sus buenos peniques. Podrías invertir esos fondos... —se interrumpió al ver que él se estaba riendo.

—Ay, Hen, no cambies nunca.

—Tú podrías encargarte de que no cambie —dijo ella, alegremente.

Dunford le tomó el mentón.

—¿Ha existido alguna vez una mujer tan práctica como tú?, me gustaría saber.

—La mayoría de los hombres tampoco lo son —replicó ella—, y ser práctica es una buena cualidad.

—Lo es, pero en cuanto a mi casa... —la obsequió con su sonrisa más pícara, produciéndole un torbellino de confusión en el corazón y la mente—, a mis veintinueve años prefiero no vivir bajo el ojo vigilante de una madre. Ah, por cierto, no hables de esas cosas con las damas de la alta sociedad. Se considera vulgar.

—Bueno, ¿de qué puedo hablar, entonces?

Se quedó pensativo.

—Pues, no lo sé.

—Y tampoco sabes de qué hablan las damas cuando se retiran después de la cena. Seguro que la conversación es horrorosamente aburrida.

Él se encogió de hombros.

—Como no soy una dama, nunca me han invitado a escuchar sus conversaciones. Pero si te interesa, puedes preguntárselo a Belle. Creo que la conocerás esta misma tarde.

—¿Quién es Belle?

—¿Belle? Ah, una buena amiga mía.

Henry sintió una emoción que se parecía mucho a los celos.

—No hace mucho que se casó. Antes era Belle Blydon, ahora es Belle Blackwood. Supongo que debo llamarla lady Blackwood.

Tratando de olvidar el alivio que había sentido al saber que la tal Belle estaba casada, comentó:

—Y antes era lady Belle Blydon, me imagino.

—Sí.

Tragó saliva. Encontraba bastante inquietante todo eso de los lores y las ladies.

—No permitas que la sangre azul de Belle te produzca palpitaciones —dijo él enérgicamente dirigiéndose a una puerta cerrada. Puso la mano en el pomo y la abrió—. Belle es extraordinariamente sencilla. Además, estoy seguro de que con un poco de aprendizaje podrás erguir tu cabeza tan alta como los mejores de nosotros.

—O como los peores —masculló ella—, podría ser.

Si él la oyó, no lo demostró. Entró en una sala que debía de ser su despacho y ella lo siguió con los ojos. Se inclinó sobre un escritorio y hojeó rápidamente unos cuantos papeles; curiosa, entró también y se sentó en un lado del escritorio, en actitud traviesa.

—¿Qué estás mirando?

—Cría fisgona.

Se encogió de hombros.

—Sólo la correspondencia que se ha acumulado en mi ausencia. Y algunas invitaciones. Quiero elegir bien la primera reunión a la que asistas.

—¿Temes que te avergüence?

Dunford levantó bruscamente la cabeza, y se tranquilizó al comprender que hablaba en broma.

—Algunas reuniones de la alta sociedad son aburridísimas. No quiero que te lleves una mala impresión en tu primera semana aquí. —Cogió una cartulina blanca como la nieve—. Esta, por ejemplo, es una invitación a una velada musical.

—Pues yo creo que me gustaría asistir a una velada musical —dijo ella.

Evitó mencionar que así no tendría que entablar conversación durante toda la velada.

—No cuando la ofrecen mis primas Smithe-Smith —aseguró Dunford—. El año pasado asistí a dos, y sólo porque quiero a mi madre. Creo que se comentó que después de oír a Philippa, Mary, Charlotte y Eleanor interpretar a Mozart uno sabe exactamente cómo sonaría si lo interpretara un rebaño de ovejas.

Estremeciéndose de horror, arrugó la invitación y la dejó sobre el escritorio.

Viendo una pequeña cesta que supuso era una papelera, Henry cogió la cartulina arrugada y la tiró; al verla caer dentro de la papelera, emitió un gritito triunfal, se cogió las manos y las levantó, en gesto de victoria.

Vio que Dunford cerraba los ojos y movía la cabeza.

—Bueno, caramba. No puedes esperar que abandone todas mis costumbres de marimacho, ¿verdad?

—No, supongo que no —dijo él.

Y en realidad no deseaba que las abandonara, pensó, con un leve sentimiento de orgullo.

Una hora después, Dunford estaba sentado en la sala de estar de Belle Blackwood, explicándole lo de su inesperada pupila.

—¿Y no tenías idea de que eras su tutor hasta que llegó el testamento de Carlyle una semana y media después? —preguntó Belle, incrédula.

—Ni la menor idea.

—No puedo evitar reírme, Dunford, al pensar en ti como tutor de una damisela. ¿Tú, defensor de la virtud de una doncella? Es de lo más inverosímil.

—No soy tan disoluto que no sea capaz de orientar a una damisela en la sociedad —dijo él, poniendo rígida la espalda—. Y eso me lleva a otros dos puntos. El primero tiene que ver con la palabra «damisela». Bueno, he de decir que Henry es algo inusual. Y segundo, voy a necesitar tu ayuda, y no solamente una muestra de apoyo moral. Necesito encontrarle un lugar para vivir. No puede alojarse en mis aposentos de soltero.

—De acuerdo, de acuerdo —dijo ella, agitando la mano—. Claro que la ayudaré, pero deseo saber por qué es tan inusual. ¿Y no acabas de llamarla Henry?

—Es el diminutivo de Henrietta, pero no creo que alguien la haya llamado por su nombre completo desde que aprendió a hablar.

—Tiene cierta elegancia —musitó Belle—, si es capaz de llevarlo airosamente.

—No me cabe duda de que es capaz, pero va a necesitar un poco de orientación. Nunca ha estado en Londres. Y su tutora murió cuando ella sólo tenía catorce años. Nadie le ha enseñado a ser una dama. Es absolutamente ignorante respecto a la mayoría de las costumbres de la buena sociedad.

—Bueno, si es inteligente no tendría por qué ser muy difícil. Y si a ti te cae tan bien seguro que a mí no me molestará su compañía.

—No, estoy seguro de que os llevaréis a las mil maravillas. Tal vez demasiado bien.

Ya se imaginaba a Belle, Henry y a saber qué otras mujeres formando una coalición. Era indecible la de cosas que podrían realizar, o destruir, si se aliaban juntas. Ningún hombre estaría a salvo.

—Vamos, no intentes herirme con esa expresión de hombre asediado —dijo Belle—. Cuéntame algo sobre la tal Henry.

—¿Qué quieres saber?

—No lo sé. ¿Cómo es su apariencia?

Dunford lo pensó, extrañado de que le resultara tan difícil describirla.

—Bueno, tiene el pelo castaño. Es decir, principalmente castaño, con reflejos dorados. Bueno, no reflejos exactamente, pero cuando le da el sol, se ve bastante rubio. No rubio como el tuyo sino... No sé, no es del todo castaño.

Belle resistió el deseo de saltar sobre la mesa y ponerse a bailar de alegría. Buena estratega como siempre, mantuvo una expresión de amable interés.

—¿Y sus ojos?

—¿Sus ojos? Son grises. Bueno, en realidad más plateados que grises. Pero supongo que la mayoría los llamaría simplemente grises. —Se quedó callado un momento—. Plateados, son como plata.

—¿Estás seguro?

Dunford ya había abierto la boca para decir que debían ser grises plateados cuando notó el tono de broma.

Belle reprimió una sonrisa.

—Me encantaría tenerla alojada aquí. O, mejor aún, la instalaremos en la casa de mis padres. Nadie se atreverá a hacerle un feo si está apoyada por mi madre.

—Estupendo —dijo Dunford, levantándose—. ¿Cuándo puedo traerla?

—Cuanto antes mejor, diría yo. No nos conviene que esté en tu casa ni un minuto más de lo necesario. Iré a ver a mi madre inmediatamente y os esperaré allí.

—Excelente —dijo él, a modo de despedida, haciéndole una ligera reverencia.

Belle esperó hasta que él salió de la sala y entonces se permitió abrir la boca por la sorpresa que le produjo la forma de él de describir a Henry. Las mil libras ya eran suyas; casi las sentía en la mano.

Capítulo 12

Como era de esperar, Caroline, la madre de Belle, acogió encantada a Henry bajo su ala, aunque no consiguió llamarla por su apodo y prefirió el nombre más formal de Henrietta. «No es que desapruebe tu diminutivo —le explicó—. Lo que pasa es que mi marido se llama Henry y me desconcierta bastante llamar igual a una chica de tu tierna edad.»

Ante eso la muchacha simplemente sonrió y dijo que le parecía muy bien. Hacía tanto tiempo que no tenía una figura materna a su lado que habría aceptado con gusto que Caroline la llamara Esmeralda si le apetecía.

No había sido su deseo disfrutar de su estancia en Londres, pero Belle y su madre le hacían tremendamente difícil mantener el ánimo bajo; vencían sus miedos con cariño, disolvían las incertidumbres con bromas y buen humor. Echaba de menos su vida en Stannage Park, pero tenía que reconocer que las amigas de Dunford habían introducido en su vida una felicidad que ni siquiera sabía que le faltaba.

Había olvidado qué significaba tener una familia.

Caroline tenía grandes planes para ella, así que aún no había terminado la primera semana y ya había visitado a la modista, la sombrerera, a la modista, la librería, a la modista, la guantería y, lógicamente, a la modista. Más de una vez Caroline había movido la cabeza declarando que jamás había visto a una damita que necesitara tantas prendas de ropa de una sola vez.

Y a eso se debía, pensó ella, impaciente, que estaban en el taller de la modista por séptima vez esa semana. Las dos primeras visitas las encontró fascinantes, pero esta era agotadora.

Caroline le dio una palmadita en la mano.

—La mayoría intentamos hacer esto poco a poco, vestido a vestido. Pero contigo no hay otro remedio.

Henry le sonrió con los labios apretados; en ese momento madame Lambert le ponía otro alfiler en la cintura.

—Uy, Henry —rió Belle—, no pongas esa cara de sufrimiento.

Henry negó con la cabeza.

—Creo que esta vez me ha pinchado.

La modista se tragó su indignación, pero Caroline, la muy apreciada condesa de Worth, se cubrió la boca con una mano para ocultar su sonrisa. Aprovechó el momento en que Henry volvía al probador a cambiarse, para susurrarle a su hija:

—Creo que me gusta esta chica.

—A mí también —dijo Belle, convencida—. Y creo que a Dunford también.

—¿Quieres decir que está interesado en ella?

Belle asintió.

—No sé si él lo sabe. Si lo sabe, está claro que no desea reconocerlo.

Caroline frunció los labios.

—Ya es hora de que ese joven siente la cabeza.

—Hemos apostado mil libras por eso.

—¡No!

—Pues sí. Hace varios meses le aposté que se casaría antes de que termine el año.

—Bueno, tendremos que procurar que nuestra querida Henrietta se transforme en una verdadera diosa. —Le chispearon los ojos azules de malicia—. No querría que mi única hija perdiera tanto dinero.

Al día siguiente Henry estaba desayunando con el conde y la condesa cuando llegó Belle con su marido, lord Blackwood. John era un hombre guapo, de cálidos ojos castaños y abundante cabellos oscuros, observó. También observó, sorprendida, que cojeaba.

—Así que esta es la dama que ha tenido tan ocupada a mi mujer esta semana —dijo él amablemente, inclinándose a besarle una mano.

Henry se ruborizó; no estaba habituada a ese gesto cortesano.

—Le prometo que la tendrá de vuelta muy pronto. Ya casi he terminado mi aprendizaje social.

John reprimió la risa.

—Ah, ¿y qué ha aprendido?

—Cosas muy importantes, milord. Por ejemplo, que para subir un tramo de escalera debo ir detrás de un caballero, pero si la bajo, él debe bajar detrás de mí.

—Le aseguro que es muy útil saber eso —dijo él, con la cara increíblemente seria.

—Por supuesto. Lo horroroso es que lo he estado haciendo mal todos estos años y ni siquiera lo sabía.

John consiguió mantenerse impasible.

—¿Y lo hacía mal subiendo o bajando?

—Ah, subiendo, seguro. —Se inclinó hacia él con expresión de complicidad, como si fuera a contarle un secreto—. Verá, soy tremendamente impaciente y no logro imaginarme tener que esperar a un caballero si quiero subir una escalera.

John se echó a reír.

—Belle, Caroline, vais a triunfar.

Henry se volvió a darle un codazo a Belle.

—¿Te fijaste que conseguí decir «tremendamente»? No fue fácil, te lo aseguro. ¿Y cómo me ha ido con el coqueteo? Lamento haber utilizado a tu marido, pero es el único caballero presente.

De la cabecera de la mesa llegó un «ejem».

Henry se volvió a mirar al padre de Belle sonriendo con una expresión de lo más inocente.

—Ah, le ruego que me disculpe, lord Worth, pero no puedo coquetear con usted. Lady Worth me mataría.

—¿Y yo no? —preguntó Belle, con la risa bailando en sus vivos ojos azules.

—Ah, no, tú eres demasiado amable.

—¿Y yo no? —bromeó Caroline.

Henry abrió la boca, la cerró y luego volvió a abrirla.

—Creo que estoy en un aprieto.

—¿Y qué aprieto es ese?

A Henry le dio un vuelco el corazón al oír esa voz. Dunford estaba en la puerta, guapo como para cortar el aliento, con unos pantalones color tostado y una chaqueta verde botella.

—Se me ocurrió pasar a ver qué progresos ha hecho Henry.

—Lo está haciendo muy bien —contestó Caroline—. Y estamos encantados con ella. Hacía años que no me reía tanto.

Henry esbozó una sonrisa descarada.

—Soy muy entretenida.

John y el conde tosieron, tal vez para disimular sus sonrisas.

Dunford, en cambio, no se molestó en ocultar la suya.

—También pensé que te gustaría dar un paseo esta tarde.

A Henry se le iluminaron los ojos.

—Ah, eso me encantaría —dijo, y acto seguido estropeó el efecto dándole un codazo a Belle—. ¿Has oído? Conseguí decir «encantadora». Es una palabra tonta, pero creo que por fin comienzo a hablar como una debutante.

Esta vez nadie pudo ocultar la sonrisa.

—Excelente —dijo Dunford—. Vendré a recogerte a las dos.

Hizo sus reverencias al conde y a la condesa y les anunció que saldría solo.

—Yo me marcho también —dijo John—, tengo mucho que hacer esta mañana.

Le dio un beso en la coronilla a Belle y salió detrás de Dunford.

Belle y Henry se disculparon y fueron al salón, donde tenían programado estar hasta la comida de mediodía repasando los títulos y las reglas de protocolo. A Henry no la entusiasmaba en lo más mínimo esa perspectiva.

—¿Qué te ha parecido mi marido? —le preguntó Belle cuando ya estaban sentadas.

—Es encantador, Belle. No cabe duda de que es un hombre de gran bondad e integridad. Lo vi en sus ojos. Eres muy afortunada de haberle encontrado.

Belle sonrió y se ruborizó un poco.

—Lo sé.

Henry la miró de soslayo, sonriendo.

—Y es muy guapo también su cojera es muy elegante.

—Siempre lo he pensado. Él se sentía horrorosamente cohibido, pero creo que ahora apenas lo nota.

—¿Lo hirieron en la guerra?

Belle asintió, con la expresión sombría.

—Sí, tuvo suerte de conservar la pierna.

Estuvieron en silencio un rato.

—Me recuerda un poco a Dunford —comentó Henry.

Belle pestañeó sorprendida.

—¿A Dunford? ¿De veras? ¿Lo encuentras parecido?

—Ya lo creo. El pelo y los ojos castaños, aunque tal vez Dunford tiene el cabello más abundante, y me parece que sus hombros son algo más anchos.

Belle se inclinó hacia ella, interesada.

—¿Sí?

—Mmm, y es muy guapo, por supuesto.

—¿Dunford o mi marido?

—Los dos —se apresuró a decir Henry—, aunque…

Se interrumpió al darse cuenta de que sería imperdonablemente grosera si decía que sin duda alguna Dunford era el más guapo de los dos.

Lógicamente, Belle «sabía» que su marido era el más guapo, pero nada en el mundo le habría gustado más que oír a Henry decir lo contrario. Sonriendo emitió un suave murmullo, animándola sutilmente a continuar.

—Además —añadió Henry, complaciéndola—, tu marido fue muy encantador al despedirse de ti con un beso. Hasta yo sé lo bastante de la alta sociedad para saber que eso no se considera de rigor.

Belle no tuvo que mirarla para saber que estaba deseando que Dunford la tratara igual.

Cuando el reloj dio las dos, Belle tuvo que disuadir a Henry de salir a la escalinata de entrada a esperar a Dunford. Logró que entrara en el salón y se sentara ahí, explicándole que la mayoría de las damas preferían continuar en sus habitaciones para hacer esperar varios minutos a sus visitantes.

Henry ni la escuchó.

Parte del motivo de que la entusiasmara tanto salir con Dunford era que había empezado a valorarse a sí misma y a sus cualidades femeninas, algo que era una gran novedad para ella. Tenía la impresión de que les caía inmensamente bien a Belle y a su familia, y sabía que ellos eran muy respetados y estimados entre los miembros de la alta sociedad. Y aunque la constante atención de Caroline por su peinado, su ropa y otros detalles le resultaba pesada, comenzaba a sentir la esperanza de que así podría ser guapa después de todo; no embelesadoramente hermosa como Belle, cuyo pelo rubio ondulado y sus ojos de vivo color azul habían inspirado sonetos a los aristócratas con inclinaciones poéticas, pero no carecía de atractivo.

Con su autoestima mejorada, comenzaba a pensar que igual podría tener una mínima posibilidad de conseguir que Dunford la amara; ya le caía bien, seguro que con eso tenía ganada la mitad de la batalla. Tal vez podría competir con las damas sofisticadas de la alta sociedad después de todo. En realidad no sabía cómo podría hacer ese milagro, pero sí sabía que tendría que pasar mucho tiempo en su compañía si quería hacer algún progreso.

Y a eso se debió que cuando miró el reloj y vio que eran las dos de la tarde comenzó a latirle más fuerte el corazón.

Cuando llegó Dunford, dos minutos pasadas las dos, encontró a Belle y a Henry en el salón estudiando la *Guía Nobiliaria de Debrett*. O, mejor dicho, Belle estaba haciendo supremos esfuerzos para conseguir que Henry la estudiara mientras esta hacía supremos esfuerzos por no arrojar el libro por la ventana.

—Veo que lo estáis pasando muy bien —dijo con la voz un poco ronca.

—Ah, sí, muy bien —contestó Belle, cogiendo el libro antes de que Henry lo tirara a una escupidera que era una pieza de anticuario.

—Muy bien, milord —dijo Henry—. He descubierto que debo llamarte milord.

—Ojalá lo dijeras en serio —masculló él en voz baja; su obediencia sería un premio.

—No barón ni barón Stannage —continuó ella—. Al parecer nadie emplea la palabra barón u otro título a no ser para hablar «acerca» de alguien. Es un título condenadamente inútil si nadie sabe que lo tienes.

Belle se sintió obligada a señalar:

—Esto, Henry, podría convenirte evitar la palabra «condenada-mente». Y todos saben que tiene el título. De eso justamente va esto —añadió agitando el libro.

Henry hizo una mueca.

—Lo sé. Y no te preocupes, no diré «condenadamente» en público a no ser que alguien me corte alguna arteria y esté en peligro de morir en pecado.

—Ah, eso es otra cosa.

—Lo sé, lo sé, tampoco se puede mencionar ninguna parte de la anatomía en público. Pero yo me crié en una granja y ahí no somos tan delicados.

Dunford la cogió del brazo, diciéndole a Belle:

—Será mejor que la saque de casa antes de que la incendie por aburrimiento.

Una vez que Belle les deseó que lo pasaran bien, se pusieron en marcha, seguidos por una doncella a una respetable distancia.

—Es de lo más raro —dijo Henry en voz baja cuando comenzaban a atravesar Grosvenor Square—, me siento como si me estuvieran siguiendo.

—Te acostumbrarás —dijo él. Pasado un momento le preguntó—: ¿De verdad lo estás pasando bien en Londres?

Ella se quedó pensativa.

—Tenías razón en lo de que haría amigas. Adoro a Belle. Y lord y lady Worth han sido de lo más amables. Supongo que no sabía lo que me perdía viviendo tan aislada en Stannage Park.

Él le dio una palmadita en la mano enguantada.

—Estupendo.

—Pero echo de menos Cornualles —continuó ella, en tono apesadumbrado—. Sobre todo el aire limpio y los campos verdes.

—Y a Rufus.

—Y a Rufus.

—¿Pero estás contenta de haber venido?

Diciendo eso se detuvo. Sin darse cuenta, había retenido la respiración; tanto le importaba que la respuesta de ella fuera afirmativa.

—Sí —dijo ella, pasado un momento—. Sí, creo que sí.

Él sonrió amablemente.

—¿Sólo lo crees?

—Tengo miedo, Dunford.

La miró fijamente.

—¿De que, Hen?

—¿Y si hago el ridículo? ¿Y si hago algo inaceptable sin siquiera saberlo?

—No lo harás.

—Pero podría. Sería muy fácil.

—Hen, Caroline y Belle han dicho que avanzas a pasos agigantados. Ellas saben muchísimo acerca de la sociedad. Si dicen que estás preparada para hacer tu presentación, te aseguro que estás preparada.

—Me han enseñado muchísimo, Dunford. Sin duda. Pero es imposible que me enseñen todo en dos semanas. Y si hago algo mal...

Se le cortó la voz y sus grandes ojos plateados brillaron de temor.

Sintió unos deseos terribles de cogerla en sus brazos, apoyar el mentón en su cabeza y asegurarle que todo iría bien, pero estaban en un jardín público, así que tuvo que contentarse con decir:

—¿Qué pasará si haces algo mal, diablilla? ¿Se derrumbará el mundo? ¿Nos caerá el cielo encima? Creo que no.

—No te tomes esto a la ligera, por favor —dijo ella, con los labios temblorosos.

—No me lo tomo a la ligera, sólo quiero decir...

—Lo sé —interrumpió ella, con la voz llorosa—. Lo que pasa es que... bueno, ya sabes que no sé muy bien cómo ser una chica, y si hago algo mal, eso te desprestigiará a ti. Y a lady Worth, a Belle y a toda su familia, y han sido tan buenos conmigo, y...

—Para, Henry —le suplicó él—. Simplemente sé tú misma. Todo irá bien, te lo prometo.

Ella lo miró. Pasado un rato, que a él le pareció una eternidad, asintió, por fin.

—Si tú lo dices. Me fío de ti.

Dunford sintió que algo le daba un vuelco en el interior y luego caía en su lugar al mirar las plateadas profundidades de sus ojos. Se le sentía irremediablemente atraído hacia ella, y no deseaba otra cosa que rozar sus labios rosados con el pulgar, y prepararlos para besarla.

—¿Dunford?

El dulce sonido de su voz lo sacó de su ensoñación. Se apresuró a reanudar la marcha, caminando tan rápido que ella casi tenía que correr para continuar a su lado. Maldita sea, se dijo, acusándose. No la había traído a Londres para poder continuar seduciéndola.

—¿Cómo va tu nuevo guardarropa? —preguntó bruscamente—. Veo que llevas uno de los vestidos que compramos en Cornualles.

Henry tardó un rato en contestar, desconcertada por el repentino cambio del paso de Dunford.

—Muy bien. Madame Lambert está haciendo los últimos ajustes. La próxima semana ya deberían estar listos la mayoría.

—¿Y tus estudios?

—No sé si a eso se le puede llamar estudios. No me parece una tarea terriblemente noble memorizar títulos, rangos y el orden de preferencia. Supongo que alguien tiene que saber que los hijos menores de marqueses tienen un rango inferior al de los hijos mayores de condes, pero no veo por qué ese alguien tiene que ser yo. —Se obligó a esbozar una sonrisa para animarle—. Aunque a ti podría interesarte que los barones tienen un rango superior al del presidente de la Cámara de los Comunes, pero no al de los hijos de marqueses, ni mayores ni menores.

—Puesto que mi rango era inferior al de ellos cuando era un simple señor Dunford —contestó él, agradeciendo que la conversación hubiera vuelto a lo banal—, no me torturaré pensando que siguen estando por encima de mí, por así decirlo.

—Pero cuando te encuentres con el presidente de la Cámara de los Comunes debes adoptar un aire de arrogancia señorial —le aconsejó ella, sonriendo.

—Tontorrona.

—Lo sé. Tal vez debería aprender a comportarme con más seriedad.

—No conmigo, espero. Me gustas tal como eres.

Henry sintió la familiar sensación de vértigo.

—Pero aún me quedan muchas cosas que aprender —dijo, mirándolo de reojo.

—¿Como qué?

—Belle dice que necesito aprender a coquetear.

—Esta Belle —masculló él.

—Esta mañana practiqué un poco con su marido.

—¿Qué?

—No fue en serio —se apresuró a añadir—. Y no lo habría hecho si no fuera evidente que está locamente enamorado de Belle. Me pareció una oportunidad sin riesgos para poner a prueba mis habilidades.

—No practiques con hombres casados —dijo él, severo.

—Tú no estás casado.

—¿Y qué diablos significa eso?

Ella miró hacia el escaparate de la tienda por la que pasaban y tardó un poco en contestar.

—Ah, no sé. Supongo que significa que debería practicar contigo.

—¿Lo dices en serio?

—Ah, vamos, Dunford, sé buena persona. ¿Me harías el favor de enseñarme a coquetear?

—Yo diría que lo haces muy bien sola —masculló él.

—¿Tú crees? —preguntó ella, con la cara henchida de verdadero placer.

A él reaccionó inmediatamente al ver la radiante alegría de su expresión, y se ordenó no volver a mirarla. Nunca más.

Pero ella le estaba tironeando la manga, resuelta a no aceptar la negativa.

—¿Me podrías enseñar? ¿Por favor?

—Bueno, de acuerdo —suspiró él, consciente de que eso era de lo más desaconsejable.

—Ah, espléndido. ¿Por dónde comenzamos?

—Hoy hace un hermoso día —dijo él, no del todo capaz de poner sentimiento en las palabras.

—Sí, está precioso, pero creí que íbamos a concentrarnos en coquetear.

Él la miró y al instante deseó no haberla mirado; sus ojos siempre se las arreglaban para bajar hasta sus labios.

Hizo una brusca inspiración.

—Casi siempre los coqueteos comienzan con las banalidades de una conversación educada.

—Ah, comprendo. Muy bien. Comencemos otra vez, por favor.

Él hizo una inspiración profunda.

—Hoy hace un hermoso día.

—Ah, pues sí, hace desear pasar un tiempo al aire libre, ¿no te parece?

—Estamos al aire libre, Henry.

—Quería simular que estamos en un baile —explicó ella—. ¿Y podemos entrar en el parque? Tal vez logremos encontrar un banco para sentarnos.

Él torció a laderecha y entraron en silencio en Green Park.

—¿Podemos comenzar otra vez? —preguntó ella.

—Hasta el momento no hemos progresado mucho.

—Tonterías. Seguro que lo lograremos una vez que comencemos. Ahora bien, acabo de decir que el día hace desear estar al aire libre.

—Sin duda.

—Dunford, no me lo pones fácil.

Llegaron a un banco y se sentó, dejándole espacio a su lado. La doncella se quedó discretamente debajo de un árbol a unas diez yardas de distancia.

—No quiero ponértelo fácil. No deseo hacer esto.

—Supongo que ves la necesidad de que yo sepa conversar con caballeros. Venga, ayúdame y trata de entrar en el espíritu de la tarea.

Dunford apretó las mandíbulas. Ella iba a tener que entender que no debía provocarlo demasiado. Curvó los labios en una semi sonrisa pícara. Si era coqueteo lo que quería, pues coqueteo tendría.

—Muy bien, deja que comience de nuevo.

Ella sonrió encantada.

—Eres hermosa cuando sonríes.

A ella el corazón le cayó a los pies. No logró decir ni una sola palabra.

—El coqueteo exige dos personas —dijo él, con voz ronca, burlona—. Van a creer que eres boba si no sabes qué decir.

—Gr-gracias, milord —dijo ella, acicateando su osadía—. Eso es sin duda un cumplido, viniendo de usted.

—¿Y qué quieres decir con eso, si se puede saber?

—No es ningún secreto que es usted un experto en mujeres, milord.

—Has estado cotilleando acerca de mí.

—No, en absoluto. Pero no es culpa mía que tu conducta te haga un frecuente tema de conversación.

—¿Qué has dicho? —preguntó él, en tono glacial.

—Las mujeres se te tiran encima, he oído. Por qué no te has casado con una de ellas, es algo que ignoro.

—Eso no es de tu incumbencia, tesoro.

—Ah, pero no puedo evitar hacerme preguntas.

—Jamás permitas que un hombre te llame tesoro.

A ella le llevó un segundo darse cuenta de que él se había salido de su personaje.

—Pero es que eres tú, Dunford —dijo, en un tono de lo más apaciguador.

Eso lo hizo sentirse como si fuera un pobre viejo enfermo.

—Soy tan peligroso como el resto —dijo en tono duro.

—¿Para mí? Pero si eres mi tutor.

Si no hubieran estado en un parque público, le habría dado un buen achuchón para demostrarle lo peligroso que podía ser; era increíble lo mucho que lo provocaba. De repente estaba intentando ser el tutor sabio y severo y luego tenía que intentar refrenarse para no seducirla.

—Muy bien —dijo ella, mirando recelosa su airada expresión—. ¿Qué te parece si digo «Uy, señor, no debe llamarme tesoro»?

—Es un comienzo, pero si da la casualidad de que tienes un abanico en la mano, te insto encarecidamente a metérselo en el ojo a ese granuja.

Se alegró depercibir aquella nota de posesividad en su voz.

—Pero dado que en estos momentos no estoy en posesión de un abanico, ¿qué hago si un caballero no hace caso de mi aviso verbal?

—Pues debes echar a correr en la dirección contraria, inmediatamente.

—Pero, pongamos por caso..., digamos que estoy arrinconada. O tal vez en el centro de un salón de baile atestado y no quiero armar una escena. Si tú estuvieras coqueteando con una damita y ella acaba de decirte que no la llames tesoro, ¿qué harías?

—La complacería en su deseo y le daría las buenas noches —contestó él, arrogante.

—¡No harías eso! —dijo ella, sonriendo traviesa—. Eres un libertino terrible, Dunford. Belle me lo ha dicho.

—Belle habla demasiado —masculló él.

—Simplemente me estaba aconsejando acerca de los caballeros con los que debo estar en guardia. Y cuando nombró a los libertinos —se encogió de hombros delicadamente—, tú eras de los primeros de la lista.

—Qué detalle.

—Claro que tú eres mi tutor —dijo ella, amablemente—, así que no quedará arruinada mi reputación si me ven contigo. Y eso es una suerte, por cierto, porque me encanta tu compañía.

—Yo diría, Henry —dijo él muy lento y calmado—, que no necesitas mucha más práctica en coqueteo.

Ella sonrió alegremente.

—Eso lo tomaré como un cumplido, viniendo de ti. Tengo entendido que eres un maestro en el arte de la seducción.

Sus palabras lo irritaron.

—Pero yo creo que eres demasiado optimista —continuó ella, con la cara increíblemente seria—. Tal vez sí necesito un poco más de práctica, para que me dé la seguridad en mí misma para enfrentar a la alta sociedad en mi primer baile. Tal vez podría probar con el hermano de Belle. No tardará en terminar sus estudios en Oxford, me han dicho, y volverá a Londres a pasar la temporada.

En opinión de Dunford, el hermano de Belle, Ned, todavía era bastante inexperto, pero estaba bien encaminado para convertirse en un libertino. Y estaba el molesto detalle de que era extraordinariamente guapo, dotado con los mismos pasmosos ojos azules de Belle y su maravillosa estructura ósea. Por no decir nada de la inconveniencia de que estaría viviendo bajo el mismo techo que su protegida.

—No, Henry —advirtió, con la voz muy ronca—. No creo que debas practicar tus ardides femeninos con Ned.

—¿No? —exclamó ella alegremente—. A mí me parece la opción perfecta.

—Sería muy peligroso para tu salud.

—¿Qué quieres decir con eso? No logro ni imaginarme que el hermano de Belle me pueda hacer algún daño.

—Pero yo sí.

—¿Tú? —exclamó ella, sorprendida—. ¿Qué me harías?

—Si crees que voy a contestar esa pregunta quiere decir que eres tonta, o estás loca.

Henry agrandó los ojos.

—Ah, caramba.

—Ah, caramba, sí. —La miró a los ojos, con insistencia—. Quiero que me hagas caso. Te vas a mantener alejada de Ned Blydon, te vas a mantener alejada de los hombres casados y te vas a mantener alejada de todos los hombres de la lista de Belle.

—¿De ti también?

—De mí no, por supuesto —ladró él—. Soy tu tutor, maldita sea.

Cerró firmemente la boca, sin poder creer que se había descontrolado hasta el punto de maldecir ante ella.

Pero Henry no pareció fijarse en su lenguaje.

—¿De «todos» los libertinos?

—De todos.

—Entonces ¿a quién puedo intentar conquistar?

Dunford abrió la boca con la intención de decir una lista de nombres pero, sorprendido, comprobó que no se le ocurría ninguno.

—Tiene que haber alguno —lo animó ella.

Él la miró furioso, pensando que nada le gustaría más que borrarle de la cara esa expresión animosa. O, mejor aún, borrarla con un beso.

—No me digas que tendré que pasar toda la temporada sólo contigo como acompañante —dijo ella.

Le resultó difícil, pero consiguió que el tono no delatara sus deseos.

Dunford se levantó bruscamente y echó a caminar, llevándola casi a rastras.

—Encontraremos a alguien. Mientras tanto, volvamos a casa.

No habían dado tres pasos cuando oyeron una voz que llamaba a Dunford. Henry se volvió y vio a una mujer extraordinariamente elegante, extraordinariamente bien vestida y extraordinariamente bella caminando hacia ellos.

—¿Una amiga tuya?

—Lady Sarah-Jane Wolcott.

—¿Otra de tus conquistas?

—No —repuso él malhumorado.

Henry no tardó en ver el destello predador en los ojos de la mujer.

—Le gustaría serlo.

Él se volvió a mirarla.

—¿Qué has dicho?

Lady Wolcott la salvó de contestar llegando hasta ellos. Dunford la saludó e hizo las presentaciones.

—¿Una protegida? —gorjeó lady Wolcott—. Qué encantador.

¿Encantador?, deseó repetir Henry, pero mantuvo bien cerrada la boca.

—Qué absolutamente paternal por tu parte —continuó lady

Wolcott, tocándole el brazo a Dunford, de una manera bastante sugerente, en opinión de Henry.

—No sé si yo lo llamaría paternal —contestó Dunford, amablemente—, pero sí ha sido una nueva experiencia.

Lady Wolcott se relamió.

—Ah, no me cabe duda. No se corresponde en absoluto con tu estilo. Normalmente eres dado a actividades más atléticas... y masculinas.

Henry estaba tan furiosa que le pareció una maravilla no ponerse a sisear; sin querer había flexionado los dedos formando «garras», deseando arañarle la cara a esa mujer.

—Puedes estar segura, lady Wolcott, que encuentro muy instructivo mi papel de tutor.

—¿Instructivo? Bah, qué lata. Te cansarás muy pronto. Ven a verme cuando te aburras. Seguro que podremos encontrar maneras de entretenernos.

Dunford exhaló un suspiro. Normalmente se habría sentido tentado de aceptar ese descarado ofrecimiento, pero tenía a Henry a su lado, así que repentinamente sintió la necesidad de optar por la moralidad.

—Dime, ¿cómo está lord Wolcott?

—Chocheando en Dorset, como siempre. La verdad es que no tiene ninguna importancia aquí en Londres.

Diciendo esto dirigió una última seductora sonrisa a Dunford, obsequió a Henry con una zalamera inclinación de la cabeza, y se alejó.

—¿Así es como debo comportarme? —preguntó, incrédula.

—De ninguna manera.

—Entonces...

—Simplemente sé tú misma —dijo él, secamente—. Sé tú misma y mantente alejada de...

—Lo sé, lo sé. Alejada de los hombres casados, de Ned Blydon y de los libertinos de todas las variedades. Ahora sé bueno y dime si se te ocurre alguno más que deba añadir a la lista.

Dunford la miró enfurruñado.

Henry sonrió todo el camino de vuelta a casa.

Capítulo 13

*U*na semana después, Henry estaba lista para ser presentada en sociedad. Caroline había decidido que haría su aparición en el baile anual de los Lindworthy. Era una fiesta muy concurrida, le explicó, así que si tenía un éxito clamoroso, todo el mundo lo sabría. A su pregunta «¿Y si soy un lamentable fracaso?», Caroline le sonrió y le dijo que no pensara que eso era muy importante, añadiendo: «Entonces podrás perderte en la multitud».

Muy sensato, pensó Henry.

La noche del baile Belle se presentó para ayudarla a vestirse. Habían elegido un vestido de seda blanca entretejida con hilos de plata.

Mientras la ayudaba a ponérselo, junto con la doncella, le comentó:

—Tienes mucha suerte, ¿sabes? Las damitas debutantes deben vestir de blanco, pero a muchas el blanco les sienta fatal.

—¿Y a mí? —preguntó Henry, reflejando terror en los ojos.

Deseaba verse perfecta, tan perfecta como fuera posible al menos, con los dones que Dios le había dado, los que fueran. Deseaba angustiosamente demostrarle a Dunford que podía ser el tipo de mujer que deseaba a su lado en Londres. Tenía que demostrarle, y demostrarse a sí misma, que podía ser algo más que una vulgar campesina.

—A ti no —la tranquilizó Belle—. Mi madre no te habría permitido comprar este vestido si no te quedara maravillosamente encantador. Mi prima Emma se puso un vestido violeta para su debut. Eso escandalizó a algunas personas, pero, como decía mi madre, el color blanco le da un tono amarillento. Es mejor desafiar la tradición que parecer un tarro de mostaza.

Henry asintió mientras Belle le abrochaba los botones de la espalda. Intentó volverse para mirarse en el espejo, pero Belle se lo impidió poniéndole suavemente la mano en el hombro.

—Todavía no. Espera hasta que puedas ver el efecto total.

La doncella de Belle, Mary, pasó la hora siguiente peinándola, haciéndole bucles y rizos aquí y dándole unos tirones allá. Mientras tanto Henry esperaba en sufriente suspenso. Finalmente Belle le puso unos pendientes de diamantes en las orejas y un collar a juego en el cuello.

—¿De quién son? —preguntó Henry, sorprendida.

—Míos.

Al instante se llevó las manos a las orejas para quitarse los pendientes.

—Ah, pues, no podría.

Belle le bajó las manos.

—Claro que puedes.

—¿Y si los pierdo?

—No los perderás.

—Pero ¿y si los pierdo?

—Entonces la culpa será mía por habértelos prestado. Ahora cállate y échale una mirada a nuestra obra de arte.

Sonriendo, la hizo volverse en la banqueta hacia el espejo.

Henry se miró en pasmado silencio.

—¿Esa soy yo? —susurró.

Los ojos parecían destellarle al mismo tiempo que los diamantes, y la cara resplandecía de inocentes promesas. Mary le había recogido el pelo en un moño flojo alto, dejándole algunos mechones sueltos que enmarcaban seductoramente el óvalo de su cara. Esos cabellos brillaban como oro a la luz de las velas, dándole un aspecto etéreo.

—Te ves mágica —dijo Belle, sonriendo.

Henry se puso lentamente de pie, todavía sin poder creer que la imagen que reflejaba el espejo fuera la de ella. Los hilos de plata del vestido captaban la luz cuando se movía, y al caminar por la habitación toda ella brillaba y destellaba, con el aspecto de no ser del todo de este mundo, como si fuera algo demasiado precioso para tocarlo. Hizo una respiración profunda para relajarse, para dominar las embriagadoras emociones que sentía. Hasta ese momento no sabía, jamás había ni soñado que pudiera sentirse hermosa. Y se sentía. Se sentía como una princesa, como una princesa de cuento de hadas con el mundo a sus pies. Podría conquistar Londres, podría deslizarse por el suelo con más elegancia aún que esas mujeres que tenían patines en lugar de pies. Podría reírse y bailar hasta el alba. Sonriendo, se abrazó. Podría hacer cualquier cosa.

Incluso creyó que podría lograr que Dunford se enamorara de ella. Y esa era la sensación más embriagadora de todas.

El hombre que ocupaba sus pensamientos estaba en ese momento esperando abajo, acompañado por John, el marido de Belle, y el buen amigo de ambos Alexander Ridgely, duque de Ashbourne.

—Así pues, dime, Dunford, ¿quién es esta jovencita a la que debo servir de paladín esta noche? —estaba diciendo Alex, haciendo girar un poco de whisky en su vaso—. ¿Y cómo te las arreglaste para tener una protegida?

—Venía con el título. A decir verdad, eso me sorprendió más que la baronía, he de decir. Por cierto, gracias por venir a prestar tu apoyo. Henry no ha estado fuera de Cornualles desde que tenía unos diez años, y la aterraba la perspectiva de ser presentada en sociedad.

Al instante Alex se imaginó una señorita sumisa y retraída.

—Haré lo que pueda —dijo, suspirando.

John captó su expresión y sonrió de oreja a oreja.

—Te gustará esta chica, te lo garantizo.

Alex arqueó una ceja.

—En serio —dijo John. Decidió hacerle a Henry el mayor cumplido del mundo diciendo que le recordaba a Belle, pero entonces recordó que estaba hablando con un hombre que estaba tan enamorado de su mujer como él de la suya, así que dijo—: Se parece bastante a Emma. Estoy seguro que esas dos se van a llevar a las mil maravillas.

—Vamos, por favor —bufó Dunford—, no se parece en nada a Emma.

—Lo siento por ella, entonces —dijo Alex.

Dunford lo miró molesto.

—¿Por qué crees que no se parece en nada a Emma? —le preguntó John.

—Si la hubieras visto en Cornualles lo sabrías. Siempre vestía pantalones, y administraba una granja, por el amor de Dios.

—Encuentro difícil discernir tu tono —comentó Alex—. ¿Dices eso para que la admire o la desprecie?

Eso le ganó otra mueca de Dunford.

—Simplemente sonríe aprobador cuando la mires y sácala a bailar una o dos veces. Por mucho que detestes cómo te mima la sociedad, no me importa aprovechar tu posición para asegurarle el éxito.

—Lo que quieras —dijo Alex afablemente, pasando por alto el comentario cáustico de su amigo—. Aunque no te creas que hago esto por ti. Emma me dijo que me cortaría la cabeza si no ayudaba a Belle con su protegida.

—Y bien que debes —dijo Belle alegremente, entrando en el salón en una nube de seda azul.

—¿Dónde está Henry? —preguntó Dunford.

—Aquí —contestó Belle haciéndose a un lado para dejar entrar a su amiga.

Los tres hombres miraron a la joven que estaba en la puerta, y los tres vieron cosas distintas.

Alex vio a una damita bastante atractiva con un notable aire de vitalidad en sus ojos plateados.

John vio a la mujer que le caía bien y había llegado a admirar tremendamente esa semana pasada, que se veía bastante atractiva y adulta con un vestido nuevo y el peinado.

Dunford vio a un ángel.

—Buen Dios, Henry —exclamó, avanzando un paso hacia ella sin darse cuenta—. ¿Qué te ha ocurrido?

A ella se le demudó la cara.

—¿No te gusta? Belle me dijo…

—¡No! —interrumpió él, con la voz algo áspera—. O sea sí, quiero decir que estás maravillosa.

—¿Seguro? Porque podría cambiarme…

—No te cambies nada —dijo él, severo.

Ella lo miró, consciente de que tenía el corazón en los ojos, pero sin poder hacer nada para evitarlo. De pronto Belle interrumpió el momento, diciendo risueña:

—Henry, tengo que presentarte a mi primo.

Henry pestañeó y miró hacia el hombre de pelo negro y ojos verdes que estaba al lado de John. Era magnéticamente guapo, observó, con bastante objetividad, pero ni siquiera lo había visto cuando entró en el salón. No había podido ver a nadie aparte de Dunford.

—Señorita Henrietta Barret —dijo entonces Belle—, permíteme que te presente al duque de Ashbourne.

Alex le cogió la mano y se la besó con delizadeza.

—Encantado de conocerla, señorita Barret —dijo tranquilamente, echándole una mirada traviesa a Dunford, que acababa de caer en la cuenta de que había hecho el ridículo al mostrar su admiración de aquella manera—. No tan encantado como nuestro amigo Dunford, pero encantado de todas maneras.

A ella le bailaron los ojos y por su cara se extendió una ancha sonrisa.

—Por favor, llámeme Henry, excelencia…

—Todo el mundo la llama así —terminó Dunford.

Ella se encogió de hombros.

—Es cierto. A excepción de lady Worth.

—Henry —dijo Alex, como si quisiera probar el sonido—. Te sienta bien, me parece. Más que Henrietta, sin duda.

—No creo que Henrietta le siente bien a nadie —contestó ella.

Entonces lo obsequió con una sonrisa descarada, y al instante Alex comprendió por qué Dunford se estaba enamorando sin remedio de la chica. Tenía carácter, y aunque ella aún no lo sabía, era hermosa; Dunford no tenía ni la menor posibilidad.

—Supongo que no —dijo—. Mi mujer está esperando a nuestro primer hijo para dentro de dos meses. Tendré que encargarme de que no le ponga Henrietta si es niña.

—Ah, sí —exclamó Henry, como si acabara de recordar algo importante—. Está casado con la prima de Belle. Debe de ser encantadora.

La mirada de Alex se dulcificó.

—Lo es. Espero que tengas la oportunidad de conocerla. Le vas a caer muy bien.

—Ni la mitad de bien de lo que me caerá ella, sin duda, puesto que tuvo la sensatez de casarse con usted. —Le echó una osada mirada a Dunford—. Ah, pero, por favor, perdone que haya dicho eso, excelencia. Dunford ha insistido en que no hable con hombres casados.

Como para ilustrarlo, retrocedió un paso.

Alex se echó a reír.

—Ashbourne está permitido —dijo Dunford, con un ligero gemido.

—Espero que a mí no me hayas dejado fuera de la lista —dijo John.

Henry miró interrogante a su asediado tutor.

—John también está permitido —dijo, en tono ya algo irritado.

—Mis felicitaciones, Dunford —dijo Alex, limpiándose las lágrimas de risa—. Predigo que tendrás un clamoroso éxito en tus manos. Los pretendientes van a echar la puerta abajo.

Si a Dunford le agradó la declaración de su amigo, no hizo nada para demostrarlo.

Henry sonrió de oreja a oreja.

—¿De verdad lo cree? Debo confesar que sé muy poco sobre alternar con la alta sociedad. Caroline me ha dicho que a veces soy demasiado franca.

—Justamente por eso vas a ser éxito —dijo Alex, en tono tranquilizador.

—Deberíamos ponernos en camino —interrumpió Belle—. Mis padres ya han salido y les dije que nos pondríamos en marcha muy pronto. ¿Vamos todos en un solo coche? Yo creo que podremos acomodarnos.

—Henry irá conmigo en mi coche —dijo Dunford tranquilamente, cogiéndola del brazo—. Hay unas cuantas cosas que quiero hablar con ella antes que se presente.

Acto seguido la llevó hasta la puerta y salieron juntos del salón.

Tal vez fue mejor para él, porque así no vio las tres sonrisas idénticas de diversión dirigidas a su espalda.

—¿De qué querías hablarme? —preguntó ella, una vez el coche se puso en marcha.

—De nada. Se me ocurrió que podría gustarte tener unos momentos de paz antes de que lleguemos a la fiesta.

—Eso ha sido muy considerado, milord.

—Vamos, por el amor de Dios —gruñó él—. No me llames milord.

—Sólo ha sido para practicar.

Guardaron un rato de silencio.

—¿Estás nerviosa?

—Un poco. Aunque tus amigos son encantadores y me hacen sentir cómoda.

Él le dio una palmadita en la mano, paternal.

—Estupendo.

Ella sintió el calor de su mano a través de los guantes, y deseó prolongar el contacto. Pero no sabía cómo hacerlo, así que hizo lo que hacía siempre cuando sus emociones se acercaban demasiado a la superficie: esbozó una amplia sonrisa, y luego le dio una palmadita en la mano.

Dunford apoyó la espalda en el respaldo pensando que Henry tenía que ser maravillosamente dueña de sí misma para embromarlo de esa manera cuando estaba a punto de hacer su presentación en sociedad. Entonces ella se apartó y se asomó a la ventanilla para ver pasar la ciudad. Él le miró el perfil, observando con curiosidad que le había desaparecido de los ojos la expresión alegre y confiada. Estaba a punto de preguntarle acerca de eso cuando ella se lamió los labios.

El corazón le dio un vuelco en el pecho.

Jamás se habría imaginado que Henry se transformaría tanto con dos semanas en Londres; jamás se imaginó que la descarada chica de campo se convertiría en esa mujer seductora, aunque igualmente descarada. Deseó acariciarle el cuello, deslizar la mano por el borde del escote bordado, meter los dedos para explorar el calor que había debajo...

Se estremeció, muy consciente de que sus pensamientos estaban llevando a su cuerpo en una dirección incómoda. Se estaba enterando, dolorosamente, de que empezaba a quererla condenadamente demasiado, y no de la manera como debe querer un tutor a su pupila.

Sería muy fácil seducirla. Tenía el poder para hacerlo, y aun cuando ella se asustó aquella vez, no creía que intentara detenerlo otra vez. Podría bañarla de placer; ella ni se enteraría de cómo había empezado.

Volvió a estremecerse, como si ese movimiento físico pudiera refrenarlo de deslizarse por el asiento y dar el primer paso hacia su objetivo. No la había traído a Londres para seducirla, se dijo. Santo Dios, pensó, irónico, ¿cuántas veces había tenido que repetirse eso esas semanas? Pero era cierto, y ella tenía el derecho a conocer a todos los solteros convenientes de Londres. Él tendría que hacerse a un lado y dejarla relacionarse.

Era ese maldito instinto caballeroso. La vida sería mucho más sencilla si su honor no se entrometiera siempre cuando se trataba de esa chica.

Henry se volvió a mirarlo y entreabrió ligeramente los labios, sorprendida por la dura expresión que ensombrecía su rostro.

—¿Qué ocurre? —preguntó en voz baja.

—Nada —repuso él.

—Estás molesto conmigo.

—¿Por qué habría de estar molesto contigo? —replicó él, algo bruscamente.

—Pues hablas como si estuvieras molesto conmigo.

—Estoy molesto conmigo mismo —suspiró él.

—¿Y eso por qué? —preguntó ella, con la preocupación estampada en la cara.

Dunford se maldijo para sus adentros. ¿Qué podía decir? ¿Estoy molesto porque deseo seducirte? ¿Estoy molesto porque hueles a limón y me muero por saber por qué? ¿Estoy molesto porque…?

—No hace falta que digas nada —dijo ella, percibiendo claramente que él no deseaba hablar de sus sentimientos—. Simplemente deja que te distraiga.

Dunford notó la excitación.

—¿Te cuento lo que nos ocurrió a Belle y a mí ayer? Fue de lo más divertido. Fue… No, veo que no deseas escuchar.

—Eso no es cierto —se obligó a decir él.

—Fuimos al salón de té Hardiman y… No estás escuchando.

—Siií, te escucho —insistió él, componiendo una expresión más simpática.

Ella le observó y continuó hablando.

—Entonces entró una señora que tenía el pelo totalmente verde…

Dunford no hizo ningún comentario.

—No estás escuchando.

—Estaba —protestó él, pero al ver la expresión dudosa de ella, reconoció, con sonrisa infantil—: No, no te estaba escuchando.

Ella le sonrió, no con su descarada sonrisa a la que se había acostumbrado, sino con una de absoluta diversión, bella por su naturalidad.

Él la miró extasiado, embelesado. Sin darse cuenta se inclinó hacia ella.

—Deseas besarme —musitó ella, con expresión maravillada.

Dunford negó con la cabeza.

—Sí, lo deseas. Lo veo en tus ojos. Me estás mirando como siempre deseo mirarte yo y no sé hacerlo, y…

Él le puso un dedo en los labios.

—Chss.

—No me importaría —musitó.

Se le aceleró la sangre. Ella estaba apenas a tres dedos de distancia, una visión en seda blanca, y le daba permiso para besarla, permiso para hacer lo que ansiaba hacer.

Le quitó el dedo de la boca y al bajarlo se le quedó en el lleno labio inferior.

—Por favor —rogó ella.

—Esto no significa nada —musitó él.

—No, nada —dijo ella, negando con la cabeza.

Le cogió la cara entre las manos.

—Vas a ir al baile, vas a conocer a caballeros simpáticos...

—Lo que tú digas —asintió ella.

—Te harán la corte... es posible que te enamores.

Ella guardó silencio. La cara de él estaba muy cerca.

—Y vivirás feliz para siempre.

—Eso espero —dijo ella.

Pero las palabras quedaron ahogadas por los labios de él, que la besó con tantas ansias y ternura que ella creyó que igual estallaría de amor. Él volvió a besarla y luego otra vez, muy suave, con las manos en sus mejillas. Ella gimió su nombre y él introdujo la lengua por entre sus labios, sin poder resistirse a la tentación.

Ese contacto más íntimo destrozó totalmente su autodominio, y su último pensamiento racional fue que no debía deshacerle el peinado. Bajó las manos por su espalda, apretándola, disfrutando del calor de su cuerpo.

—Uy, Henry —gimió—. Oooh, Hen.

Percibió la aceptación de ella y pensó que era realmente un sinvergüenza. Si no hubieran estado en el coche que iba de camino hacia el primer baile de ella, tal vez no habría tenido la fuerza de voluntad para parar, pero dada la situación... Santo Dios, no debía deshonrarla. Deseaba darle la oportunidad de que disfrutara de todo.

No se le ocurrió pensar que tal vez para ella eso era disfrutar de todo.

Con la respiración dificultosa, hizo un esfuerzo para apartar los labios pero sólo consiguió apartarlos de su boca y continuó por la barbilla; tenía la piel tan suave y cálida que no pudo resistir la tentación de dejarle una estela de besos hasta la oreja. Finalmente consiguió apartarse, detestándose por aprovecharse de ella de esa manera. Le colocó las manos en los hombros, para mantenerse a esa distancia, pero comprendiendo que cualquier contacto entre ellos era potencialmente explosivo, retiró las manos, se deslizó por el asiento y luego se trasladó al asiento del frente.

Henry se tocó los labios, sin entender que él se había apartado porque apenas dominaba su deseo. ¿Por qué se había alejado tanto? Claro que él había hecho lo correcto al interrumpir el beso, pero ¿no podría haberse quedado a su lado y por lo menos tenerle cogida la mano?

—Esto no ha significado nada —dijo, intentando bromear, aunque la voz se le quebró.

—Por tu bien, es mejor que no.

¿Qué quería decir con eso?, pensó ella, y se maldijo por no tener el valor para preguntárselo.

—Debo estar hecha un desastre —dijo, y notó que la voz le temblaba.

—El peinado está muy bien —contestó él rotundamente—. Tuve cuidado de no despeinarte.

Que él pudiera hablar del beso con esa indiferencia fría, aséptica, fue como un jarro de agua helada.

—No, claro, no querrías arruinar mi reputación la noche de mi primer baile.

Todo lo contrario, pensó él, sarcástico, deseaba muchísimo arruinar su reputación, deshonrarla una y otra vez. Sintió deseos de reírse de la justicia casi poética de su situación; después de dos años de perseguir mujeres y luego diez de conseguir que ellas lo persiguieran a él, lo había derrotado una jovencita inocente de Cornualles a la que estaba obligado a proteger. Santo Dios, como tutor era su deber sagrado mantenerla casta y pura para su futuro marido, a quien, por cierto, debía ayudarla a buscar y elegir. Negó con la cabeza, como para reafirmar el severo recordatorio de que ese incidente no debía repetirse.

Henry lo vio negar con la cabeza y creyó que esa era la respuesta a su comentario de que él no deseaba arruinar su reputación, y la humillación la indujo a añadir:

—No, no debo hacer nada que dañe mi reputación. La consecuencia podría ser que no cazara un marido, y ese es el objetivo de esta temporada, ¿verdad?

Lo miró de reojo; él no la estaba mirando y tenía tan tensas las mandíbulas que se le ocurrió que igual se le podrían romper los dientes. O sea que estaba molesto, ¡estupendo! Molestia ni siquiera se acercaba a lo que sentía ella. Se echó a reír, desesperada, y siguió hablando:

—Dijiste que yo podía volver a Cornualles si quería, pero los dos sabemos que eso es mentira, ¿verdad?

Dunford volvió la cara y la miró, pero ella no le dio la oportunidad de hablar.

—Una temporada tiene una sola finalidad —empezó diciendo Henry, elevando la voz—, y es conseguir que la dama se case y quitársela de encima. En este caso, supongo que esa es tu responsabilidad; aunque parece que no haces muy bien la tarea de cumplir con ella.

—Henry, cállate.

—Ah, muy bien, milord. Me callaré. Seré una señorita recatada y decorosa. No querría ser nada menos que la debutante ideal. No permita Dios que estropee mis posibilidades de hacer un buen matrimonio. Vamos, igual podría cazar a un vizconde.

—Si tienes suerte —masculló él entre dientes.

Ella se sintió como si le hubiera dado una bofetada. Ah, claro que sabía que el principal objetivo de él era casarla, pero de todos modos le dolía muchísimo oírselo decir.

—Tal vez no me case —dijo, intentando un tono desafiante, aunque sin conseguirlo del todo—. No tengo por qué, ¿sabes?

—Es de esperar que no sabotees adrede tus posibilidades de encontrar un marido sólo por fastidiarme.

Ella se puso rígida.

—No te tengas en tan alta estima, Dunford. Tengo cosas más importantes en qué pensar que en fastidiarte.

—Qué suerte la mía —dijo él con voz ronca.

—Eres odioso. Odioso y... y odioso.

—Qué vocabulario.

Henry sintió arder las mejillas, de vergüenza y furia.

—Eres un hombre cruel, Dunford. ¡Un monstruo! Ni siquiera sabes por qué me besaste. ¿He hecho algo que te haga odiarme? ¿Querías castigarme?

No, contestó la atormentada mente de él, deseaba castigarme yo.

—No te odio, Henry —contestó en un suspiro.

Pero no me amas tampoco, deseó gritar ella. No me amas, y eso me duele muchísimo. ¿Tan horrorosa era? ¿Había algo malo en ella? ¿Algo que lo indujera a degradarla besándola con tanta pasión pero sólo por...? Santo Dios, no se le ocurría ningún motivo. Estaba claro que él no sentía el mismo tipo de pasión que ella. Cuando habló de su cabello lo hizo con tanta frialdad e indiferencia...

Ahogó una exclamación, de absoluta humillación, al darse cuenta de que tenía los ojos llenos de lágrimas. Se apresuró a desviar la cara y se las limpió, sin importarle que le mancharan los finos guantes de cabritilla.

—Vamos, Hen —dijo él, con voz compasiva—. No...

—¿No qué? ¿Que no llore? Qué amable al pedirme eso.

Se cruzó de brazos, sublevada, y recurrió a toda su férrea voluntad para secarse todas las lágrimas que pudiera derramar. Pasado más o menos un minuto, notó que recuperaba cierta apariencia de normalidad.

Y justo a tiempo, porque en ese mismo instante el coche se detuvo y Dunford dijo con la mayor naturalidad:

—Hemos llegado.

Ella no deseaba otra cosa que volver a casa.

Hacer todo el camino de vuelta a Cornualles.

Capítulo 14

*H*enry mantuvo muy en alto la cabeza cuando Dunford la ayudó a bajar del coche. Casi se le partió el corazón cuando la mano de él tocó la de ella, pero estaba aprendiendo a evitar que las emociones se reflejaran en su cara. Si por casualidad él la miraba vería que estaba totalmente serena, sin un asomo de aflicción o rabia, pero sin un asomo de felicidad tampoco.

Acababan de apearse cuando se detuvo detrás el coche de los Blackwood. Henry observó a John ayudar a bajar a Belle. Esta corrió hacia ella sin molestarse en esperar a que bajara Alex.

—¿Qué te pasa? —le preguntó al verla tan tensa, algo impropio de ella.

—Nada —mintió Henry.

Pero Belle detectó lque no decía la verdad.

—Es evidente que te pasa algo.

—No me pasa nada, de verdad. Sólo estoy nerviosa.

Belle dudaba bastante que Henry se hubiera puesto tan nerviosa durante ese corto trayecto en coche. Echó una mirada fulminante a Dunford, pero él se volvió y se puso a conversar con John y Alex.

—¿Qué te ha hecho? —le preguntó a Henry, furiosa.

—¡Nada!

Belle la miró con una expresión que indicaba que no le creía ni por un instante.

—Bueno, de todos modos será mejor que te serenes inmediatamente, antes de que entremos.

—Estoy serena. Creo que nunca en mi vida había estado más serena.

Belle le cogió las manos y se las apretó.

—Entonces des-serénate. Henry, nunca te había visto la mirada tan falta de vida. Siento tener que decírtelo así, pero es cierto. No tienes nada que temer. Encantarás a todo el mundo. Simplemente sé tú misma. —Pensó un momento—. A excepción de las maldiciones.

Henry esbozó una temblorosa sonrisa.

—Y evita hablar de los trabajos de la granja —añadió Belle—, en especial de esa parte sobre el cerdo.

Henry notó que le volvía la chispa a los ojos.

—Uy, Belle, te adoro. Eres muy buena amiga.

—Tú me lo pones fácil —contestó Belle, apretándole otra vez las manos con cariño—. ¿Estás preparada? Estupendo. Vas a entrar acompañada por Dunford y Alex. Eso nos va a asegurar que causes sensación. Antes de que Alex se casara los dos eran los caballeros más solicitados del país.

—Pero si Dunford ni siquiera tenía un título.

—Eso no importaba, las damas lo deseaban de todas maneras.

Henry lo entendía muy bien. Pero él no la deseaba a ella; al menos no de modo permanente. La recorrió una nueva oleada de humillación al mirarlo. De repente sintió una avasalladora necesidad de demostrarse que era digna de amor aun cuando él no estuviera de acuerdo. Levantó un pelín el mentón y esbozó una sonrisa radiante.

—Estoy preparada, Belle. Voy a pasarlo maravillosamente bien.

Belle pareció algo desconcertada por su repentina vehemencia.

—Entremos, entonces. ¡Dunford, Alex, John! Estamos listas para entrar.

De mala gana los caballeros interrumpieron la conversación y Henry se encontró flanqueada por Dunford y Alex. Se sentía terriblemente pequeña; los dos medían más de un metro ochenta y los hombros bastante anchos. Iba a ser la envidia de todas las damas presentes en el salón; no había conocido a muchos hombres de la alta sociedad, pero era de suponer que no abundaban los que poseyeran la virilidad de los tres que la acompañaban.

Entraron y se pusieron a la cola a esperar que el mayordomo los anunciara. Sin darse cuenta ella se fue acercando cada vez más a Alex, alejándose de Dunford. De pronto Alex se inclinó a susurrarle:

—¿Te encuentras bien, Henry? Ya falta poco para que nos anuncien.

Ella se volvió a mirarlo con la misma asombrosa sonrisa con que acababa de obsequiar a Belle.

—Estoy perfectamente, excelencia. Perfectamente. Voy a impresionar a Londres. Tendré a la alta sociedad a mis pies.

Dunford la oyó y se tensó, acercándola más a él.

—Cuidado con lo que haces, Henry —le susurró en tono cortante—. No te haría ningún bien hacer tu entrada colgada del brazo de Ashbourne. Es de conocimiento público que adora a su mujer.

—No te preocupes —contestó ella, dirigiéndole una sonrisa forzada—. No te dejaré en evidencia. Y te prometo que dejaré de ser tu protegida tan pronto como sea posible. Me las arreglaré para que me hagan más de diez proposiciones de matrimonio; la próxima semana si puedo.

Alex tenía una idea bastante aproximada de lo que ocurría, y sonrió con satisfacción. No era tan honorable que no disfrutara de los celos de Dunford.

—¡Lord y lady Blackwood! —entonó el mayordomo con voz retumbante.

Henry sintió que contenía la respiración. Ellos eran los siguientes.

Alex le dio un travieso codazo.

—Sonríe —le susurró.

—¡Su excelencia el duque de Ashbourne! ¡Lord Stannage! ¡Señorita Henrietta Barret!

Se hizo un silencio en el salón. Henry no era tan ilusa ni tan vanidosa como para creer que la gente se había quedado sin habla por su incomparable belleza, pero sí sabía que todos se morían por echarle una mirada a la damita que se las había arreglado para llegar a su presentación en sociedad del brazo de dos de los hombres más deseables de Gran Bretaña.

Los cinco se abrieron paso hasta donde estaba Caroline, asegurando más aún el éxito de Henry al proclamar ante el mundo que estaba apoyada por la influyente condesa de Worth.

A los pocos minutos Henry ya estaba rodeada por chicas y chicos, todos deseosos de conocerla. Los jóvenes tenían curiosidad por saber quién era la desconocida y cómo se las había arreglado para captar la atención de Dunford y de Ashbourne (aún se ignoraba que era la pupila de Dunford); y las jóvenes tenían más curiosidad aún, por los mismos motivos.

Henry reía y coqueteaba, hacía bromas y brillaba. Recurriendo a su fuerza de voluntad, consiguió alejar a Dunford de su cabeza. Se imaginaba que cada hombre que conocía era Alex o John, y cada mujer era Belle o Caroline, y ese engaño mental le permitía relajarse y ser ella misma, y al hacer eso las personas le tomaban simpatía inmediatamente.

—Es una brisa de aire fresco —declaró lady Jersey, sin importarle en lo más mínimo que su comentario fuera tan manido.

Dunford la oyó y trató de sentirse orgulloso, pero no consiguió que esto superara la irritante posesividad que sentía cada vez que un joven dandi se inclinaba a besarle la mano. Y eso no era nada comparado con las horribles punzadas de celos que lo acometían cada vez que ella le sonreía a uno de los muchos hombres no tan jovencitos y más experimentados que formaban parte del grupo que la rodeaba.

En ese momento Caroline la estaba presentando al conde de Billington, hombre que normalmente le caía bien y al que respetaba. Henry le sonrió con la misma sonrisa descarada con que le sonreía a él; tomó nota mental de no venderle a Billington el purasangre árabe tras el que había ido toda la primavera.

—Veo que tu pupila ha hecho toda una conquista.

Dunford volvió la cabeza y se encontró mirando a lady Sara-Jane Wolcott.

—Lady Wolcott —saludó, inclinando indolente la cabeza.

—Vaya éxito.

—Sí.

—Debes de sentirte orgulloso.

Él consiguió hacer un seco gesto de asentimiento.

—He de decir que no lo habría predicho —dijo lady Wolcott—. No es que no sea atractiva —se apresuró a añadir—. Pero su estilo no es el habitual.

Dunford clavó en ella una mirada letal.

—¿En apariencia o en personalidad?

Sara-Jane era absolutamente estúpida o no había visto el brillo de furia en sus ojos.

—En las dos cosas, supongo. Es algo atrevida, ¿no te parece?

—No, no me lo parece.

Ella sonrió con malicia.

—Ah. Bueno, seguro que muy pronto todos comprenderán eso.

Frunció los labios y se alejó.

Dunford volvió la cabeza hacia Henry otra vez. ¿De verdad era atrevida? Sin duda tenía una risa vibrante; él siempre había tomado eso como señal de una persona feliz y encantadora, pero otro tipo de hombre podría interpretarlo como una invitación. Fue a situarse al lado de Alex, desde donde podría vigilarla mejor.

Mientras tanto Henry había conseguido convencerse de que lo estaba pasando de miedo. Al parecer todos la encontraban muy atractiva y graciosa, y para una mujer que se ha pasado la mayor parte de su vida sin amistades esa es una combinación francamente embriagadora. El conde de Billington le prestaba una atención especial y por las miradas que recibía ella comprendió que él no era dado a hacerle la corte a jovencitas debutantes. Ella lo encontraba bastante atractivo y simpático, y por la cabeza le pasó la idea de que si había más hombres como él igual podría encontrar a uno con el que pudiera ser feliz. Tal vez incluso el conde. Daba la impresión de que era inteligente y aunque tenía el pelo castaño rojizo, sus cálidos ojos castaños le recordaban los de Dunford.

No, pensó, eso no debía constar a favor del conde.

Pero claro, rectificó, para ser justa, no debía ser necesariamente algo en contra.

—¿Cabalga, señorita Barret? —le estaba preguntando el conde.

—Claro que sí, al fin y al cabo me crié en una granja.

Belle tosió.

—¿Sí? No tenía idea.

Henry decidió no hacer surgir a Belle.

—En Cornualles. Pero ¿qué interés puede tener para usted saber de mi granja? Debe de haber miles iguales. ¿Y usted cabalga? —preguntó, con una sonrisa traviesa jugueteando en sus ojos: sabía muy bien que todos los caballeros montan a caballo.

Billington se rió.

—¿Podría tener el placer de salir a caballo con usted por Hyde Park uno de estos días?

—Oh, no podría hacer eso.

—Estoy desolado, señorita Barret.

—Ni siquiera sé su nombre —continuó Henry, con la cara iluminada por una sonrisa—. No podría de ninguna manera quedar para ir a cabalgar con un hombre al que sólo conozco como «el conde». Es terriblemente amedrentador, ¿sabe? siendo solo una «señorita». Estaría temblando por temor a ofenderle.

Billington se echó a reír a carcajadas. Le hizo una elegante reverencia.

—Charles Wycombe, señora, a su servicio.

—Me encantaría ir a cabalgar con usted, lord Billington.

—¿Quiere decir que después de presentarme va a seguir llamándome lord Billington?

Henry ladeó la cabeza.

—No le conozco muy bien, lord Billington; sería terriblemente indecoroso por mi parte llamarle Charles, ¿no le parece?

—No, no me lo parece —contestó él, sonriendo indolente.

Ella sintió un agradable calorcillo que la invadía, parecido, aunque no idéntico, a lo que sentía cuando Dunford le sonreía. Pensó que le gustaba más esta sensación; era la sensación agradable de ser deseada, apreciada, tal vez amada, pero con Billington lograba conservar cierto dominio de sí misma. Cuando Dunford decidía obsequiarla con una de sus sonrisas, era como si cayera por una cascada.

Lo sentía cerca de ella. Miró hacia la izquierda. Ahí estaba, tal como imaginaba; él inclinó la cabeza, socarrón. Henry sintió que se estremecía y por un momento le pareció que no podía respirar. Entonces su mente retomó el mando y resueltamente volvió la mirada a lord Billington.

—Me alegra saber su nombre de pila, aun cuando no tengo la intención de emplearlo —le dijo, ofreciéndole una discreta sonrisa—; porque es difícil pensar en usted como «el conde».

—¿Significa eso que va a pensar en mí como Charles?

Ella hizo un delicado encogimiento de hombros.

En ese momento Dunford decidió que era mejor intervenir. Billington daba la impresión de no desear otra cosa que coger a Henry de la mano, llevarla al jardín y ahí besarla hasta dejarla sin sentido, deseo, por lo demás, desagradablemente fácil de comprender. En tres rápidos pasos estuvo a su lado y pasó el brazo por el de ella de un modo muy posesivo.

—Billington —saludó, con toda la simpatía que logró poner en su voz, que no fue mucha, tuvo que reconocer.

—Dunford. Tengo entendido que eres el responsable de presentar en la sociedad a esta encantadora criatura.

Dunford asintió.

—Soy su tutor, sí.

La orquesta tocó las primeras notas de de un vals. Dunford bajó la mano por el antebrazo de Henry y le cogió la muñeca.

Billington hizo otra reverencia ante Henry.

—¿Me concede el honor de este baile, señorita Barret?

Henry abrió la boca para contestar, pero Dunford se le adelantó:

—La señorita Barret ya me ha prometido este baile.

—Ah, sí, como a su tutor, claro.

Esas palabras del conde lo hicieron desear arrancarle los pulmones y eso que Billington era su amigo. Apretó las mandíbulas y resistió los deseos de gruñir. ¿Qué diablos iba a hacer cuando hombres que apenas conociera empezaran a cortejarla?

Henry frunció el ceño, irritada.

—Pero…

Él aumentó considerablemente la presión de la mano en su muñeca y tuvo que guardar silencio.

—Ha sido un placer conocerle, lord Billington —dijo, con sincero entusiasmo.

Él le hizo una cortés reverencia.

—Un gran placer, efectivamente.

—Si nos disculpas —dijo Dunford a Billington, enfurruñado, y condujo a Henry hacia la pista de baile.

—Tal vez yo no desee bailar contigo —dijo ella entre dientes.

Él arqueó una ceja.

—No tienes otra opción.

—Para ser un hombre tan empeñado en casarme, lo estás haciendo muy bien ahuyentando a mis pretendientes.

—No he ahuyentado a Billington. Créeme, mañana se presentará a tu puerta con flores en una mano y chocolates en la otra.

Henry sonrió soñadora, principalmente para irritarlo. Cuando llegaron a la pista de baile cayó en la cuenta de que la orquesta estaba tocando un vals. Todavía era un baile relativamente nuevo y las debutantes no debían bailarlo sin la aprobación de las principales señoras mayores de la sociedad. Se detuvo bruscamente.

—No puedo —dijo—. No tengo permiso.

—Caroline se encargó de eso —dijo él.

—¿Estás seguro?

—Si no comienzas a bailar conmigo dentro de un segundo, te voy a coger por la fuerza en mis brazos y voy a armar un escena que...

Henry se apresuró a poner la mano en su hombro.

—No te entiendo, Dunford —dijo, una vez que él comenzó a hacerla girar por la pista.

—¿No? —preguntó, con la expresión sombría.

Ella lo miró a los ojos. ¿Qué quería decir con eso?

—No —contestó con tranquila dignidad—. No te entiendo.

Él aumentó la presión en su espalda, sin poder resistir la tentación de sentir en la palma su blando cuerpo. Demonios, ni siquiera él se entendía.

—¿Por qué todos nos miran? —preguntó ella en un susurro.

—Porque, querida mía, estás de moda. Eres la Incomparable de esta temporada. Supongo que te das cuenta de eso.

El tono y la expresión de él la hicieron ruborizarse de furia.

—Podrías intentar sentirte un poco feliz por mí. Creía que la finalidad de este viaje era darme cierto refinamiento social. Ahora que lo tengo, no lo soportas.

—Eso está más lejos de la verdad que cualquier otra cosa que haya oído.

—Entonces ¿por qué...?

Se interrumpió, no sabía cómo hacer la pregunta que tenía en el corazón.

Advirtiendo que la conversación se dirigía a aguas peligrosas, él se apresuró a desviarla.

—Billington tiene fama de ser un muy buen partido —dijo secamente.

—¿Casi tan bueno como tú? —preguntó ella, burlona.

—Mejor, me imagino. Pero te aconsejaría que anduvieras con pie de plomo con él. No es un joven dandi al que puedas enrollarte en el dedo.

—Justamente por eso me cae tan bien.

Él aumentó aún más la presión de la mano en su cintura.

—Si bromeas mucho con él podrías encontrarte obteniendo lo que te buscas.

A ella se le endurecieron los ojos plateados.

—Sabes que no he bromeado con él.

Él se encogió de hombros, desdeñoso.

—La gente comenta.

—No es cierto. Lo sé. Belle me lo habría dicho.

—¿En qué momento habría tenido oportunidad de decirte algo? ¿Antes o después de que lo coquetearas para que te dijera su nombre de pila?

—Eres horrendo, Dunford. No sé qué te ha pasado, pero ya no me gustas mucho.

Curiosamente, él tampoco se gustaba mucho. Y se gustó menos aún cuando le dijo:

—Vi cómo lo mirabas, Henry. Como me has dirigido antes a mí de esa manera, sé lo que significa. Él cree que lo deseas, y no sólo para casarte con él.

—Cabrón —susurró ella, intentando apartarse.

Él la retuvo con fuerza.

—Ni se te ocurra dejarme solo en medio de la pista de baile.

—Te dejaría en el infierno si pudiera.

—No me cabe duda —dijo él tranquilamente—, y sé que a su tiempo conoceré al diablo. Pero mientras esté aquí en la tierra, bailarás conmigo, y lo harás con una sonrisa en la cara.

—Sonreír no es parte del trato —dijo ella, acalorada.

—¿Y qué trato sería ese, Hen?

Ella entrecerró los ojos.

—Uno de estos días, Dunford, vas a tener que decidir si te gusto o no, porque, francamente, no puedes esperar que adivine de qué humor vas a estar. De repente eres el hombre más bueno que conozco y al siguiente eres el mismo demonio.

—«Bueno» es una palabra muy sosa.

—Yo en tu lugar no me preocuparía por la palabra, porque no es ese el adjetivo que emplearía para describirte en este momento.

—Te aseguro que eso no me causa palpitaciones.

—Dime, Dunford, ¿qué es lo que te hace ser tan horrendo algunas veces? Esta noche antes de venir aquí estabas encantador —se le entristecieron los ojos—, tan amable al decirme lo guapa que estaba...

Él pensó sarcástico que estaba mejor que «guapa», y que esa era la causa del problema.

—Me hiciste sentir como una princesa, como un ángel. Y ahora...

—Y ahora ¿qué? —preguntó él en voz baja.

Ella lo miró francamente a los ojos.

—Ahora intentas hacerme sentir como una puta.

Dunford se sintió como si le hubieran dado un puñetazo, pero disimuló; se lo merecía.

—Eso es el sufrimiento del deseo insatisfecho —confesó.

Ella equivocó el paso.

—¿Queeeé?

—Me has oído. Es imposible que no te hayas dado cuenta de que te deseo.

Se ruborizó y tragó saliva, nerviosa, pensando si sería posible que las quinientas personas presentes en la fiesta no notaran su azoramiento.

—Hay una diferencia entre deseo y amor, milord, y no aceptaré una cosa sin la otra.

—Como quieras.

Terminó la música y él se inclinó en una elegante reverencia.

Antes que Henry tuviera tiempo para reaccionar, se perdió de vista entre la multitud. Entonces, guiándose por el instinto, se abrió paso hasta el final del salón, con la intención de encontrar un tocador para poder estar sola un momento y recuperar la serenidad. Pero entonces le salió al paso Belle, diciéndole que le quería presentar a unas cuantas personas.

—¿Podrías esperar unos minutos? Necesito ir al tocador. Creo..., creo que tengo un pequeño roto en el vestido.

Belle sabía con quién había estado bailando Henry, y supuso que algo iba mal.

—Te acompañaré —dijo, dejando consternado a su marido.

Él se sintió impulsado a preguntarle a qué se debía que las damas siempre necesitaban ir al tocador de dos en dos.

Alex se encogió de hombros.

—Creo que es uno de los grandes misterios de la vida. Para empezar, le tengo terror a descubrir qué ocurre exactamente en esos lugares.

—Ahí es donde guardan los buenos licores —dijo Belle.

—Eso lo explica, entonces. Ah, por cierto, ¿alguien ha visto a Dunford? Necesito preguntarle una cosa. —Miró a Henry—. ¿No acabas de bailar con él?

—No tengo la menor idea de dónde está.

Belle sonrió con gesto altivo.

—Hasta dentro de un rato, Alex, John. —Miró a Henry—: Sígueme. Sé el camino.

Echó a andar por el límite del salón, con extraordinaria velocidad, y sólo se detuvo a coger dos copas de champán de una bandeja. Le ofreció una a Henry.

—Ten. Podríamos necesitarlas.

—¿En el tocador?

—¿Sin hombres alrededor? Es el lugar perfecto para un brindis.

—No me apetece mucho celebrar nada.

—Lo sé, pero unos traguitos de champán podrían ser justo lo que necesitas.

Salieron a un corredor y Belle guió a Henry hasta una pequeña sala iluminada por media docena de velas. Una de las paredes estaba cubierta por un espejo. Belle cerró la puerta y echó la llave.

—Muy bien, ¿qué pasa? —preguntó enérgicamente.

—Nad...

—Y no digas «nada» porque no te creeré.

—Belle...

—Tendrás que decírmelo, porque soy horriblemente fisgona y siempre lo descubro todo, tarde o temprano. Si no me crees, pregúntalo a mi familia. Ellos serán los primeros en confirmártelo.

—Sólo es la excitación y el nerviosismo de la fiesta.

—Es Dunford.

Henry desvió la vista.

—Para mí es muy obvio que estás bastante enamorada de él —dijo Belle francamente—, así que sé sincera.

Henry volvió la cabeza y la miró.

—¿Los demás lo saben? —preguntó, en un susurro que era más o menos una combinación de terror y humillación.

—No, creo que no —mintió Belle—. Y si lo saben, seguro que todos aplauden para animarte.

—No sirve de nada. Él no me desea.

Belle arqueó las cejas; había visto cómo miraba Dunford a Henry cuando creía que nadie lo estaba mirando.

—Ah, pues, yo creo que sí te desea.

—Lo que quise decir es que no… no me ama.

—Ese interrogante siempre está abierto a debate —dijo Belle, con expresión pensativa—. ¿Te ha besado?

El rubor de Henry bastó como respuesta.

—¡O sea que te ha besado! Me lo imaginaba. Esa es una muy buena señal.

—Yo creo que no —dijo Henry. Bajó los ojos y miró el suelo; en esas dos semanas se habían hecho muy buenas amigas, pero nunca habían hablado con tanta franqueza—. Él… mmm… esto…

—¿Qué?

—Después de besarme se cambió al asiento de enfrente, como si no quisiera tener nada que ver conmigo. Ni siquiera me cogió la mano.

Belle tenía mucha más experiencia que Belle, y al instante comprendió que Dunford temía perder su autodominio. No entendía muy bien por qué intentaba portarse de modo tan honorable con Henry. Cualquier tonto era capaz de ver que hacían una pareja perfecta. Una pequeña indiscreción antes del matrimonio se pasaba por alto con mucha facilidad.

—Los hombres son unos idiotas —declaró finalmente, y bebió un sorbo de champán.

—¿Perdón?

—No sé por qué la gente insiste en creer que las mujeres somos inferiores a los hombres cuando para mí está clarísimo que ellos son más imbéciles que nosotras.

Henry la miró sin entender.

—Fíjate en esto: Alex intentó convencerse de que no estaba enamorado de mi prima sólo porque creía que no deseaba casarse. Y John, bueno, esto es más estúpido aún, intentó alejarme porque se le había metido en la cabeza que algo ocurrido en su pasado lo hacía indigno de mí. Es evidente que Dunford tiene un motivo igualmente idiota para intentar mantenerte a distancia.

—Pero ¿por qué?

—Si supiera eso tal vez sería primer ministro. La mujer que por fin entienda a los hombres gobernará el mundo, créeme. A no ser…

—¿A no ser qué?

—No puede ser esa apuesta.

—¿Qué apuesta?

—Hace unos meses —miró a Henry como pidiendo disculpas— le aposté a Dunford que estaría casado antes de que acabara el año.

—¿Sí?

Belle tragó saliva, incómoda.

—Creo que le dije que estaría casado, bien atado, esposado y encantado.

—¿Y me hace sufrir así debido a una «apuesta»? —dijo Henry, elevando bastante la voz en la última palabra.

—Podría no ser la apuesta —se apresuró a decir Belle, comprendiendo que no había mejorado la situación.

—Me gustaría retorcerle el cogote —dijo Henry, y subrayó la frase acabándose el resto del champán.

—Procura no hacerlo aquí en el baile.

Henry se irguió en toda su estatura, y se puso las manos en las caderas.

—No te preocupes. No quiero darle la satisfacción de saber que me importa.

Diciendo eso salió del cuarto.

Belle se mordió el labio, nerviosa, mirándola salir. A Henry le importaba eso muchísimo.

Capítulo 15

*D*unford se había ido sigiloso a la sala de juego, donde empezó a ganar una asombrosa cantidad de dinero en el veintiuna real, aunque no gracias a sus habilidades; Dios sabía lo difícil que le resultaba tener la mente puesta en el juego.

Ya llevaban varias manos cuando apareció Alex.

—¿Os importa si me uno a vosotros?

—No, en absoluto —dijo Dunford, encogiéndose de hombros.

Los otros movieron sus sillas para dejarle espacio al duque.

—¿Quién va ganando? —preguntó Alex.

—Dunford —contestó lord Tarryton—. Muy diestramente.

Dunford volvió a encogerse de hombros, con una expresión de desinterés.

Alex bebió un trago de whisky mientras le daban las cartas y luego miró su carta sin girarla. Mirando a Dunford de reojo, dijo:

—Tu Henry ha resultado ser todo un éxito.

—No es «mi» Henry —dijo Dunford a la defensiva.

—¿La señorita Barret no es tu pupila? —preguntó lord Tarryton.

Dunford lo miró y asintió secamente.

—Dame otra carta.

Tarryton se la dio pero no antes de decir:

—No me soprendería que Billington intentara competir por esa chica.

—Billington, Farnsworth y unos cuantos más —dijo Alex, con su sonrisa más afable.

—¿Ashbourne? —dijo Dunford, con la voz más fría que el hielo.

—¿Dunford?

—Cállate.

Alex reprimió una sonrisa y pidió otra carta.

—Lo que no entiendo —estaba diciendo lord Symington, hombre de pelo canoso de unos cincuenta y cinco años— es por qué nunca nadie ha sabido nada de ella. ¿Quién es su familia?

—Creo que ahora Dunford es «su familia» —dijo Alex.

—Es de Cornualles —contestó Dunford, sin añadir más, mirando su par de cincos con expresión de aburrimiento—. Antes vivía en Manchester.

—¿Tiene dote? —preguntó Symington.

Dunford no supo qué decir. Ni se le había ocurrido pensar en eso. Vio que Alex lo miraba con expresión interrogante, con una ceja arqueada en gesto arrogante. Sería muy fácil decir que no, que Henry no tenía dote. Al fin y al cabo era la verdad, Carlyle no le había dejado ni un céntimo.

Las posibilidades de hacer un matrimonio ventajoso se reducirían considerablemente.

Dependería de él para siempre.

Y eso era condenadamente atractivo.

Exhaló un suspiro, maldiciéndose otra vez por su asqueroso impulso de hacerse el héroe.

—Sí —suspiró.

—Bueno, eso es conveniente para la muchacha —dijo Symington—. Claro que tal vez no tendría mucho problema sin dote. Una suerte para ti, Dunford. Las pupilas suelen ser asuntos condenadamente molestos. Yo tengo una y llevo tres años intentando deshacerme de ella. Por qué Dios inventó a las parientas pobres no lo sabré jamás.

Dunford se concentró en hacer como que no lo había oído y giró su carta: un as.

—Veintiuno —dijo, en un tono monótono, como si no lo entusiasmara en lo más mínimo ganar casi mil libras.

Alex se echó hacia atrás, con una ancha sonrisa.

—Esta debe de ser tu noche de suerte.

Dunford arrastró hacia atrás su silla, se levantó y guardó despreocupadamente en el bolsillo las apuestas de los demás jugadores.

—En efecto —dijo con voz cansada dirigiéndose a la puerta que daba al salón de baile—. La maldita noche más afortunada de mi vida.

Henry decidió cautivar por lo menos tres corazones más antes de marcharse, y lo consiguió sin dificultad. Era muy fácil; ¿por qué nunca se había dado cuenta de lo fácil que era manejar a los hombres?

Es decir, a la mayoría de los hombres; a los hombres que no deseaba.

Estaba girando en la pista de baile, llevada por el vizconde Haverly, cuando vio a Dunford. El corazón le doi un salto, se equivocó en el paso y sólo entonces logró recordar que estaba furiosa con él.

Pero cada vez que Haverly la hacía girar, ahí estaba Dunford, apoyado indolentemente en una columna, de brazos cruzados. La expresión de su cara no invitaba a nadie a acercársele a entablar conversación. Se veía terriblemente sofisticado con su traje negro, insoportablemente arrogante y muy masculino.

Sus ojos la seguían, los párpados semientornados, su mirada indolente, una mirada que le provocaba involuntarios estremecimientos de placer.

Terminó el baile y se inclinó en una respetuosa reverencia. Haverly la imitó.

—¿La llevo de vuelta a su tutor? Veo que está ahí —ofreció.

Se le ocurrieron mil motivos para negarse: que tenía una pareja para el próximo baile y estaba en el otro lado del salón; que tenía sed y deseaba ir a buscar un vaso de limonada, que necesitaba hablar con Belle, etcétera, pero al final se limitó a asentir, pues al parecer había perdido la capacidad de hablar.

—Aquí la tienes, Dunford —dijo Haverly sonriendo amablemente dejando a Henry a su lado—. O tal vez debería llamarte Stannage ahora. Creo que has heredado un título.

—Dunford sigue estando bien —contestó él, con tanta cortesía que Haverly se apresuró a tartamudear una despedida y se alejó.

—No tenías por qué ahuyentarlo así —dijo Henry, ceñuda.

—¿No? Parece que estás coleccionando un número inverosímil de galanes.

—Sabes que no me he portado de modo inconveniente —replicó ella, con las mejillas rojas de furia.

—Habla más bajo, diablilla, vas a llamar la atención.

Henry pensó que podría echarse a llorar al oírlo emplear su apodo amistoso de esa manera tan despectiva.

—¡No me importa! No me importa. Sólo deseo...

—¿Qué deseas? —preguntó él, en voz baja, intensa.

Ella negó con la cabeza.

—No lo sé.

—Yo diría que «no» deseas llamar la atención. Eso podría poner en peligro tu objetivo de convertirte en la bella reina de la temporada.

—Tú eres el que la pone en peligro, ahuyentando así a mis pretendientes.

—Mmm. Entonces tendré que corregir el daño hecho, ¿no?

Ella lo miró recelosa, sin poder discernir sus motivos.

—¿Qué deseas, Dunford?

—Ah, sólo bailar contigo. —Le cogió del brazo, preparándose para llevarla de vuelta a la pista—. Aunque sólo sea para parar cualquier antipático cotilleo de que no nos llevamos bien.

—Es que no nos llevamos bien. Ya no al menos.

—De acuerdo —repuso él, irónico—, pero nadie tiene por qué saberlo, ¿verdad?

La cogió en sus brazos, pensando qué demonio lo había impulsado a bailar con ella otra vez. Era un error, lógicamente, tal como era un error cualquier contacto físico prolongado con ella, lo que sólo podía llevarlo a un intenso y terrible deseo.

Y ese deseo iba avanzando implacablemente, pasando de su cuerpo a su alma.

Pero el deseo de tocarla, sentirla, era demasiado grande para resistirlo. El vals le daba la ocasión de estar cerca de ella lo suficiente para oler ese enloquecedor aroma a limón, así que lo aspiró como si fuera a salvarle la vida.

Empezaba a quererla, ella empezaba a importarle mucho; eso ya lo sabía. Deseaba tenerla cogida de «su» brazo en esas reuniones sociales, no alternando y coqueteando con todos los dandis, petimetres y corintios de Londres. Deseaba embarrarse en los campos de Stannage Park llevándola cogida de la mano. Deseaba acercársele más, justo en ese momento, y besarla hasta dejarla atontada de deseo.

Pero ella ya no lo deseaba solamente a él. Debería haberla cogido al vuelo antes de presentarla a la alta sociedad, porque ahora ella ya había probado el éxito y lo estaba saboreando. Los hombres se aglomeraban a su alrededor y ella comenzaba a comprender que podía elegir marido a su gusto. Y él, pensó tristemente, le había ofrecido la diversión de ser cortejada por muchos hombres antes de haber hecho un serio intento de ganarse su mano.

Cerró los ojos, agobiado por algo semejante a la pena; no estaba acostumbrado a negarse nada, al menos nada que deseara realmente. Y deseaba realmente a Henry.

Mientras tanto ella observaba las emociones que iban pasando por su cara, y sentía cada vez más temor. Él parecía enfadado, como si tener que sostenerla así para bailar fuera un horroroso trabajo. Con el orgullo herido, hizo acopio del valor que le quedaba y le miró decidida.

—Sé de qué va todo esto, ¿sabes?

Él abrió los ojos.

—¿De qué va qué?

—Esto. Tu manera de tratarme.

La música llegó a su fin y él la llevó a sentarse en un banco desocupado en un rincón donde podrían continuar la conversación en relativa intimidad.

—¿Cómo te trato? —preguntó al fin, temiendo la respuesta.

—De una manera horrorosa. Peor que horrorosa. Y sé por qué.

Él se rió, sin poder evitarlo.

—¿Sí, lo sabes? —preguntó, con la voz ronca.

—Sí, lo sé —contestó ella, maldiciéndose porque empezaba a tartamudear—. Es por esa maldita apuesta.

—¿Qué apuesta?

—Sabes cuál. La que hiciste con Belle.

Él la miró sin entender.

—¡Que no te casarás! —estalló ella, dolida de que la amistad entre ellos hubiera llegado a eso—. Le apostaste mil libras a que no te casarías.

—Sí —dijo él, vacilante, sin captar su lógica.

—No quieres perder esas mil libras casándote conmigo.

—Por Dios, Henry, ¿crees que ese es el motivo?

La incredulidad se reflejó en su cara, en su voz, en la postura de su cuerpo. Deseó decirle que encantado pagaría mil libras por tenerla; pagaría cien mil libras si fuera necesario. Ni siquiera había pensado en la maldita apuesta desde hacía más de un mes, ni una sola vez desde que la conoció y ella le volvió la vida del revés. Buscó palabras, sin saber muy bien qué decir para arreglar el desastre de esa noche.

Ella estaba a punto de llorar, no de tristeza sino de vergüenza, de humillación y de furia. Al detectar incredulidad en su voz, comprendió, o mejor dicho «supo», que él no la quería en absoluto. Incluso la amistad entre ellos parecía haber desaparecido en el espacio de esa noche. No eran las mil libras las que lo frenaban. Era una estúpida por haber soñado siquiera que él la rechazaba por algo tan idiota como una apuesta.

No, él no había estado pensando en la apuesta. Ningún hombre podría haber fingido la sorpresa que ella vio en él y oyó en su voz. Él la rechazaba simplemente porque quería hacerlo, simplemente porque no la deseaba. Lo único que deseaba era verla casada y segura, lejos de él, de su responsabilidad, fuera de su vida.

—Si me disculpas —dijo con la voz ahogada, levantándose para alejarse—. Tengo que cautivar unos cuantos corazones más esta noche. Me gustaría completar una docena.

Él la observó abrirse paso entre la gente hasta que se perdió de vista, sin imaginarse ni por un instante que ella iría directamente al tocador de señoras, cerraría la puerta con llave y se pasaría la siguiente media hora en la más triste soledad.

Los ramos de flores comenzaron a llegar temprano esa mañana: rosas de todos los colores, lirios, tulipanes importados de Holanda. Llenaron el salón de la casa Blydon y comenzaron a llenar el vestíbulo. El olor era tan penetrante que lo impregnaba todo y hasta la cocinera protestó porque no lograba oler la comida que estaba preparando.

Henry había tenido un gran éxito.

Ella despertó bastante temprano esa mañana; es decir, temprano en relación a los demás miembros de la familia; cuando estuvo preparada para bajar ya era casi mediodía. Y cuando entró en el comedor, la sorprendió ver a un joven desconocido de pelo color caoba sentado a la mesa. Se detuvo en seco, sobresaltada por su presencia, hasta que él levantó la vista y la miró con unos ojos de un azul tan vivo que al instante comprendió que tenía que ser el hermano de Belle.

—Usted debe de ser Ned —dijo, curvando los labios en una sonrisa de bienvenida.

Él arqueó una ceja y se levantó.

—Lo siento, pero no recuerdo su nombre.

—Ah, perdone, señorita Henrietta Barret —dijo ella tendiéndole una mano.

Él la tomó y la miró un momento, como intentando decidir si debía besársela o estrechársela. Finalmente se la besó.

—Es un inmenso placer conocerla, señorita Barret, aunque debo confesar que me desconcierta su presencia aquí a una hora tan temprana.

—Me alojo aquí —explicó ella—. Su madre es mi protectora esta temporada.

Él le retiró una silla para que se sentara.

—¿Sí? Entonces me imagino que va a ser un éxito aplastante.

Ella lo obsequió con una alegre sonrisa y se sentó.

—Aplastante.

—Ah, sí. Usted debe de ser el motivo de los ramos de flores que vi en el vestíbulo.

Ella se encogió de hombros.

—Me sorprende que su madre no lo haya informado de mi presencia. O Belle. Belle me ha hablado muchísimo de usted.

Él entrecerró los ojos y el corazón se le cayó a los pies, al ver convertidas en volutas de humo sus esperanzas de coquetear con esa chica.

—¿Se ha hecho amiga de Belle?

—Ah, sí. Es la mejor amiga que he tenido en mi vida. —Se puso unas cucharadas de huevos revueltos en el plato—. Espero que esto no se haya enfriado mucho.

—Se los calentarán —dijo él, agitando una mano.

Henry tomó un bocado, vacilante.

—Están bien.

—¿Qué le ha dicho Belle de mí?

—Que es usted muy simpático, por supuesto, es decir, la mayor parte del tiempo, y que se está esforzando muchísimo en adquirir fama de libertino.

Ned se atragantó con la tostada.

—¿Se siente mal? ¿Le sirvo otro poco de té?

—Estoy bien —resolló él—. ¿Le dijo «eso»?

—Me pareció que era exactamente el tipo de comentario que podría hacer una hermana acerca de su hermano.

—En efecto.

—Espero no haberle estropeado ninguno de sus planes para conquistarme —dijo Henry alegremente—. No es que tenga una opinión muy elevada de mi belleza o mi semblante para que me imagine que todos deseen conquistarme. Simplemente pensé que usted podría estar considerándolo por comodidad.

—¿Comodidad? —repitió él, sin entender.

—Al ver que estoy viviendo bajo su techo.

—Oiga, señorita Barret...

—Henry —interrumpió ella—. Por favor, llámeme Henry, todo el mundo me llama así.

—Henry —musitó él—. Claro que tenían que llamarla Henry.

—Me sienta mejor que Henrietta, ¿verdad?

—Creo que sí —dijo él, con mucho sentimiento.

Ella tomó otro bocado.

—Su madre insiste en llamarme Henrietta, aunque eso sólo se debe a que su padre se llama Henry. Pero usted iba a decir algo.

Él pestañeó.

—¿Sí?

—Sí, me parece que dijo «Oiga, señorita Barret» y entonces yo lo interrumpí para decirle que me llamara Henry.

Él volvió a pestañear, tratando de recordar lo que había estado pensando.

—Ah, sí, creo que le iba a preguntar si alguien le ha dicho que es muy franca.

Ella se rió.

—Ah, todo el mundo.

—No sé por qué eso no me sorprende.

—A mí tampoco me sorprende nunca. Dunford vive diciéndome que la sutileza tiene sus ventajas, pero yo nunca he logrado verlas.

Al instante se maldijo por haberlo introducido a «él» en la conversación. No deseaba hablar de él, y ni siquiera pensar en él.

—¿Conoce a Dunford?

Ella terminó un bocado de jamón.

—Es mi tutor.

Ned tuvo que cubrirse la boca con la servilleta para no escupir el té que acababa de beber.

—¿Es su qué? —preguntó incrédulo.

—Me parece que veo reacciones similares en todo Londres —dijo ella, moviendo la cabeza con expresión desconcertada—. Supongo que Dunford no es lo que la gente consideraría un buen tutor.

—Esa es una buena manera de describirlo.

—Es un libertino terrible, he oído.

—Esa es otra buena manera de describirlo.

Ella se inclinó hacia él con los ojos plateados chispeantes de picardía.

—Belle me ha dicho que usted está intentando ganar exactamente el tipo de fama que tiene él.

—Belle habla demasiado.

—Curioso, él dijo exactamente lo mismo.

—Eso no me sorprende en lo más mínimo.

—¿Sabe lo que pienso, Ned? Puedo llamarlo Ned, ¿verdad?

Ned sonrió.

—Por supuesto.

Ella negó con la cabeza.

—No creo que sea capaz de llegar a ser un verdadero libertino.

—¿De veras?

—Sí. Se está esforzando muchísimo, veo. Y ha dicho «¿De veras?», justo con la nota correcta de superioridad y hastiada cortesía que se esperaría de un libertino.

—Me alegra saber que estoy a la altura de su modelo.

—Ah, pero es que no lo está.

Ned se sorprendió de contener los deseos de reírse.

—¿De veras? —repitió, con el mismo odioso tono.

Henry se echó a reír.

—Muy bien, milord, pero ¿quiere saber por qué no podría ser jamás un verdadero libertino?

Él apoyó los codos en la mesa y se inclinó hacia ella.

—Como ve, estoy esperando con angustiosa expectación.

—Es demasiado bueno —dijo ella, recalcándolo con un movimiento del brazo.

Él se echó hacia atrás.

—¿Eso es un cumplido?

—Lo es.

—No sé expresar la intensidad de mi alivio —dijo él, guiñando los ojos.

—Francamente, y creo que ya hemos dejado establecido que normalmente soy franca...

—Ah, sí.

Ella le dirigió una mirada vagamente molesta.

—Francamente, empiezo a pensar que se sobrevalora muchísimo el tipo de hombre misterioso y siniestro. Conocí a varios anoche, y creo que me las arreglaré para no recibirlos hoy si vinieran.

—Se sentirán destrozados, seguro.

Ella hizo como si no lo hubiera oído.

—Voy a intentar buscar un hombre «bueno».

—Entonces yo estaría en el primer lugar de su lista, ¿no? —dijo él, sorprendido al descubrir que no le molestaba la idea.

Ella bebió tranquilamente un poco de té.

—No nos llevaríamos bien.

—¿Y eso por qué?

—Porque, milord, usted no desea ser bueno. Necesita tiempo para olvidar sus engañosas ilusiones de libertinaje.

Esta vez Ned se echó a reír, y a carcajadas. Cuando por fin dejó de reírse, dijo:

—Su Dunford es todo un libertino y es un chico bastante bueno. Algo dominante a veces, pero bueno de todos modos.

La cara de Henry se convirtió en piedra.

—En primer lugar, no es «mi» Dunford. Y más importante aún, no es bueno en absoluto.

Al instante Ned enderezó la espalda. Tenía la impresión de que nunca había conocido a alguien a quien Dunford no le cayera bien. Justamente por eso tenía tanto éxito en ser un libertino. Era absolutamente encantador, a no ser que alguien consiguiera enfurecerlo de verdad; entonces era letal.

Miró de reojo a Henry, pensando si ella habría enfurecido de verdad a Dunford. Apostaría a que sí.

—Oye, Henry, ¿tienes ocupada esta tarde?

—Supongo que debo estar en casa para recibir a los visitantes.

—Tonterías, te desearán más si ven que no estás disponible.

Ella puso los ojos en blanco.

—Si lograra encontrar un hombre «bueno» no tendría que someterme a estos juegos.

—Igual sí, igual no. Tal vez nunca lo sepamos, ya que no creo que exista un hombre tan bueno como deseas.

A excepción de Dunford, pensó ella tristemente antes que se volviera tan cruel. Lo recordó en la tienda de ropa de Truro. «No seas tímida, diablilla.» «¿Por qué me voy a reír?» «¿Cómo podría regalarle este vestido a mi hermana cuando te queda tan absolutamente encantador?» Pero no tenía una hermana. Le dijo lo de la hermana para que no se sintiera mal porque la llevaba a una tienda de ropa. Lo único que deseaba era ayudarla a tener seguridad en sí misma.

Jamás lo entendería, pensó, moviendo la cabeza.

—¿Henry?

Ella pestañeó.

—¿Qué? Ah, perdona, Ned. Estaba en las nubes, supongo.

—¿Te apetecería dar un paseo? Se me ocurrió que podríamos darnos una vuelta por las tiendas, comprar alguna chuchería.

Ella le observó. Estaba sonriendo de oreja a oreja, como un niño, con sus vivos ojos expectantes. A él le caía bien. Ned deseaba estar con ella. ¿Por qué Dunford no? No, no pienses en ese hombre, se dijo. Que una persona la rechazara no significaba que fuera totalmente indigna de ser amada. A Ned le caía bien. Había desayunado con él simplemente siendo ella misma y le había caído bien. Y le cayó bien a Billington esa noche. Y a Belle le caía bien, sin duda, y también a sus padres.

—¿Henry?

—Ned —dijo, decidida—, me encantaría pasar el día contigo. ¿Nos ponemos en marcha?

—¿Por qué no? Llama a tu doncella y nos encontramos en el vestíbulo dentro de quince minutos.

—Procuremos que sean diez.

Él le hizo una alegre reverencia.

Ella subió corriendo la escalera. Tal vez ese viaje a Londres no resultaría un desastre total después de todo.

A media milla de distancia, Dunford yacía en su cama con una resaca de mil demonios. No se había quitado la ropa de la noche anterior, ante la profunda consternación de su ayuda de cámara. En el baile prácticamente no había bebido nada, y llegó a su casa asquerosamente sobrio. Pero entonces se bebió casi toda una botella de whisky, como si el licor le fuera a expulsar de la memoria el recuerdo de esa velada.

No le resultó.

Lo único que consiguió fue apestar como una taberna, sentir la cabeza como si le hubiera pasado toda la caballería británica por encima, y dejar las sábanas hechas un desastre con las botas que había olvidado quitarse.

Todo por causa de una mujer.

Se estremeció. Jamás se le habría ocurrido que sería tan terrible. Ah, había visto a sus amigos caer derribados, uno a uno, mordidos por ese bicho llamado matrimonio, todos asquerosamente enamorados de sus mujeres. Era una locura, en realidad nadie se casa por amor, nadie.

A excepción de sus amigos.

Pero claro, eso lo llevó a pensar ¿por qué él no? ¿Por qué no podía casarse con una mujer a la que realmente quisiera? Y entonces

Henry prácticamente cayó en su regazo. Con una sola mirada a sus ojos plateados debería haber sabido que no debía ni intentar combatirlo.

Bueno, tal vez eso no era del todo cierto, enmendó. La resaca no era tan terrible que le impidiera reconocer que no se había enamorado de ella a primera vista. Tenía claro que ese sentimiento sólo comenzó en algún momento después del incidente en la porqueriza. Tal vez comenzó en Truro, cuando le compró el vestido amarillo. Tal vez fue entonces cuando comenzó.

Exhaló un suspiro. Maldita sea, ¿qué importancia tenía eso?

Salió de la cama, se trasladó a un sillón junto a la ventana y, distraído, se puso a contemplar a las personas que pasaban por Half Moon Street. ¿Qué diablos debía hacer? Ella lo odiaba. Si no hubiera estado tan condenadamente empeñado en hacer el maldito papel de héroe, podría haberse casado con ella dos veces. Pero no, tuvo que traerla a Londres, tuvo que insistir en que conociera a todos los solteros de la alta sociedad considerados buenos partidos para que ella tomara una decisión. Tuvo que apartarla de él, alejarla de él, empujarla, y todo porque tenía miedo de no ser capaz de evitar ponerle las manos encima.

Debería haberla seducido y llevado a rastras al altar antes de que ella tuviera una posibilidad de pensar. Eso es lo que habría hecho un verdadero héroe.

Se levantó bruscamente. Podría reconquistarla. Simplemente tendría que dejar de actuar como un cabrón celoso y comenzar a ser bueno y simpático con ella otra vez. Era capaz de hacerlo.

¿O no?

Capítulo 16

*A*l parecer, no era capaz.

Iba caminando por Bond Street, con la intención de entrar en una floristería a comprar un ramo de flores y luego dirigirse a Grosvenor Square a visitar a Henry.

Entonces los vio, a Henry y a Ned, para ser exactos. Maldita sea, le había dicho muy claramente que se mantuviera alejada del vizconde Burwick. Henry era justo el tipo de damita que Ned encontraría fascinante y tal vez absolutamente necesaria para comenzar su carrera de libertino.

Se detuvo a observarlos. Estaban mirando el escaparate de una librería y daban la impresión de llevarse a las mil maravillas. Ned se estaba riendo de algo que estaba diciendo Henry, y ella jugaba a pincharle en el brazo con un dedo. Se veían asquerosamente contentos juntos.

De repente vio con claridad que era totalmente lógico que Henry intentara conquistar a Ned. Era joven, guapo, simpático y rico. Más importante aún, era el hermano de Belle, su nueva y mejor amiga. Él sabía que los condes de Worth estarían encantados de acoger a Henry en la familia.

La noche anterior le produjo una enorme irritación la atención que prestaban a Henry, pero nada lo había preparado para la violenta oleada de celos que lo recorrió de arriba abajo cuando ella se acercó a Ned a susurrarle algo al oído.

Actuó sin pensar, y debería haber pensado, reflexionó después, porque si la cabeza le hubiera estado funcionando bien no se habría portado como un patán idiota. Sólo tardó unos segundos en plantarse firmemente entre ellos.

—Hola, Henry —la saludó, enseñándole los dientes en una falsa sonrisa que no le llegó a los ojos.

Vio que ella apretaba los dientes, tal vez preparando una réplica mordaz.

—Me alegra ver que has vuelto de la universidad, Ned —dijo entonces, sin siquiera mirar al joven.

—Le estaba haciendo compañía a Henry —dijo Ned, ladeando la cabeza en gesto malicioso.

—No sabes cuánto te agradezco el servicio —contestó Dunford, entre dientes—, pero ya no es necesario.

—Yo creo que lo es —terció Henry.

Dunford fijó en Ned una mirada letal.

—Necesito hablar con mi pupila.

—¿En medio de la calle? —preguntó Ned, con expresión de fingida inocencia—. Supongo que preferirías llevarla de vuelta a casa. Ahí podrías hablar con ella cómodamente sentados en la sala de estar, con té y...

—Edward —dijo Dunford, con voz de acero recubierto por terciopelo.

—¿Sí?

—¿Te acuerdas de la última vez que nos enfrentamos?

—Ah, pero ahora soy mucho mayor y más sabio.

—No tan mayor ni tan sabio como yo.

—Ah, pero mientras tú ya te acercas a los viejos y débiles, yo sigo siendo joven y fuerte.

—¿Esto es un juego? —preguntó Henry.

—Tú calla —ladró Dunford—. Esto no es asunto tuyo.

—¿No?

Sin poder creer en su descaro ni en la deserción de Ned pasándose al bando de los hombres estúpidos, indiferentes y arrogantes, levantó los brazos y echó a caminar. Ellos estaban tan inmersos en su pelea de gallos que tal vez no notarían su ausencia hasta que se hubiera alejado.

Estaba equivocada.

Sólo había dado tres pasos cuando una mano férrea la cogió por el cinturón del vestido y la hizo retroceder.

—Tú no vas a ir a ninguna parte —dijo Dunford en tono glacial; después miró a Ned—. Tú, sí. Esfúmate, Edward.

Ned la miró, diciéndole con la expresión que si ella lo decía, él la llevaría a casa al instante. Ella dudaba que él pudiera ganarle a Dunford en una pelea a puñetazos, aunque era posible un empate. Pero seguro que a Dunford no le convendría armar un escándalo así en medio de Bond Street. Alzando el mentón, se lo dijo.

—¿De veras crees eso, Henry? —le preguntó él en voz baja.

Ella asintió enérgicamente.

Él se le acercó.

—Estoy enfadado, Henry.

Ella agrandó los ojos, recordando sus palabras en Stannage Park. «No cometas el error de enfurecerme.» «¿Ahora no estás furioso?» «Te aseguro, Henry, que cuando esté furioso, lo sabrás.»

—Uy, Ned —se apresuró a decir—, tal vez será mejor que te marches.

—¿Estás segura?

—No hay ninguna necesidad de representar el papel del caballero de la brillante armadura —ladró Dunford.

—Es mejor que te vayas —dijo Henry—. No me pasará nada.

Ned no pareció convencido, pero accediendo al deseo de ella, se alejó rápidamente.

Entonces ella se volvió hacia Dunford.

—¿Qué significa todo esto? Has sido deplorablemente grosero y...

—Calla —dijo él, con aspecto de estar totalmente sereno—. Vamos a causar un escándalo, si es que no lo hemos hecho ya.

—Acabas de decir que no te importaba si causábamos un escándalo.

—No dije que no me importaba. Simplemente te di a entender que estaría dispuesto a causar uno para obtener lo que deseo. —Le cogió del brazo—. Ven conmigo, Hen. Tenemos que hablar.

—Pero mi doncella...

—¿Dónde está?

Ella señaló hacia una mujer que estaba a unos cuantos pasos de distancia.

—Ahí.

Él fue a hablar con la doncella, y esta se alejó rápidamente.

—¿Qué le dijiste?

—Sólo que soy tu tutor y que conmigo estás segura.

—Eso lo dudo —masculló ella.

Él estaba bastante de acuerdo con ella, teniendo en cuenta lo mucho que deseaba llevarla a su casa de la ciudad, subirla a su dormitorio y satisfacer sus perversos deseos con ella. Pero guardó silencio, en parte porque no quería asustarla y en parte porque cayó en la cuenta de que sus pensamientos ya se estaban pareciendo a una mala novela y no quería que sus palabras parecieran lo mismo.

—¿Adónde vamos? —preguntó ella.

—A dar una vuelta en coche.

—¿Una vuelta en coche? —repitió ella, dudosa, mirando alrededor por si veía un coche.

Él echó a caminar, llevándola con tanta pericia que ella ni se dio cuenta de que prácticamente la iba empujando.

—Vamos a ir a mi casa, ahí vamos a subir a uno de mis coches y daremos una vuelta por Londres, porque el coche es más o menos el único lugar donde puedo tenerte sola conmigo sin destrozar totalmente tu reputación.

Henry se sintió tan halagada porque él deseara estar a solas con ella, que se olvidó de que la había humillado la noche pasada, e incluso se olvidó de que estaba absolutamente furiosa. Entonces recordó sus palabras: «Por Dios, Henry, ¿crees que es por eso?» No fueron sus palabras la prueba de su indiferencia sino el tono de su voz y la expresión de su cara.

Nerviosa, se mordió el labio inferior. No, sabía que él no estaba enamorado de ella y eso significaba que no debía entusiasmarla en absoluto que deseara estar a solas con ella. Lo más seguro era que pensase darle un buen rapapolvo por su conducta supuestamente escandalosa esa noche. Con toda sinceridad, no creía haberse comportado de ninguna manera indecorosa, pero era evidente que él pensaba que había hecho algo incorrecto y sin duda quería hablarle de eso.

Tenía miedo cuando subió la escalinata de entrada de la casa, y más miedo aún cuando las bajó a los pocos minutos para subir al coche. Él la ayudó a subir, y cuando se estaba instalando en el mullido asiento le oyó decirle al cochero:

—Ve a donde quieras. Yo te avisaré con un golpe cuando estemos preparados para que nos lleves a Grosvenor Square a devolver a la dama.

Henry se deslizó por el asiento hasta quedar en el rincón, maldiciéndose por su insólita cobardía. En realidad lo que temía no era tanto el rapapolvo sino la inminente pérdida de una amistad. El lazo que habían forjado en Stannage Park sólo se sostenía por unos frágiles hilos, y tenía la impresión de que esa tarde se cortarían del todo.

Dunford subió al coche y se sentó frente a ella. Al instante comenzó a hablar, severamente y sin ningún preámbulo:

—Te dije concretamente que te mantuvieras alejada de Ned Blydon.

—Yo decidí no seguir tu consejo. Ned es una buena persona. Guapo, simpático, un acompañante perfecto.

—Justamente por eso yo quería que lo mantuvieras a una prudente distancia.

—¿Quieres decir que no tengo permiso para hacer amigos? —preguntó ella, mirándolo con dureza.

—Quiero decir que no tienes permiso para alternar con jóvenes que se han pasado todo este año desviviéndose por convertirse en el peor tipo de libertino.

—Dicho con otras palabras, no debo hacerme amiga de un hombre que es casi, no totalmente, tan malo como tú.

Dunford enrojeció hasta las orejas.

—Lo que yo soy, o lo que tú crees que soy, no viene al caso. No soy yo el que te está cortejando.

—No, no lo eres —dijo ella sin poder evitar que la voz delatara su tristeza.

Tal vez la causa fue la fragilidad que detectó en su voz, o tal vez simplemente que no vio ni un asomo de brillo de felicidad en sus ojos, pero de repente él deseó más que nada en el mundo inclinarse y cogerla en sus brazos, no para besarla sino sólo para consolarla, tranquilizarla. Pero claro, pensó, ella no recibiría bien ese gesto.

Finalmente suspiró.

—No era mi intención actuar como un cabrón esta tarde.

Ella pestañeó.

—Eh… esto…

—Lo sé, no es mucho lo que puedes decir que sea una respuesta apropiada.

—No —dijo ella, confundida.

—Lo que pasa es que yo te había dicho muy concretamente

que te mantuvieras alejada de Ned, y me dio la impresión de que lo habías conquistado, tal como conquistaste a Billington y a Haverly anoche. Y a Tarryton, claro —añadió, mordaz—. Debería haberme dado cuenta de lo que se proponía cuando comenzó a hacerme preguntas sobre ti en la mesa de juego.

Ella lo miró asombrada.

—Ni siquiera sé quién es Tarryton.

—Entonces es que de verdad has triunfado —dijo él, emitiendo una risita cáustica—. Sólo las Incomparables no saben quienes son sus pretendientes.

Ella adelantó un poco la cabeza, muy poquito, mirándolo ceñuda y con los ojos agrandados por la perplejidad.

Él no entendió qué significaba ese movimiento, pero también adelantó la cabeza.

—¿Sí?

—Estás celoso —dijo ella, con la voz apenas audible por la incredulidad.

Eso era cierto, pensó él, pero un trocito de su alma, un trocito muy arrogante y masculino de su alma, rechazó la acusación y lo impulsó a decir:

—No presumas, Henry, yo...

—No, estás celoso —interrumpió ella, en voz más alta.

Se le entreabrieron los labios por la sorpresa y las comisuras comenzaron a curvársele hacia arriba, formando una ancha sonrisa que enseñaba los dientes.

—Vamos, Henry, maldita sea, ¿qué esperabas? Coqueteas con todos los hombres menores de treinta años y al menos con la mitad de los mayores de treinta. Le pones el dedo en el pecho al «querido» Ned, le susurras al oído...

—Estás celoso —dijo ella; al parecer no era capaz de decir otra cosa.

—¿Eso es lo que pretendías? —exclamó él, furioso consigo

mismo, furioso con ella, furioso incluso con los malditos caballos que tiraban de su coche.

—¡Nooo! No. Sólo deseaba…

—¿Qué, Henry? —preguntó él, poniéndole las manos en las rodillas—. ¿Qué deseabas?

—Sólo deseaba sentirme apreciada, deseada —dijo ella con un hilo de voz—. Tú ya no me des…

Él se levantó de un salto y se sentó a su lado.

—¡Vaya por Dios! —exclamó, cogiéndola en sus brazos y estrechándola—. ¿Pensabas que ya no te deseo? Por Dios, Hen, no he podido dormir por las noches de tanto desearte. No he leído ni un solo libro. No he ido a ninguna carrera de caballos. Me pasaba tumbado en la cama mirando al techo, tratando en vano de no imaginarte conmigo.

Henry intentó apartarse empujándole, desesperada por poner espacio entre ellos. Estaba atolondrada por esa increíble declaración, y no lograba reconciliar sus palabras con sus actos de esos últimos días.

—¿Por qué, entonces, no hacías otra cosa que insultarme? ¿Por qué te apartabas de mí?

Él movió la cabeza como burlándose de sí mismo.

—Te había prometido el mundo, Henry. Te había prometido la oportunidad de conocer a todos los solteros dignos de consideración de Londres, y de repente lo único que deseaba era llevarte lejos y tenerte escondida, sólo para mí. —Decidió explicarlo con toda franqueza—. ¿No lo entiendes? Deseaba deshonrarte. Deseaba deshonrarte para que ningún otro hombre pudiera tenerte.

—Oooh, Dunford —dijo ella en voz baja, colocando la mano en la de él.

Él se la apretó como un hombre muerto de hambre.

—No estabas a salvo conmigo —dijo, con la voz ronca—. No estás a salvo conmigo ahora.

—Yo creo que sí —musitó ella, poniendo la otra mano en las de él—. Sé que lo estoy.

—Hen, te prometí... Maldita sea, te lo prometí.

Ella sonrió.

—No deseo conocer a todos esos hombres. No deseo bailar con ellos y no deseo sus flores.

—Hen, no sabes lo que dices. No he sido justo. Deberías tener la oportunidad...

—Dunford —interrumpió ella, apretándole fuertemente las manos—. No siempre es necesario besar a muchos sapos para reconocer a un príncipe cuando encuentras uno.

Él la miró como a un tesoro, sin poder creer la emoción que veía brillar en sus ojos; esa emoción lo envolvía, lo calentaba, lo hacía sentirse capaz de conquistar el mundo. Le colocó dos dedos bajo el mentón y le levantó la cara hacia él.

—Ay, Hen —dijo, con la voz ahogada—. Qué idiota soy.

—No eres idiota —dijo ella al instante, como en un movimiento reflejo de lealtad—. Bueno, tal vez un poco —enmendó—, pero sólo un poco.

Él se estremeció de risa silenciosa.

—¿Es de extrañar que te necesite tanto? Siempre sabes cuando necesito que me bajen de un pedestal —le rozó los labios con los de él en un suave y rápido beso—. Y cuando necesito lisonjas o elogios—. Volvió a besarla suavemente—. Y cuando necesito que me acaricien...

—¿Cómo ahora? —preguntó ella, con la voz temblorosa.

—Especialmente ahora.

Volvió besarla, esta vez con más ternura y pasión, destinadas a expulsar de su mente hasta la última duda.

Ella le echó los brazos al cuello y se arrimó a él, dándole tácitamente permiso para besarla más.

Y eso hizo. Llevaba semanas combatiendo esa necesidad y no

podía resistir la tentación de tener su cuerpo bien dispuesto en sus brazos. Le introdujo la lengua en la boca, explorándosela, saboréandola, deslizándola por los bordes de los dientes, siguiendo sus impulsos para aumentar la intimidad con ella. Le deslizó las manos por la espalda, intentando sentir el calor y la forma de su cuerpo a través de la tela del vestido.

—Henry —resolló, deslizando los labios por su mejilla hasta la oreja—. No sabes cuánto te deseo. A ti. —Le mordisqueó la oreja—. Sólo a ti.

Henry gimió, invadida por las sensaciones, sin poder hablar. La última vez que la había besado creyó percibir que él corazón de él no estaba tan inmerso en el beso como su cuerpo. Pero en ese momento sentía su amor; lo sentía en sus manos, en sus labios, lo veía reflejado en sus ojos. Podía no haber dicho las palabras, pero la emoción estaba ahí, casi palpable, en el aire. De repente se sintió como si tuviera permiso para amarlo. Era correcto demostrarle sus sentimientos porque él sentía lo mismo.

Cambió de posición entre sus brazos para poder besarle la oreja tal como él había besado la de ella. Él se encogió cuando le lamió el borde, así que al instante se apartó.

—Perdona —dijo—, ¿te he molestado? Pensé que puesto que a mí me gustó, también podría gustarte a ti. Si supiera...

Él le cubrió la boca con la mano.

—Calla, diablilla. Fue agradable y hermoso. Lo que pasa es que no lo esperaba.

—Ah, lo siento —dijo ella, tan pronto como él retiró la mano de su boca.

Él sonrió indolente.

—No pidas disculpas. Simplemente vuelve a hacerlo.

Ella lo miró incrédula.

Él asintió y, sólo para embromarla, volvió la cabeza hasta dejar la oreja a unos dedos de distancia de su boca. Ella sonrió para sus adentros y acercó la cara otra vez y le pasó tímidamente la lengua por el lóbulo. Le pareció muy atrevido cogérselo entre los dientes, como había hecho él.

Él soportó la tortura de sus caricias deliciosamente inexpertas todo el tiempo que pudo, pero en menos de un minuto su deseo era tan ardiente que no pudo impedirse cogerle la cara entre las manos para darle otro demoledor beso.

Deslizó las manos por su pelo, quitándole las horquillas, y hundió la cara en él, aspirando el embriagador aroma a limón que lo había atormentado durante semanas.

—¿Por qué huele así? —musitó, depositándole besos por la línea del pelo.

—¿Por qué... qué?

Él se rió al ver la pasión que le nublaba los ojos. Era un verdadero tesoro, sin artificios de ningún tipo. Cuando la besaba ella no se guardaba nada. Tal vez conocía el tipo de poder que ejercía sobre él, pero estaba seguro de que no lo usaría nunca. Le cogió un mechón entre los dedos y con él le hizo cosquillas en la nariz.

—¿Por qué tu pelo huele a limón?

Ella se ruborizó, sorprendiéndolo.

—Siempre que me lo lavo pongo zumo de limón en el agua para aclarármelo. Viola solía decirme que el limón me lo aclararía un poco.

Él la miró complacido.

—Otra prueba de que posees las mismas flaquezas que el resto de los mortales, diablilla. Limón para aclararte el pelo, vaya, vaya.

—Siempre ha sido lo mejor que tengo —dijo ella, cohibida—. Por eso nunca me lo corto. Tendría mucha más lógica llevarlo corto en Stannage Park, pero nunca he logrado decidirme a cortármelo. Me pareció que bien podría cuidármelo para tenerlo lo mejor posible, teniendo en cuenta que el resto es bastante ordinario.

—¿Ordinario? Creo que no.

—No tienes para qué lisonjearme, Dunford. Sé que soy pasablemente atractiva, y reconozco que me veía bastante guapa con mi vestido blanco anoche, pero... Ay, Dios, debes pensar que estoy buscando cumplidos.

Él negó con la cabeza.

—No creo eso.

—Entonces debes pensar que soy una boba, parloteando acerca de mi pelo.

Él le acarició la cara, alisándole las cejas con los pulgares.

—Pienso que tus ojos son pozos de plata líquida y tus cejas son alas de ángel, suaves y delicadas. —Se inclinó a besarle los labios con un roce suave como pluma—. Tienes los labios tiernos y rosados, el inferior encantadoramente lleno, y las comisuras que siempre parecen a punto de curvarse en una sonrisa. Y tu nariz, bueno, es una nariz, pero debo confesar que nunca he visto una que me guste más.

Ella lo miró atontada por el timbre ronco de su voz.

—Pero ¿sabes qué es lo mejor de todo? —continuó él—. Debajo de esta deliciosa envoltura hay un corazón hermoso, una mente hermosa y un alma hermosa.

Henry no supo qué decir. ¿Qué podía decir que se aproximara en algo a la emoción que le producían sus palabras?

—Eh, mmm, gracias.

Él contestó besándole tiernamente la frente.

—¿Te gusta el olor a limón? —preguntó ella, a borbotones, nerviosa—. Podría dejar de aclarármelo así.

—Me encanta el olor a limón. Haz lo que te parezca mejor.

—No sé si da resultado —dijo ella, esbozando una sonrisa sesgada—. Hace tanto tiempo que lo hago que no sé cómo sería mi pelo si dejara de hacerlo. A lo mejor sería igual.

—Igual sería perfecto —dijo él, solemnemente.

—Pero ¿y si dejo de aclarármelo con limón y se vuelve muy oscuro?

—También sería perfecto.

—Tontorrón. No puede ser perfecto de las dos maneras.

Él le cogió la cara entre las manos.

—Tontorrona. «Tú» eres perfecta, Hen. No importa tu apariencia.

—Yo te encuentro bastante perfecto también —musitó ella, cubriéndole las manos con las de ella—. Recuerdo la primera vez que te vi. Pensé que eras el hombre más guapo que había visto en mi vida.

Él la sentó sobre sus muslos, obligándose a contentarse sólo con tenerla así. No podía permitirse besarla ni una sola vez más. Su cuerpo ansiaba más, pero tendría que esperar. Henry era virgen, inocente. Más importante aún, era «su» virgen.

—Si mal no recuerdo —dijo, trazándole círculos en la mejilla con las yemas de los dedos—, la primera vez que me viste le prestaste mucha más atención al cerdo que a mí.

—Esa no fue la primera vez que te vi. Antes te estuve mirando desde mi ventana. —De repente se sintió cohibida y cambió su expresión—. En realidad, recuerdo que pensé que tenías un par de botas especialmente magníficas.

Él se echó a reír.

—¿Quieres decir que me amas por mis botas?

—Bueno, ya no —contestó ella, con un leve tartamudeo.

¿Le tomaba el pelo para que ella le dijera que lo amaba? Sintió miedo, miedo de que si le declaraba su amor tal vez él no tendría nada que decirle a cambio. Ah, sí que era difícil la situación. Ella sabía que él la amaba, lo veía en todo lo que hacía, pero no sabía si él lo sabía, y no se creía capaz de soportar el dolor si él le contestaba con una trivialidad como «Yo también te tengo cariño, tesoro».

Llegó a la conclusión de que él no tenía ningún motivo ulterior, porque no se dio cuenta en absoluto de la inquietud interior de ella.

Intentando componer una expresión grave, se inclinó a levantarse un poco la falda.

—Tus botas también son muy bonitas —dijo él, consiguiendo admirablemente mantener la cara seria.

—Oh, Dunford, sí que me haces feliz.

Al decir eso no lo estaba mirando, pero él detectó una sonrisa en su voz.

—Tú también me haces feliz, diablilla. Lamentablemente, creo que será mejor que te lleve a casa, no sea que empiecen a preocuparse por tu ausencia.

—Prácticamente me raptaste.

—Ah, pero es que el fin justificaba los medios.

—Posiblemente tienes razón, pero estoy de acuerdo en que necesito volver. Ned debe de estar muerto de curiosidad.

Con expresión resignada, Dunford dio un golpe en la pared, indicándole al cochero que condujera hasta la mansión Blydon en Grosvenor Square.

—Ah, sí, nuestro querido amigo Ned.

—Debes ser más amable con Ned —dijo ella—. Es un chico encantador, y estoy segura de que será un buen amigo.

—Seré amable con Ned cuando haya encontrado a una mujer para él —gruñó.

Henry no dijo nada, tan encantada con esos evidentes celos que no pudo reprenderlo.

Hicieron en satisfecho silencio el trayecto de varios minutos hacia Grosvenor Square. Cuando finalmente el coche se detuvo, ella dijo tristemente:

—Ojalá no tuviera que salir de aquí. Ojalá pudiera quedarme eternamente en este coche.

Dunford bajó de un salto y la cogió por la cintura para ayudarla a bajar. Cuando los pies de ella tocaron el suelo, la retuvo así más de lo que era necesario.

—Lo sé, Hen —dijo—, pero tenemos el resto de nuestra vida por delante.

Se inclinó sobre su mano, se la besó galantemente y luego se quedó observándola subir la escalinata y entrar en la casa.

Henry se detuvo en el vestíbulo, intentando asimilar los acontecimientos de esa hora pasada. ¿Era posible que su vida hubiera dado un giro tan perfecto en tan poco tiempo?

«Tenemos el resto de nuestra vida por delante.» ¿Había dicho eso en serio, de verdad? ¿Deseaba casarse con ella? Se cubrió la boca con una mano.

—¡Santo Dios, Henry! ¿Dónde has estado?

Ella levantó la vista. Ned venía caminando muy decidido por el vestíbulo. No contestó, simplemente continuó donde estaba, mirándolo, sin quitarse la mano de la boca.

Ned se alarmó al verla así. Tenía el pelo hecho un desastre, y al parecer no era capaz de hablar.

—¿Qué pasa? —le preguntó—. ¿Qué diablos te ha hecho?

«Tenemos el resto de nuestra vida por delante.»

Se quitó la mano de la boca.

—Creo...

Frunció levemente el ceño y ladeó la cabeza. Seguro que sus ojos parecían los de una loca, y si se lo pedían, no sería capaz de describir ningún objeto del vestíbulo. Tal vez ni siquiera podría identificar a la persona que tenía delante sin mirarla una segunda vez.

—Creo...

—¿Qué, Henry? ¿Qué?

—Creo que acabo de comprometerme en matrimonio.

—¿«Crees» que te has comprometido?

«Tenemos el resto de nuestra vida por delante.»

—Sí, creo que sí.

Capítulo 17

—¿Qué hiciste? —preguntó Belle, con cierto tono de sarcasmo en la voz—. ¿Pedirte permiso para casarte con ella?

Dunford sonrió de oreja a oreja.

—Algo así.

—Esto parece salido directamente de una mala novela, ¿sabes? El tutor casándose con su pupila. No me lo puedo creer.

Dunford no creía en absoluto que Belle no hubiera pasado esas semanas trabajando activamente en lograr ese final.

—¿No?

—Bueno, en realidad sí. Es perfecta para ti.

—Lo sé.

—¿Cómo le hiciste la proposición? Algo terriblemente romántico, espero.

—La verdad es que aún no se lo he pedido.

—¿No te parece que te has precipitado un poco, entonces?

—¿Al pedirle a Ashbourne que nos invite a Westonbirt? No, en absoluto. ¿De qué otra manera podría arreglármelas para estar algún tiempo a solas con ella?

—Aún no estáis comprometidos. Técnicamente no te mereces pasar ningún momento a solas con ella.

La sonrisa de Dunford fue de la más pura arrogancia masculina.

—Dirá que sí.

Belle lo miró irritada.

—Te vendría bien que te rechazara.

—No me rechazará.

—Probablemente tienes razón —suspiró Belle.

—En todo caso, con lo mucho que me gustaría obtener una licencia especial para casarme con ella la próxima semana, voy a tener que aceptar un periodo de compromiso más tradicional. Ya habrá bastante cotilleo entre los miembros de la aristocracia con esto de que ella es mi pupila, y no quiero que hagan elucubraciones indebidas acerca de su persona. Si nos casamos con demasiada prisa, seguro que alguien se va a poner a hacer de detective y descubrirá que estuvimos viviendo en la misma casa más de una semana en Cornualles sin carabina.

—Nunca te han importado mucho los cotilleos de la sociedad —musitó Belle.

—Y no me importan —dijo él con dureza—. Al menos no me importan por mí, pero no quiero exponer a Henry a ningún cotilleo malicioso.

Belle reprimió una sonrisa.

—Estaré esperando esas mil libras.

—Y las tendrás, yo encantado. Siempre que tú y Blackwood vayáis a Westonbirt a acompañarnos. Si somos tres parejas parecerá más una reunión de amigos.

—Dunford, no nos vamos a alojar con Alex y Emma teniendo una casa a menos de quince minutos.

—Pero ¿iréis al campo la próxima semana? Eso significaría muchísimo para Henry.

Y era evidente que cualquier cosa que significara muchísimo para Henry significaba muchísimo para él, pensó Belle, sonriendo. Se había enamorado profundamente de esa chica, y ella no podría sentirse más feliz por Dundford.

—Cualquier cosa por Henry —dijo, haciendo un gesto magnánimo con el brazo—. Cualquier cosa por Henry.

Unos días después Dunford y Henry partieron (con las bendiciones de Caroline) en dirección a Westonbirt, la propiedad Ashbourne en Oxfordshire. A petición de Dunford, Alex y Emma habían organizado las cosas en casa para que vinieran a pasar unos días sus amigos más íntimos, Dunford, Henry y los Blackwood, que prometieron venir cada día pero insistieron en pasar las noches en su casa de Persephone Park.

Los ocupantes del coche eran cuatro, pues lady Caroline se negó rotundamente a permitir que Henry fuera a no ser que hicieran el trayecto de tres horas acompañados por su doncella y el ayuda de cámara de Dunford, a modo de carabinas. Dunford tuvo la sensatez de guardarse para sí sus gruñidos; no quería hacer nada que pudiera poner en peligro esa preciosa semana que se iba a regalar. Siendo una pareja casada, Alex y Emma eran carabinas adecuadas, pero también tenían un punto débil en lo relativo al romance. Al fin y al cabo Belle conoció a su marido y se enamoró de él ante sus ojos no siempre muy vigilantes.

Henry guardó silencio durante la mayor parte del viaje, porque no se le ocurría nada que deseara decirle a Dunford delante de los criados. Tenía la cabeza a rebosar de cosas que deseaba contarle, pero todas le parecían muy personales, incluso cualquier comentario trivial sobre los movimientos del coche o sobre los colores de la hierba de los campos que veía por la ventanilla. Se conformó con frecuentes miradas y sonrisas secretas, que Dunford veía, claro, porque fue totalmente incapaz de apartar los ojos de ella en todo el trayecto.

Era media tarde cuando el coche entró en la propiedad y tomó el largo camino de entrada bordeado por árboles que llevaba a la casa.

—¡Oooh, es precioso! —comentó Henry, por fin capaz de decir algo.

La inmensa mansión había sido edificada en forma de E, en honor de Elizabeth, que reinaba en el tiempo de su construcción. Henry siempre había preferido casas más sencillas, como Stannage Park, pero, pese a su tamaño, la casa de Westonbirt se las arreglaba para dar la impresión de intimidad hogareña. Tal vez eran las ventanas, que centelleaban como alegres sonrisas, o tal vez los cuadros de flores que proliferaban a ambos lados del camino. Fuera lo que fuera, se enamoró del lugar inmediatamente.

Bajaron del coche y subieron la escalinata hasta la puerta principal, la que ya había abierto Norwood, el anciano mayordomo de Westonbirt.

—¿Estoy presentable? —susurró ella cuando Norwood los hizo pasar a un bien ventilado salón.

—Estás muy bien —contestó él, con expresión algo divertida ante su ansiedad.

—¿No se me ha arrugado mucho el vestido con el viaje?

—No, en absoluto, y aunque se te hubiera arrugado no importaría. —Le dio una palmadita en la mano para tranquilizarla—. Alex y Emma son amigos.

—¿Crees que le caeré bien?

—Sé que le caerás bien —dijo él, resistiendo el impulso de poner los ojos en blanco—. ¿Qué te pasa? Pensé que te entusiasmaba hacer este viaje al campo.

—Sí que me entusiasma. Lo que pasa es que estoy nerviosa, sólo es eso. Deseo caerle bien a la duquesa. Es una amiga especial tuya y...

—Claro que lo es, pero tú eres más especial aún.

Henry se ruborizó de placer.

—Gracias, Dunford. Lo que pasa es que ella es duquesa, ¿sabes?, y...

—¿Y qué? Alex es duque y al parecer eso no te impidió ser tan encantadora con él que prácticamente lo hechizaste. Si te hubiera conocido antes que a Emma yo habría tenido un buena rival al que enfrentarme.

Henry volvió a ruborizarse.

—No seas tonto.

Suspiró.

—Piensa lo que quieras, Hen, pero si te vuelvo a oír una palabra más de preocupación, tendré que hacerte callar con un beso.

A ella se le iluminaron los ojos.

—¿Sí?

Él expulsó el aliento en un soplido y apoyó la frente en una mano.

—¿Qué voy a hacer contigo, diablilla?

—¿Besarme? —preguntó ella, esperanzada.

—Supongo que eso es lo que tendré que hacer.

Acercó la cara y rozó suavemente sus labios con los de él, evitando concienzudamente rozarla con el cuerpo y acariciarla. Estaba seguro de que si su cuerpo tocaba el de ella, aunque sólo fuera ponerle la mano en la mejilla, no podría impedirse estrecharla fuertemente en sus brazos. Claro que no había nada que deseara más, pero en cualquier momento aparecerían el duque y la duquesa de Ashbourne, y no tenía el menor deseo de que lo pillaran en flagrante delito.

Oyó una discreta tos, procedente de la puerta.

Demasiado tarde.

Se apartó y miró hacia la puerta, aunque antes alcanzó a ver las mejillas rojas de Henry. Emma estaba haciendo ímprobos esfuerzos por no sonreír. Alex no, estaba sonriendo de oreja a oreja.

—Ay, Diooos —gimió Henry.

—No, sólo soy yo —dijo Alex afablemente, con el fin de tranquilizarla—, aunque en más de una ocasión mi mujer me ha acusado de confundirme con aquel de quien hablas.

Henry consiguió sonreír apenas.

—Me alegra verte, Ashbourne —dijo Dunford, levantándose y caminando hacia él.

Alex llevó a su mujer, claramente embarazada, hasta un cómodo sillón, y la ayudó a sentarse.

—Supongo que habría sido mucho mejor verme dentro de cinco minutos —dijo al oído de Dunford al pasar por su lado en dirección a Henry—. Encantado de volver a verte, Henry. Me alegra ver que has conquistado a nuestro querido amigo. He de decir, y que quede entre tú y yo, que él no tenía ni la menor posibilidad de escapar.

—Esto... eh...

—Por el amor de Dios, Alex —exclamó Emma—, si dices una palabra más para azorarla, lo pagarás con tu cabeza.

Henry vio la cara de Alex intentando parecer contrito, y tuvo que cubrirse la boca para no reírse.

—¿Tal vez querrías que te presentara a la fiera del sillón amarillo? —le preguntó él, esbozando una sonrisa sesgada.

—No veo a ninguna fiera —dijo Henry, guasona, al tiempo que se levantaba y veía la sonrisa de Emma.

—Dunford —dijo Alex, cogiéndole la mano—, esta mujer es tan ciega como un murciélago.

Dunford se encogió de hombros, intercambiando una sonrisa de diversión con Emma.

—Mi queridísima esposa —dijo Alex—, permíteme que te presente...

—Quieres decir tu queridísima esposa fiera —dijo Emma, haciendo un guiño travieso a Henry.

—Ah, claro, qué descuido el mío. Mi queridísima esposa fiera, permíteme que te presente a la señorita Henrietta Barret de Cornualles, últimamente de la habitación de huéspedes de tu tía Caroline.

—Es un gran placer para mí conocerla, señorita Barret —dijo la duquesa, y a Henry le pareció que lo decía en serio.

—Llámeme Henry, por favor, todo el mundo me llama así.

—Y tú debes llamarme Emma. Ojalá todos me llamaran así.

Al instante a Henry le gustó la joven duquesa de pelo color fuego y pensó por qué diablos había tenido tanto miedo de conocerla. Al fin y al cabo era prima directa de Belle y Ned, y si eso no era una excelente recomendación no sabía qué podía serlo.

Emma se levantó, sin hacer caso de las protestas de su preocupado marido, y la tomó del brazo.

—Vámonos, estoy impaciente por hablar contigo, y podemos ser mucho más francas sin ellos —dijo, haciendo un gesto con la cabeza hacia los caballeros.

—De acuerdo —dijo, sonriendo.

Tan pronto como salieron al vestíbulo, Emma dijo:

—Belle me ha escrito todo de ti, y estoy contentísima de que Dunford haya encontrado por fin la horma de su zapato. No es que no te encuentre hermosa y encantadora, pero tengo que reconocer que principalmente me alegra que Dunford haya encontrado la horma de su zapato.

—Sí que es franca.

—No tanto como tú, si he de creer lo que dice Belle en sus cartas. Y no podría estar más complacida. —Le sonrió de oreja a oreja y la condujo por un ancho corredor—. ¿Te parece bien que te enseñe la casa mientras hablamos? Es una casa muy hermosa, a pesar de su tamaño.

—Yo la encuentro magnífica, no es en absoluto imponente.

—No, no lo es —musitó Emma—. Eso es curioso, yo creo que la intención era que lo fuera. Pero bueno, me alegra que también seas franca. Nunca he soportado muy bien la manera ambigua y evasiva de hablar de los aristócratas.

—Yo tampoco, excelencia.

—Vamos, por favor, llámame Emma, tutéame. Hasta el año pasado yo no tenía ningún título, y todavía no me acostumbro a que todos los criados me hagan una reverencia cada vez que paso cerca de ellos. Si mis amigas no me llaman por mi nombre de pila seguro que me moriré de tanta formalidad.

—Me gustaría muchísimo contarme entre tus amigas, Emma.

—Y yo entre las tuyas. Ahora dime, ¿cómo te propuso matrimonio Dunford? Algo original, espero.

Henry sintió arder las mejillas.

—No sabría decirlo. Es decir, en realidad no me ha pedido...

—¿Aún no te ha pedido la mano? —exclamó Emma—. Ese granuja tramposo...

—Un momento... —dijo Henry, sintiendo la necesidad de defenderlo aun cuando no sabía de qué.

—No era mi intención ofender —se apresuró a decir Emma—. Al menos no gravemente. Supongo que ha hecho esto con el fin de que nosotros hiciéramos la vista gorda si los dos salíais a pasear solos. A nosotros nos dijos que estabais comprometidos, ¿sabes?

—¿Sí? —dijo Henry, sin saber qué pensar—. Eso es buena señal, ¿no?

—Hombres —masculló Emma—. Siempre van por ahí dando por sentado que una mujer se casará con ellos sin siquiera tomarse la molestia de pedírselo. Tendría que habérseme ocurrido que haría algo así.

—Significa que me lo va a pedir, diría yo —dijo Henry, soñadora—. Y no puedo evitar sentirme feliz por eso, porque deseo casarme con él.

—Claro que lo deseas, faltaría más. Todas desean casarse con Dunford.

—¿Qué?

Emma pestañeó, como si sólo en ese instante volviera del todo a la conversación.

—A excepción de mí, por supuesto.

—Bueno, no podrías, en todo caso —señaló Henry, sintiéndose obligada a decirlo, y sin lograr determinar en qué momento la conversación había empezado a ser absurda—. Es decir, ya estás casada.

—Antes de casarme, quise decir —dijo Emma, riendo—. Qué voluble debes creerme. Normalmente no me cuesta tanto mantenerme en un tema. Es el bebé, creo —se dio unas palmaditas en el vientre—. Bueno, igual no, pero es condenadamente cómodo poder echarle la culpa de todas mis rarezas.

—Claro —musitó Henry.

—Sólo quise decir que Dunford es muy popular. Y es un hombre bueno, por supuesto. Bastante parecido a Alex. Una mujer tendría que ser una tonta para rechazar una proposición de matrimonio de un hombre así.

—Aunque está el pequeño problema de que aún no me lo ha propuesto exactamente.

—¿Qué quieres decir con «exactamente»?

Henry se volvió a mirar por una ventana que daba a un simpático y acogedor patio.

—Ha dado a entender que nos casaremos, pero no ha dicho las palabras para pedírmelo.

—Comprendo. —Emma se cogió el labio inferior entre los dientes, pensando—. Supongo que desea pedírtelo aquí. Aquí tiene más posibilidades de estar a solas contigo. Tal vez desea… esto… besarte cuando te lo pida, y aquí no tendrá que preocuparse de que en cualquier momento aparezca tía Caroline a rescatarte.

Henry no deseaba ser rescatada de Dunford, así que simplemente emitió un sonido con el que indicaba que estaba de acuerdo.

Emma la miró de reojo.

—Por tu expresión colijo que ya te ha besado. No, no te ruborices, estoy muy acostumbrada a esas cosas. Tuve muchísimos problemas cuando me tocó hacerle de carabina a Belle.

—¿Tú le hiciste de carabina?

—Y lo hice fatal. Pero no tiene importancia. Te encantará saber que posiblemente contigo seré igual de descuidada.

—Eeeh, sí —tartamudeó Henry—. Es decir, creo que sí. —Vio un banco tapizado en damasco rosa—. ¿Te importa si nos sentamos ahí un momento? De repente me siento muy cansada.

Emma exhaló un suspiro.

—Yo te he cansado, ¿verdad?

—Nooo, no... —Se sentó—. Bueno, sí.

—Suelo cansar a la gente —dijo Emma, sentándose a su lado—. No sé por qué.

Cuatro horas después, Henry tenía la impresión de que sabía por qué. Emma Ridgely, duquesa de Ashbourne, tenía más energía que la que había visto jamás en ninguna persona, incluida ella; y ella no se había considerado jamás una persona particularmente lánguida.

No era que Emma anduviera de aquí para allá brincando de energía nerviosa; todo lo contrario, en realidad, la menuda joven era la personificación de la elegancia y la sofisticación; era simplemente que todo lo que hacía y decía estaba impregnado de tanta vitalidad que sus acompañantes se quedaban sin aliento con sólo mirarla.

Era muy fácil comprender por qué su marido la adoraba. Ella sólo podía esperar que algún día Dunford llegara a amarla con ese amor tan constante.

La cena ese anochecer fue muy agradable, y Henry lo pasó maravillosamente bien. Belle y John aún no habían llegado de Londres, así que sólo estaban Dunford, los Ashbourne y ella. Dado que todavía no estaba del todo acostumbrada a hacer sus comidas en compañía de otras personas que no fueran los criados de Stannage Park, disfrutó muchísimo de la conversación, estremeciéndose de risa al oír las historias que contaban de su infancia y relatando algunas ella también.

—¿De verdad intentaste trasladar la colmena más cerca de la casa? —preguntó Emma, riendo y dándose golpecitos en el cuello para recuperar el aliento.

—Me gustan horrorosamente los dulces, es un vicio —explicó Henry—, y cuando la cocinera me dijo que no podía comer más de uno al día porque no había bastante azúcar, decidí solucionar el problema.

—Eso le enseñará a la señora Simpson a inventar disculpas —dijo Dunford.

Henry se encogió de hombros.

—Desde entonces no tiene pelos en la lengua conmigo.

—Pero tus tutores, ¿no estaban terriblemente enfadados contigo? —insistió Emma.

—Ah, sí —contestó Henry, moviendo el tenedor animadamente—. Creí que Viola se iba a desmayar. Claro que después de sacudirme y llevarme a casa. Por suerte no estaba en forma para castigarme, con las doce picaduras de abeja que tenía en los brazos.

—Ay, Dios —exclamó Emma—. ¿A ti te picaron también?

—No. Es curioso, pero ninguna me picó.

—Parece que Henry tiene un don para tratar a las abejas —terció Dunford, intentando no recordar su reacción ante la proeza de Henry con la colmena.

Sintió una increíble oleada de orgullo al verla volverse hacia Emma, al parecer para contestar otra pregunta sobre la colmena. Sus amigos querían a Henry. Claro que él ya sabía que la querrían, pero de todos modos lo inundaba de alegría verla tan feliz. Por más o menos la centésima vez ese solo día se sintió maravillado por su buena suerte al haber encontrado a la única mujer del mundo tan evidentemente conveniente para él en todos los sentidos.

Qué maravillosamente franca y eficiente era, y sin embargo su capacidad para el amor puro y sentimental no tenía límites; todavía le dolía el corazón siempre que recordaba ese día en la casita abandonada cuando ella lloró por la muerte de un bebé desconocido. Tenía ingenio para hacer frente al suyo; nadie necesitaba oírla hablar para saber que poseía una inteligencia poco común, se veía en la viveza y chispa de sus ojos plateados. Era tremendamente valiente y casi condenadamente temeraria; tenía que serlo, para haber intentado administrar una granja y haberlo conseguido durante seis años. Además, pensó, curvando los labios en una media sonrisa, se derretía en sus brazos cada vez que se tocaban, haciéndole arder la sangre. Suspiraba por ella todos los minutos del día y nada deseaba más que demostrarle con las manos y los labios la profundidad de su amor.

Así que eso era el amor. Casi se echó a reír a carcajadas ahí mismo, sentado a la mesa cenando. No era de extrañar que los poetas le cantaran tantas alabanzas.

—¿Dunford?

Levantó la vista, pestañeando. Al parecer Alex quería preguntarle algo.

—¿Sí?

—Te he preguntado si Henry te ha dado algun motivo similar para alarmarte estas últimas semanas.

—Si no tomamos en cuenta su aventura con las colmenas de Stannage Park, ha sido el alma de la dignidad y el decoro.

—¿Sí, qué hiciste? —preguntó Emma.

—Ah, no fue nada —contestó Henry, sin atreverse a mirar a Dunford—. Lo único que hice fue alargar la mano y sacar un trozo de panal.

—Lo que hiciste fue exponerte a que te picaran cien insectos furiosos —dijo él severamente.

—¿Metiste la mano en una colmena? —preguntó Emma, inclinándose hacia ella, interesada—. Me encantaría saber hacer eso.

—Estaré eternamente en deuda contigo —terció Alex, dirigiéndose a Henry—, si no le enseñas jamás a hacer eso a mi mujer.

—No me puse en peligro —se apresuró a decir Henry—. A Dunford le gusta exagerar.

—¿Sí? —dijo Alex, arqueando las cejas.

—Estaba muy nervioso —le dijo Henry, y se volvió hacia Emma, como si tuviera que explicárselo—: Se pone muy nervioso.

—¿Nervioso? —repitió Emma.

—¿Dunford? —preguntó Alex, al mismo tiempo.

—Debes de estar bromeando —añadió Emma, dando a entender que no podía haber otra alternativa.

—Basta decir —terció Dunford, deseoso de cambiar el tema de la conversación—, que envejecí diez años, y mejor no hablemos más de eso.

—Supongo que así será —dijo Henry mirando a Emma y encogiéndose de hombros—, ya que me ha hecho prometer que no volveré a comer miel.

—¡Nooo, Dunford!, ¿cómo pudiste hacer eso? Ni siquiera Alex ha sido tan bruto.

Si a su marido no le gustó descubrir que él podría ser un poquito bruto, no hizo ningún comentario.

—Sólo para no pasar a la historia como el hombre más despótico de Gran Bretaña —dijo Dunford—, he de decir que no le prohibí comer miel. —Miró a Henry—. Sólo te hice prometer que no te la procurarías tú, y, francamente, esta conversación se ha vuelto tediosa.

Emma se inclinó a susurrarle a Henry al oído lo bastante alto como para que se oyera claramente desde el otro lado de la mesa:

—Nunca lo había visto así.

—¿Y eso es bueno?

—Muy bueno.

—¿Emma? —dijo Dunford, en un tono peligrosamente despreocupado.

—¿Sí, Dunford?

—Sólo mis excelentes modales y el hecho de que eres una dama me impiden decirte que te calles.

Henry miró a Alex asustada, segura de que iba a retar a duelo a Dunford por haber insultado a su mujer, pero el duque se limitó a cubrirse la boca con la servilleta y comenzó a toser como si se hubiera atragantado con algo, que lo más seguro era risa, porque hacía un rato que no comía nada.

—Excelentes modales, desde luego —dijo Emma, sarcástica.

Henry pensó que Dunford tenía que ser muy buen amigo de los Ashbourne si Alex se reía cuando podría haber considerado que habían insultado a Emma.

—No puede deberse a que eres una dama, porque a mí una vez me hizo callar y sé de muy buena tinta que yo también soy una dama.

El acceso de tos de Alex se hizo tan violento que Dunford se sintió obligado a darle golpecitos en la espalda. Claro que igual podría haber aprovechado la tos como un pretexto.

—¿Y de quién es esa tinta? —preguntó Dunford.

—Vamos, tuya, por supuesto. —Se inclinó a mirarlo con los ojos brillantes—. Y deberías saberlo.

Emma se unió a Alex en el acceso de tos y formaron un dúo.

Dunford se echó hacia atrás y por su cara pasó una renuente sonrisa de admiración.

—Bueno, Hen —dijo, haciendo un gesto hacia los duques—, parece que nos hemos despachado a estos dos.

Henry ladeó la cabeza.

—No fue muy difícil, ¿verdad?

—No, en absoluto, no presentaron ninguna dificultad.

—Emma, cariño —dijo Alex, ya recuperado el aliento—, creo que han puesto en tela de juicio nuestro honor.

—Eso parece —dijo Emma, levantándose—. Hace siglos que no me reía tanto. Vamos, Henry —añadió, haciéndole un gesto para que la siguiera— y dejemos a estos caballeros con sus sofocantes cigarros y su oporto.

—Ahí tienes, diablilla —dijo Dunford, levantándose—. Ahora podrás por fin descubrir qué ocurre cuando las damas se retiran después de la cena.

—¿Te llamó diablilla? —comentó Emma cuando salieron al corredor.

—Ah, sí, a veces me llama así.

Emma se frotó las manos.

—Esto es mejor de lo que yo creía.

—¡Henry! ¡Espera un momento!

Henry se volvió. Dunford venía a toda prisa hacia ella.

—¿Podría hablar contigo un momento?

—Sí, sí, faltaría más.

La llevó a un lado y le habló en voz tan baja que Emma no logró oír nada, por mucho que aguzara los oídos.

—Necesito verte esta noche.

Henry se emocionó ante su vehemencia.

—¿Sí?

Él asintió.

—Necesito hablar contigo en privado.

—No sé si...

—Nunca he estado más seguro de algo. Llamaré suavemente a tu puerta a medianoche.

—Pero Alex y Emma...

—Siempre se van a acostar a las once —dijo él, y sonrió pícaro—. Les gusta estar solos.

—Sí, pero...

—Estupendo. Hasta la medianoche entonces. —Le dio un rápido beso en la frente—. Ni una sola palabra de esto a nadie.

Henry pestañeó y se lo quedó mirando hasta que entró en el comedor.

Emma llegó a su lado con extraordinaria velocidad para ser una mujer embarazada de siete meses.

—¿Qué te ha dicho?

—Nada, en realidad —balbuceó Henry, consciente de que mentía muy mal.

Emma emitió un bufido de incredulidad.

—No, de verdad. Sólo me dijo... mmm..., me dijo que me comportara.

—¿Que te portaras bien? —dijo Emma, dudosa.

—Bueno, que no haga ninguna tontería, o haga el ridículo, o cualquier cosa de ese tipo.

—Vamos, eso es lo más estúpido que he oído —replicó Emma—. Hasta Dunford tiene que darse cuenta de que es imposible que armes ningún tipo de escena en mi salón teniéndome sólo a mí por compañía.

Henry se las arregló para sonreír.

—Pero claro —continuó Emma—, es evidente que no voy a sonsacarte la verdad, así que no gastaré mi preciosa energía en intentarlo.

—Gracias —musitó Henry.

Mientras se dirigían al salón, Henry apretó la mano en un puño para dominar la emoción. Esa noche él le diría que la amaba. Lo presentía.

Capítulo *18*

11.57

*H*enry ordenó nerviosa los pliegues de su bata mirando el reloj de la mesilla de noche. Era una tonta por haber aceptado, una idiota por estar tan enamorada de Dunford que había aceptado esa cita sabiendo que era un comportamiento de lo más indecente. Se rió irónica para sus adentros al recordar lo poco que le importaban esas reglas cuando estaba en Stannage Park. Era despreocupada e ignorante. Dos semanas en Londres le habían dejado claro que si hay algo que una damita no debe hacer es permitir que un hombre entre en su dormitorio, y mucho menos cuando las luces de la casa están apagadas y todos están durmiendo.

Pero no era capaz de sentir el miedo necesario para negarse a lo que él le pedía. Lo que deseaba y lo que sabía que era correcto eran dos cosas muy distintas, y el deseo ganaba al decoro por un margen muy amplio.

11.58

Se sentó en la cama y al darse cuenta de dónde estaba se levantó de un salto, como si la cama la hubiera quemado. Cálmate, Henry, se dijo. Se cruzó de brazos, los descruzó y volvió a cruzarlos. Comenzó a pasearse por la habitación; al pasar ante un espejo se miró y se vio en actitud severa, entonces volvió a descruzar los brazos. No quería recibirlo sentada en la cama, pero no había ninguna necesidad de estar tan seria.

11.59

Sonó un suave golpe en la puerta. Atravesó volando la habitación y la abrió.

—Llegas pronto —susurró, con los nervios de punta.

—¿Sí? —dijo él, sacando su reloj.

—¿Vas a hacer el favor de entrar? —siseó ella, haciéndolo entrar de un tirón—. Podrían verte ahí.

Dunford devolvió el reloj a su bolsillo, sonriendo de oreja a oreja.

—¡Y deja de sonreír! —añadió ella, con vehemencia.

—¿Por qué?

—Porque tu sonrisa... me hace cosas.

Dunford miró hacia el techo intentando no reírse. Si ella creía que diciéndole eso lo haría dejar de sonreír, debía de ser tonta.

—¿De qué necesitas hablar conmigo? —susurró.

Dunford se acercó.

—Dentro de un rato. Primero tengo que...

Sus labios completaron la frase apoderándose de los de ella en un apasionado beso. No había sido su intención besarla primero, antes de hablar, pero estaba tan condenadamente adorable con su bata y el pelo flotando alrededor de su cara que no pudo resistirse. Ella emitió un suave sonido y cambió ligeramente la posición adaptando su cuerpo al de él.

Él se apartó, de mala gana.

—No vamos a poder hablar nada si continuamos... —se le cortó la voz al verle la expresión aturdida; a la tenue luz de las velas sus labios se veían insoportablemente rosados, y los tenía entreabiertos y mojados—. Bueno, tal vez uno más.

Volvió a estrecharla en sus brazos y su boca encontró la de ella en otro beso extraordinariamente concienzudo. Ella le correspondía con igual sentimiento y vagamente notó que le había rodeado el cuello con los brazos. Pero una pequeña chispita de razón continuaba activa, así que nuevamente la soltó y se apartó.

—Basta —musitó, la reprensión dirigida únicamente a sí mismo. Haciendo una inspiración, levantó la vista y la miró.

Grave error. Otra feroz oleada de deseo y necesidad lo invadió al verla.

—Podrías sentarte ahí —dijo, con la voz ronca, agitando la mano sin indicar ningún sitio.

Henry no tenía idea de que el beso lo había dejado tan estremecido como a ella, e interpretó literalmente la orden. Siguió con la mirada el movimiento de su brazo.

—¿En la cama?

—¡Nooo! Quiero decir... —se aclaró la garganta—. Por favor, no te sientes en la cama.

—Muy bien —dijo, y fue a sentarse en un sillón de respaldo recto con tapiz a rayas azules y blancas.

Dunford fue hasta la ventana y miró fuera, con el fin de tranquilizarse un poco. Ahora que estaba en el dormitorio de Henry no se sentía tan seguro de que su decisión hubiera sido la más juiciosa; bueno, en realidad estaba convencido de que no lo era. Había pensado llevar a Henry a hacer una merienda campestre al día siguiente y entonces proponerle matrimonio, pero durante la cena de repente comprendió que sus sentimientos eran mucho más que afecto y deseo. La amaba.

No, no sólo la amaba; la necesitaba. La necesitaba tal como

necesitaba alimento y agua, como las flores de Stannage Park necesitaban la luz del sol. Sonrió irónico. Recordó esa mañana en Cornualles cuando estaban desayunando y ella miraba por la ventana con una expresión del más puro embeleso. Se imaginó que así debía verse su cara cada vez que la miraba.

Y así, cuando estaba sentado a la mesa del comedor informal de Westonbirt, con un espárrago colgando del tenedor, de repente consideró imperioso que se lo dijera esa misma noche. Concertar una cita secreta le pareció la mejor opción.

Tenía que decirle lo mucho que la amaba y, que, como Dios era su testigo, no se marcharía de ahí hasta que ella le dijera lo mismo.

Se volvió a mirarla. Estaba sentada con la espalda muy recta.

—Henry. —Se aclaró la garganta y repitió—: Henry.

—¿Sí?

—Tal vez no debería haber venido esta noche.

—No —dijo ella, aunque su tono indicaba que no estaba muy convencida.

—Pero necesitaba verte a solas y esperar hasta mañana me pareció una eternidad.

Ella abrió más los ojos. No era propio de Dunford hablar de un modo tan teatral. Se veía bastante agitado, casi nervioso, y no era propio de él ponerse nervioso por nada.

Entonces él cruzó la distancia que los separaba y se arrodilló a sus pies.

—Dunford —dijo ella, con la voz ahogada, sin saber qué debía hacer.

—Chhs, calla, mi amor —dijo él, y entonces comprendió que eso era ella exactamente: su amor—. Te quiero, Henry —continuó, con la voz ronca como terciopelo áspero—. Te amo como jamás imaginé que podría amar a una mujer. Te amo como todo lo que es hermoso y bueno en este mundo, como las estrellas del cielo y como cada hoja de hierba de Stannage Park. Te amo como las facetas de un diamante, las orejas puntiagudas de Rufus y...

—Oh, Dunford —interrumpió ella—. Yo también te amo. Te quiero mucho, mucho. —Se arrodilló junto a él y le cogió las manos; le besó cada una y luego las dos juntas—. Te amo tanto, tanto... Muchísimo, y desde hace mucho tiempo.

—He sido un idiota —dijo él—. Debería haber sabido qué tesoro eres en el momento en que te vi. He perdido mucho tiempo.

—Sólo un mes —dijo ella, con la voz temblorosa.

—A mí me parece una eternidad.

Ella se dejó caer sentada en la alfombra, llevándolo con ella.

—Ha sido el mes más precioso de mi vida.

—Espero hacer igual de precioso el resto de tu vida, mi amor. —Metió la mano en el bolsillo y sacó algo—. ¿Quieres casarte conmigo?

Henry sabía que él le iba a proponer matrimonio, incluso suponía que lo haría durante esa visita al campo, pero de todos modos se conmovió. Se le llenaron de lágrimas los ojos y sólo pudo hacer un gesto mudo de asentimiento.

Dunford abrió la mano y en su palma reposaba un anillo de diamante, la piedra cortada en óvalo y engastada en un sencillo aro de oro.

—No logré hallar nada que pudiera rivalizar con el brillo de tus ojos —dijo dulcemente—. Esto fue lo mejor que encontré.

—Es precioso —exclamó ella—. Jamás he poseído nada semejante. —Lo miró preocupada—. ¿Estás seguro de que puedes permitirte este gasto?

Dunford no pudo evitar reírse, divertido por la preocupación de ella por sus finanzas; era evidente que no sabía que, aunque antes no tenía título, la suya era una de las familias más ricas de Inglaterra. Además, lo complacía ridículamente la forma como dijo «¿Estás seguro de que puedes permitirte este gasto?» Le levantó la mano y se la besó galantemente.

—Te aseguro, diablilla, que todavía nos queda lo suficiente para comprar todo un ganado de ovejas para Stannage Park.

—Pero varios pozos necesitan reparación y...

Él le cerró los labios con los dedos.

—Chss. Ya no tienes que precuparte nunca más por el dinero.

—Nunba be breocudó —logró decir ella a través de los dedos de él cerrándole la boca; cuando él se la dejó libre, suspirando, continuó—: Lo que pasa es que soy ahorrativa, nada más.

—Eso está bien —dijo él levantándole el mentón con el índice y depositándole un dulce beso en los labios—, pero si yo quiero derrochar un poco de vez en cuando para hacerle un regalo a mi mujer, espero no oír quejas.

Henry admiró el anillo que le puso en el dedo, estremeciéndose de emoción al oírlo decir «mi mujer».

—Ninguna queja —musitó, sintiéndose muy frívola y absolutamente femenina.

Después de contemplar el anillo desde la izquierda, desde la derecha y a unos pocos dedos de la vela, levantó la vista y le preguntó:

—¿Cuándo podemos casarnos?

Él le cogió la cara entre las manos y volvió a besarla.

—Creo que eso es lo que más me gusta de ti.

—¿Qué? —preguntó ella, sin importarle que eso fuera buscar cumplidos.

—Eres absoluta, encantadora y estimulantemente franca.

—Eso es una buena cualidad, espero.

—Por supuesto, diablilla, aunque creo que podrías haber sido algo más franca conmigo cuando llegué a Stannage Park. Podríamos haber aclarado todo ese enredo sin tener que aventurarnos en la porqueriza.

Henry sonrió.

—Pero ¿cuándo podemos casarnos?

—Dentro de dos meses, creo —dijo él, sintiendo pasar una dolorosa oleada de frustración por todo el cuerpo.

—¿Dos «meses»?

—Eso creo, mi amor.

—¿Estás loco?

—Eso parece, porque lo más probable es que durante ese tiempo perezca deseándote.

—¿Por qué, entonces, no obtienes simplemente una licencia especial y nos casamos la próxima semana? No puede ser tan difícil obtener una. Emma me dijo que Alex se casó con licencia especial. —Frunció el ceño, pensando—. Ahora que lo pienso, creo que Belle y John también se casaron con licencia especial.

—No quiero que sufras por los cotilleos que habría ante una boda precipitada —dijo él amablemente.

—¡Sufriré más si no puedo tenerte! —dijo ella, sin ninguna amabilidad.

Otra oleada de deseo recorrió el cuerpo de él. No creía que ella hubiera empleado la palabra «tenerte» en el sentido carnal, pero lo excitó de todos modos. Obligándose a hablar en tono tranquilo, dijo:

—Habrá habladurías porque yo soy tu tutor, y no quiero empeorar eso, sobre todo porque no sería difícil que alguien descubriera que estuvimos solos en Cornualles más de una semana.

—Creí que no te importaban los cotilleos de la alta sociedad.

—Me importan por ti, diablilla. No quiero verte sufrir.

—No sufriré, te lo prometo. ¿Un mes?

No había nada que él deseara más que celebrar la boda la próxima semana, pero quería intentar ser maduro.

—Seis semanas.

—Cinco.

—De acuerdo —dijo él, cediendo sin ninguna dificultad, porque su corazón estaba de parte de ella, aunque no lo estuviera su mente.

—Cinco semanas —dijo ella, al parecer no muy complacida por su victoria—. Es demasiado tiempo.

—No es tanto, diablilla. Tendrás muchas cosas para mantenerte ocupada.

—¿Sí?

—Caroline va a querer ayudarte a comprar tu ajuar, y supongo que Belle y Emma también van a desear participar. Estoy seguro de que mi madre también desearía ayudar, pero está pasando unas vacaciones en el continente.

—¿Tienes madre?

Él arqueó una ceja.

—¿Creías que procedo de una especie de nacimiento divino? Mi padre era un hombre extraordinario pero ni siquiera él tenía «ese» talento.

Henry arrugó el ceño para indicarle que no tomaría en cuenta esa broma.

—Nunca hablas de ella. Rara vez hablas de tus padres.

—No es mucho lo que veo a mi madre desde que murió mi padre. Prefiere el clima más cálido del Mediterráneo.

A eso siguió un incómodo silencio y de repente Henry cayó en la cuenta de que estaba sentada en el suelo en bata y en compañía de un hombre gallardamente viril que no daba señales de tener la intención de marcharse.

Y lo más terrible era que ella no se sentía incómoda en absoluto por eso. Exhaló un suspiro, pensando que debía de tener el alma de una casquivana.

—¿Qué te pasa, cariño? —le preguntó él, acariciándole la mejilla.

—Estaba pensando que debería pedirte que te marcharas.

—¿Que deberías?

Asintió.

—Pero no lo deseo.

Dunford hizo una inspiración temblorosa.

—A veces creo que no sabes lo que dices.

Henry puso la mano en la de él.

—Sí que lo sé.

Se sintió como un hombre llevado a la tortura bien dispuesto. Se le acercó más, consciente de que eso sólo podía acabar en un solitario baño de agua helada, pero incapaz de resistir la tentación de robar unos cuantos besos. Deslizó la lengua por los bordes de sus labios, saboreando su dulzura.

—Eres muy hermosa —musitó—. Exactamente lo que deseaba.

—¿Exactamente? —repitió ella, riendo con los labios temblorosos.

Él metió la mano por debajo de su bata y la posó en un pecho cubierto por el camisón.

—Mmm, mmm. Aunque no lo comprendí en el momento.

Ella echó atrás la cabeza mientras él bajaba los labios por su cuello. Sentía su calor en todas partes y era impotente contra ese ataque a sus sentidos. La respiración comenzó a acelerarse y se detuvo cuando él le apretó suavemente el pecho.

—Oooh, oooh, Dunford —resolló, tratando de respirar bien—, oooh, Dios mío.

Él bajó la mano por su espalda hasta dejarla en su firme y redondo trasero.

—No me basta —dijo, vehemente—. Dios me asista, no me basta.

Manteniéndola fuertemente apretada contra él, la bajó hasta dejarla sobre la alfombra. A la parpadeante luz de la vela su pelo brillaba con destellos dorados. Sus ojos eran como plata derretida, lánguidos, drogados por el deseo. Lo invitaban…

Con las manos temblorosas le abrió la bata; el camisón era de algodón blanco, sin mangas, casi virginal. Como un rayo le pasó por la mente que él era el primer hombre que la veía así, y el único que la vería. Jamás se había imaginado que pudiera sentirse tan posesivo, pero la vista (y el tacto y el olor) de su cuerpo no intocado le producía una tormenta de instinto primitivo que lo hacía desear marcarla como suya.

Deseaba poseerla, devorarla. Dios lo amparara, deseaba encerrarla en un lugar donde ningún otro hombre pudiera verla.

Henry le miró emocionada.

—¿Dunford? —dijo, tímida—. ¿Te pasa algo?

Él la miró atentamente, como si quisiera memorizar sus rasgos, toda su cara, hasta la pequeña marca de nacimiento que tenía al lado de la oreja derecha.

—Nada —dijo, pasado un momento—. Sólo es…

—¿Sólo es qué?

Él emitió una risa ronca.

—Sólo es… las cosas que me haces sentir. —Le cogió la mano y se la colocó sobre el acelerado corazón—. Son demasiado fuertes, me asustan.

Se le cortó la respiración. Jamás se habría imaginado que él pudiera asustarse de algo. Sus ojos parecían arder con una intensidad que ella nunca le había visto; como una idiota pensó si a ella le brillarían igual.

Dunford le soltó la mano y ella acarició su cara y luego deslizó un dedo por sus labios.

Él gimió de placer y le cogió nuevamente la mano y se la llevó a la boca; le besó las yemas de los dedos, y lamió detenidamente cada uno como si fueran deliciosos dulces. Volvió al dedo índice y movió la lengua en círculos alrededor de la punta.

—Dunford —exclamó ella, incapaz de pensar por las oleadas de placer que subían por su brazo.

Él se introdujo más el dedo en la boca, chupándoselo y pasando la lengua por la uña.

—Te lavaste el pelo.

—¿Cómo lo sabes?

Él volvió a chuparle el dedo.

—Sabes a limón.

—Aquí tienen un naranjal —dijo ella casi sin reconocer su la voz—. Hay un limonero, y Emma me dijo que podía...

—¿Hen?

—¿Qué?

Él esbozó una sonrisa indolente.

—No me interesa lo del limonero de Emma.

—Ya me parecía —dijo ella, aturdida.

Dunford acercó la cara.

—Lo que deseo es besarte.

Ella no se movió, no podía moverse, tan atontada estaba por la brillante luz que veía en sus ojos.

—Y creo que tú deseas que te bese.

Henry asintió.

Él acercó más la cara hasta posar suavemente los labios sobre los de ella. Le exploró los labios, lentamente, seductor, sin exigirle nada que ella no estuviera dispuesta a darle.

Henry sentía hormigueos en todo el cuerpo; sentía el placer de la proximidad del cuerpo de él. Entreabrió levemente los labios y dejó escapar un suave gemido.

El cambio fue instantáneo. Ese suave gemido de deseo le activó algo profundo y desesperado, y se convirtió en una fiera, marcando su cuerpo como suyo; sus manos estaban en todas partes, explorando la suave curva de su cintura, deslizándolas a lo largo de sus piernas, hundiéndolas en su abundante mata de pelo, gimiendo su nombre una y otra vez, como una letanía de deseo. Era como si se estuviera ahogando, aferrándose a ella como su único medio de mantenerse a flote.

No podía conformarse con eso.

Con los dedos sorprendentemente ágiles, desabrochó el delgado camisón de algodón y lo abrió.

Retuvo el aliento.

—Santo Dios, Henry —susurró, reverente—. Qué hermosa eres.

Por reflejo ella levantó las manos para cubrirse los pechos, pero él se las apartó.

—No. Son perfectos.

Henry se quedó quieta, sintiéndose incómoda bajo su mirada. Se sentía muy expuesta.

—No puedo —dijo finalmente, tratando de cerrarse el camisón.

—Sí que puedes —musitó él, comprendiendo que su incomodidad se debía más a vulnerabilidad que a miedo.

Le cubrió un pecho con su enorme mano y sintió un enorme placer al notar que se le endurecía el pezón con la caricia.

Se inclinó, alcanzando a ver apenas la expresión de incredulidad de su cara y le cogió el pezón con la boca. Ella ahogó una exclamación y se arqueó; le cogió la cabeza entre las manos y él tuvo la impresión de que ella no sabía si quería acercarlo más o apartarlo. Excitó más el pezón endurecido moviendo la lengua alrededor al tiempo que le acariciaba los dos pechos apretándoselos suavemente.

Henry no sabía si estaba viva o muerta. En realidad no se sentía muerta, pero puesto que nunca había estado muerta no podía saberlo. Y jamás había experimentado esas intensas sensaciones estando viva.

Dunford levantó la cabeza para mirarle la cara.

—¿Qué estás pensando? —le preguntó con la voz ronca, divertido y curioso por la extraña expresión de su cara.

—No lo creerías —rió ella, con la risa temblorosa.

Él le sonrió, y decidió que era mejor continuar sus actividades amorosas que hacer más preguntas. Gruñendo encantado, pasó la atención al otro pecho y se lo acarició y lamió hasta dejarlo tan excitado como el otro.

—Te gusta esto, ¿verdad? —musitó, al oír sus suaves gemidos de placer; sintiendo un avasallador afecto por ella, levantó la cabeza y le besó la nariz—. ¿He recordado decirte que te amo en estos cinco minutos?

Ella negó con la cabeza sin poder evitar sonreír.

—Te amo.

—Yo también te amo, pero... —se le cortó la voz y pareció avergonzada.

Él le acarició las mejillas moviéndole ligeramente la cara para que no pudiera evitar mirarlo a los ojos.

—Pero ¿qué?

—Sólo estaba pensando... es decir... —se interrumpió para morderse el labio, y continuó—. Quiero saber si hay algo que yo pueda hacer, es decir...

—Dilo, diablilla.

—Algo que yo pueda hacerte a ti —terminó ella, cerrando los ojos puesto que él no le permitía desviar la cara.

A él se le tensó el cuerpo. Esas palabras, tímidas, espontáneas, inexpertas, aumentaban su deseo como nada que pudiera haberse imaginado.

—Mejor que no —dijo, con voz ronca; al ver en su expresión que se sentía rechazada, añadió—: Pero más rato, sí. Sí, dentro de un rato.

Ella asintió, al parecer comprendiendo.

—¿Me besarías otra vez, entonces?

Ella estaba medio desnuda, arrebolada de deseo y debajo de él, y él estaba locamente enamorado de ella; de ninguna manera podía negarse. La besó con toda la emoción que vibraba en su alma, acariciándole los pechos con una mano y despeinándola con la otra. La besó largamente, sin poder creer que unos labios fueran tan fascinantes, que no necesitaba deslizar la boca por su cuello, orejas o pechos.

Pero sus manos eran otra historia, y notó cómo una iba bajando deslizándose por su abdomen hasta tocar el suave vello rizado que le cubría el pubis. Ella se tensó un poco; él ya había eliminado gran parte de su reserva antes.

—Tranquila, mi amor —sususurró—. Sólo deseo acariciarte. Vamos, «necesito» acariciarte.

Henry reaccionó ante la vehemente emoción de su voz; sintió fluir esa misma pasión por su cuerpo. Estaba intentando relajarse cuando él levantó la cabeza, y la miró a los ojos.

—¿Me permites?

Su voz sonó tan maravillosamente humilde y respetuosa que Henry pensó que podría romperse a trocitos. Asintió enérgicamente, pensando que sería agradable. Era Dunford, y jamás haría algo que le hiciera daño. Sería agradable. Sería agradable.

Estaba equivocada.

Esa caricia le produjo unas sensaciones de placer tan intensas por todo el cuerpo que casi gritó.

—Oooh —exclamó.

El adjetivo «agradable» era poco para calificar lo que él la hacía sentir. Era demasiado intenso el placer, demasiado... demasiado. Su cuerpo no lo resistiría; pensando que explotaría si él continuaba esa dulce tortura se movió con el fin de apartarse y escapar.

—La alfombra te va a irritar la espalda —dijo él, riendo.

Henry lo miró sin entender, tan aturdida por la pasión que le llevó un momento captar el sentido de sus palabras. Riendo otra vez, él rodó hacia un lado, la cogió en los brazos y la llevó hasta la mullida cama.

—Dije que la cama sería un grave error —musitó—, pero no puedo permitir que se te irrite la piel con la fricción de la alfombra, ¿verdad?

Ella se hundió en la cama y al instante él estaba encima otra vez, calentándola con su calor. Inmediatamente deslizó la mano por su cuerpo hasta su parte íntima y reanudó las caricias y torturas llevándola más y más hacia el olvido. Le introdujo un dedo y con el pulgar continuó frotándole suavemente el pequeño botón carnoso, una y otra vez, una y otra vez.

—Dunford, yo… tú…

Él peso de él la hundía en el colchón; sentía su miembro duro y excitado; sin poder resistirse, levantó las piernas y lo rodeó con ellas.

—Santo Dios, Henry —gimió él—. Estás muy mojada y preparada. Tan… yo no quería… no era mi intención…

A ella ya no le importaba cuál había sido su intención. Lo único que le importaba era él, el hombre que tenía en sus brazos, el hombre al que amaba. Y deseaba todo de él. Arqueó las caderas, apretando y aplastando su vibrante miembro duro.

Dunford perdió su autodominio; retiró el dedo y se quitó a toda prisa los pantalones.

—Hen, te necesito —gimió—. Ahora.

Sus manos ya le estaban acariciando y apretando los pechos, luego las nalgas, luego las caderas; se movían con la velocidad del rayo, impulsadas por su necesidad de acariciarla y palparla entera, cada centímetro de su sedosa piel.

Le cogió suavemente los firmes muslos por la parte interior y se los separó un poco. Entonces le tocó la abertura con la punta del pene y gimió al sentirla mojada de excitación.

—Henry, voy a…

Sus labios no lograron formar el resto de la frase, pero ella vio en sus ojos la pregunta.

Asintió.

Él la penetró suave y lentamente, sintiendo la resistencia a esa invasión.

—Chsss, relájate —musitó.

Ella asintió. Jamás se había imaginado que tendría dentro de ella el pene tan grande de un hombre. Lo sentía agradable, pero muy extraño.

—Henry —dijo él, con la cara arrugada por la preocupación—. Esto te va a doler, pero el dolor sólo durará un momento. Si pudiera...

Ella le acarició la mejilla.

—Lo sé.

Dunford embistió, penetrándola hasta el fondo. Henry se tensó ante la repentina ráfaga de dolor.

Al instante él se quedó muy quieto, apoyándose en los codos para liberarla de su peso.

—¿Te he hecho daño?

Negó con la cabeza.

—No. Sólo... Ahora todo está mejor.

—¿Estás segura, Henry? Porque podría retirarme.

Pero su cara le decía claramente que esa opción sería la peor de las torturas.

Sonrió levemente.

—Lo único que necesito es que me beses. —Miró su boca bajando sobre la de ella—. Simplemente bésame.

Él la besó. Le devoró la boca al tiempo que comenzaba a mover el cuerpo, al principio lento y suave y luego más rápido y fuerte, imponiendo un ritmo. Se estaba descontrolando, y necesitaba que ella experimentara el mismo desenfreno. Deslizó la mano por entre sus cuerpos y la acarició.

Ella explotó.

La sensación de placer y urgencia comenzó en el vientre y luego todo su cuerpo se tensó, volviéndose rígido como una tabla. Hizo una inspiración entrecortada, pensando que sus músculos no resistirían esa tensión y se romperían, pero entonces, milagrosamente, se dejó ir, el cuerpo caliente y estremecido de placer, pero absolutamente relajado.

Ladeó la cabeza y cerró los ojos, pero sentía la intensa mirada de él en su cara. La estaba mirando, eso lo sabía con la misma seguridad con que sabía su nombre, y sus ojos le estaban diciendo lo mucho que la amaba.

—Yo también te amo —suspiró.

Dunford no habría creído que pudiera sentir más ternura por ella de la que ya sentía, pero esa declaración de amor susurrada fue como un ardiente beso depositado en su corazón. No sabía cuál había sido su intención cuando entró en su habitación. Tal vez inconscientemente deseaba hacerle el amor, pero no había ni soñado que pudiera sentir tanta felicidad por haberle dado placer.

Se mantuvo encima de ella, contentándose con observarla mientras su alma bajaba de vuelta a la tierra. Después, muy lentamente y con enorme pesar, retiró el miembro de su cuerpo.

Al instante ella abrió los ojos.

—No quiero dejarte embarazada —le susurró—. Al menos no todavía. Cuando llegue el momento, será mi mayor satisfacción verte hincharte y engordar.

Ella se estremeció; encontraba extrañamente eróticas esas palabras.

Él se inclinó a besarle la nariz y alargó una mano para coger su ropa.

Ella le detuvo.

—No te vayas, por favor.

Dunford acarició su frente, apartándole un sedoso mechón.

—Ojalá no tuviera que irme. De verdad no era mi intención hacer esto, aunque —sonrió irónico—, no puedo decir que lo lamente.

—Pero tú no…

—Eso tendrá que esperar, cariño. —La besó tiernamente, sin

poder evitarlo—. Debo esperar hasta nuestra noche de bodas. Quiero que sea perfecta.

Ella estaba tan lánguida que apenas podía moverse, pero se las arregló para esbozar una sonrisa.

—De todas maneras sería perfecta.

—Mmm, lo sé, pero también quiero procurar que si llega un nuevo miembro a la familia no sea antes que pasen nueve meses desde nuestra boda. No quiero que nada mancille tu reputación.

A ella no le importaba mucho su reputación en ese momento, pero asintió, dando a entender que comprendía.

—¿Estarás bien?

Él cerró los ojos y al poco rato los abrió.

—Tal vez dentro de unas horas.

Ella alargó la mano para acariciarlo compasiva, pero él se la apartó, negando con la cabeza.

—Es mejor que no.

—Perdona.

—No pidas disculpas, por favor. —Se bajó de la cama y se puso de pie—. Creo que… mmm, podría salir a hurtadillas de la casa a bañarme. No muy lejos hay una laguna, y me han dicho que el agua ahí es muy fría.

Henry no pudo evitar reírse.

Dunford intentó poner cara seria, pero no lo consiguió. Se inclinó o a besarla una última vez, rozándole la frente con los labios. Después se dirigió a la puerta.

—Ah, ¿Henry? —dijo, cuando tenía la mano en el pomo.

—¿Mmm?

—Mejor cuatro semanas.

Capítulo 19

*A*l día siguiente Dunford envió un mensajero a Londres a poner un anuncio en el *Times*. Henry se sintió extraordinariamente complacida por su prisa en anunciar el compromiso; le parecía otra señal más de que él la amaba tanto como ella a él.

Esa mañana llegaron Belle y John a tiempo para desayunar con las dos parejas. A Belle la alegró muchísimo el anuncio de compromiso entre Dunford y Henry, aunque no la soprendió tremendamente. Después de todo ya sabía que él pensaba hacerle esa proposición, y bastaba con ver cómo lo miraba Henry para saber que aceptaría.

Después del almuerzo las tres damas estaban instaladas en la muy adecuadamente denominada sala de estar, hablando de la nueva situación de Henry como mujer comprometida en matrimonio.

—Espero que haya hecho algo tremendamente romántico —dijo Belle, tomando un trago de té.

Henry las encantó a las dos ruborizándose.

—Fue, eh… bastante romántico.

—Lo que no entiendo —dijo Emma—, es en qué momento tuvo la oportunidad de declararse. No lo había hecho cuando terminamos de cenar anoche, a no ser que tú hubieras guardado el secreto, y a mí me parece que no porque, francamente, no veo cómo podrías haber guardado un secreto así.

Henry tosió.

—Y las dos nos retiramos al salón y después fuimos a acostarnos. —La miró con los ojos entrecerrados—. ¿O no?

Henry volvió a toser.

—Creo que me vendría bien un poco más de té.

Sonriendo pícara, Emma le sirvió más té.

—Bebe, Hen.

Henry se llevó la taza a los labios y miró recelosa a las dos primas.

—¿Se te ha cerrado la garganta? —le preguntó Belle, dulcemente.

—Creo que necesito más té —se evadió Henry, acercando la taza a la anfitriona—, con un poco más de leche.

Emma cogió el jarrito y añadió leche a la taza. Henry bebió un sorbo y luego, al ver los dos pares de pícaros ojos mirándola, se bebió toda la taza.

—¿Tendrías un poco de coñac?

—Vamos, Henry, suéltalo —dijo Emma.

—Yo creo que... mmm, esto es bastante personal, ¿no os parece? La verdad es que no os imagino a ninguna de las dos contándome cómo os propusieron matrimonio vuestros maridos.

Ante su sorpresa, Emma se ruborizó.

—Muy bien, no te haré más preguntas —dijo la duquesa—. Pero tengo que decirte...

Se interrumpió y dio la impresión de que estaba intentando encontrar las palabras para decir algo muy poco delicado.

—¿Qué? —le preguntó Henry, sin sentirse culpable por estar disfrutando de su incomodidad.

Después de todo la duquesa había disfrutado de la incomodidad de ella no hacía dos minutos.

Pasado un momento, Emma continuó:

—Sé que parte del motivo de que Dunford nos pidiera que os

invitáramos a pasar unos días aquí es que sabía que no seríamos muy severos como carabinas.

Belle emitió un bufido de risa.

Emma la fulminó con la mirada y luego continuó, dirigiéndose a Henry:

—No me cabe duda de que él supuso que encontraría una manera de estar a solas contigo. Después de todo te ama. —La miró—. Te ama, ¿verdad? Lo que quiero decir es si te lo ha dicho. Los hombres suelen ser muy rudos a veces.

Henry se ruborizó un poco y asintió.

—De acuerdo —dijo Emma, nerviosa; se aclaró la garganta y continuó—: Como iba diciendo, entiendo tu deseo... esto, tal vez no es esa la palabra apropiada...

—Creo que «deseo» es muy apropiado —dijo Belle, curvando los labios como si apenas pudiera contener la risa.

Emma volvió a fulminarla con la mirada; Belle le hizo un gesto burlón, y así continuaron las primas con ese comportamiento muy impropio de damas, hasta que Henry se aclaró la garganta. Al instante Emma enderezó la espalda, la miró y luego, sin poder resistirse volvió a mirar a Belle indignada; Belle le contestó con su sonrisa burlona más descarada.

—¿Ibas a decir? —preguntó Henry.

—Muy bien —dijo Emma, ya menos nerviosa—. Lo que iba a decir es que está muy bien desear estar a solas con él y... —se ruborizó, y el efecto de sus mejillas rojas fue casi cómico, el color tan parecido al de su pelo—. Tal vez está muy bien estar a solas con él de vez en cuando, pero tengo que pedirte, por favor, que procures no estar «muy» a solas con él, si sabes lo que quiero decir.

Antes de esa noche Henry no habría sabido qué quería decir, pero en ese momento ya lo sabía, así que las mejillas se pusieron rojas, mucho más rojas que las de Emma.

La expresión de Emma indicó que comprendía que el consejo llegaba demasiado tarde.

—Estas cosas siempre tienen una manera de llegar a los oídos de tía Caroline —masculló.

Henry se sintió avergonzada y bajó la cabeza, pero entonces recordó que Belle y Emma eran sus amigas. Aunque nunca había tenido amigas, sabía que si la embromaban era porque la querían. Levantó airosamente la cabeza y miró primero los ojos violetas de Emma y luego los azules de Belle.

—Yo no lo diré si vosotras no lo decís.

El resto del tiempo en el campo pasó muy rápido para Henry. Salía con sus amigas al pueblo cercano, jugaban a las cartas hasta altas horas de la noche y se reían y bromeaban hasta que no podían más. Pero los momentos más especiales eran cuando Dunford se las arreglaba para encontrarse a solas con ella furtivamente y podían disfrutar de un rato juntos.

Esos encuentros clandestinos comenzaban con un apasionado beso, aunque él siempre insistía en que esa no había sido su intención.

—Te veo ypierdo el control —decía siempre, encogiéndose de hombros sin el menor asomo de arrepentimiento.

Ella intentaba reprenderlo, pero su corazón nunca estaba en ello.

En todo caso, demasiado pronto se encontró de vuelta en Londres, abrumada por un torrente de visitas de personas curiosas que insistían en que sólo querían felicitarla por su inminente boda. La desconcertaba bastante toda esa atención, porque ni siquiera conocía a la mayoría de personas.

Un día tuvo la visita del conde de Billington, que se quejó afablemente de que no le habían dado ni una oportunidad de cortejarla.

—Dunford nos ganó por la mano a todos —dijo, sonriendo indolente.

Henry sonrió y se encogió de hombros modestamente, sin saber qué contestar.

—Supongo que tendré que cuidar mi corazón roto asistiendo valientemente a otro baile esta noche.

—Vamos, por favor, su corazón no está roto en absoluto.

Él sonrió de oreja a oreja, encantado por su franqueza.

—Podría habérseme roto si hubiera tenido la oportunidad de conocerla mejor.

—Qué suerte para mí que no la tuvieras —dijo una voz profunda.

Henry se volvió hacia la voz y vio a Dunford llenando el vano de la puerta del salón favorito de Caroline. Estaba guapísimo, corpulento, alto y muy masculino con su chaqueta azul y el pantalón beis. La miró y esbozó una muy leve sonrisa sesgada, secreta; al instante los ojos de ella se convirtieron en pozos de satén plateado y se le escapó un suave suspiro.

—Veo que yo no tenía la menor posibilidad —dijo Billington.

—Ni la más mínima —dijo Dunford afablemente, entró en el salón y se sentó al lado de Henry.

Teniéndola ya a salvo, comprometida con él, recordaba por fin que Billington siempre le había caído bastante bien.

—¿Qué te ha traído por aquí? —le preguntó Henry.

—Sólo deseaba verte. ¿Han sido agradables tus días hasta el momento?

—Demasiadas visitas —dijo Henry, y, dándose cuenta al instante de la grave metedura de pata, miró a Billington y tartamudeó—. Con la excepción de la presente, por supuesto.

—Por supuesto.

—Vamos, por favor, no me considere grosera, milord. Lo que pasa es que hoy han venido a verme casi cien personas que no conocía. De verdad, fue un gran alivio para mí cuando llegó usted. A usted le conozco y, más importante aún, me cae muy bien.

—Encantadora disculpa, querida mía —dijo Dunford, dándole una palmadita en la mano, como diciéndole que no hacía falta que dijera nada más; al paso que iba, en cualquier momento iba a declararle su amor al conde.

Billington captó la expresión algo irritada de Dunford y se levantó, esbozando una sonrisa maliciosa.

—Siempre me he enorgullecido de darme cuenta cuando estoy de más.

Dunford también se levantó, lo acompañó hasta la puerta y le dio una cordial palmada en la espalda.

—Siempre he admirado esa cualidad tuya, Billington.

Billington curvó los labios en una sonrisa e hizo una elegante reverencia hacia Henry.

—Señorita Barret.

Diciendo eso salió, dejándolos solos.

—Creí que no se marcharía nunca —suspiró Dunford con gesto teatral, y cerró la puerta.

—Desalmado. Prácticamente lo echaste. Y no creo que esa puerta vaya a continuar cerrada más de dos minutos; tan pronto como se entere lady Worth enviará a un tropel de criados a vigilarnos.

—Un hombre puede tener esperanza —suspiró.

Ella curvó los labios en una sonrisa muy femenina.

—Una mujer también.

—¿Sí? —dijo él, inclinándose hasta que ella sintió su aliento en la piel—. ¿Qué esperabas?

—Ah, esto y aquello.

—¿Esto? —le besó una comisura de la boca—. ¿O aquello? —le besó la otra.

—Creo que dije esto «y» aquello.

—Eso dijiste —dijo él, y repitió los dos besos.

Ella suspiró de satisfacción y se acurrucó a su lado. Dunford la rodeó con los brazos, en un abrazo fraternal, y hundió la cara en su nuca, acariciándosela suavemente con la nariz y los labios. Se dio permiso para gozar de ese placer un momento y levantó la cara.

—¿Cuánto tiempo crees que tenemos hasta que Caroline suelte a los sabuesos?

—Unos treinta segundos, diría yo.

Él la soltó de mala gana, fue a sentarse en un sillón frente a ella y sacó su reloj de bolsillo.

—¿Qué haces? —preguntó ella, estremeciéndose de risa silenciosa.

—Comprobando si es acertado tu cálculo, querida mía. —Guardó silencio unos veinte segundos y luego chasqueó la lengua y negó con la cabeza—. Te equivocaste, diablilla. Parece que tenía unos cuantos segundos más para tenerte abrazada.

Henry puso los ojos en blanco y movió la cabeza; era un hombre incorregible. Justo entonces se abrió la puerta; ninguno de los dos logró ver quién era; sólo se vio un brazo con manga de librea, que abrió la puerta y desapareció. Los dos se echaron a reír.

—¡he ganado! —exclamó ella, triunfante—. Dime, ¿en cuánto me he equivocado?

Dunford asintió, admirado de mala gana.

—Sólo en seis segundos, diablilla.

Henry le sonrió satisfecha y se echó hacia atrás apoyando la espalda en el respaldo.

Él se levantó.

—Parece que ha llegado a su fin nuestro tiempo a solas. ¿Cuánto nos falta ahora, dos semanas más?

Ella asintió.

—¿No te alegra que te haya convencido de que era mejor un compromiso de cuatro semanas en lugar de cinco?

—Infinitamente, mi amor. —Se inclinó a besarle la mano—. Espero verte esta noche en el baile de lady Hampton.

—Si tú estás ahí, yo también estaré.

—Ojalá fueras siempre tan obediente.

—Soy bastante obediente cuando me conviene.

—Ah, sí. Entonces supongo que tendré que pedirte que procures que te convenga lo que yo desee.

—Creo que en este momento deseamos lo mismo, milord.

Él se echó a reír.

—Voy a tener que irme. Me has superado con mucho en el arte del coqueteo. Estoy en grave peligro de perder mi corazón.

—Yo creía que ya lo habías perdido —dijo ella, mirándolo caminar hacia la puerta.

Él se volvió a mirarla con los ojos ardientes de emoción.

—No lo he perdido sino que se lo he dado a una mujer para que lo proteja.

—¿Y lo protege? —preguntó, sin poder impedir que le temblara la voz.

—Sí, y yo protegeré el de ella con mi vida.

—Espero que no sea necesario.

—Yo también, pero eso no significa que no daría mi vida. —Se volvió y al llegar a la puerta se detuvo—. A veces, Hen —dijo, sin darse la vuelta—, creo que daría mi vida sólo por una de tus sonrisas.

Unas horas después Henry estaba terminando sus preparativos para el baile de esa noche. Como siempre, la idea de que iba a ver a Dunford le producía estremecimientos de emoción. Era curioso que ahora que se habían declarado mutuamente su amor cada momento que pasaban juntos era más emocionante. Cada mirada, cada contacto contenía mucho significado; él sólo tenía que mirarla de cierta manera, pensó irónica, y ella se olvidaba de respirar.

Como la noche estaba algo fría se puso un vestido de terciopelo azul oscuro. Dunford llegó para acompañarla y también Belle y John, en sus coches.

—Perfecto —exclamó Caroline, dando unas palmadas—. Con dos coches ya aquí no hay ningún motivo para traer el mío. Iré con Dunford y Henrietta.

En la cara de Dunford se vio claramente el desencanto.

—Y Henry —continuó Caroline—, es decir «mi» Henry, irá con Belle y John.

Belle masculló que ellos no necesitaban ir acompañados de carabina pues ya estaban casados, pero Henry era la única que estaba lo bastante cerca para oírla.

En el trayecto a la casa Hampton no ocurrió nada digno de mención, como era de suponer. No hubo oportunidad de que ocurriera algo, con Caroline en el coche. Cuando entraron en el salón de baile, Henry fue inmediatamente rodeada por un montón de personas, muchas de las cuales ya habían concluido que ella tenía que ser la jovencita más interesante del año, si había conseguido cazar a Dunford al parecer con tanta facilidad.

Dunford estuvo un momento observándola eludir hábilmente las preguntas y comentarios de viudas y debutantes fisgonas, llegó a la conclusión de que se las estaba arreglando muy bien y decidió salir a tomar aire fresco. Deseaba pasar con ella todos los minutos de vigilia posibles pero no le haría ningún bien pasando demasiado tiempo a su lado. Cierto que estaban comprometidos y que todos esperarían que le prestara más atención, pero también estaban esos cotilleos desagradables respecto a cuándo se conocieron. Al fin y al cabo, se habían comprometido sólo dos semanas después de su llegada a Londres. No creía que ningún rumor hubiera llegado a oídos de Henry todavía, pero no quería hacer nada que añadiera combustible a las llamas. Decidió darle un tiempo para conversar con las amigas de Caroline, todas muy influyentes y de reputación irreprochable y luego volver para pedirle que bailaran un vals. Nadie podría criticarlo por un baile.

Se dirigió a las puertas cristaleras que llevaban al jardín. Lady Hampton había puesto lámparas chinas en los jardines, por lo que estaban casi tan iluminados como el interior. Estaba apoyado perezosamente en una columna, pensando en su inmensa buena suerte, cuando oyó su nombre. Volvió la cabeza.

El conde de Billington venía hacia él, con una sonrisa en la cara que parecía ser una extraña combinación de burla y compasión por sí mismo.

—Sólo quería felicitarte otra vez —dijo—. No sé cómo lo conseguiste, pero te mereces mis mejores deseos.

Dunford le agradeció con una elegante reverencia.

—Encontrarás a otra.

—No este año. La cosecha es lastimosamente pobre. Tu Henry es la única debutante que tiene medio cerebro.

Dunford arqueó las cejas.

—¿Medio cerebro?

—Imagínate mi placer cuando descubrí que la única debutante con medio cerebro en realidad tiene uno entero. —Movió la cabeza—. Tendré que esperar hasta el próximo año.

—¿Por qué esa prisa?

—Te aseguro, Dunford, que no te conviene saberlo.

Dunford encontró bastante enigmática esa respuesta pero decidió no hacerle más preguntas, por respeto a su vida privada.

—De todos modos —continuó Billington—, puesto que parece que esta temporada no me atraparán, tal vez me busque una compañera.

—¿Compañera, dices?

—Mmm, mmm. Charise volvió a París hace unas semanas. Dice que aquí llueve demasiado.

Dunford se enderezó, apartándose de la columna.

—Tal vez pueda ayudarte.

Billington señaló un lugar más oscuro del jardín.

—Tenía la impresión de que podrías.

Lady Sara-Jane Wolcott vio a los dos hombres dirigirse hacia la parte trasera del jardín y al instante le picó la curiosidad. Llevaban varios minutos conversando, ¿de qué otra cosa podrían necesitar hablar que exigiera más retiro aún? Agradeciendo mentalmente que esa noche hubiera elegido un vestido verde oscuro, avanzó sigilosamente hacia ellos, manteniéndose a la sombra, hasta que encontró un arbusto grande para esconderse. Si se inclinaba lograría oír la mayor parte de la conversación.

—... tendré que librarme de Christine, lógicamente.

—Ya me parecía que no desearías seguir manteniendo a una amante teniendo una esposa tan encantadora.

—Debería haber cortado con ella hace semanas. No la he ido a ver desde que volví a Londres. Pero hay que ser delicado con estas cosas. No quiero herir sus sentimientos.

—No, claro que no.

—El alquiler de la casa está pagado para varios meses. Eso debería darle tiempo para encontrar otro protector.

—Estaba pensando en ofrecerme yo para ese papel.

Dunford soltó una risita.

—Le había echado el ojo desde hace unos meses. Sólo estaba esperando a que te cansaras de ella.

—Tengo pensado encontrarme con ella el viernes a medianoche para decirle que voy a casarme, aunque seguro que ella ya se ha enterado. Le hablaré en tu favor.

Billington sonrió y bebió un trago de la copa que tenía en la mano.

—Hazlo.

—He de reconocer que me alegra que te interese Christine. Es una buena mujer. No me gustaría pensar que se queda a la deriva.

Billington le dio una palmada en la espalda.

—Estupendo. Será mejor que vuelva a la fiesta. Nunca se sabe cuándo puede aparecer una debutante con cerebro. La próxima semana te buscaré para conversar, después que hayas tenido la oportunidad de hablar con Christine.

Dunford asintió y se quedó donde estaba, mirando a Billington llegar a la terraza y atravesarla a largos pasos. Tras un rato, él también volvió al salón.

Con los labios curvados en una sonrisa, lady Sara-Jane pensó en lo que acababa de oír, pensando qué uso podía darle a esa golosina. No sabía muy bien qué tenía la señorita Henrietta Barret que la irritaba, pero la irritaba. Tal vez era sencillamente que Dunford parecía estar locamente enamorado de la chica cuando ella llevaba casi un año haciéndole insinuaciones sin conseguir ningún resultado. Y era evidente que la pequeña señorita Henry correspondía a sus sentimientos; cada vez que la miraba, la muchacha estaba mirando a Dunford como si fuera un dios.

Tal vez eso era lo que más la molestaba; era tan condenadamente inocente y natural, tal como era ella a esa edad, antes que sus padres la casaran con lord Wolcott, notorio libertino que tenía tres veces su edad. Ella se había consolado con una serie de aventuras, la mayoría con hombres casados. A Henry la esperaba un duro despertar, cuando se diera cuenta de que los hombres casados no les son fieles a sus mujeres durante mucho tiempo.

Levantó bruscamente la cabeza. ¿Por qué no ofrecerle una pequeña lección a Henry antes del matrimonio? No iba a hacer nada malo, se justificó. Tarde o temprano tendría que enterarse de esa triste verdad sobre los matrimonios de la alta sociedad. Y tal vez era mejor temprano. Mirado desde ese ángulo, en realidad le haría un favor. Era mucho mejor que la muchacha entrara en la vida de casada con los ojos abiertos para que no sufriera una horrible desilusión unos meses después.

Lady Sara-Jane hizo todo el camino de vuelta al salón de baile sonriendo.

Henry se esforzaba en no alargar el cuello en busca de Dunford. ¿Dónde se habría metido? Se había pasado la última media hora contestando preguntas acerca de sus inminentes nupcias y, en su opinión, ya era hora de que él hiciera su parte.

—¿Me permite felicitarla por sus inminentes nupcias?

Suspirando, Henry se volvió a mirar a la mujer que acababa de felicitarla. Se le agrandaron un poco los ojos al ver que era Sara-Jane Wolcott.

—Lady Wolcott —dijo, sin poder impedir cierta frialdad en la voz. Esa vez que se encontraron la dama prácticamente se arrojó encima de Dunford—. Qué sorpresa.

—¿Por qué sorpresa? —preguntó lady Sara-Jane, ladeando la cabeza—. Supongo que no creerá que yo le envidiaría a otra dama la felicidad de su dicha conyugal.

Henry deseó decirle que no sabía qué haría ni qué no haría, pero consciente de los ojos y oídos curiosos que la rodeaban, simplemente sonrió.

—Gracias.

—Le aseguro que sólo tengo los mejores deseos para usted y su novio.

—Le creo —dijo Henry, aunque con los dientes apretados, deseando que la mujer simplemente desapareciera.

—Estupendo, pero quiero darle un consejo. De mujer a mujer, por supuesto.

Henry tuvo la impresión de que no era nada bueno.

—Es usted muy amable, lady Wolcott, pero lady Worth, lady

Blackwood y la duquesa de Ashbourne han sido muy amables dándome todo tipo de consejos necesarios relativos al matrimonio.

—Han hecho muy bien, seguro. No esperaría menos de damas tan amables.

Henry tragó saliva para pasar el mal sabor de boca y evitó decirle que esas damas no la consideraban con igual.

—El consejo que quiero darle —continuó Sara-Jane, moviendo afectadamente la muñeca—, es algo que nadie más podría darle.

Esbozando una radiante sonrisa falsa, Henry se le acercó un poco.

—Estoy sin aliento por la expectación.

—No me cabe duda —musitó Sara-Jane—, pero venga, apartémonos de la multitud un momento. Lo que tengo que decirle es sólo para sus oídos.

Ya impaciente por hacer lo que fuera para librarse de la mujer, Henry retrocedió unos pasos.

—Créame, por favor, que yo no haría nada para herirla —dijo Sara-Jane en voz muy baja—, y sólo le digo esto porque creo que toda mujer debe entrar en el matrimonio con los ojos bien abiertos, privilegio que yo no tuve.

—¿Qué es, lady Wolcott? —dijo Henry, entre dientes.

—Querida mía, he pensado que debe saber que Dunford tiene una amante.

Capítulo 20

—¿*E*so es todo, lady Wolcott? —dijo Henry, en tono glacial.

Lady Wolcott no tuvo que fingir su sorpresa.

—Entonces usted ya lo sabía. Debe de ser una joven excepcional para adorarlo así cuando hay otra mujer en su vida.

—No le creo, lady Wolcott. Creo que usted es muy maligna. Ahora, si me disculpa…

Sara-Jane impidió que se marchara cogiéndola del brazo.

—Entiendo su mala disposición a aceptar que lo que digo es cierto. Tal vez se cree enamorada de él.

Henry estuvo a punto de gritarle que no «se creía» nada, que estaba enamorada de Dunford, pero por no darle la satisfacción de ver que la había alterado, se limitó a cerrar la boca.

Sara-Jane ladeó la cabeza con un aire de superioridad, por lo que Henry, sin poder soportarlo más, se desasió, diciendo fríamente:

—Suélteme, por favor.

—Se llama Christine Fowler. Dunford irá a verla el viernes. A medianoche.

—He dicho «suélteme», lady Wolcott.

—Como quiera, señorita Barret. Pero piense que si es mentira lo que le digo, ¿cómo sé la hora de su próxima cita? Usted podría simplemente ir a su casa a medianoche, ver que estoy equivocada y llamarme mentirosa. —La soltó con brusquedad—. Pero no soy una mentirosa.

Henry, que estaba a punto de echar a correr, se quedó donde estaba. Las palabras de lady Wolcott tenían su lógica después de todo.

—Tome —dijo Sara-Jane, tendiéndole un trozo de papel—. Esta es su dirección. La señorita Fowler es bastante conocida. Hasta yo sé dónde vive.

Henry miró el papel con horror.

—Cójalo, señorita Barret. Lo que decida hacer después depende de usted.

Henry continuó mirando el papel, sin lograr identificar el tropel de emociones que la embargaban. Finalmente lady Wolcott le cogió la mano, se la abrió y le puso el papel en la palma.

—Por si no lo lee, señorita Wolcott, le diré la dirección. Vive en Bloomsbury, Russell Square, número catorce. Es una casita muy bonita. Creo que su futuro marido se la compró.

—Váyase, por favor —pidió.

—Como quiera.

—Ahora mismo.

Lady Wolcott inclinó elegantemente la cabeza y se alejó, perdiéndose entre la multitud.

—¡Ah, Henry, estás ahí!

Henry levantó la vista y vio a Belle que iba hacia ella.

—¿Qué haces aquí?

Henry tragó saliva.

—Sólo quería escapar de la multitud un momento.

—Te comprendo, desde luego. Puede ser bastante agotador ser la más popular de la temporada, ¿no? Pero no temas, seguro que Dunford no tardará en venir a salvarte.

—¡No! Es decir, no me siento bien. ¿Sería muy grave que me fuera a casa?

Belle la miró preocupada.

—No, claro que no. Te veo algo acalorada. Espero que no tengas fiebre...

—No, sólo... sólo deseo acostarme.

—Cómo no. Ve hacia la puerta. Buscaré a Dunford para que te acompañe a casa.

—No. —La palabra le salió sin pensarla antes y con más fuerza de la que habría querido—. No es necesario. Él debe de estar con sus amigos y no quiero molestarlo.

—No le importará, seguro. En realidad, se molestará mucho conmigo por no haberle informado de que te encuentras mal. Se preocupará muchísimo.

—Pero es que quiero irme ya —dijo Henry, notando que se estaba poniendo histérica—. De verdad, quiero echarme en la cama, y te llevará muchísimo tiempo localizarlo.

—De acuerdo —dijo Belle al fin—. Ven conmigo. Te enviaré a casa en mi coche. No, te acompañaré. Me parece que no tienes muy firmes los pies.

Eso no sorprendió a Henry; realmente no se sentía firme, ni en los pies ni en nada.

—No es necesario, Belle. Me sentiré bien tan pronto como me acueste.

—Es absolutamente necesario —contestó Belle convencida—. Y no es ningún problema. Te acompañaré y volveré a la fiesta.

Henry asintió, y no se dio ni cuenta de que el odioso trozo de papel se le deslizaba de los dedos y caía al suelo.

Cuando iban hacia la salida se detuvieron a pedirle a una amiga que avisara a John y a Dunford de que se habían marchado. Al llegar al coche Henry notó que estaba temblando; y continuó temblando durante todo el trayecto a casa.

Los ojos de Belle reflejaban cada vez más preocupación, hasta que le tocó la frente.

—¿Estás segura de que no tienes una gripe? Yo la tuve una vez. Fue horrible, pero te la podemos tratar mejor si la detectamos pronto.

—No —dijo Henry cruzando los brazos sobre el pecho—. Sólo es cansancio, estoy segura.

Belle no pareció convencida, y cuando llegaron a la mansión Blydon la hizo subir rápidamente hasta su dormitorio y la ayudó a meterse en la cama.

—Creo que no debo marcharme —dijo, sentándose en el sillón a un lado de la cama—. No te veo nada bien y no quiero imaginarte sola si empeoras.

—No te quedes, por favor —le rogó Henry, pensando que lo que necesitaba era estar sola con su sufrimiento y confusión—. No estaré sola. Tus padres tienen un ejército de criados. Y no pienso hacer otra cosa que dormir. Además, John estará esperando que vuelvas a la fiesta. Le dejaste recado de que ibas a volver.

—¿Estás segura de que te podrás dormir?

—Estoy segura de que lo intentaré.

Con todos los pensamientos que pasaban por su cabeza no sabía si alguna vez volvería a dormir bien.

—De acuerdo, entonces. Pero no creas que me quedo tranquila —dijo Belle, sonriendo, con el fin de alegrarle el ánimo.

Henry consiguió responderle con una leve sonrisa.

—¿Me haces el favor de apagar la vela antes de salir?

Asintiendo, Belle fue a apagar la vela y salió.

Henry estuvo varias horas despierta en la oscuridad. Mirando hacia el cielo raso que no veía le daba vueltas y vueltas a un montón de pensamientos que parecían extraviados en un laberinto y siempre llegaban al mismo punto.

Seguro que lady Wolcott le había mentido. Era una bruja, eso era evidente, y tenía muy claro que deseaba a Dunford para ella, o al menos lo había deseado. Tenía todos los motivos para intentar destrozar su felicidad.

Además, Dunford la amaba; él se lo había dicho y ella le creía. Ningún hombre podría haberla mirado con tanta ternura ni haberle hecho el amor de esa manera tan exquisita si no la amara.

A no ser que… ¿y si ella no le daba placer? Cuando hicieron el amor él se interrumpió antes de lograr su satisfacción. Le dijo que se debía a que no quería dejarla embarazada, y en aquel momento a ella la maravilló su autodominio.

¿Pero tendría ese tipo de autodominio un hombre enamorado? Tal vez no sintió el mismo tipo de deseo que sintió ella. Tal vez habría encontrado más deseable a una mujer sofisticada. Tal vez ella todavía era una chica criada en el campo muy inmadura; no, una chica poco femenina. Tal vez no era bastante mujer.

En cuanto a eso, todavía sabía muy poco acerca de ser una mujer; tenía que consultar a Belle sobre casi todas las cosas importantes.

Se acurrucó formando un ovillo y se tapó los oídos, como si así pudiera hacer callar la voz pesimista que le hablaba en el interior. No debía dudar de él. Él la amaba; él se lo había dicho y ella le creía.

Sólo un hombre enamorado podría haber dicho con tanta intensidad: «A veces creo que daría mi vida sólo por una de tus sonrisas».

Si Dunford la amaba, y de eso estaba segura, no podía desear tener una amante. Nunca haría nada que la hiriera tan cruelmente.

Pero ¿por qué, entonces, lady Wolcott sabía la hora y el lugar de su supuesto encuentro con esa Christine Fowler? Tal como le dijo, si era una mentira, a ella le sería fácil descubrirlo. Lo único que tenía que hacer era espiar la casa de Christine para ver si Dunford llegaba. Si lady Wolcott le había mentido, él no aparecería por allí.

O sea que tenía que haber algo de verdad en las palabras de lady Wolcott. Cómo se las había arreglado para obtener esa información era imposible saberlo, pero la creía muy capaz de escuchar conversaciones privadas o leer las misivas de otras personas. De todos modos, al margen de la perfidia de lady Wolcott, una cosa era cierta: algo iba a ocurrir el viernes a medianoche.

Al instante la invadió una horrible oleada de culpabilidad. ¿Cómo podía dudar así de Dunford? Ella se enfurecería con él si manifestara una falta de confianza similar hacia ella. No debía dudar de él; no deseaba dudar, pero claro, no podía hacerle ninguna pregunta sobre el asunto; él se daría cuenta de sus dudas. No sabía si él reaccionaría con furia o con una fría desilusión, pero no se creía capaz de soportar ninguna de las dos cosas.

Estaba dando vueltas en círculos; no podía interrogarlo porque a él lo enfurecería que ella pensara que había algo de verdad en las palabras de lady Wolcott. Y si no hacía nada se pasaría el resto de su vida con la duda. En realidad no creía que él mantuviera a una amante, y si lo acusaba de eso lo enojaría muchísimo. Pero si no lo enfrentaba, jamás sabría la verdad.

Cerró los ojos, deseando echarse a llorar. El llanto la agotaría y podría dormir.

Dunford dio un paso hacia Belle en actitud amenazante.

—¿Qué quieres decir con que está enferma?

—Sólo eso, Dunford. No se sentía bien así que la llevé a casa y la ayudé a meterse en la cama. Ha tenido quince días agotadores, por si no lo habías notado. La mitad de Londres decidió conocerla en las dos semanas pasadas. Y luego tú prácticamente la abandonaste a los lobos en el instante en que llegamos aquí.

Dunford hizo una mueca de disgusto al detectar reproche en la voz de Belle.

—Sólo quiero mantener los cotilleos al mínimo. Si le presto demasiada atención en público, comenzarán nuevamente las habladurías.

—¿Vas a dejar de hablar de cotilleos? —ladró Belle—. Dices que todo lo haces por ella, pero a ella no le importan un rábano las habladurías. Lo único que le importa eres tú, y esta noche desapareciste.

A él le ardieron los ojos y comenzó a alejarse.

—Iré a verla.

—Ah, no, no irás —dijo Belle, cogiéndole de una manga—. La pobre chica está agotadísima; déjala dormir. Y al decir que dejes de preocuparte por los cotilleos no quise decir que es aceptable que entres como un huracán en su dormitorio, en la casa de mi madre, nada menos, a medianoche.

Dunford se quedó inmóvil, pero apretó las mandíbulas, ante la intensidad de su fastidio consigo mismo y su impotencia. Jamás se había sentido así; era como si algo lo estuviera royendo por dentro. Sólo saber que Henry estaba enferma, y si no sola, no con él, lo hacía temblar de frío, de calor, de miedo y a saber qué más.

—¿Se pondrá bien? —preguntó al fin, tratando de hablar con tranquilidad.

—Se pondrá muy bien —dijo Belle, amablemente, poniéndole una mano en el brazo—. Sólo necesita dormir un poco. Le pediré a mi madre que vaya a verla esta noche cuando llegue a casa.

Él asintió secamente.

—Hazlo. Yo iré a verla mañana.

—Ella te lo agradecerá, seguro. Yo también iré a verla. —Echó a caminar, pero él la llamó. Se volvió a mirarlo—. ¿Sí?

—Sólo quiero darte las gracias, Belle —se le cerró la garganta—, por ser su amiga. No tienes idea de lo mucho que necesitaba una amiga. Tu amistad ha significado muchísimo para ella. Y para mí.

—Vamos, Dunford, no tienes por qué darme las gracias. Ella se lo merece.

Dunford suspiró mientras salía del salón. La fiesta había sido tolerable sólo porque sabía que pronto bailaría un vals con su novia.

Puesto que ella ya no estaba no le quedaba nada para esperar con ilusión. Era increíble lo triste que veía la vida sin ella.

¿Qué estaba pensando? Sacudió la cabeza para expulsar ese pensamiento. No tenía ningún motivo para imaginarse la vida sin Henry. Él la amaba y ella lo amaba. ¿Qué más podía necesitar?

—Tiene una visita, señorita Barret.

Henry levantó la vista hacia la criada que había hablado. Belle había llegado temprano a hacerle compañía y en ese momento estaban hojeando una revista de moda.

—¿Quién es, Sally? —preguntó Belle.

—Lord Stannage, milady. Dice que desea ver cómo está su novia.

Belle frunció el ceño.

—En realidad no es correcto que suba, pero tú estás enferma y yo estoy aquí para hacerte de carabina.

Henry no alcanzó ni a abrir la boca para decir que no sabía si deseaba o no verlo, pues Belle continuó:

—Seguro que te mueres por verlo. Que suba un ratito.

Le hizo un gesto de asentimiento a la criada y esta salió al instante para ir a buscar a Dunford.

Él tardó tan poco en aparecer que Henry pensó que había subido corriendo.

—¿Cómo estás? —preguntó él con la voz ronca sentándose a su lado.

Ella tuvo que tragar saliva varias veces para deshacer el nudo que se le había formado en la garganta. Dunford la estaba mirando con tanto amor que se sintió una traidora por haber pensado, aunque fuera un rato, que lady Wolcott decía la verdad.

—Un poco mejor —logró decir.

Él le cogió una mano y la retuvo entre las suyas.

—No sabes cuánto me alegra oír eso.

Belle se aclaró la garganta.

—Estaré junto a la puerta. —Se inclinó hacia Dunford—: Sólo dos minutos.

Él asintió. Belle salió pero no cerró la puerta.

—¿Cómo te sientes, de verdad?

—Mucho mejor —dijo ella sinceramente; se sentía mucho mejor por volver a verlo; y una idiota por haber creído que él la traicionaba—. Creo que fue principalmente cansancio.

—Sí que te ves cansada —dijo él, ceñudo—. Tienes ojeras.

Seguro que las ojeras se debían a que no había podido dormir en toda la noche, pensó ella pesarosa.

—Creo que hoy pasaré todo el día en la cama —dijo—. No recuerdo la última vez que hice algo así. Me siento horriblemente perezosa.

Él le acarició la mejilla.

—Te lo mereces.

—¿Sí?

—Mmm, mmm. Necesito que estés bien descansada cuando nos casemos —sonrió pícaro—, porque tengo la intención de agotarte.

Ella sintió subir el rubor a las mejillas, pero no era tanto el azoramiento que le impidiera decir:

—Me gustaría que ya estuviéramos casados.

—A mí también, mi amor.

Se inclinó, mirándole los labios con los párpados entornados.

—¡Hola! —exclamó Belle, asomando la cabeza.

Dunford susurró una sarta de maldiciones.

—Tu sentido de la oportunidad, como siempre, impecable.

Belle se encogió de hombros.

—Es un talento que cultivo.

—Ojalá lo cultivaras un poquito menos —masculló Henry.

Dunford le cogió una mano, se la besó y se levantó.

—Mañana vendré a ver cómo estás. Tal vez podríamos salir a dar un paseo si te sientes mejor.

—Me encantaría.

Sólo había dado un paso hacia la puerta cuando se volvió a mirarla y flexionó las rodillas para que su cara quedara más al nivel de la de ella.

—¿Me harías un favor?

Asintió, sorprendida por la seriedad de su mirada.

—¿Me prometes que si te sientes aunque sea un poquito peor consultarás inmediatamente a un médico?

Ella volvió a asentir.

—También deseo que veas a uno si no te sientes mejor mañana.

—Ya me siento mucho mejor. Gracias por venir.

Él sonrió, con una de esas sonrisas secretas que siempre le aflojaban las rodillas. Después inclinó la cabeza en un saludo y salió de la habitación.

—¿Fue agradable la visita? —preguntó Belle—. No, no te molestes en contestar. Lo veo. Estás francamente radiante.

—Sé que las damas no deben dedicarse al comercio, Belle, pero si pudiéramos embotellar una de sus sonrisas como remedio haríamos una fortuna.

Belle sonrió indulgente, alisándose la falda.

—Aunque adoro a Dunford me siento obligada a señalar que sus sonrisas no son tan especiales como las de mi marido.

—Bah —bufó Henry—, hablando desde un punto de vista objetivo, cualquiera puede ver que las sonrisas de Dunford son claramente superiores.

—Punto de vista objetivo y un cuerno.

Henry sonrió de oreja a oreja.

—Lo que necesitamos es una observadora imparcial. Podríamos preguntarle a Emma, pero tengo la impresión de que va a decir que las dos estamos mal de la cabeza y que la mejor sonrisa es la de Alex.

—Eso me imagino.

Henry estuvo un momento tironeando las mantas.

—Mmm, mmm —comenzó al fin—. Belle, ¿puedo hacerte una pregunta?

—Por supuesto.

—Relativo a la vida de casada.

—Ah —dijo Belle, maliciosa—, pensé que querrías hablar conmigo de eso. Puesto que no tienes a tu madre, no sabía a quién recurrirías para esos temas.

—Ah, no, no es de eso —se apresuró a decir Henry, sintiendo subir el conocido rubor a las mejillas—. Lo sé todo sobre «esos temas».

Belle tosió, ocultando la cara tras una mano.

—No por experiencia —mintió Henry—. Pero no olvides que me crié en una granja. En la cría de animales está incluída la reproducción.

—Eh… creo que debo hacer una aclaración —dijo Belle, y guardó silencio, como intentando encontrar la mejor manera de decirlo—. Yo no me crié en una granja, pero no soy totalmente ignorante sobre la reproducción de los animales, y he de decir que aunque la mecánica es la misma…

Henry nunca había visto a Belle tan ruborizada. Compadeciéndose de ella se apresuró a decir:

—Lo que quería preguntarte se refiere a otra cosa, bastante diferente.

—Ah.

—Tengo entendido, es decir, he oído decir que muchos hombres tienen amantes.

Belle asintió.

—Eso es cierto.

—Y que muchos continúan manteniendo a sus amantes después de casarse.

—Uy, Henry, ¿sobre eso querías hablar? ¿Temes que Dunford tenga una amante? Puedo asegurarte que no, porque te quiere muchísimo. Me imagino que lo tendrás tan ocupado que no tendrá tiempo para una amante.

—¿Pero tiene una ahora? Sé que no puedo esperar que haya llevado la vida de un monje antes de conocerme. Ni siquiera siento celos de ninguna mujer con la que haya tenido amoríos antes de conocerme. No voy a pensar mal de él, si ni siquiera me conocía. Pero ¿y si sigue teniendo una amante ahora?

Belle tragó saliva, incómoda.

—No puedo ser menos que absolutamente sincera contigo, Henry. Sé que antes de marcharse a Cornualles tenía una amante, pero no creo que la haya visto desde que regresó. Estoy segura de que o ya ha roto con ella o si no, lo va a hacer pronto.

Henry se mojó los labios, pensativa, sintiendo un alivio que le penetró hasta la médula de los huesos. Eso era, claro. Pensaba ir a ver a esa Christine la noche del viernes para decirle que tendría que buscarse otro protector. Ella preferiría que se hubiera ocupado de eso tan pronto como llegaron a Londres, pero no podía censurarlo por haber ido dejando para después una tarea que sin duda sería desagradable. Estaba segura de que su amante no desearía romper con él. No lograba imaginarse a ninguna mujer que deseara separarse de Dunford.

—¿John tenía una amante antes de conocerte? —preguntó, curiosa—. Uy, perdona, eso es algo muy personal.

—No pasa nada. En realidad, John no tenía una amante, pero claro, no vivía en Londres. Aquí esa algo muy corriente. Sé que Alex tenía una, y dejó de verla cuando conoció a Emma. Estoy segura de que Dunford ha hecho lo mismo.

Belle parecía tan convencida que Henry no pudo evitar creerle. Después de todo era lo que deseaba creer. Y en su corazón sabía que era cierto.

De todos modos, pese a su certeza sobre la inocencia de Dunford, el viernes Henry se sentía terriblemente inquieta, nerviosa. Se sobresaltaba cada vez que alguien le hablaba, y hasta el más ligero ruido la hacía pegar un salto. Se pasó tres horas leyendo la misma página de Shakespeare y sólo pensar en comida le producía náuseas.

Esa tarde, a las tres, Dunford fue a recogerla para dar su paseo diario, y sólo verlo la dejó muda. No podía dejar de pensar que esa noche él la vería a ELLA. ¿Qué se dirían? ¿Cómo sería ELLA? ¿Sería hermosa? ¿Se le parecería? Santo Dios, por favor, que no se parezca a mí, pensó. No sabía por qué eso le importaba tanto, pero creía que enfermaría si descubría que ella se parecía en algo a Christine Fowler.

—¿Qué te tiene tan pensativa? —le preguntó él, sonriéndole indulgente.

Henry pegó un salto.

—Ah, nada, estaba en la luna.

—Un penique por tus pensamientos.

—Ah, no los valen —contestó ella, con demasiada energía—. Créeme.

Él la miró extrañado. Continuaron caminando en silencio y pasado un momento él dijo:

—He sabido que estás aprovechando la biblioteca de lord Worth.

—Ah, sí —exclamó ella aliviada, deseosa de que ese tema le desviara los pensamientos de Christine Fowler—. Belle me ha recomendado algunas obras de Shakespeare. Ella las ha leído todas, ¿sabes?

—Lo sé. Si no me equivoco, las leyó por orden alfabético.

—¿Sí? Qué raro. —Se hizo otro silencio y sus pensamientos volvieron exactamente adonde no quería. Finalmente, sabiendo que estaba mal pero sin poder resistirse, volvió la cabeza hacia él y le preguntó—: ¿Tienes algún plan especial para esta noche?

Dunford enrojeció hasta las orejas; señal segura de sentimiento de culpa, pensó ella.

—Ah, no —contestó—. Sólo pensaba encontrarme con unos amigos en el White para una partida de whist.

—Lo vas a pasar estupendamente, seguro.

—¿Por qué lo preguntas?

Se encogió de hombros.

—Curiosidad, supongo. Esta noche es la primera desde hace semanas que no coinciden nuestros planes para la noche. A excepción, claro, de cuando estuve enferma.

—Bueno, supongo que no voy a ver mucho a mis amigos una vez que estemos casados, así que me siento algo obligado a reunirme con ellos para una partida de cartas.

Apuesto a que te sientes obligado, pensó ella, sarcástica. Entonces se reprendió por pensar tan mal de él. Esa noche él iría a la casa de su amante a romper con ella. Debería sentirse feliz. ¿Para qué iba a querer él que ella supiera que iría allí?

—¿Qué planes tienes tú? —preguntó Dunford.

Ella hizo una mueca.

—Lady Worth me ha obligado a asistir a una velada musical.

La miró horrorizado.

—No será…

—Ah, pues sí. A la de tus primas Smithe-Smith. Opina que yo debo conocer a algunos de tus parientes.

—Sí, pero, ¿acaso no entiende que…? Henry, eso es demasiado cruel. Jamás en la historia de las Islas Británicas ha habido cuatro mujeres menos dotadas de talento musical.

—Eso me han dicho. Belle se negó rotundamente a acompañarnos.

—Yo la llevé a una a rastras el año pasado. Creo que de ninguna manera va a pasar por esa calle otra vez por temor a oírlas practicando.

Henry sonrió.

—Me está entrando curiosidad.

—No —dijo él muy serio—. Yo en tu lugar me las arreglaría para tener una grave recaída esta noche.

—Vamos, Dunford, no pueden ser tan malas.

—Sí que pueden, lo son —dijo él sombríamente.

—¿Y tú no podrías dejarte caer por allí esta noche para rescatarme? —preguntó ella, mirándolo de reojo.

—Ojalá pudiera. De verdad. Como tu futuro marido es mi deber protegerte de todas las cosas desagradables, y te aseguro que el cuarteto de cuerdas Smithe-Smith es más que desagradable. Pero el compromiso de esta noche me obliga. No puedo faltar.

Entonces Henry tuvo la seguridad de que esa medianoche iba a ir a ver a Christine Fowler. Va a romper con ella, se repitió. Va a romper con ella. Era la única explicación.

Capítulo 21

Esa tenía que ser la única explicación, pero aún así, no era causa de que Henry se sintiera especialmente contenta. A medida que se acercaba la medianoche sus pensamientos se fijaban más y más en el inminente encuentro de Dunford con Christine Fowler. Ni siquiera la velada musical Smithe-Smith, con lo horrorosa que fue, logró distraerla.

Por otro lado, tal vez el encuentro de Dunford con Christine Fowler era una bendición disfrazada; por lo menos la distraía del cuarteto de cuerdas Smithe-Smith.

Dunford no había exagerado al infravalorar sus talentos musicales.

Había que decir en su honor que se las arregló para estar sentada quieta y en silencio durante todo el concierto, concentrada en descubrir una manera de taparse los oídos por dentro. Miró discretamente el reloj. Eran las diez y cuarto. ¿Estaría Dunford en el White en ese momento, jugando una partida de cartas antes de su cita?

El concierto llegó a su fin con la última discordante nota, y el público exhaló un suspiro de alivio colectivo.

Cuando Henry se estaba levantando oyó comentar a alguien:

—Menos mal que no interpretaron una composición original.

Henry iba a reírse cuando vio que una de las chicas Smithe-Smith también había oído el comentario. Sorprendida, observó que la chica no estaba a punto de echarse a llorar, sino que parecía furiosa. Sin querer hizo un gesto aprobador con la cabeza; la chica tenía carácter. Entonces cayó en la cuenta de que la mirada furiosa de la chica no iba dirigida al grosero invitado sino a su madre. Despertada al instante su curiosidad, decidió ir a presentarse. Se abrió paso por entre la concurrencia y subió al improvisado escenario. Las otras tres chicas Smithe-Smith ya se habían mezclado con el público, pero la que tenía la expresión furiosa tocaba el violoncelo, que no podía llevar fácilmente con ella. Daba la impresión de que no quería dejarlo ahí abandonado.

—Hola —dijo, tendiéndole una mano—. Soy Henrietta Barret. Es un descaro que me presente yo, pero me pareció que podríamos hacer una excepción a la regla ya que pronto vamos a ser primas.

La chica la miró un momento sin entender.

—Ah, sí, usted debe de ser la prometida de Dunford. ¿Está él aquí?

—No, tenía un compromiso. Estaba muy ocupado.

—Por favor, no es necesario que invente disculpas. —Hizo un gesto hacia las sillas y los atriles—. Esto es odioso. Él es muy amable y ya ha venido a tres de estas veladas. La verdad es que me alegra que no haya venido a esta. No querría ser responsable de su sordera, de la que sufriría sin duda si viniera a muchos de nuestros conciertos.

Henry reprimió una risita.

—No, no, venga, adelante, ríase. Prefiero que se ría a que me elogie, como es seguro que van a hacer muy pronto todas estas personas.

Henry se acercó un poco a ella.

—Pero, dígame, ¿por qué siguen viniendo?

La chica pareció desconcertada.

—Pues, no lo sé. Supongo que debe de ser por respeto a mi difunto padre. Ah, pero perdone, todavía no le he dicho mi nombre. Soy Charlotte Smithe-Smith.

—Lo sé —dijo Henry, indicándole el programa, en el que aparecían los nombres de las hermanas y sus respectivos instrumentos.

Charlotte puso los ojos en blanco.

—Ha sido un placer conocerla, señorita Barret, espero que tengamos la oportunidad de volver a encontrarnos pronto. Pero, por favor, le ruego que no asista a ningún otro de nuestros conciertos. No querría ser responsable de la pérdida de su cordura, lo que ocurrirá seguro si antes no se queda sorda.

Henry reprimió una sonrisa.

—No es tan terrible.

—Ah, sé que lo es.

—Mmm, no es «bueno». Pero me alegra haber venido. Usted es el primer familiar de Dunford que he conocido.

—Y usted es la primera de sus novias que he conocido yo.

El corazón de Henry pegó un brinco.

—¿Perdón?

—Ay, Dios —dijo al instante Charlotte, ruborizándose—, he vuelto a hacerlo. No sé por qué las cosas que digo me suenan en la cabeza muy distintas a como las digo en voz alta.

Henry sonrió, sintiéndose identificada con la prima de Dunford.

—Usted, claro, es su primera novia, y espero que sea la única. Lo que pasa es que es de lo más fascinante saber que está comprometido. Siempre ha sido tan libertino y... Ay, Dios, no quería oír eso, ¿verdad?

Henry intentó sonreír otra vez, pero no lo consiguió. Lo último que deseaba oír esa noche eran historias de la época de libertinaje de Dunford.

Muy poco después Caroline y Henry se despidieron y se marcharon. Cuando ya estaban en el coche, Caroline comenzó a abanicarse enérgicamente.

—Juro que no volveré a asistir nunca más a uno de estos recitales.

—¿Ha asistido a muchos?

—Este ha sido el tercero.

—Cualquiera creería que ya ha aprendido la lección.

—Sí —suspiró Caroline.

—¿Por qué va?

—No lo sé. Las chicas son encantadoras y no querría herir sus sentimientos.

—Por lo menos terminó temprano y podemos irnos a la cama. Todo ese ruido me ha agotado.

—A mí también. Si hay suerte, estaré en la cama antes de la medianoche.

Medianoche. Henry se aclaró la garganta.

—¿Qué hora es ahora?

—Me imagino que cerca de las once y media. Cuando salimos el reloj daba las once y cuarto.

Henry deseó encontrar una manera de impedir que el corazón le latiera tan rápido. Tal vez en ese mismo momento Dunford se estaría preparando para marcharse del club. Pronto estaría en camino hacia Bloomsbury, Russell Square, número catorce. Maldijo para sus adentros a lady Wolcott por haberle dado la dirección. No había logrado resistirse a mirarla en un mapa. Saber exactamente adónde iría le hacía todo más difícil.

El coche se detuvo delante de la mansión Blydon y al instante salió un lacayo a ayudar a bajar a las damas. Cuando entraron en el vestíbulo Caroline se quitó los guantes con cansancio.

—Me voy directa a la cama, Henry. No sé por qué, pero estoy muy agotada. ¿Me harías el favor de decirle al personal que no me moleste?

Henry asintió.

—Creo que iré a la biblioteca a buscar algo para leer. Hasta mañana, entonces.

Caroline bostezó.

—Si me despierto por la mañana.

Henry se quedó mirándola subir la escalera y luego echó a andar por el corredor en dirección a la biblioteca. Cogió un candelabro de una mesita lateral, entró y comenzó a buscar, acercando la luz a los estantes para poder leer los títulos. No, pensó, no le apetecía mucho leer otra obra de Shakesperare. *Pamela*, de Richardson era demasiado larga; el libro era grueso, daba la impresión de tener más de mil páginas.

Miró el reloj de pie del rincón. La luz de la luna que entraba por la ventana iluminaba la esfera, por lo que no le costó nada ver la hora. Las once y media. Apretó los dientes; de ninguna manera podría dormir esa noche.

El minutero dio un salto hacia la izquierda. Continuó mirando el reloj hasta que fueron las 11.33. Eso era una locura; no podía estar ahí toda la noche mirando el reloj. Tenía que hacer algo.

Subió corriendo a su habitación, sin tener claro qué pensaba hacer, hasta que abrió el armario y vio su atuendo de hombre: pantalones, camisa y chaqueta, bien doblados en un rincón; daba la impresión de que la doncella hubiera deseado esconderlos. Sacó las prendas y estuvo un rato tocándolas y observándolas; la chaqueta era azul oscuro y el pantalón gris marengo. Los dos colores se fundirían bien con la oscuridad.

Tomada la decisión, se quitó a toda prisa el vestido y se puso el atuendo masculino. Metió la llave de la casa en el bolsillo del pantalón. Se recogió el pelo en una coleta y se la metió debajo de la chaqueta. Nadie que la mirara bien la confundiría con un chico, pero no atraería la atención desde lejos.

Puso la mano en el pomo y entonces recordó lo atontada que había estado mirando el reloj de la biblioteca. Corrió hasta el tocador, cogió un reloj muy pequeño y volvió a la puerta. Asomó la cabeza y miró hacia ambos lados del corredor. No había nadie así que salió, bajó la escalera y salió por la puerta principal sin que nadie la viera. Echó a andar a paso enérgico para dar la impresión de que sabía muy bien adónde iba. Mayfair era el barrio más seguro de la ciudad, pero para una mujer siempre era más que necesario tener mucho cuidado. A unas pocas manzanas había un lugar donde formaban cola los coches de alquiler. Cogería uno que la llevaría a Bloomsbury, esperaría ahí con ella y la traería de vuelta a casa.

No tardó en llegar al lugar, con el reloj apretado en la mano. Lo miró; eran las 11.44. Tendría que atravesar rápido la ciudad.

Había varios coches de alquiler, así que subió al primero y le dio la dirección de Christine Fowler al cochero.

—Y que sea rápido —añadió enérgicamente, imitando el tono de Dunford cuando quería que algo se hiciera de inmediato.

El cochero viró en Oxford Street y continuó por esa calle. Pasados varios minutos hizo unos cuantos virajes, atravesando diversas calles, hasta llegar a Russell Square.

—Hemos llegado —dijo, esperando que ella se bajara.

Henry miró el reloj; eran las 11.56; Dunford no habría llegado todavía. Aunque siempre era muy puntual, no era el tipo de persona que incomoda a sus anfitriones llegando antes de la hora.

—Esperaré un momento. Me voy a encontrar con alguien y aún no ha llegado.

—La espera le costará un extra.

—No se preocupe, le pagaré bien su tiempo.

El cochero le echó una buena mirada, llegó a la conclusión de que sólo una mujer con dinero se vestiría con ese atuendo tan escandaloso, y se acomodó en su asiento, pensando que estar sentado quieto en Bloomsbury era muchísimo mejor que pasarse mirando alrededor, alerta por si aparecía algún posible pasajero.

Henry miró su pequeño reloj y se puso a observar el lento avance del minutero hacia las doce. Finalmente oyó el clop-clop de cascos de caballos; levantó la vista y en el coche que venía avanzando por la calzada reconoció el de Dunford.

Retuvo el aliento. Lo observó bajar; vestía muy elegante y estaba, como siempre, guapísimo. Exhaló un suspiro de irritación; al verlo con esa apariencia su amante no querría soltarlo.

—¿Es esa la persona que espera? —preguntó el cochero.

—No. Tendré que esperar un tiempo más.

—Es su dinero —dijo él, encogiéndose de hombros.

Dunford subió la escalinata y llamó a la puerta; el sonido de la pesada aldaba de bronce resonó en toda la calle, poniéndole los nervios de punta. Pegó la cara a la ventanilla. Lo más probable era que Christine Fowler tuviera un criado para atender la puerta, pero, por si acaso, deseaba mirar atentamente.

Se abrió la puerta y apareció una mujer asombrosamente bella, de abundante pelo negro que le caía a la espalda en una cascada de rizos. Era evidente que la mujer no se había vestido para recibir a una visita corriente, pensó. Se miró su atuendo, tan poco femenino, e intentó olvidar la desagradable sensación que le encogió el estómago.

Justo antes de que se cerrara la puerta, Christine le colocó una mano en la nuca a Dunford y le acercó la cara a la de ella. Henry apretó fuertemente las manos. La puerta se cerró antes que pudiera ver cómo se besaban.

Se miró las palmas; se había hincado las uñas, sacándose sangre.

—No ha sido él —masculló en voz baja—; él no ha empezado el beso. No es culpa suya.

—¿Ha dicho algo? —preguntó el cochero.

—¡No, nada!

El cochero volvió a recostarse en el asiento, concluyendo decididamente que sus teorías sobre la imbecilidad de las mujeres acababan de ser confirmadas.

Nerviosa, Henry comenzó a dar golpecitos en el asiento. ¿Cuánto rato tardaría Dunford en decirle a Christine que tenía que buscarse otro protector? ¿Quince minutos? ¿Media hora? Más de media hora no, seguro. Tal vez cuarenta minutos, sólo para ser generoso, por si tenía que hacer algunos arreglos monetarios con ella. No le importaba particularmente cuánto dinerole diera, mientras se librara de ella. Para siempre.

Haciendo respiraciones profundas para calmar los nervios y la tensión, se puso el reloj en la falda, y lo miró hasta que vio doble y le lagrimearon los ojos. Cuando el minutero llegó a las tres se dijo severamente que había sido demasiado optimista; era imposible que él rompiera en sólo quince minutos.

Continuó mirando el reloj y el minutero continuó bajando hasta llegar a las seis. Tragó saliva, incómoda, diciéndose que dado que su novio era un hombre tan bueno habría querido dar la noticia a su amante con mucha amabilidad. A eso se debía que tardara tanto.

Pasaron otros quince minutos y se tragó un sollozo. Incluso el más amable de los hombres se habría librado de su amante en cuarenta y cinco minutos.

Continuó mirando el reloj y fue pasando el tiempo, hasta que en la distancia un reloj dio una campanada.

Luego sonó otra.

Y luego, increíblemente, sonó una tercera.

Ya entregada a la desesperación, Henry tocó al cochero en la espalda.

—A Grosvenor Square, por favor.

Él asintió y el coche se puso en marcha.

Durante todo el trayecto a casa miró fijamente al frente, con los ojos empañados, sintiendo un absoluto vacío. Sólo podía haber un motivo para que un hombre estuviera tanto tiempo con su amante; habían pasado tres horas y todavía no salía de la casa. Pensó en esos momentos furtivos que pasaron en su dormitorio en Westonbirt. Él no había estado tres horas con ella.

Después de todo ese tiempo, de todas las lecciones sobre cómo comportarse con aplomo, decoro y elegancia femenina, todavía no era lo bastante mujer para mantener su interés. Nunca podría ser más de lo que era. Había sido una locura pensar que podría intentarlo.

Le ordenó al cochero que parara unas cuantas casas antes de la mansión Blydon; le dio más monedas de las que eran necesarias y fue hasta la casa casi a ciegas. Entró sin hacer ruido, subió a su habitación, se quitó las prendas masculinas y de una patada las metió debajo de la cama. Sacó un camisón; era el que tenía puesto esa noche cuando ella y Dunford... No, no podía volver a ponérselo; en cierto modo estaba sucio; lo enrolló hasta hacerlo un ovillo, lo arrojó al hogar y sacó otro.

Hacía calor, pero estaba temblando cuando se metió en la cama.

Cuando Dunford bajó por fin la escalinata de la casa de Christine eran las cuatro y media de la mañana. Siempre la había considerado una mujer juiciosa, y tal vez por eso había durado tanto con ella. Pero esa noche casi tuvo que revisar esa opinión. Primero se había echado a llorar, y él nunca había sido un hombre capaz de abandonar a una mujer cuando estaba llorando.

Después ella le ofreció una bebida y cuando él terminó, le ofreció otra; él rehusó, sonriendo con sorna y diciéndole que aunque era una mujer excepcionalmente hermosa, el alcohol no lo seducía cuando no deseaba ser seducido.

Entonces ella comenzó a expresarle sus preocupaciones. Tenía ahorrado un poco de dinero, pero, ¿y si no encontraba a otro protector? Él le habló de Billington y luego pasó la siguiente hora asegurándole que le enviaría dinero y que podía continuar viviendo en esa casa hasta que expirara el contrato de alquiler.

Finalmente ella exhaló un suspiro, aceptando su destino. Él se preparó para marcharse, pero entonces ella le puso una mano en el brazo y le preguntó si no le apetecería una taza de té. Habían sido amigos además de amantes, le dijo; no tenía muchas amistades, dado que su tipo de trabajo no alentaba eso. Una taza de té y conversación eran lo único que deseaba; simplemente una persona con quien hablar.

Él la miró a sus ojos negros. Le decía la verdad; una cosa que se podía decir a favor de Christine era que era sincera. Por lo tanto, dado que siempre le había caído bien, se quedó y conversaron. Cotillearon, hablaron de política. Ella le habló de su hermano, que estaba en el ejército, y él le habló de Henry. Ella no parecía en absoluto amargada a causa de su prometida; en realidad, sonrió cuando él le contó el incidente en la porqueriza, y le dijo que se sentía feliz por él.

Finalmente Dunford le dio un rápido y fraternal beso en los labios.

—Serás feliz con Billington —le dijo—. Es un buen hombre.

Ella esbozó una leve sonrisa de tristeza.

—Sí tú lo dices supongo que es cierto.

Cuando llegó a su coche, Dunford miró el reloj de bolsillo y soltó una maldición. No había sido su intención quedarse hasta tan tarde. Estaría cansado al día siguiente. Pero bueno, podría dormir hasta el mediodía si quería; no tenía ningún compromiso ni plan para antes de su paseo diario con Henry por la tarde.

Henry.

Pensar en ella lo hacía sonreír.

Cuando despertó a la mañana siguiente, Henry tenía la almohada mojada de lágrimas. La miró sin comprender. Esa noche no había llorado hasta quedarse dormida; de hecho, se sentía curiosamente vacía y seca. Nunca había oído hablar de una pena tan grande que alguien llorara mientras dormía.

De todos modos, no lograba imaginarse una pena más grande que la de ella.

No podía casarse con él; eso era lo único que tenía claro en la cabeza. Sabía que la mayoría de los matrimonios no se hacían por amor, pero, ¿cómo podía comprometerse a vivir con un hombre tan mentiroso que era capaz de profesarle su amor y luego hacerle el amor a su amante cuando sólo faltaban dos semanas para la boda?

Seguro que le había propuesto matrimonio por lástima, por lástima y por su maldito sentido de la responsabilidad. ¿Por qué, si no, se iba a atar a una chica hombruna, rara, que ni siquiera sabía la diferencia entre un vestido de día y un traje de noche?

Le había dicho que la amaba; y ella le creyó. Qué idiota más absoluta era. A no ser que…

Se atragantó con un sollozo.

Tal vez sí la amaba; tal vez le dijo la verdad y ella no se equivocó al creerle. Tal vez simplemente ella no era lo bastante mujer ni femenina para satisfacerlo; tal vez él necesitaba algo más, algo que tendría una mujer que ella no podría ser jamás.

O tal vez sencillamente le mintió. La verdad, no sabía qué prefería creer.

Lo más asombroso era que no lo odiaba. Él había hecho muchísimo por ella, había sido tan bueno y amable con ella que jamás podría odiarlo. No creía que él se hubiera acostado con Christine por perfidia o mala voluntad; tampoco creía que lo hubiera hecho por perversidad.

No, lo más probable era que se hubiera acostado con Christine porque lo consideraba su derecho. Era hombre, y los hombres hacen cosas de ese tipo.

No le dolería tanto si él no le hubiera dicho que la amaba; incluso podría seguir adelante con el matrimonio.

Pero, ¿cómo romper el compromiso? En todo Londres se comentaba su enlace; romperlo sería el colmo de la vergüenza y el escándalo. Por ella no le importaba particularmente que hubiera habladurías; volvería al campo, aunque no a Stannage Park, pensó, apenada; tal vez él no le permitiría volver allí. Pero podría irse a alguna parte adonde no le llegaran noticias de la alta sociedad londinense.

Pero él no podía hacer eso. Su vida estaba en Londres.

—¡Vamos, por el amor de Dios! —exclamó—. ¿Por qué no eres capaz de herirlo?

Seguía amándolo. En alguna parte alguien tenía que estar riéndose de eso.

Tendría que ser él quien rompiera el compromiso. Así no sufriría la vergüenza de que lo dejaran plantado. Pero, ¿cómo lograr eso? ¿Cómo?

Continuó en la cama más de una hora, pensando, con los ojos enfocados en una grieta del techo. ¿Qué podía hacer para que él la odiara tanto, tanto, que rompiera el compromiso? Fue desechando una idea tras otra, ninguna era creíble, hasta que… Sí, eso. Eso, exactamente eso.

Con el corazón encogido, bajó de la cama, fue hasta el escritorio y abrió el cajón que con tanta consideración Caroline le había aprovisionado con papel de cartas, tinta y una pluma. Buscando un nombre, de repente recordó a la amiga imaginaria que se había inventado cuando era niña. Rosalind. Ese nombre iría tan bien como cualquier otro.

Casa Blydon
Londres
2 de mayo de 1817

Mi querida Rosalind:

Siento muchísimo no haberte escrito desde hace tanto tiempo. Mi única disculpa es que mi vida ha cambiado de una manera tan drástica en estos últimos meses que apenas he tenido tiempo para pensar.

¡Me voy a casar! Ya me imagino tu sorpresa. No hace mucho murió Carlyle y llegó a la propiedad un nuevo lord Stannage. Era primo lejano de Carlyle; ni siquiera se conocían. No tengo tiempo para explicarte los detalles, pero nos hemos comprometido para casarnos. Estoy muy entusiasmada, como puedes imaginarte, ya que esto significa que puedo continuar en Stannage Park el resto de mi vida. Sabes lo mucho que quiero ese lugar y cuánto me gusta vivir ahí.

Se llama Dunford. En realidad ese es su apellido, pero nadie lo llama por su nombre de pila. Es muy bueno y me trata con mucha amabilidad. Me ha dicho que me ama; naturalmente le dije que yo también lo amo; me pareció que eso era lo amable y correcto. Claro que me voy a casar con él por mi amadísimo Stannage Park, pero él me cae muy bien, le tengo mucho aprecio y no querría herir sus sentimientos. Creo que nos llevaremos bien.

No tengo tiempo para escribir más. Estoy en Londres alojada en la casa de unos amigos de Dunford y continuaré aquí otras dos semanas. Después puedes escribirme a Stannage Park; estoy segura de que podré convencerlo de que nos vamos allí inmediatamente después de la boda. Supongo que iremos de luna de miel, y lo más seguro es que después de eso él deseará volver a Londres. A mí no me importará si se queda en Stannage Park; como he dicho, es un hombre bueno y bastante simpático. Pero me imagino que no tardará en aburrirse de la vida de campo. Eso me irá bien; podré volver a mi vida anterior sin miedo a acabar siendo la institutriz o la dama de compañía de alguien.

Tu querida amiga de siempre,
Henrietta Barret

Con las manos temblorosas, dobló la carta y la metió en un sobre en el que ya había escrito «Lord Stannage». Para no tener la posibilidad de arrepentirse, salió a toda prisa de la habitación, bajó corriendo la escalera y le entregó la carta a un lacayo, con la orden de enviarla inmediatamente.

Después volvió a la escalera y la subió lentamente, pues cada peldaño le exigía una enorme cantidad de energía. Continuó hasta entrar en su habitación, cerró la puerta con llave y fue a echarse en la cama.

Se acurrucó formando un ovillo y así estuvo durante horas.

Dunford sonrió cuando su mayordomo le llevó el sobre. Al cogerlo de la bandeja de plata reconoció la letra de Henry. Su letra era como ella, pensó, clara y sencilla, sin ninguna floritura.

Abrió el sobre, sacó el papel y lo desdobló.

«Mi querida Rosalind.»

La tontita se había confundido al meter las cartas en los sobres. Esperaba ser él el motivo de ese despiste. Empezaba a doblar el papel cuando vio su nombre. La curiosidad ganó a sus escrúpulos y extendió el papel.

Pasado un momento, la carta se deslizó de sus dedos y cayó al suelo.

«Claro que me voy a casar con él por mi amadísimo Stannage Park…»

«Claro que me voy a casar con él por mi amadísimo Stannage Park…»

«Claro que me voy a casar con él por mi amadísimo Stannage Park…»

Santo Dios, ¿qué había hecho? Ella no lo amaba. Nunca lo había amado. Probablemente no lo amaría nunca.

Cómo se habría reído. Se hundió en el sillón. No, no se habría reído. A pesar de su conducta calculadora, no era cruel. Simplemente amaba más a Stannage Park de lo que podría amar nunca nada ni a nadie.

El suyo era un amor que nunca sería correspondido.

Pardiez, sí que era irónico. Seguía amándola. A pesar de eso, seguía amándola. Estaba tan furioso con ella que casi la odiaba, maldita sea, pero seguía amándola. ¿Qué diablos podía hacer?

Se levantó y, medio tambaleante, fue a servirse una copa, indiferente a que todavía era la mañana, no la tarde. Apretó con tanta fuerza la copa que lo sorprendió que no se quebrara. Se la bebió y puesto que no le alivió en nada el dolor, se bebió otra.

Recordó su cara, trazando mentalmente sus delicadas cejas parecidas a alas que se cernían sobre sus espectaculares ojos plateados. Veía su pelo, distinguiendo claramente cada uno de la miríada de colores que unidos recibían el nombre de castaño claro. Y luego su boca, siempre en movimiento, sonriendo, riendo, haciendo un mohín.

Besando.

Le pareció sentir sus labios en los de él. Suaves, llenos, tan deseosos de corresponderle. Se excitó al recordar el éxtasis que le producían sus caricias, su contacto. Era tan inocente y sin embargo sabía instintivamente cómo atarlo a ella con su pasión.

La deseaba.

La deseaba con una intensidad que amenazaba con ahogarlo.

No podía romper el compromiso todavía. Tenía que verla una última vez. Tenía que acariciarla y ver si era capaz de soportar esa tortura.

¿La amaba lo bastante para seguir adelante sabiendo lo que sabía de ella?

¿La odiaba lo bastante para casarse con ella sólo para controlarla y castigarla por lo que lo hacía sentir?

Sólo una vez más.

Tenía que verla sólo una vez más. Entonces lo sabría.

Capítulo 22

—*H*a venido a verla lord Stannage, señorita Barret —dijo el mayordomo.

A Henry le dio un vuelco el corazón.

—¿Le digo que no está en casa? —preguntó él, al notar su vacilación.

—No, no —repuso ella, nerviosa, mojándose los labios—. Bajaré enseguida.

Dejó a un lado la carta que le estaba escribiendo a Emma. Seguro que la duquesa de Ashbourne le retiraría la amistad cuando se enterara de la ruptura del compromiso, por lo que había decidido escribirle esa última carta mientras todavía podía contarla entre sus amigas.

Ya está, ahora te odia, se dijo, tratando de tragar el nudo que se le había formado en la garganta. Sabía que lo había herido, tal vez tanto como él la había herido a ella.

Se levantó y se alisó los pliegues del vestido amarillo de mañana. Era el que él le había comprado en Truro. No sabía por qué esa mañana le dijo a la doncella que le sacara ese vestido; tal vez fue un angustioso intento de aferrarse a ese trocito de felicidad.

Y en ese momento sólo se sentía tonta; como si un vestido pudiera reparar su corazón roto.

Enderezando los hombros salió al corredor y cerró la puerta con sumo cuidado; tenía que actuar con normalidad. Sería lo más difícil que había hecho en su vida, pero tenía que comportarse como si no pasara nada. No tenía por qué saber que él había recibido una carta dirigida a Rosalind, y él sospecharía algo si actuaba como si lo supiera.

Llegó a lo alto de la escalera y se le quedó atascado el pie en el primer peldaño. Ay, Dios, ya sentía la pena, el dolor. Qué fácil sería volver corriendo a su habitación; el mayordomo podría decir que estaba enferma. La otra vez él le creyó que estaba enferma; una recaída era creíble.

Tienes que verlo, Henry.

Maldiciendo a su conciencia, finalmente comenzó a bajar la escalera.

Dunford estaba mirando por la ventana de la sala de estar de los Blydon, esperando a su novia.

Novia. Qué broma.

Si ella no le hubiera dicho que lo amaba... Tragó saliva varias veces. Tal vez sería capaz de soportarlo si Henry no le hubiera mentido.

¿Tan ingenuo era para desear lo que tenían sus amigos? ¿Tan loco estaba para creer que un miembro de la alta sociedad podía encontrar a alguien con quien casarse por amor? Los éxitos de Alex y Belle a ese respecto le habían dado esperanza. La llegada de Henry a su vida lo había extasiado.

Y ahora su traición lo había destrozado.

La oyó entrar en la sala pero no se volvió a mirarla; no podía fiarse de sí mismo mientras no tuviera bien controladadas sus emociones. Continuó mirando fijamente por la ventana. Una niñera iba empujando el coche de un bebé por la calle.

Hizo una respiración entrecortada. Había deseado tener hijos con ella.

—¿Dunford?

Su voz sonó curiosamente vacilante.

—Cierra la puerta, Henry —dijo, sin volverse a mirarla.

—Pero Caroline...

—He dicho «Cierra la puerta».

Henry abrió la boca pero no le salió ninguna palabra. Volvió hasta la puerta, la cerró, dio dos pasos hacia el centro y se detuvo, lista para echar a correr si era necesario. Era una cobarde y lo sabía, pero en ese momento eso no le importaba. Juntó las manos y esperó a que él se volviera a mirarla. Cuando ya había pasado un minuto entero y él no hacía ni un sonido ni un movimiento, se obligó a decir nuevamente su nombre.

Entonces él se volvió y la miró sonriendo, sorprendiéndola.

—¿Dunford? —susurró ella, pero no había sido su intención susurrar.

—Henry, mi amor —dijo él, avanzando un paso hacia ella.

A ella se le agrandaron los ojos. Su sonrisa era la misma que le había visto siempre, la misma curva en sus labios tan bellamente modelados, y el mismo brillo de sus dientes blancos y perfectos. Pero sus ojos, ooh, su mirada era fría.

Se obligó a no retroceder y a esbozar su sonrisa descarada característica.

—¿Qué necesitabas decirme, Dunford?

—¿Necesito un motivo concreto para visitar a mi novia?

Seguro que fue su imaginación la que detectó un ligero énfasis en la palabra «novia».

Él echó a caminar hacia ella, y sus pasos largos le recordaron los de un felino predador. Dio unos pasos hacia un lado, lo que estuvo muy bien porque él pasó junto a ella casi rozándola. Sorprendida, volvió la cabeza hacia él.

Él dio otros dos pasos, llegó hasta la puerta y giró la llave en la cerradura.

Notó la boca seca.

—Pero, Dunford, mi reputación… quedará hecha añicos.

—Me lo consentirán.

—¿Quiénes?

—Los que sean que hacen añicos las reputaciones. Seguro que tengo permiso. Vamos a casarnos dentro de dos semanas.

¿De veras?, chilló una vocecita dentro de ella. Dunford tenía que odiarla. ¿Qué había ocurrido? Sin duda había recibido la carta. Actuaba de una manera muy extraña. No la miraría con esa expresión dura en los ojos si no hubiera venido a la casa a romper el compromiso.

—¿Dunford?

Al parecer esa era la única palabra que era capaz de decir. No estaba actuando como debería; tendría que ser descarada y alegre, ser todo lo que él esperaba de ella, pero él se comportaba de una manera tan rara que no sabía qué hacer. Había supuesto que él perdería los estribos, y llegaría furioso a romper el compromiso, pero en lugar de eso sólo la acosaba calladamente.

Se sentía como un zorro arrinconado.

—Tal vez sólo deseo besarte —dijo él, pasándose la mano por el puño de la chaqueta.

Henry tragó saliva, nerviosa, y pestañeó.

—No lo creo. Si desearas besarme no estarías quitándote una mota de la chaqueta.

Él detuvo el movimiento de la mano, pero sin quitarla del puño de la chaqueta.

—Es posible que tengas razón —musitó.

—¿La… la tengo?

Santo Dios, eso no iba en absoluto como había supuesto.

—Mmm. Si de verdad deseara besarte, de verdad, de verdad, tal vez te cogería la mano y te atraería a mis brazos. Eso sería una adecuada muestra de afecto, ¿no te parece?

—Adecuada si de verdad desearas casarte conmigo —dijo ella, intentando que la voz saliera natural.

Con eso le daba la oportunidad perfecta. Si la iba a plantar, lo haría en ese momento.

Pero él no hizo nada de eso, simplemente arqueó una ceja, en actitud burlona y avanzó hacia ella.

—Si deseo casarme contigo —musitó—. Interesante pregunta.

Henry retrocedió un paso; no fue intencionado, pero no pudo evitarlo.

Él avanzó un poco más.

—No me tienes miedo, ¿verdad, Hen?

Desesperada, ella negó con la cabeza. Aquello iba mal, terriblemente mal. Dios mío, rogó, haz que me ame o que me odie, pero no esto. Por favor, no esto.

—¿Te pasa algo, diablilla? —preguntó él.

No lo dijo como si le importara especialmente.

—No… no juegues conmigo, milord.

Él entrecerró los ojos.

—¿Que no juegue contigo? Extraña elección de palabras.

Dio otro paso hacia ella, intentando descifrar la expresión de sus ojos. No la entendía. Había supuesto que ella entraría en la sala saltando, toda sonrisas y risa, como hacía siempre que él iba a visitarla. Pero estaba nerviosa y reservada, casi como si supusiera que iba a ocurrir algo malo.

Y eso era ridículo. Ella no podía saber que sin querer le había enviado a él la carta destinada a su querida amiga Rosalind. Fuera quien fuera esa Rosalind, no vivía en Londres, porque si viviera allí él ya habría oído hablar de ella. Y no había ninguna posibilidad de que en un solo día hubiera recibido la carta de Henry y esta hubiera recibido su respuesta.

—¿Jugar contigo? —repitió—. ¿Por qué crees que yo querría jugar contigo, Henry?

—N-no… no lo sé —tartamudeó ella.

Mentía. Eso lo veía claro en sus ojos. Pero por su vida que no lograba imaginar por qué. ¿Sobre qué tenía que mentirle? Cerró los ojos, haciendo una respiración profunda. Tal vez la interpretaba mal. Estaba tan furioso y seguía tan enamorado de ella que no sabía qué pensar.

Abrió los ojos. Ella no lo estaba mirando, tenía la mirada enfocada en un cuadro de la pared del otro lado. Observó el elegante y sensual contorno de su cuello… y cómo reposaba un sedoso rizo en su corpiño.

—Creo que deseo besarte, Henry —musitó.

Al instante ella lo miró a la cara.

—Yo creo que no.

—Creo que estás equivocada.

—No. Si desearas besarme no me mirarías así.

Diciendo eso retrocedió un paso y luego se situó al otro lado de un sillón, como si quisiera poner una barrera entre ellos.

—¿Ah? ¿Y cómo te miraría?

—Como… como…

Dunford se inclinó, apoyando las manos en los brazos del sillón, y acercando peligrosamente la cara a la de ella.

—¿Como, Henry?

—Como si me desearas —dijo ella, apenas en un susurro.

—Ah, pero es que te deseo, Henry.

Ella deseó huir, deseó esconderse, pero no pudo apartar sus ojos de los de él.

—No, no me deseas. Lo que deseas es herirme.

Él le cogió un brazo, reteniéndola donde estaba, y dio la vuelta al sillón.

—Tal vez hay algo de eso —dijo, con escalofriante suavidad.

Se apoderó de su boca, en un beso duro, cruel, diferente a todos los que le había dado, y fue evidente que a ella no le gustó.

—¿Por qué esa resistencia, Hen? ¿No deseas casarte conmigo?
Ella desvió la cara.

—¿No quieres casarte conmigo? —repitió él, en una especie de
frío sonsonete—. ¿No deseas todo lo que te ofrezco? ¿No deseas
seguridad, una vida cómoda, y un hogar? Ah, sí, un hogar. ¿No
deseas eso?

Ella intentó soltarse de sus brazos y pasado un instante se quedó
inmóvil. Comprendió entonces que debía soltarla, liberarla. Debía
soltarla, darse media vuelta y salir de la sala y de su vida. Pero la
deseaba, la deseaba tremendamente.

Santo Dios, la deseaba y esa lujuria lo dominó, convirtiendo su
furia en deseo. Volvió a besarla, dulcemente, con los labios suaves,
pidiendo sólo placer. Dejó una estela de besos en su cara hasta la
oreja y luego bajó por el cuello hasta la suave piel limitada por el
escote del corpiño de su vestido amarillo claro.

—Dime que no quieres sentir esto —la retó, en un susurro—.
Dímelo.

Ella se limitó a mover la cabeza, sin saber si con eso le decía que
parara o reconocía el deseo que él le hacía sentir.

Dunford oyó su suave gemido de deseo y por una fracción de
segundo no supo si había perdido o ganado. Entonces comprendió
que eso no importaba.

—Pardiez, qué burro soy —susurró en tono duro, furioso consigo mismo por permitir que el deseo se apoderara de él.

Ella lo había traicionado, «traicionado», y él seguía sin poder
quitarle las manos de encima.

—¿Qué has dicho?

Dunford no vio ningún motivo para contestarle. En realidad no
había ninguna necesidad de hacer un largo discurso sobre lo mucho
que la deseaba y, maldita sea, seguía amándola a pesar de sus mentiras. Simplemente la sentó en el sofá.

—Cállate, Hen —ordenó.

Ella se tensó. Aunque el tono fue suave, las palabras eran duras. Por otro lado, tal vez esa era la última vez que podría tenerlo abrazado así, la última vez que ella podría simular que él seguía amándola.

Se sintió caer de espaldas en los mullidos sillones y sintió el calor de su cuerpo cuando cubrió el de ella. Sintió sus manos en las nalgas, apretándola a su cuerpo, en el que era evidente el deseo. Sintió sus labios en el lóbulo de la oreja, luego en su cuello y en la clavícula. Y luego él siguió bajando.

No logró obligarse a rodearlo con los brazos, pero tampoco tuvo fuerzas para apartarse. ¿Dunford la amaba? Su boca la amaba; la estaba amando con una sorprendente intensidad, rodeándole el duro pezón por encima de la fina muselina del vestido.

Se miró, con la mente curiosamente separada de su deseoso cuerpo. Sus besos le habían dejado indecentes manchas en el corpiño. Pero a él no le importaba; lo hacía para castigarla. La iba a...

—¡No! —exclamó, empujándolo con tanta violencia que cayó al suelo, sorprendido.

Dunford se levantó lentamente, en silencio. Cuando finalmente la miró a la cara, ella conoció un terror que jamás podría haberse imaginado. Los ojos de él eran dos líneas heladas.

—De repente nos preocupa la virtud, ¿eh? —dijo, groseramente—. Es algo tarde para eso, ¿no crees?

Henry se apresuró a sentarse, sin contestar.

—Un cambio bastante radical en una chica que me dijo que no le importaba para nada su reputación.

—Eso era antes —susurró.

—¿Antes de qué, Hen? ¿Antes de venir a Londres? ¿Antes de enterarte de lo que las mujeres deben desear del matrimonio?

Ella se puso torpemente de pie.

—No... no sé de qué hablas.

Dunford soltó un corto ladrido de risa furiosa. Por Dios, ni siquiera era buena mintiendo. Se atragantaba con las palabras, no era capaz de mirarlo a los ojos, y tenía las mejillas rojas de rubor.

Claro que todo eso podría atribuirse a pasión. Él seguía siendo capaz de hacerla sentir pasión. Eso podría ser lo único que era capaz de hacerla sentir, pero sabía que podía calentarla hasta hacerla arder. Era capaz de hacer que le necesitara, atarla a él con los labios, las manos y el calor de su piel.

Sintió que se excitaba cada vez más con los eróticos pensamientos que le invadieron: la recordó en la cama esa noche en Westonbirt, su suave piel arrebolada a la luz de la vela. Había gemido de deseo, arqueado el cuerpo hacia el de él; había gritado de placer, de éxtasis. Él le había dado eso.

Avanzó un paso hacia ella.

—Me deseas, Henry.

Ella se quedó absolutamente inmóvil, sin poder negarlo.

—Me deseas ahora.

Consiguió negar con la cabeza; Dunford vio que necesitaba de toda su fuerza para hacerlo.

—Sí, me deseas —dijo, con voz sedosa.

—No, Dunford, no. No…

La presión de los labios de él le impidió continuar. Unos labios crueles, exigentes. Se sintió como si se fuera a sofocar, ahogar por la furia de él y el insensato deseo de ella.

No podía permitírselo. No debía permitirle que usara su rabia para hacer que le deseara. Con un brusco movimiento de la cabeza, apartó los labios de los suyos.

—No pasa nada —musitó él, poniendo una mano sobre uno de sus pechos—. Tu mentirosa boca no es la parte de ti que más me interesa.

—¡Basta! —exclamó ella, empujándole el pecho, pero los brazos de él eran como tenazas alrededor de su cuerpo—. ¡No puedes hacer esto!

Él levantó una comisura de la boca en una falsa sonrisa.

—¿No puedo?

—No eres mi marido —dijo, con la voz temblorosa de furia, y limpiándose la boca con el dorso de la mano—. No tienes ningún derecho sobre mi persona.

Entonces él la soltó y fue a apoyarse en la puerta en una postura engañosamente indolente.

—¿Quieres decir que deseas cancelar la boda?

—¿Po-por qué crees que yo querría eso? —preguntó, consciente de que él creía que deseaba casarse con él por Stannage Park.

—No logro imaginar ni un solo motivo —dijo él, en tono muy duro—. En realidad, me parece que yo tengo «todo» lo que necesitas en un marido.

—Parece que nos sentimos algo superiores, hoy, ¿eh?

Dunford avanzó con la velocidad de un rayo, haciéndola retroceder hasta la pared y la aprisionó apoyando las manos a ambos lados de sus hombros.

—«Nos» sentimos algo desconcertados, preguntándonos por qué nuestra novia actúa de manera tan rara. Pensamos si tal vez hay algo que desea decir.

Ella se sintió como si todo el aire hubiera abandonado su cuerpo. ¿No era eso lo que deseaba? ¿Por qué, entonces, se sentía tan mal?

—¿Henry?

Lo miró a la cara, recordando todas las amabilidades que había tenido con ella. Le había comprado un vestido cuando a nadie se le había ocurrido hacerlo. La había convencido de venir a Londres y luego había procurado que lo pasara estupendamente bien. Y siempre, siempre, sonriéndole.

Le costaba reconciliar esa imagen con el hombre cruel y burlón que tenía delante. Pero de todos modos, no podía decidirse a humillarlo en público.

—No voy a cancelar la boda, milord —dijo.

Él ladeó la cabeza.

—Por tu tono deduzco que deseas que lo haga yo.

Ella guardó silencio.

—Supongo que sabes que soy un caballero y mi honor me impide hacer eso.

Ella entreabrió ligeramente los labios y pasados unos segundos logró decir:

—¿Qué quieres decir?

Dunford la miró atentamente. ¿Por qué diablos le interesaba tanto saber si él podía o no plantarla? De lo único que estaba seguro era de que ella no deseaba eso. Si él la plantaba perdería Stannage Park para siempre.

—¿Por qué no puedes? —insistió ella—. ¿Por qué?

—Veo que no te hemos educado acerca de los usos de la sociedad tan bien como creíamos. Un hombre de honor jamás planta a una dama, a no ser que se demuestre que ella le ha sido infiel, y tal vez ni siquiera en ese caso.

—Nunca te he traicionado —explotó ella.

No con tu cuerpo, pensó él, sólo con tu alma. ¿Cómo podría amarlo alguna vez tanto como amaba a su tierra? Nadie tiene el corazón tan grande.

—Sé que no —suspiró.

Nuevamente ella guardó silencio y continuó ahí con expresión apenada. Qué desconcertada debía de estar viéndolo tan furioso, pensó. No podía saber que conocía sus motivos para casarse con él.

—Bueno —dijo al fin, cansado, temiendo su respuesta—. ¿Vas a cancelar la boda?

—¿Quieres que la cancele? —susurro Henry.

—No me corresponde a mí tomar la decisión —dijo él secamente, sin poder pronunciar las palabras que la obligarían a dejarlo—. Si la vas a cancelar, hazlo.

—No puedo —dijo ella, retorciéndose las manos.

Sus palabras sonaron como si se las hubiera arrancado del alma.

—Que recaiga en ti la responsabilidad, entonces —dijo él.

Acto seguido, giró sobre sus talones y salió de la sala sin mirar atrás.

En las dos semanas siguientes Henry se enteró de muy poco de lo que ocurría a su alrededor, aparte del sordo dolor que le envolvía el corazón como una mortaja. Nada le producía alegría. Supuso que sus amigas atribuían eso a los nervios por la boda.

Afortunadamente vio a Dunford con muy poca frecuencia. Él parecía saber muy bien cuándo cruzarse en su camino en las fiestas para estar con ella solo un ratito. Llegaba justo cuando quedaban unos minutos para bailar con ella una vez antes de que se marchara. Nunca bailaron un vals.

El día de la boda se fue acercando hasta que finalmente una mañana despertó con una intensa sensación de miedo. Ese era el día en que se uniría para siempre con un hombre al que no era capaz de satisfacer.

Con un hombre que ahora la odiaba.

Lentamente, abatida, se bajó de la cama y se puso la bata. Su único consuelo era que por lo menos viviría en su amado Stannage Park.

Aunque ahora eso no le parecía tan precioso.

La boda fue un suplicio.

Ella había pensado que una sencilla ceremonia le resultaría más fácil, pero descubrió que era más difícil mantener la cara alegre ante esas pocas personas amigas que lo que habría sido ante trescientas personas apenas conocidas.

Cuando llegó el momento, se mordió el labio y dijo «Sí, quiero», pero por su cabeza sólo pasaba un pensamiento: ¿por qué hacía eso Dunford?

Pero cuando ya había reunido el valor para preguntárselo, el cura le estaba diciendo a él que podía besar a su mujer. Ella apenas tuvo tiempo para volver la cabeza cuando él posó los labios sobre los de ella en un beso sin ninguna pasión.

—¿Por qué? —susurró, con la boca pegada a la de él—. ¿Por qué?

Si él la oyó, no se dignó contestar. Lo que hizo fue cogerle la mano y sacarla de la iglesia llevándola prácticamente a rastras por el pasillo.

Era de esperar que sus amigas no la hubieran visto tropezarse por intentar ir al paso de su flamante marido.

A la noche siguiente se encontró en la escalinata de entrada de Stannage Park, con una sencilla alianza de oro junto al anillo de compromiso en la mano izquierda. Ninguno de los criados salió a recibirlos; eran bien pasadas las once, así que supuso que ya todos estaban acostados.

Además, ella les había escrito diciendo que llegarían al día siguiente. No se le había pasado por la mente que Dunford insistiría en emprender el viaje a Cornualles inmediatamente después de la boda. Sólo llevaban treinta minutos en la fiesta cuando él la hizo subir al coche que los esperaba.

El trayecto a través de Inglaterra fue silencioso e incómodo. Dunford se había traído un libro y no le prestó la menor atención en todo el viaje. Cuando llegaron a la posada, la misma en que se alojaron en el trayecto de ida a Londres, ella ya tenía los nervios destrozados. Se había pasado todo el día temiendo esa noche. ¿Le haría el amor furioso? No soportaba ni imaginárselo.

Y ante su sorpresa Dunford la llevó hasta la puerta de una habitación bastante alejada de la suya él y le dijo:

—Creo que nuestra noche de bodas debe ser en Stannage Park. Lo encuentro más «apropiado», ¿no estás de acuerdo?

Ella asintió, agradecida, y entró corriendo en su habitación.

Pero en ese momento estaba ahí, y él exigiría tener su noche de bodas. El fuego que ardía en sus ojos demostraba claramente cuáles eran sus intenciones.

Miró hacia los jardines. No era mucha la luz que salía de la casa, pero conocía tan bien cada palmo del paisaje que se imaginaba hasta la última rama de árbol. Sintió los ojos de él observándola mientras miraba las hojas agitadas por la fría brisa.

—¿Te alegra estar de vuelta aquí, Henry?

Ella asintió enérgicamente, sin lograr reunir el valor para mirarlo a los ojos.

—Ya me lo parecía —masculló.

Entonces ella se volvió a mirarlo.

—¿Y a ti te alegra?

Estuvo un buen rato en silencio.

—Todavía no lo sé. Entra en la casa, Henry —añadió, en tono más seco.

Se tensó ante su tono, pero entró en la casa.

Dunford encendió varias velas de un candelabro.

—Es hora de subir.

Henry miró por la puerta abierta el coche con las maletas, buscando algo que retrasara lo inevitable.

—Mi equipaje...

—Los lacayos lo subirán por la mañana. Es hora de irse a la cama.

Tragó saliva y asintió, aterrada ante lo que la esperaba. Ansiaba la intimidad que habían compartido en Westonbirt, ese sentimiento de amor y alegría que había encontrado en sus brazos. Pero todo eso había sido una mentira, si no, él no habría necesitado una noche de placer en la cama de su amante.

Subió la escalera y se dirigió a su dormitorio.

—No —dijo él, poniendole las manos en los hombros—. Envié la orden de que trasladaran tus cosas a los aposentos del señor.

Ella se volvió a mirarlo.

—No tenías ningún derecho.

—Tenía todo el derecho —gruñó él, haciéndola entrar de un tirón en su dormitorio—. Y sigo teniéndolo. —Pasado un momento, continuó en tono más suave, como si se hubiera dado cuenta de que había sido violento—. Pensé que estarías de acuerdo.

—Podría cambiarme —ofreció ella, algo esperanzada—. Si no me deseas aquí, no es necesario que me quede.

Rió con asperezaa.

—Ah, pero te deseo, Henry. Siempre te he deseado. Me muero de deseo.

A ella se le llenaron los ojos de lágrimas.

—No deberías ser así, Dunford.

Él la miró un largo rato, con los ojos brillantes de rabia, pena e incredulidad. Después se dirigió a la puerta.

—Te doy veinte minutos para prepararte —dijo, secamente, sin volverse a mirarla.

Capítulo 23

Con las manos temblorosas, Henry se quitó el vestido de viaje. Tanto Belle como Emma le habían regalado prendas para su ajuar y en consecuencia tenía una maleta llena de camisones transparentes. Todos le parecían algo indecentes para una joven que jamás se había puesto otra cosa que gruesos camisones de algodón para dormir, pero pensando que era su deber ponérselos ahora que estaba casada, cogió uno y se lo pasó por la cabeza.

Se miró, ahogó una exclamación y de un salto se metió en la cama. La seda rosa claro ni siquiera simulaba ocultarle los contornos del cuerpo ni el color rosa oscuro de sus pezones. Se apresuró a cubrirse con las mantas hasta el mentón.

Cuando entró Dunford sólo llevaba una bata verde oscuro que le llegaba hasta las rodillas. Ella tragó saliva y desvió la cara.

—¿Por qué estás tan nerviosa, Henry? —le preguntó él, sin inflexión en la voz—. No es que no hayamos hecho esto antes.

—Era distinto entonces.

—¿Por qué? —preguntó él.

Lo invadieron diferentes pensamientos. ¿Era distinto porque ella ya no tenía que simular que lo amaba? Ya tenía seguro Stannage Park en sus manos; tal vez estaba intentando encontrar la manera de echarlo de ahí lo más pronto posible.

Tras un minuto de silencio Henry contestó:

—No lo sé.

Él la miró, vio en sus ojos que mentía y sintió surgir la rabia en su interior.

—Bueno, no me importa —dijo, casi gruñendo—. No me importa si es distinto. —Se quitó la bata y avanzó hacia la cama con gracia felina. Subió y se inclinó sobre ella apoyado en las manos y las rodillas, observando cómo sus ojos se abrían de temor—. Soy capaz de hacerte desearme —musitó—. Sé que de «eso» soy capaz.

Se estiró hasta quedar de costado al lado de ella, por encima de las mantas con que estaba bien tapada. Deslizó una mano bajo su nuca, atrayendo su cara hacia la de él.

Ella sintió su cálido aliento en la boca justo antes de que él rozara sus labios con los de él. Mientras él la besaba, tratando de inducirla a corresponderle el beso ella intentaba encontrarle la lógica a su comportamiento; actuaba como si de verdad la deseara.

Y sin embargo ella sabía que no, al menos no lo bastante para renunciar a otras mujeres.

A ella le faltaba algo, pero no sabía qué. Eso la hizo sentirse cohibida y se apartó y se cubrió los labios hinchados.

Dunford arqueó una ceja, irónico.

—No beso bien —declaró.

Él se echó a reír.

—Yo te enseñé, Hen. Lo haces muy bien.

Entonces, como para demostrárselo, volvió a besarla, con un beso ardiente, exigente.

Ella no pudo sofocar su reacción y sintió la excitación en su interior, incendiándole la piel por dentro. Pero su cerebro continuó curiosamente desconectado, por lo que mientras sentía su lengua lamiendo el óvalo de su cara hizo un repaso de todo su cuerpo con el fin de descubrir qué era lo que le faltaba para mantener el interés de Dunford.

Él pareció no notar su falta de concentración y continuó excitándola con las manos, que sentía ardientes a través de la delgada seda del camisón. Desató el lazo y se lo abrió, dejándole la piel expuesta al fresco aire nocturno. Entonces subió la mano por la plana superficie de su abdomen hasta llegar a sus...

¡Pechos!

—¡Ay, Dios! —exclamó—. ¡No!

Dunford levantó la cabeza para mirarla.

—¿Qué diablos te pasa ahora, Henry?

—No debes. No debo...

—Debes —gruñó.

—No, son demasiado...

Se miró, y una inesperada objetividad traspasó su pensamiento. Un momento, no son tan pequeños. ¿Qué diablos ocurría que no era capaz de disfrutar con un par de pechos perfectamente formados? Ladeó la cabeza, intentando analizar su forma.

Dunford pestañeó, sorprendido. La chica, su «mujer» había inclinado el cuello de una manera de lo más incómoda y se estaba mirando los pechos como si no hubiera visto jamás algo parecido en toda su vida.

—¿Qué haces? —le preguntó, tan perplejo que no pudo continuar aferrado a su rabia.

—No lo sé.

Entonces lo miró y él vio en sus ojos una extraña combinación de vacilación y molestia.

—Tienen algo malo.

—¿«Qué» tiene algo malo? —gruñó él, exasperado.

—Mis pechos.

Si ella hubiera comenzado a charlar sobre las diferencias entre el judaísmo y el islamismo, no se habría sorprendido más.

—¿Tus «pechos»? —repitió, y notó que la voz era más severa de lo que quería—. Por el amor de Dios, Henry, están bien.

¿Bien? ¿Bien? Ella no deseaba que estuvieran bien; los deseaba perfectos, magníficos, espectaculares, absolutamente embelesadores. Deseaba que él la deseara tanto que la considerara la mujer más bella del mundo aunque pesara más de dos quintales y tuviera una verruga en la nariz. Deseaba que la deseara tanto que se olvidara totalmente de sí mismo.

Más que nada, deseaba que la deseara tanto que no necesitara nunca a otra mujer.

«Bien» era algo que no podía tolerar, de modo que cuando él le cogió un pezón en un ardiente beso, ella se apartó bruscamente y se bajó de la cama, cerrándose desesperada el camisón con las dos manos.

Dunford estaba jadeante; estaba tan excitado que le dolía el duro miembro y ya estaba perdiendo la paciencia con su flamante esposa.

—Henry, vuelve inmediatamente a la cama —ordenó.

Ella negó con la cabeza, odiándose por quedarse acobardada en un rincón, pero sin poder evitarlo.

Dunford bajó de la cama de un salto, sin importarle cómo destacaba el miembro erecto en su cuerpo desnudo.

Henry lo miró asustada y maravillada a la vez, asustada porque parecía un dios amenazante y maravillada porque estaba claro que había «algo» en ella que a él le gustaba. Estaba clarísimo que la deseaba.

Entonces Dunford la cogió por los hombros y la sacudió. Dado que con eso no logró sacarle palabra, volvió a sacudirla.

—¿Qué diablos te pasa?

—No lo sé —exclamó ella, sorprendida por que casi había gritado—. No lo sé, y eso me mata.

Fuera lo que fuera que había tenido controlada la furia de Dunford hasta ese momento, se rompió. ¿Cómo se atrevía a sentirse la víctima de esa sórdida unión?

—Yo te diré qué diablos te pasa —le dijo, en voz baja, amenazante—. Te diré exactamente qué te pasa. Sabes... —Se atragantó con las palabras, sorprendido por la total desolación que vio en su cara. Ah, no, no; no debía sentir compasión por ella. Obligándose a no hacer caso de la pena que veía en sus ojos, continuó—: Sabes que tu juego ha llegado a su fin, ¿verdad? Has recibido respuesta de Rosalind y ahora sabes que sé tu secreto.

Ella lo miró fijamente, casi sin poder respirar.

—Lo sé todo de ti —continuó él, soltando una risa áspera—. Sé que me consideras un hombre «bastante» simpático. Sé que te casaste conmigo por Stannage Park. Bueno, lo hiciste. Ahora tienes tu precioso Stannage Park. Pero yo te tengo a ti.

—¿Por qué te casaste conmigo? —preguntó ella, en un susurro.

Él emitió un bufido.

—Un caballero no planta a una dama, ¿recuerdas? Lección número trescientos sesenta y tres sobre como portarte en...

—¡No! Eso no te lo habría impedido. ¿Por qué te casaste conmigo?

Sus ojos parecían suplicarle que le contestara, pero Dunford no sabía qué quería oír. Demonios, si ni siquiera él sabía si deseaba decirle algo. Bueno, que se desesperara un rato; que sufriera, como había sufrido él.

—¿Sabes una cosa, Henry? —dijo al fin, con un tono de voz muy desagradable—. No tengo ni la menor idea.

Vio salir chispas de fuego de sus ojos, sintió asco de sí mismo por disfrutar tanto de su disgusto, pero estaba tan furioso y, sí, tan excitado, que no pudo hacer otra cosa que estrecharla entre sus brazos y aplastarle la boca con la de él. Le sacó el camisón de un tirón y la dejó tan desnuda como él, con su piel caliente y arrebolada pegada a la suya.

—Pero ahora eres mía —susurró ardientemente, acariciándole el cuello con sus palabras—. Mía para siempre.

La besó con una pasión nacida de la furia y la desesperación, y sintió el instante exacto en que el deseo se apoderó de ella. Henry movió los labios sobre su sien, bajó las manos por su espalda explorándole los músculos y apretó las caderas a las de él.

Era una tortura absoluta, pero deseaba más y más.

Deseaba envolverse en ella, enterrarse en ella y no salir jamás de ahí. Inconsciente en su deseo, no supo cómo se las había arreglado para volver a la cama con ella, pero de alguna manera lo hizo, porque de pronto se encontró encima de su esposa, apretando el cuerpo al de ella con pasión primitiva.

—Eres mía, Henry, mía —susurró.

Ella contestó con un gemido incoherente.

Rodó hacia un lado, sin soltarla, llevándola con él. Se acomodó encima de su cuerpo.

—Oooh, Dunford —suspiró ella.

—Oooh, Dunford ¿qué? —susurró él, mordisqueándole suavemente el lóbulo de la oreja.

—Oh —exclamó ella cuando él apretó sus nalgas.

—¿Me necesitas, Henry?

—No...

No pudo terminar la frase. Ya tenía la respiración jadeante y casi no podía hablar.

Bajó más la mano por el trasero y la curvó en su entrepierna, acariciándola.

—¿Me necesitas?

Abrió los ojos y lo miró.

—¡Sí! ¡Sí! Por favor.

Olvidó la rabia y su deseo de vengarse al mirar las profundidades transparentes de sus ojos grises. Sólo sentía amor, sólo recordaba las risas y la intimidad que habían compartido. La besó en los labios, recordando la primera vez que había visto su sonrisa, esa sonrisa fresca, descarada. Deslizó las manos por la suave piel de sus esbeltos brazos y la recordó trasladando obstinadamente piedras al muro de la porqueriza mientras él la miraba.

Era Henry, y la amaba. No podía evitarlo.

—Dime qué deseas —susurró.

Ella lo miró con los ojos nublados, sin poder hablar.

Tocó un pezón con el pulgar y el dedo medio, notando como se endurecía.

—¿Deseas esto?

Ella emitió un gemido ahogado y asintió.

Él se inclinó y le regaló el placer de su lengua al otro pecho.

—¿Y esto?

—Oooh —gimió ella—. Oooh.

—¿Y esto?

La tendió suavemente de espaldas, le colocó una mano en cada muslo y lentamente se los separó, sin encontrar resistencia. Sonriendo arrogante se inclinó a besarla suavemente en la boca mientras deslizaba los dedos por entre los pliegues de su vulva.

El pulso acelerado de ella fue la respuesta que necesitaba. Sonrió travieso.

—Dime, diablilla, ¿deseas «esto»?

Le dejó una estela de ardientes besos por el valle entre sus pechos, su vientre plano y continuó hacia abajo hasta que su boca se encontró con sus dedos.

—Oooh, Dunford —suspiró ella—. Oooh.

Podría pasarse horas amándola de esa manera. Ella era una mujer dulce, misteriosa y pura. Pero la sentía acercarse al orgasmo y deseaba estar unido a ella cuando ocurriera. Necesitaba sentir las contracciones de sus músculos alrededor de su pene.

Deslizó el cuerpo hacia arriba por encima de ella hasta que nuevamente quedaron cara a cara.

—¿Me deseas, Henry? No seguiré si no me deseas.

Ella lo miró con los ojos nublados por la pasión.

—Dunford, sí.

Se estremeció de alivio; no sabía si hubiera sido capaz de cumplir su palabra si ella lo hubiera rechazado. Estaba absolutamente excitado, con el miembro duro, pesado, vibrando, gritando su necesidad de alivio. Embistió y la penetró un poquito. Estaba caliente y mojada, pero tensa, por su inexperiencia; tenía que obligarse a ir despacio.

Pero ella no quería; arqueó las caderas, apretándose a él, para recibirlo todo entero. Ya no pudo controlarse, embistió con fuerza, penetrándola hasta el fondo.

Fue como volver a casa; se levantó un poco apoyándose en los codos, para poder mirarla. De repente ya no recordaba por qué había estado tan furioso con ella; la miraba y sólo veía su cara, riendo, sonriendo, los labios temblorosos de pena por el bebé que había muerto en la casita abandonada.

—Henry —gimió.

La amaba. Volvió a embestir, sumergiéndose en un ritmo primitivo. La amaba. Volvió a embestir, siguiendo el ritmo. La amaba. Besó su frente, deseando desesperado acercarse a su alma.

La amaba.

Sintió cómo la excitación de ella iba aumentando; empezó a retorcerse y soltaba extraños sonidos. Entonces ella gritó su nombre, poniendo toda su energía en esa sola palabra.

La sensación de sus músculos apretándole el pene lo llevó al orgasmo.

—¡Oooh, oooh, Henry! —exclamó, eyaculando, sin poder controlar sus pensamientos, movimientos ni palabras—: ¡Te amo!

Henry se quedó absolutamente inmóvil, mientras miles de pensamientos pasaban veloces por su cabeza en un segundo.

Le había dicho que la amaba.

Lo recordó en la tienda de ropa, insistiéndole amablemente que se probara vestidos para su inexistente hermana.

¿Lo decía en serio?

Lo recordó en Londres, terriblemente celoso porque ella había salido a pasear con Ned Blydon.

¿Podía ser que la amara y de todas maneras necesitara a otras mujeres?

Recordó su cara, llena de intensa ternura cuando le preguntó si lo deseaba: «No seguiré si no me deseas».

La amaba. Ya no lo dudaba. La amaba, pero de todos modos ella no era lo bastante mujer para él. Dios santo, eso era casi más doloroso que pensar que no la amaba.

—¿Henry? —dijo él, con la voz ronca, todavía ahogada por la pasión saciada.

Ella le acarició la mejilla.

—Te creo —le dijo dulcemente.

Él pestañeó.

—¿Qué crees?

—A ti. —Le brotó una lágrima, que bajó por su sien y se perdió en la funda de la almohada—. Creo que me amas.

La miró asombrado. ¿Le creía? ¿Qué diablos significaba eso?

Ella había vuelto la cabeza, así que no le vio la cara.

—Ojalá... —dijo.

—¿Ojalá qué, Henry? —preguntó.

El corazón le dio un vuelco en el pecho, tal vez reconociendo que su destino pendía de un hilo.

—Ojalá... ojalá yo pudiera...

Se atragantó con las palabras, deseando decir «Ojalá yo pudiera ser la mujer que necesitas», pero sin poder reconocer sus defectos estando en esa posición tan vulnerable.

De todos modos, no importaba. Dunford no la habría oído terminar la frase porque ya se había bajado de la cama y se dirigía a la puerta, pues no deseaba oír su lástima cuando dijera «Ojalá yo pudiera amarte también».

A la mañana siguiente Henry despertó con un fuerte dolor en las sienes. Le dolían los ojos también, tal vez por haberse pasado la noche llorando. Medio tambaleante llegó hasta el lavabo y se echó agua fría en la cara, pero eso no alivió su dolor.

Se las había arreglado para estropear su noche de bodas. Aunque claro, eso no tenía por qué sorprenderla. Algunas mujeres nacen sabiendo las gracias y finuras femeninas, y ya era hora de que ella aceptara que no era una de esas mujeres. Había sido una estupidez intentarlo. Pensó tristemente en Belle, que siempre sabía qué decir y cómo vestirse. Pero era algo mucho más profundo. Belle poseía una feminidad innata que, por mucho que lo intentara, no podía enseñarle a ella. Ah, sí que le había dicho que había hecho grandes avances, pero ella sabía que Belle simplemente era tan amable que no podía decir otra cosa.

Se dirigió lentamente hasta el vestidor, que conectaba los dos dormitorios grandes de los aposentos del señor. Carlyle y Viola preferían no dormir en camas separadas, por lo que habían convertido en sala de estar uno de los dormitorios. Si no deseaba pasar todas las noches con Dunford tendría que hacer traer otra cama a esos aposentos.

Suspiró, consciente de que deseaba pasar las noches con su marido, y se odió por eso.

Entró en el vestidor y observó que alguien había colgado los vestidos que había traído de Londres. Tendría que contratar una doncella, pensó; era casi imposible ponerse sin ayuda muchos de esos vestidos.

Pasó de largo la ropa y miró el estante donde había apiladas prendas masculinas bien dobladitas. Cogió unos pantalones; eran muy pequeños para ser de Dunford; esos debían de ser los que ella dejó en su cuarto.

Alisó los pantalones, mirando deseosa sus nuevos vestidos. Todos eran preciosos, de todos los colores del arco iris y de las telas más suaves imaginables. De todos modos, fueron hechos para la mujer que ella esperaba ser, no para la mujer que era.

Tragando saliva apenada, dio la espalda a los vestidos y se puso los pantalones.

Dunford miraba el reloj impaciente mientras tomaba su desayuno. ¿Dónde diablos estaba Henry? Él había bajado ya hacía casi una hora.

Se llevó otro bocado de huevos ya fríos a la boca. Sabían fatal pero no le importaba. Oía una y otra vez la voz de Henry, tan fuerte que le bloqueaba los demás sentidos.

«Ojalá yo pudiera...» «Ojalá yo pudiera...» «Ojalá yo pudiera amarte.»

No era difícil completar la frase.

Oyó ruido de pasos en la escalera y se levantó antes de que ella apareciera en la puerta. Cuando apareció vio que parecía cansada; estaba pálida y ojerosa. La miró de arriba abajo, con insolencia. Se había puesto su antigua ropa masculina, y llevaba el pelo recogido en una coleta.

—No veías la hora de volver al trabajo, ¿eh, Henry? —se oyó decir.

Ella asintió, nerviosa.

—Te pido que no uses esa ropa fuera de la finca. Ahora eres mi esposa y ese comportamiento me perjudicaría.

Notó el desprecio en su voz y se odió. Siempre le había gustado el espíritu independiente de ella, siempre había admirado ese sentido práctico que la llevaba a usar ropa de hombre para trabajar en la granja. Y ahora intentaba herirla, para hacerla sentir el mismo dolor que ella había inflingido en su corazón. Era consciente de eso, y lo enfurecía.

—Intentaré portarme correctamente —dijo ella, en tono frío.

Miró el plato de comida que le habían puesto delante, suspiró y lo apartó.

Él arqueó una ceja, interrogante.

—No tengo hambre.

—Ah, vamos, Henry, comes como un caballo.

Ella se encogió.

—Muy amable de tu parte señalarme una de mis muchas cualidades femeninas.

—No estás vestida para el papel de señora de la casa.

—Pero me gusta esta ropa.

Por Dios, ¿realmente eran lágrimas lo que veía Dunford en sus ojos?

—Por el amor de Dios, Henry, yo...

Se pasó la mano por el pelo. ¿Qué le pasaba? Se estaba convirtiendo en un hombre que no le gustaba nada. Tenía que salir de ahí.

Se levantó.

—Me marcho a Londres —dijo bruscamente.

Henry levantó la cabeza.

—¿Qué?

—Hoy. Esta mañana.

—¿Esta mañana? —musitó ella, en voz tan baja que él no podría haberla oído—. ¿Al día siguiente de nuestra noche de bodas?

Él simplemente abandonó la sala.

Las semanas siguientes fueron las más solitarias que Henry podría haberse imaginado. Su vida era bastante similar a la que llevaba antes que Dunford entrara en ella, con una sustancial diferencia: había probado el amor, lo había tenido fugazmente en sus manos, y durante un segundo había tocado la pura felicidad.

Ahora lo único que tenía era esa enorme cama vacía y el recuerdo del hombre que había pasado parte de una noche en ella.

Los criados la trataban con excepcional amabilidad, tanta que creía que podría romperse bajo el peso de su solicitud. Ansiaba que dejaran de tratarla como si estuvieran pisando huevos sin querer romperlos y comenzaran a tratarla como a la antigua Henry, la que corría y saltaba por Stannage Park vestida con pantalones, sin ninguna preocupación en el mundo, la que no sabía lo que se perdía enterrada en Cornualles.

Los oyó comentar: «Dios le pudra el alma por haber dejado sola a la pobre Henry», y «Nadie debería estar tan sola». Sólo la señora Simpson fue más franca y no vaciló en darle una palmadita en el brazo diciendo: «Pobrecita niña».

Sintió un nudo en la garganta cuando la señora Simpson le dijo esas consoladoras palabras y corrió a esconderse en su dormitorio para llorar si que nadie la viera. Y cuando se le acabaron las lágrimas se entregó al trabajo de Stannage Park.

La finca nunca había estado mejor, se decía orgullosa aunque no con mucha satisfacción, un mes después de que Dunford se marchara.

—Te las devuelvo.

Levantando la vista de su vaso de whisky, Dunford miró a Belle, luego el montón de dinero que le había arrojado y luego a Belle otra vez. Arqueó una ceja.

—Son las mil libras que te gané —explicó ella, manifestando claramente su enfado—. La apuesta fue que te vería casado, bien atado, esposado y encantado.

Él arqueó las cejas.

—Es evidente que «encantado» no estás.

Él bebió otro trago de whisky.

—¿Vas a decir algo?

Dunford se encogió de hombros.

—No. Es evidente que no.

Belle se puso las manos en las caderas.

—¿No tienes nada que decir? ¿Algo que explique tu atroz comportamiento?

La expresión de él se endureció.

—No veo cómo podrías estar en posición de exigirme explicaciones.

Belle retrocedió un paso, cubriéndose la boca con una mano.

—¿En qué te has convertido? —musitó.

—Una pregunta mejor sería «¿En qué me ha convertido ella?»

—Henry no podría haberte hecho esto. ¿Qué podría haber hecho para convertirte en un hombre tan frío? Henry es la mujer más dulce, más...

—La mujer más mercenaria que he conocido.

Belle emitió un sonido que era mitad risa, mitad suspiro y todo incredulidad.

—¿Henry mercenaria? Bromeas, sin duda.

Dunford exhaló un suspiro, consciente de que había sido algo injusto con su mujer.

—Tal vez «mercenaria» no es la palabra más correcta. Mi mujer... —abrió las manos en gesto de derrota—. Henry jamás amará nada ni a nadie tanto como ama Stannage Park. Eso no la hace una mala persona, sólo la hace... la hace...

—Dunford, ¿de qué hablas?

Se encogió de hombros.

—¿Alguna vez has experimentado el amor no correspondido, Belle? Quiero decir, ¿no ser quien lo recibe?

—Henry te ama, Dunford. Sé que te ama.

Él negó con la cabeza, sin decir nada.

—Era absolutamente evidente. Todos sabíamos que te amaba.

—Tengo una carta escrita de su puño y letra que atestigua otra cosa.

—Tiene que haber un error.

—No hay ningún error, Belle. —Emitió una risita dura, de desprecio por sí mismo—. Aparte del que cometí yo al decir «Sí, quiero».

Belle volvió a visitarlo cuando Dunford ya llevaba un mes en Londres. Deseó poder decir que estaba encantado de verla, pero la verdad era que no había nada que pudiera levantarle el ánimo y sacarlo de su tristeza.

Veía a Henry en todas partes. El sonido de su voz resonaba en su cabeza. La echaba de menos con una intensidad dolorosa. Se detestaba por desearla, por ser tan desgraciado y amar a una mujer que jamás podría corresponderle.

—Buenas tardes, Dunford —lo saludó ella con voz enérgica cuando la hicieron pasar a su despacho.

Él la saludó con una inclinación de la cabeza.

—Belle.

—Pensé que te gustaría saber que hace dos días Emma dio a luz a un niño y está muy bien. Pensé que a Henry le gustaría saberlo —añadió, con intención.

Dunford sonrió, por primera vez desde hacía un mes.

—Un niño, ¿eh? Ashbourne tenía el corazón puesto en una niña.

Belle se suavizó.

—Sí, ha estado mascullando que Emma siempre consigue tener lo que desea, pero está todo lo orgulloso que puede estar un padre.

—¿El bebé está sano, entonces?

—Gordo y sonrosado, con una abundante mata de pelo negro.

—Va a ser un diablo, seguro.

—Dunford, alguien debería comunicárselo a Henry —dijo Belle dulcemente—. Ella querrá saberlo.

Él la miró amablemente.

—Le escribiré una nota.

—No —dijo ella, en tono severo—. Es necesario decírselo personalmente. Se sentirá muy feliz, deseará celebrarlo.

Él tragó saliva. Deseaba terriblemente ver a su mujer. Deseaba acariciarla, estrecharla en sus brazos y aspirar el aroma de su pelo. Deseaba ponerle una mano en la boca para que no pudiera decir nada irrecusable, y hacerle el amor, simulando que ella le correspondía.

Era un hombre patético, se dijo, y Belle acababa de darle un pretexto para ir a Cornualles sin sacrificar lo que le quedaba de orgullo. Se levantó.

—Iré a decírselo.

El alivio de Belle fue tan evidente que fue casi como si se hubiera desinflado en el sillón.

—Iré a Cornualles. Es necesario comunicarle lo del bebé. Ella querrá saberlo —razonó—. Si no voy yo a decírselo, no sé quién va a ir.

La miró, como pidiéndole su aprobación.

—Ah, sí —se apresuró a decir ella—. Si no vas tú, no veo cómo se enterará. Debes ir, seguro.

—Sí, sí —dijo él, algo distraído—. Debo ir. Tengo que ir a verla. En realidad no tengo otra opción.

Belle sonrió traviesa.

—Vamos, Dunford, ¿no deseas saber el nombre del bebé?

Él la miró cohibido.

—Sí, claro, eso me gustaría.

—Le han puesto William. Por ti.

Capítulo 24

*H*enry estaba sacando barro sucio a paladas. No era que le gustara mucho hacer eso. Nunca le había gustado. Siempre había pensado que siendo la persona al mando de Stannage Park debía tomar parte en los trabajos diarios de la propiedad, pero nunca antes había sido tan democrática como para obligarse a hacer los más sucios.

Pero eso ya no le importaba tanto. La actividad física le servía para tener dichosamente la mente en blanco. Y cuando se iba a acostar por la noche le dolían tanto los músculos que se quedaba dormida inmediatamente. Antes de llegar a la conclusión de que el agotamiento era un remedio para un corazón roto, se pasaba horas y horas despierta, mirando el cielo raso. Mirando, mirando y mirando, pero sin ver nada aparte de su vida fracasada.

Enterró la pala en el sucio barro, tratando de no hacer caso de que le salpicaba las botas. Centró la atención en lo agradable que sería un baño esa tarde. Sí, un baño. Un baño con… lavanda. No, los pétalos de rosa olerían muy bien. ¿Deseaba oler a rosas?

La mayoría de las tardes las pasaba así, intentando angustiosamente pensar en cualquier cosa que no fuera Dunford.

Cuando terminó, fue a guardar la pala y echó a caminar lentamente de vuelta a la casa, en dirección a la entrada de servicio. Estaba hecha un desastre, y si entraba por la puerta principal dejaría huellas de barro con estiércol en la alfombra del vestíbulo y jamás podrían quitarle el mal olor.

En un peldaño de la escalinata estaba una criada dándole una zanahoria a Rufus; aprovechó para decirle que se encargara de que le subieran agua caliente para el baño y luego se inclinó a darle una palmadita en la cabeza al conejo. Después abrió la puerta, entró en la cocina y, no pudiendo reunir la energía ni para decirle «hola» a la señora Simpson, se limitó a sonreírle levemente, fue a coger una manzana, le dio un mordisco y se volvió a mirarla. Entonces vio que el ama de llaves y cocinera tenía una expresión extraña, parecía tensa.

—¿Pasa algo Simpy? —le preguntó y volvió a hincarle el diente a la manzana.

—Ha vuelto.

Henry se quedó inmóvil, paralizada, con los dientes mordiendo la manzana. Lentamente se quitó la fruta de la boca, dejando las claras marcas de sus dientes.

—¿He de suponer que te refieres a mi marido?

La señora Simpson asintió, soltando un torrente de palabras.

—Le habría dicho lo que pienso de él también, y al cuerno las consecuencias. Tiene que ser un monstruo para dejarte abandonada como te dejó. Me parece que…

Henry no oyó el resto. Sus pies, moviéndose sin ser dirigidos por su cerebro, ya la habían llevado fuera de la cocina e iban subiendo la escalera lateral. No sabía si corría hacia él o huía de él. No tenía idea de dónde estaba; igual podría estar en el despacho, en la sala de estar o en el dormitorio.

Tragó saliva, deseando que no estuviera en el dormitorio.

Cuando abrió la puerta, volvió a tragar saliva.

Nunca había tenido mucha suerte.

Él estaba junto a la ventana, insoportablemente guapo, como siempre. Se había quitado la chaqueta y soltado la corbata.

—Henry —la saludó, inclinando la cabeza.

—Estás en casa —dijo ella, como una idiota.

Él se encogió de hombros.

—Esto... necesito bañarme.

En la cara de Dunford brilló una sonrisa.

—Sí —dijo, y fue a tirar del cordón para llamar.

—Ya pedí que me trajeran agua para la bañera. Dentro de un momento llegarán las criadas a llenarla.

Él bajó la mano y se volvió a mirarla.

—Me imagino que querrás saber por qué he vuelto.

—Bueno, sí, naturalmente. Supongo que no tiene nada que ver conmigo.

Él hizo una mueca.

—Emma ha tenido un niño. Pensé que te gustaría saberlo.

Vio cómo cambiaba su expresión, de triste desconfianza a la más absoluta alegría.

—¡Ah, qué maravilla! ¿Ya le han puesto nombre?

—William —contestó él, cohibido—. Por mí.

—Debes de estar muy orgulloso.

—Mucho. Voy a ser el padrino. Todo un honor.

—Ah, sí, debes de estar encantado. Y ellos deben de estar encantados.

—Absolutamente.

Llegados a ese punto, ninguno de los dos supo qué decir. Ella le miró los pies y él le miró la frente.

—De verdad necesito bañarme —dijo ella al fin, rompiendo el silencio.

Sonó un golpe en la puerta y entraron dos criadas con baldes de agua humeante. Sacaron la bañera del lugar donde se guardaba en el vestidor y comenzaron a llenarla.

Henry miró la bañera.

Dunford la miró a ella, imaginándosela dentro de la bañera.

Finalmente soltó una maldición en voz baja y salió de la habitación.

Cuando Henry volvió a encontrarse con su marido olía a flores en lugar de a estiércol. Incluso se había puesto uno de sus vestidos, no fuera que él creyera que se ponía ropa masculina sólo para fastidiarlo. No quería darle la satisfacción de saber que sólo vivía pensando en él.

Dunford la estaba esperando en la sala de estar, para pasar el rato antes de la cena; a su lado, en la mesita lateral, tenía un vaso de whisky. Cuando ella entró se levantó y posó los ojos en su cara con una expresión que sólo se podía calificar de atormentada.

—Estás muy hermosa, Hen —dijo, en un tono que dio la impresión de que no deseaba que lo estuviera.

—Gracias. Tú estás muy guapo. Siempre estás guapo.

—¿Te apetece beber algo?

—Mmm, sí. No. Es decir sí, sí.

Él se volvió a coger un decantador, dándole la espalda para que ella no viera su sonrisa.

—¿Qué te apetece?

—Cualquier cosa —dijo con una vocecita débil, sentándose—. Cualquier cosa me irá bien.

Él le sirvió una copa de jerez y se la ofreció.

—Ten.

Cogió la copa, poniendo sumo cuidado en no rozar su mano. Bebió un trago, y esperó hasta sentir su efecto fortalecedor para preguntarle:

—¿Cuánto tiempo piensas estar?

Dunford hizo una mueca.

—Tan deseosa estás de librarte de mí, ¿Hen?

—No. Aunque pensé que tú no desearías estar mucho tiempo

«conmigo». —Y añadió, sólo por orgullo—. No interrumpirás mi rutina.

—Ah, claro que no. Soy un hombre bastante simpático, casi lo había olvidado.

Henry se encogió al detectar la amargura que rezumaban esas palabras.

—Yo no querría ir a Londres a interrumpir tu rutina —replicó—. No permita Dios que te aparte de tu vida social.

Él la miró como si no entendiera.

—No sé de qué hablas.

—Ah, sólo porque eres tan educado que no quieres hablar de eso —masculló ella, casi deseando que él hablara de su amante—. O tal vez piensas que yo soy demasiado educada.

Él se levantó.

—He viajado todo el día y estoy tan agotado que no puedo gastar mi energía intentando resolver tus acertijos. Si me disculpas, me voy al comedor a cenar. Acompáñame si quieres.

Diciendo eso salió de la sala.

Henry ya sabía bastante acerca de modales sociales para entender que él había sido imperdonablemente grosero con ella. Y sabía lo bastante de él para darse cuenta de que lo había hecho adrede. Salió detrás pisando fuerte, se volvió hacia él, que se iba alejando, y gritó:

—¡No tengo hambre!

Después subió corriendo la escalera en dirección a su dormitorio, sin hacer caso de los sonidos de su estómago.

La comida sabía a serrín. Mientras comía, Dunford miraba fijamente al frente, desentendiéndose de los criados que iban y venían por el otro lado de la mesa, como queriendo preguntar si debían retirar los cubiertos de ese sitio.

Terminó de comer en diez minutos, sólo el primer plato, sin hacer caso del resto. Era condenadamente desagradable la sensación de estar sentado ahí frente al sitio donde debería haber estado Henry, sintiendo las hostiles miradas de los criados, que la adoraban.

Empujando la silla, se levantó y se dirigió a su despacho; una vez allí se sirvió un whisky. Luego otro, y otro. No tanto como para emborracharse pero sí lo suficiente para conseguir un estado contemplativo; y lo suficiente para pasar el rato hasta poder estar seguro de que Henry se había dormido.

Pasado el rato subió a su dormitorio, caminando ligeramente en zig zag y pensando en su situación. ¿Qué iba a hacer con su mujer? Maldita sea, qué desastre. La amaba pero deseaba no amarla; deseaba odiarla pero no podía; aun cuando ella no lo amaba, de todos modos era una mujer tan buena como ninguna, y nadie podía reprocharle su amor y dedicación a la finca. La deseaba y se detestaba por esa debilidad. ¿Y quién diablos sabía qué pensaba ella?

Es decir, aparte de que no lo amaba; eso lo tenía muy claro.

«Ojalá yo pudiera...» «Ojalá yo pudiera amarte.»

Bueno, no se la podía acusar de no intentarlo.

Giró el pomo, abrió la puerta y entró, y sus ojos se dirigieron a la cama.

¡Henry!

Retuvo el aliento. ¿Acaso lo había estado esperando? ¿Significaría eso que lo deseaba?

No, pensó malignamente. Sólo significaba que no había cama en el otro dormitorio.

Estaba dormida y su pecho se movía suavemente al ritmo de su respiración. La luna estaba casi llena y su luz entraba por la ventana. Se veía perfecta, era todo lo que había deseado en su vida. Fue a sentarse en un mullido sillón, sin apartar los ojos de su figura dormida.

Por el momento se conformaba con eso: sólo mirarla mientras dormía.

Al despertar a la mañana siguiente, Henry pestañeó varias veces para despabilarse. Había dormido excepcionalmente bien, lo cual era sorprendente si tenía en cuenta la tensión de la noche anterior.

Bostezó, se desperezó y se sentó.

Y entonces lo vio.

Se había quedado dormido en el sillón. Estaba totalmente vestido y en una posición que tenía que ser tremendamente incómoda. ¿Por qué se había sentado ahí? ¿Creyó que ella no deseaba tenerlo en su cama? ¿O tal vez la encontraba tan repelente que no soportaba ni la idea?

Exhalando un silencioso suspiro, se bajó de la cama y se dirigió al vestidor; allí se puso los pantalones y la camisa, y volvió al dormitorio.

Dunford no se había movido; seguía con el mechón de pelo castaño encima de los ojos, sus labios parecían invitar a besarlos, y su corpulento cuerpo seguía en una postura que tenía que ser muy incómoda.

No pudo soportarlo. Le daba igual que él se hubiera marchado al día siguiente de que volvieran a la casa; no le importaba que él hubiera sido increíblemente grosero la noche anterior. Ni siquiera le importaba que no la deseara a ella lo bastante para renunciar a su amante.

Lo único que sentía en su corazón era que seguía amándolo a pesar de todo eso y no soportaba verlo tan incómodo. Fue hasta el sillón, le puso las manos bajo las axilas y le dio un tirón, intentando levantarlo y ponerlo de pie.

—Arriba, Dunford.

Dunford pestañeó varias veces.

—¿Hen?

—Es hora de que te acuestes.

Él sonrió, adormilado.

—¿Contigo?

A ella le dio un vuelco el corazón.

—Eh… no, Dunford. Ya estoy totalmente vestida y… y tengo trabajo que hacer. Sí, diversos quehaceres.

Sigue hablando, Hen, no sea que caigas en la tentación de meterte en la cama con él.

Él pareció absolutamente desolado y se inclinó, como si estuviera borracho.

—¿Puedo besarte?

Ella tragó saliva; no sabía si estaba despierto. Ya la había besado una vez estando dormido; ¿qué mal podía haber en otro beso más? Y ella lo deseaba tanto, tanto, lo deseaba terriblemente.

Se inclinó y le rozó los labios con los de ella. Lo oyó gemir y luego sintió sus brazos alrededor de su cuerpo y sus manos acariciándole la espalda.

—Oooh, diablilla —gimió.

Si seguía dormido, pensó ella, por lo menos esta vez estaba pensando en ella. Por lo menos la deseaba. En ese momento al menos, la deseaba a ella. Sólo a ella.

Abrazados llegaron a la cama, enredando los brazos y las piernas al caer, prácticamente arrancándose mutuamente la ropa. Él la besó con desesperación, devorándola y saboreándola como un hombre muerto de hambre. Ella estaba igual de hambrienta, rodeándolo con las piernas, atrayéndolo más y más, para llegar al punto de unión en que podrían ser uno.

Antes de que ella se diera cuenta, él ya la había penetrado, y lo sintió como si el cielo hubiera bajado hasta el dormitorio, envolviéndolos en un abrazo perfecto.

—Oooh, Dunford, te amo. Te quiero, te quiero, te quiero.

Las palabras invadieron el corazón y salieron volando de su boca. Al cuerno el orgullo. Ya no le importaba ser lo bastante mujer para él. Lo amaba, y él la amaba a su manera, y diría y haría lo que fuera necesario para retenerlo a su lado. Se tragaría el orgullo, se humillaría, lo haría todo con tal de evitar la dolorosa soledad de ese mes pasado.

Dunford no dio señales de haberla oído, tal era la violencia de su deseo. Continuó penetrándola una y otra vez, emitiendo roncos gemidos con cada embestida. Ella no supo discernir por la expresión de su cara si los gemidos eran de sufrimiento o de placer, tal vez de ambas cosas. Finalmente, justo cuando las contracciones del orgasmo la hacían contraer los músculos alrededor de su pene, él embistió con una fuerza pasmosa y gritó su nombre al eyacular, vaciando su misma vida en ella.

Le pareció que dejaba de respirar, avasallada por la potencia de su orgasmo. Recibió con gusto el peso de él cuando se desmoronó sobre ella, y saboreó los violentos estremecimientos que acompañaban su respiración jadeante. Se quedaron así varios minutos, en silencio y satisfechos, hasta que él emitió un gemido y se apartó a un lado.

Estaban juntos, mirándose, y ella no pudo apartar los ojos de él cuando se inclinó a besarla.

—¿Dijiste que me amas? —preguntó él en un susurro.

Ella no contestó, sintiéndose absolutamente atrapada.

Dunford puso sus manos sobre ella.

—¿Lo dijiste?

Intentó asentir, luego intentó negarlo, pero no le salieron las palabras. Ahogada por las palabras que no había dicho, se apartó y bajó de la cama.

—Henry —dijo él, con la voz ronca, exigiéndole una respuesta.

—¡No debo amarte! —exclamó, metiendo los brazos en las

mangas de la camisa que se había arrancado del cuerpo sólo hacía un momento.

Dunford la miró sorprendido un instante y finalmente logró preguntar:

—¿Qué quieres decir?

Ella se estaba metiendo los faldones de la camisa dentro de los pantalones.

—Necesitas más de lo que yo puedo darte —dijo, conteniendo los sollozos—. Y debido a eso, tú no puedes ser lo que «yo» necesito.

El magullado corazón de Dunford se saltó la primera frase y sólo se concentró en la segunda. Se le endureció la expresión, y la cara pareció convertise en granito; salió de la cama y comenzó a recoger su ropa.

—Muy bien, entonces —dijo, en el tono abrupto de la persona que intenta no revelar ninguna emoción—. Me marcharé a Londres, esta misma tarde si me es posible.

Ella tragó saliva varias veces.

—¿Te parece lo bastante pronto?

—¿Te… te vas a marchar? —preguntó ella, con un hilillo de voz.

—¿No es eso lo que deseas? —gruñó él, avanzando hacia ella como un dios peligroso y desnudo—. ¿No es eso lo que quieres?

Ella negó con la cabeza. Fue un movimiento muy leve, pero él lo captó.

—¿Qué diablos deseas, entonces? —ladró él—. ¿Lo sabes siquiera?

Ella lo miró muda.

Maldijo, furioso.

—Estoy harto de tus juegos, Henry. Cuando decidas qué es lo que deseas de nuestro matrimonio, escríbeme una nota. Estaré en Londres, donde mis amistades no intentan hacerme jirones el corazón.

Henry no sintió venir la rabia; esta cayó sobre ella con furia y, antes de darse cuenta de lo que ocurría, ya estaba gritando:

—¡Vete, entonces! ¡Vete! ¡Vete a Londres y sigue con tus mujeres! ¡Vete y acuéstate con tu Christine!

Dunford se quedó absolutamente inmóvil, y su cara se puso blanca como el papel.

—¿De qué hablas? —musitó al fin.

—Sé que tienes una amante —sollozó ella—. Sé que te acostaste con ella aun cuando decías que me amabas. Me dijiste que ibas a ir a jugar a las cartas con tus amigos, porque cuando nos casáramos no los ibas a ver mucho. Pero yo fui hasta la casa de tu amante y te vi, Dunford. ¡Te vi!

Él avanzó un paso hacia ella y soltó la ropa que tenía en las manos.

—Ha habido un error terrible.

—Sí —dijo ella, con todo el cuerpo estremecido por la emoción—. Cometí el error de creer que yo podía ser lo bastante mujer para darte placer, incluso pensé que podría aprender cómo es ser una persona distinta de mí.

—Henry, yo no deseo a nadie excepto a ti —musitó Dunford con la voz rota.

—¡No me mientas! —exclamó—. No me importa lo que digas mientras no me mientas. No soy capaz de complacerte. Lo intenté. Traté de aprender las reglas de la sociedad y a llevar vestidos, e incluso me gustó llevarlos, pero de todos modos, eso no fue suficiente. No soy capaz. Sé que no soy capaz, pero… ay, Dios. —Se dejó caer en el sillón, vencida por la fuerza de sus lágrimas; los sollozos estremecían su el cuerpo, por lo que se rodeó fuertemente con los brazos, no fuera a romperse en pedazos—. Sólo deseaba ser la única para ti —sollozó—. Sólo eso.

Dunford se arrodilló ante ella, le cogió las manos, se las llevó a los labios y se las besó, reverente.

—Henry, diablilla, mi amor, sólo te deseo a ti. Eres la única. Eres «todo» lo que deseo. Ni siquiera he mirado a otra mujer desde que te conocí.

Ella lo miró, con la cara bañada por los torrentes de lágrimas que brotaban sin parar.

—No sé qué creíste ver en Londres —continuó él—. Sólo puedo deducir que fue la noche en que fui a ver a Christine para decirle que tendría que buscarse otro protector.

—Estuviste horas.

Él le apretó las manos.

—Henry, no te fui infiel, no te traicioné. Debes creerme. Te quiero a ti. Te amo a ti.

Ella miró sus transparentes ojos castaños y sintió que se le derrumbaba el mundo.

—Ay, Dios mío —susurró, con el corazón oprimido por la conmoción; se levantó bruscamente—. Dios mío, ¿qué he hecho? ¿Qué he hecho?

Él vio cómo la sangre abandonaba su cara.

—¿Henry?

—¿Qué he hecho? —exclamó ella, y luego gritó en voz más alta aún—: ¡Dios mío!

Y salió corriendo de la habitación.

Dunford, por desgracia, estaba tan absolutamente desnudo que no pudo salir tras ella.

Henry bajó corriendo la escalinata de entrada y se internó en la niebla. Continuó corriendo hasta encontrar un lugar en que podía ocultarse entre los árboles, un lugar en que tenía la seguridad de que ni un alma viviente podía verla ni oírla.

Entonces lloró.

Se sentó en la tierra mojada y lloró, lloró y lloró. Había tenido la oportunidad de gozar de la dicha más pura sobre la tierra, y la había estropeado con mentiras y desconfianza. Él nunca la perdonaría. ¿Cómo iba a perdonarla si no podía perdonarse ella?

Cuatro horas después, Dunford estaba a punto de arrancar la pintura de las paredes con las uñas. ¿Dónde podía estar Henry?

No había considerado la posibilidad de organizar un grupo para que saliera a buscarla. Ella conocía el lugar mejor que nadie. Era improbable que hubiera tenido un accidente, pero estaba comenzando a llover, maldita sea, y ella estaba tan terriblemente afligida.

Media hora. Le daría media hora más.

Se le retorcía el corazón al recordar el sufrimiento que vio en su expresión esa mañana. Nunca había visto una expresión de tanta angustia, a no ser claro, que contara las veces que él se había mirado en el espejo ese mes pasado.

De repente había llegado a la conclusión de que no entendía por qué había ido tan mal su matrimonio. Él la amaba y, como se le iba haciendo más y más evidente, ella le correspondía.

Pero había muchos interrogantes sin respuesta, y la única persona que podía dar esas respuestas había desaparecido, no se encontraba por ninguna parte.

Henry caminaba de vuelta a la casa medio aturdida. La lluvia caía fuerte, pero ella casi no la sentía. Iba mirando al frente, repitiéndose: «Debo explicarle. Debo».

Había estado horas sentada al pie de un árbol sollozando desconsolada, hasta que se le acabaron las lágrimas. Y cuando por fin se normalizó su respiración, pensó si no se merecería tal vez una segunda oportunidad. Se permite que la gente aprenda de sus errores y continúe adelante, ¿no?

Y, por encima de todo, debía decirle la verdad a su marido.

Cuando puso el pie en el último peldaño de la escalinata de entrada, la puerta se abrió bruscamente antes de que ella tocara el pomo.

Dunford.

Tenía el aspecto de un dios vengador, aunque algo despeinado. Tenía el entrecejo firmemente fruncido, la cara de un color subido, el pulso le latía muy rápido en el cuello y... y tenía mal abotonada la camisa.

Sin ninguna ceremonia él la hizo entrar de un tirón en el vestíbulo.

—¿Tienes idea de las cosas que me han pasado por la cabeza durante estas horas? —bramó.

Ella negó con la cabeza, en silencio.

Él comenzó a contar con los dedos.

—Un foso —gruñó—. Podrías haberte caído en un foso. No, no lo digas, sé que conoces palmo a palmo el terreno, pero podrías haberte caído en un foso. Podría haberte mordido un animal. Podría haberte caído encima una rama. Se ha desencadenado una tormenta, por si no lo has notado.

Henry lo miró, pensando que una lluvia con viento no califica como tormenta.

—Hay bandidos —continuó él—. Sí, ya sé que esto es Cornualles, el fin del mundo, pero hay bandidos. Bandidos que no vacilarían en... en..., maldita sea, Henry, no quiero ni pensarlo. —Se pasó la mano por el pelo revuelto—. Voy a encerrarte con llave en tu habitación.

La esperanza comenzó a revolotear en el corazón de ella.

—Voy a encerrarte con llave en tu habitación, te voy a atar y... Vamos, por el amor de Dios, ¿vas a hacer el favor de decir algo?

Henry abrió la boca.

—No tengo ninguna amiga llamada Rosalind.

Él la miró sin entender.

—¿Qué?

—Rosalind. No existe. Escribí… —avergonzada miró hacia un lado; no podía mirarlo a la cara—. Escribí esa carta y te la envié a ti a posta. La escribí con la intención de provocarte para que rompieras el compromiso.

Él le acarició la mejilla y le volvió la cara para obligarla a mirarlo.

—¿Por qué, Henry? —le preguntó, en un ronco susurro—. ¿Por qué?

Tragó saliva, nerviosa.

—Porque creí que te habías acostado con tu amante. No entendía cómo podías estar conmigo, luego con ella y…

—No te traicioné —dijo él, vehemente.

—Lo sé. Ahora lo sé. Lo siento mucho, perdona —le echó los brazos al cuello y hundió la cara en su pecho—. ¿Puedes perdonarme?

—Pero, Hen, ¿por qué desconfiaste de mí?

Ella volvió a tragar saliva, incómoda, y sintió arder de vergüenza las mejillas. Finalmente le contó lo que le dijo lady Wolcott. Pero no podía echarle la culpa de todo a lady Wolcott; si ella hubiera estado verdaderamente segura del amor de él, no se habría tragado esas mentiras.

Laa miró incrédulo.

—¿Y le creíste?

—Sí. No. Al principio no. Pero luego fui a la casa a espiar. —Se obligó a mirarlo a los ojos; le debía esa confesión—. Pasaron tres horas y tú no salías. No sabía qué pensar.

—Henry, ¿por qué pensaste que yo desearía a otra mujer? Te quiero a ti. Sabías que te amo. —Apoyó el mentón en su cabeza y aspiró la embriagadora fragancia de su pelo—.¿No te lo había dicho una y otra vez?

—Lo que pasa es que pensé que yo no te complacía, que no era capaz de darte placer. Supuse que no era lo bastante guapa ni femenina. Me esforcé muchísimo en aprender a ser una verdadera dama. Incluso disfruté del aprendizaje. Me encantó Londres. Pero en el fondo siempre voy a ser la misma persona. La chica hombruna, un adefesio.

Dunford la abrazó con fuerza.

—Creo que ya te dije una vez que nunca te llames así.

—Pero es que nunca voy a ser como Belle. Nunca voy a ser…

—Si yo deseara a Belle —interrumpió él—, le habría pedido a ella que se casara conmigo. —La estrechó con más fuerza en sus brazos—. Henry, te quiero a ti. Te amaría aunque vistieras hábito de monja y llevaras ceniza en la cabeza. Te amaría aunque tuvieras bigote —se interrumpió y arrugó la nariz—. Bueno, con bigote sería difícil. Prométeme que no te vas a dejar crecer bigote.

Ella se echó a reír, a su pesar.

—¿De verdad no deseas que cambie?

Él sonrió.

—¿Tú deseas que yo cambie?

—¡No! Quiero decir, me gustas muchísimo tal como eres.

Entonces él sonrió de verdad, con esa conocida y letal sonrisa que siempre le hacía flaquear las piernas.

—¿Sólo te gusto?

—Bueno, creo que dije que me gustas muchísimo —dijo ella, coqueta.

Él enredó la mano en su pelo y le dio un tirón, para levantarle la cara hacia la de él.

—Eso no me basta, diablilla.

Ella le acarició la mejilla.

—Te amo. Lamento haberlo estropeado todo. ¿Cómo te lo puedo compensar?

—Podrías volver a decirme que me amas.

—Te amo.

—Podrías decírmelo mañana.

Ella sonrió de oreja a oreja.

—No voy a necesitar ni el más mínimo recordatorio. Incluso podría decírtelo dos veces.

—Y pasado mañana.

—Creo que lo lograré.

—Y al día siguiente.

Epílogo

—¡¡¡*L*o voy a mataaar!!!

Emma tocó el brazo de Dunford.

—No creo que lo diga en serio —susurró.

Él tragó saliva, con la cara ojerosa y pálida de precupación.

—Lleva mucho tiempo ahí.

Emma le cogió la muñeca y lo alejó de la puerta de la habitación.

—Fue aún más largo con William —dijo—, y salí tan fuerte como una yegua. Ahora ven conmigo. No deberías haber venido a la puerta. Te vas a enfermar escuchando sus gritos.

Dunford se dejó llevar por la duquesa.

Les había llevado cinco años concebir. Deseaban tener un bebé con desesperación; cuando Henry quedó embarazada, les pareció un milagro. Pero ahora que ella estaba dando a luz, ya no le parecía tan necesario.

Henry estaba sufriendo. Y él se sentía impotente, no podía hacer nada para aliviarla.

Eso le partía el corazón.

Bajaron a la sala de estar, donde estaba Alex jugando con sus hijos. William, de seis años, había retado a duelo a su padre y le estaba dando una enérgica paliza, aprovechando que este se encontraba algo imposibilitado para moverse pues tenía subido a la espalda a Julian, de cuatro años; por no decir nada de la pequeña Claire, de dos años, que estaba encantada cogida de su tobillo izquierdo.

—¿Ya lo ha tenido? —preguntó Alex.

Dunford encontró muy despreocupado su tono, así que se limitó a emitir un gruñido.

—Creo que eso fue un no —dijo Emma.

—¡Te he matado! —gritó William alegremente pinchando con su espada a su padre.

Alex miró a Dunford de reojo.

—¿Y estás seguro de que quieres uno de estos?

Dunford se dejó caer en un sillón.

—Siempre que ella se recupere totalmente —suspiró—. Eso es lo único que me importa.

—Se recuperará —lo tranquilizó Emma—. Ya verás. Ah, ¡Belle!

Belle estaba en la puerta, algo sudorosa y despeinada.

Dunford se levantó de un salto.

—¿Cómo está Henry?

—¿Henry? Ah, está… —pestañeó—. ¿Dónde está John?

—En el jardín, meciendo a Letitia —contestó Emma—. ¿Cómo está Henry?

—Ya se ha terminado —dijo Belle, sonriendo de oreja a oreja—. Es una… Oye, ¿dónde está Dunford?

El flamante padre ya había salido corriendo de la sala.

Al llegar a la puerta del dormitorio Dunford se detuvo, sin saber qué hacer. ¿Debía entrar sin más? Continuó ahí, con expresión de desconcierto, hasta que Belle y Emma aparecieron en el corredor, las dos sin aliento tras haber subido corriendo la escalera.

—¿Qué esperas? —le preguntó Emma.

—¿Puedo entrar? —preguntó él, dudoso.

—Bueno, tal vez podrías llamar a la puerta antes —sugirió Belle.

—¿No es… demasiado femenino?

Belle se atragantó de risa. Emma tomó la iniciativa y llamó.

—Ya está, ahora tienes que entrar.

La comadrona abrió la puerta, pero Dunford no la vio. Sólo tenía ojos para Henry, y para el pequeño bultito que tenía en los brazos.

—¿Henry? ¿Te encuentras bien?

Ella sonrió.

—Perfectamente. Ven a sentarte aquí.

Dunford entró y fue a sentarse a su lado.

—¿Estás segura de que no te encuentras mal? Te oí gritar mi muerte.

Henry volvió la cabeza y le dio un beso en el hombro.

—Preferiría no tener que soportar un parto todos los días, pero creo que ha merecido la pena. —Levantó al bebé—. William Dunford, te presento a tu hija.

—¿Una hija? —dijo él en un susurro—. Una hija. ¿Tenemos una niña?

Henry asintió solemnemente.

—Le hice un examen muy completo. Decididamente es una niña.

—Una niña —repitió él, sin poder evitar su asombro. Apartó suavemente la pequeña manta para verle la cara.

—Es preciosa.

—Creo que se parece a ti.

—No, no, se parece a ti, sin duda.

Henry contempló a la nena.

—Creo que se parece a ella misma.

Dunford la besó en la mejilla y luego se inclinó con sumo cuidado para besar a su hija.

—No había pensado en la posibilidad de que fuera una niña —dijo Henry—. No sé por qué, pero estaba segurísima de que sería un niño. Tal vez se debió a que daba muchas patadas.

Dunford volvió a besar a su hija, como si de repente hubiera caído en la cuenta de lo agradable que era hacelo.

—Sólo he pensado en nombres de chicos —continuó Henry—. Ni se me ocurrió pensar en nombres de chicas.

—A mí sí —dijo él, sonriendo presumido.

—¿Sí?

—Mmm, mmm. Sé exactamente el nombre que le vamos a poner.

—¿Y yo no tengo ni voz ni voto?

—En absoluto.

—Comprendo. Bueno, ¿y me vas a decir el nombre?

—Georgiana.

—¿Georgiana? Vamos, es casi tan horrible como Henrietta.

Dunford esbozó una sonrisa indolente.

—Lo sé.

—De ninguna manera podemos cargarla con ese nombre. Cuando pienso en lo que yo he soportado...

—No logro imaginarme ningún otro nombre que te siente mejor, «Henry» —dijo él, inclinándose a besar otra vez a su hija; luego, besó a su mujer—. Y no veo cómo una mujer como tú podría tener una hija que no se llame Georgie.

Henry contempló a su hija con expresión evaluadora.

—Georgie, ¿eh? ¿Y si le da por usar pantalones?

—¿Y si le da por usar vestidos?

Henry ladeó la cabeza.

—Argumento aceptado. Bueno, pequeñina —dijo a su hija, tocándole la nariz—, ¿qué te parece? Es tu nombre, al fin y al cabo.

La nenita gorjeó feliz.

Dunford alargó las manos para coger el bultito.

—¿Puedo?

Sonriendo, Henry puso a la niña en los brazos de su padre.

Él la meció un momento, evaluando su peso y tamaño, y disfrutando la sensación de tenerla en los brazos, y luego acercó los labios a una de sus diminutas orejas.

—Bienvenida al mundo, pequeña Georgie —le susurró—. Creo que te va a gustar.

www.titania.org

Visite nuestro sitio web y descubra cómo ganar
premios leyendo fabulosas historias.

Además, sin salir de su casa, podrá conocer
las últimas novedades de
Susan King, Jo Beverley o Mary Jo Putney,
entre otras excelentes escritoras.

Escoja, sin compromiso y con tranquilidad,
la historia que más le seduzca
leyendo el primer capítulo de cualquier libro
de Titania.

Vote por su libro preferido y envíe su opinión
para informar a otros lectores.

Y mucho más...